Fritz Jonas

Christian Gottfried Körner

Biographische Nachrichten über ihn und sein Haus

Fritz Jonas

Christian Gottfried Körner
Biographische Nachrichten über ihn und sein Haus

ISBN/EAN: 9783741153969

Hergestellt in Europa, USA, Kanada, Australien, Japan

Cover: Foto ©Raphael Reischuk / pixelio.de

Manufactured and distributed by brebook publishing software
(www.brebook.com)

Fritz Jonas

Christian Gottfried Körner

Christian Gottfried Körner.

Biographische Nachrichten
über ihn und sein Haus.

———

Aus den Quellen zusammengestellt

von

Dr. Fritz Jonas.

———

Berlin.
Weidmannsche Buchhandlung.
1882.

I.

„1785 Dominica 11 post trin. Christian Gottfried
Körner, des Kurf. Sächs. Oberkonsistorii in Dresden
Oberkonsistorial-Rat, der Landes-Ökonomie-Manufaktur-
und Kommerzien-Deputation Assessor, ist mit seiner Verlobten Anna Maria Jakobina, weiland Herrn Johann
Michael Stocks, Kupferstechers allhier, hinterl. ehel. jüngsten Tochter, auf gnädigsten Befehl ohne Aufgebot in
seinem Gartenhause vor dem Schloß ☉ 11 post trin.
den 7. August 1785 hor. 5 vesp. von Herrn M. Johann
August Wolf, Diac. an der Nikolaikirche, ehelich kopuliert
worden. Es nahm auch H. M. Wolf den Handschlag
im Beisein des H. Protonot. Karthauß von den Verlobten vor der Trauung im Hause ab.“

So lautet der Vermerk im Kirchenbuch der Nikolaikirche
zu Leipzig über die Einsegnung der Ehe zweier Menschen,
denen ein reiches Leben an Liebe und Leid, an Lust und
Verlust mitsammen beschieden war, und deren Haus ein
Tempel der Liebe und Freundschaft und ein Muster geworden ist für die Pflege alles Guten und Schönen in

1

der Familie, das den Menschen über die Enge des Irdischen hinweg in das Reich des Idealen erhebt. Sie
haben ihre Namen unvergänglich in die Herzen vieler
der Besten ihrer Zeit eingeprägt, mit deren Gedächtnis
auch sie in der Erinnerung der dankbaren Nachwelt fort-
zuleben ein gutes Recht haben, ohne daß sie selbst zu
den Großen der Erde gehören. Es sind die Eltern
Theodor Körners, die treuen Freunde Schillers, deren
Hauswesen auf den folgenden Blättern geschildert
werden soll.

Wenn wir in ein Haus eintreten, in dem die
echte Liebe zwischen den Ehegatten waltet, verfolgen wir
gern und mit Teilnahme die Fügungen, durch welche die
beiden, oft erst nach mannigfachen Kreuzungen ihrer Lebens-
wege, sich endlich zusammengefunden haben. Denn die
Vorgeschichte eines Hauses erscheint gleichsam als das
Fundament desselben, und sein inneres Glück führt uns
weiter zurück auf den Segen der Eltern und Voreltern,
der es den Enkeln und Kindern gebaut hat.

Christian Gottfried Körners Ahnen gehörten zum
größten Teil dem Gelehrtenstande an. Sein Großvater
Johann Christoph, Prediger in Weimar an der St. Petri
und Pauli Kirche, oder auch Stadtkirche genannt, war ein ver-
trauter Freund des großen Philologen Johann Matthias
Geßner. Er hatte eine Tochter des 1715 verstorbenen
Professors an der Leipziger Universität Gottfried Olearius
geheiratet. Aus dieser Ehe stammte Johann Gottfried
Körner, geb. d. 16. Sept. 1726, der Vater unseres
Christian Gottfried. Er besuchte das Weimarer Gym-
nasium. Schon früh verlor er den Vater, der 1736
starb. Er widmete sich dem Berufe des Vaters, studierte
seit 1743 in Leipzig und erwarb sich 1748 die philo-

sophische Magisterwürde. Seitdem war er bis zu seinem Tode als Prediger in Leipzig thätig und wechselnd an der Nikolaikirche und Thomaskirche angestellt. 1770 wurde er zum Doktor der Theologie ernannt, rückte 1775 zum Archidiakonus an der Thomaskirche auf, wurde im folgenden Jahre Superintendent und ordentlicher Professor, sowie auch Assessor im Konsistorium. Im Jahre 1782 wurde er als Domherr in das Hochstift zu Meißen aufgenommen und starb eines sanften Todes in hohem Ansehen am 4. Januar 1785.

Schon 1755 hatte er sich mit Sophia Margareta Stirner, der Tochter eines angesehenen Kaufmanns in Leipzig verheiratet, die ihn nur wenige Monate überlebte. Am 2. Juli 1756 war ihnen ein Sohn geboren, der in der Taufe die Namen Christian Gottfried erhielt. Eine jüngere Tochter Johanna Sophia starb als Kind.

Der Vater ließ es sich angelegen sein, dem einzigen Sohne eine gute Erziehung zu geben. Wie er selbst durch Fleiß und Pflichttreue sich auszeichnete, so wünschte er auch in dem Sohne diese Tugenden auszubilden. Vorzüglich aber suchte er ihn von früh auf zur Frömmigkeit anzuhalten. Er selbst huldigte als lutherischer Theologe den Anschauungen der strengen Orthodoxie und glaubte keineswegs wie sein Zeitgenosse Lessing, daß Ergebenheit in Gott von unserm Wähnen über Gott so ganz und gar nicht abhänge; im Gegenteil erschien ihm wahre Frömmigkeit und wahrer Glaube ganz unzertrennlich vom Buchstabenglauben und der Auffassung, daß die Bibel ihrem Inhalt nach bis auf das einzelne Wort göttliche Offenbarung sei. Wohl drängten sich auch ihm einige religiöse Bedenken auf, aber diese richteten sich nie gegen die Glaubwürdigkeit auch nur

1*

eines Wortes in der Bibel selbst, sondern nur auf
die Vereinigung gewisser Widersprüche von Bibel-
worten untereinander oder mit den Kirchenlehren und
kirchlichen Gebräuchen. Eine seiner gedruckten Predigten
behandelt die Taufe und spiegelt die innere Not und
Beängstigung wieder, die dem im Autoritätsglauben
gebundenen und doch wieder selbstdenkenden, gewissen-
haften Prediger und Theologen die Verschiedenheit der
Taufgebräuche in Christi Zeit und in der seinigen ver-
ursacht hat. Ehemals wurden die Täuflinge laut bib-
lischer Überlieferung untergetaucht; und der Prediger
Körner übergoß nur den Kopf seiner Täuflinge mit
Wasser oder besprengte sie. Dieser Unterschied der Form
erregte ihm ernste Gewissensbedenken. Aus solchen
Zweifeln weiß er sich nicht anders zu helfen als durch
eine Art protestantischer Scholastik. Der Glaube ging dem
Verständnis voraus. Seine wissenschaftliche Thätigkeit
sollte lediglich den Glauben bestätigen und war darauf
gerichtet, wo die kirchlichen Institutionen der Zeit oder
die eigene Überzeugung thatsächlich im Widerspruch mit
der biblischen Überlieferung stand, diesen Widerspruch
hinwegzuschaffen und durch Pressen einzelner Worte das
Widersprechende scheinbar verstandesmäßig zu vereinigen.
Die Taufe, das Bad der Wiedergeburt, wurde freilich
unbestreitbar zuerst durch das Untertauchen vollzogen,
aber zur Beruhigung des Doktors Körner fand sich
zwar in der Bibel das Gebot der Taufe und der Anwendung des Wassers dabei, aber doch nicht ausdrücklich
an allen betreffenden Stellen auch das Gebot des Untertauchens, und so folgerte er, das Wasser müsse wohl
bei der Taufe notwendig sein, aber die Art der Verwendung desselben werde freigegeben sein, ja es dünkt

dem gelahrten Herrn sogar wahrscheinlich, daß bei den Massentaufen der Jünger der Zeitersparnis halber auch schon das Besprengen statt' des Untertauchens getreten sein werde. So ist der damalige Taufritus durch den Aufwand spitzsinniger Dialektik gerettet und gestützt, und das Gewissen des gläubigen und des gelehrten Predigers befriedigt.

Dieses eine Beispiel mag hier genügen, um die religiösen Anschauungen des Vaters zu veranschaulichen, in denen natürlich auch der Sohn unterrichtet wurde, und die er, wie er selbst später berichtet, zunächst auch mit voller Empfänglichkeit als die allein vor Gott berechtigten in sich aufnahm. Vertrat sie doch sein Vater mit allem Ernst, aller Lauterkeit und Aufrichtigkeit, und war das ganze Leben im elterlichen Hause in seiner ascetischen Strenge mit ihnen doch im vollsten Einklang. Jeglicher Genuß erschien dem ernsten, frommen Prediger fast schon als unerlaubt oder sündhaft, und allein in stetiger, ruheloser Arbeit und innerer Demütigung und im Gebet fand er den inneren Frieden in seinem Gewissen. In der Entsagung suchte er seinem streng richtenden Gott zu opfern und in der Furcht ihm zu dienen, aber mit der Redlichkeit und mit der Kraft und Zuversichtlichkeit, daß auch die Gegner seiner Anschauungsweise, denen eine andere Erkenntnis des Gottes der Liebe die Furcht vor ihm in lautere Ehrfurcht verwandelt hat, dem Manne persönlich Achtung und Ehre nicht versagen werden.

Aus den Kindheitsjahren des Sohnes ist uns so gut wie nichts überliefert. Die Taufe wurde schon am 4. Juli 1756, am dritten Lebenstage, vollzogen. Als Taufpaten fungierten Johann Matthias Geßner, den,

da er abwesend war, der Stiefvater der Mutter,
D. Christian Friedrich Schmidt, Vornehmer des Rats
vertrat, ferner Frau Johanna Sophia „Herrn D. Chrhn.
Fr. Schmidts, des obigen Eheliebste," endlich Johann
Gottfried Peinemann, Kauf- und Handelsmann in Leipzig.
Das nächste, was ich aus seiner Kinderzeit anführen
kann, ist ein Eintrag seines Vaters in sein Stammbuch:

Pred. Sal. XII. 1.

Gedenke an deinen Schöpfer in deiner Jugend, ehe
denn die bösen Tage kommen.

Ja Sohn, vergiß es nie in Deinen muntern Jahren,
Dich Deinem Schöpfer ganz zu weyhn,
Dann wird er Dir, was Du auch sollst erfahren,
Dein bester Freund, Dein treuster Vater seyn.

Leipzig, d. 13. Jan. 1768.

Diese liebereiche Ermahnung und
tröstliche Versicherung schrieb aus
väterlichem Herzen
M. Johann Gottfried Körner.

Im nächsten Jahre ward er einem Antrag des
Vaters beim Kurfürsten zufolge in die Landesschule zu
Grimma aufgenommen. Die kurfürstliche Bewilligung
lautet:

Von Gottes Gnaden, Friedrich August, Herzog
zu Sachsen, Jülich, Cleve, Berg, Engern und West-
phalen, Chur Fürst rc.

Lieber, getreuer; Wir sind, auf des Licentiati,
Johann Gottfried Körners, zu Leipzig, beyliegende
unterthänigste Supplices, in Gnaden zufrieden, daß
dessen Sohn, Christian Gottfried Körner, unter der
Aufsicht des Con-Rectoris, M. Johann Heinrich
Müdens, die öffentlichen Lectiones auf Unserer

Landschule Grimma als Extraneus besuchen möge
und begehren dannenhero hiermit gnädigst, ihr wollet
euch darnach gehorsamst achten, und, demgemäs, das
ferner nöthige behörig besorgen. Daran geschicht
Unsere Meynung. Datum Dreßden am 24 May 1769
Hannß Gotthelf von Globig
Friedrich August, Inst. S.

Am 21. Juni 1769 trat Körner in die Landesschule
ein und wohnte im Hause des Konrektors Milde, des
späteren vielgelobten Rektors der Schule. Einer seiner
Genossen auf der Schule und in der Pension war, wenigstens
noch ein Jahr hindurch, Ernst Florens Friedrich Chla-
denius aus Wittenberg, der später unter dem veränderten
Namen Chladni berühmt gewordene Akustiker. Am
23. April 1772 verließ Körner die Anstalt mit der
Reise zur Universität. Zwei Briefe aus der Zeit seines
Aufenthalts zu Grimma an seines Vaters Schwester
Christiane Sophia Ayrer verwitwete Hendrich, der eine
in Prosa, der andere in Versen, sind in Karl Elzes
Vermischten Blättern abgedruckt. Sie enthalten nur
Danksagung für ein Geschenk und Glückwünsche zum
Geburtstage der Tante und geben für die Kenntnis
seines damaligen Lebens keine Ausbeute. Der Stil ist
noch ungelenk, wie es nach seinem Alter und nach dem
steifen und förmlichen Ton in Familienbriefen damaliger Zeit nicht anders zu erwarten ist, und die
Verse des zehnstrophigen Gedichts sind nichts als ge-
reimte Prosa.

Schon die Schulzeit war für ihn eine Zeit ernster
Arbeit gewesen. Er zeichnete sich durch Fleiß aus.
Eltern und Lehrer, so erzählte er selbst später, mühten

sich ab, jeglichen Hang zum Vergnügen in ihm zu unterdrücken, und es gelang ihnen auch, durch eine Art leidenschaftlicher, mönchsartiger Frömmigkeit ihn so sehr zur
Resignation zu gewöhnen, daß er über jede Stunde, die er
ohne Vorwissen seiner Vorgesetzten mit irgend einer Ergötz-
lichkeit zugebracht hatte, Gewissensbisse gefühlt habe, und
nie froh und zufrieden gewesen sei als nach Beendigung
einer beschwerlichen Arbeit. Diese Erziehungsweise hatte
den nie ermüdenden Fleiß, den Thatendurst und die
Gewissenhaftigkeit in ihm ausgebildet, die ihn sein ganzes
Leben hindurch ausgezeichnet haben; aber gerade bei
seiner Naturanlage unterstützte sie auch wohl jene sich
nie genugthuende und darum auch wenig zustandebe-
bringende Peinlichkeit und Umständlichkeit, sowie die unruhige Sucht, stets neue ihm wichtig erscheinende Arbeiten anzugreifen, ehe noch die früher begonnenen, die
ihm jetzt weniger wichtig dünkten, abgeschlossen waren.
So ist es begreiflich, daß er bald dankbar, bald bedauernd
dieser ihm in seiner Kindheit eingeimpften Vielgeschäftig-
keit gedachte.

Bei dem Abgang von der Schule trat nun die
Frage an den Jüngling heran, welchem Beruf er sich
widmen wolle. Wie der Vater ein fruchtbarer theolo-
gischer Schriftsteller gewesen war, so gingen auch die
Pläne des Sohnes von Kindheit an auf schriftstellerische
Thätigkeit und die Laufbahn eines Gelehrten.

Sein Hang war es, sich immer dahin zu stellen,
wo es gerade an Arbeitern fehlte. So oft er auf irgend
einem Gebiete des Wissens eine entschiedene Lücke wahr-
nahm, wünschte er einzutreten, und so kam es, daß er
etwas unstät von einer Wissenschaft zur andern flog.
Zunächst hatten ihm seine Schullehrer eine große Ver-

ehrung für die alte Literatur eingeflößt, und er beschloß
Autoren herauszugeben. Garves und Platners Vor-
träge erweckten in ihm Neigung zur Spekulation, und
vitam impendere vero (der Wahrheit das Leben zu
widmen) wurde sein Wahlspruch. Zugleich aber hatte
die Spekulation ihn in innerlichen Widerspruch mit der
Kirchenlehre und seinen bisherigen religiösen Anschauungen gebracht und die „Sklaverei des symbolischen
Lehrzwangs" war ihm so unerträglich geworden, daß
er, als er sich für eine der drei damaligen Universitäts-
wissenschaften entscheiden mußte, von der Theologie
völlig absah. Von der Medicin schreckten ihn die unangenehmen Situationen praktischer Ärzte ab, und so
blieb nur die Jurisprudenz ihm als Brotstudium übrig,
obwohl die juristische Wissenschaft als solche ihn am
wenigsten anzog, und er nur die philosophische Behandlung rechtlicher Gegenstände mit wirklichem Interesse
erfaßte. Wohl fand er hin und wieder bei Pütter im
Staatsrecht Befriedigung, aber dem Fache selbst konnte
er keinen Geschmack abgewinnen, weil er sich durch
zwanzig armselige Streitfragen hindurchwinden müsse,
ehe er zu einer fruchtbaren Idee gelange. Weit loh-
nender und wichtiger erschien ihm das Studium der
Natur nebst Mathematik und ihren Anwendungen auf
die Bedürfnisse und Gewerbe der Menschen, und es lag
für ihn „etwas Herrliches in dem Gedanken, das Feld
dieser Wissenschaften zu erweitern, um dadurch die Macht
des Menschen über die ihn umgebenden Wesen zu ver-
größern und ihm neue Quellen von Glückseligkeit zu
eröffnen." Diese Studien betrieb er besonders in den
Jahren 1776 und 1777 in Göttingen, ohne doch seine
juristische Ausbildung außer Acht zu lassen. Er hat in

den Jahren 1772--1776 in Leipzig Vorlesungen von
Platner, Morus, Seger, Böhme, Sammt und Schott
und in Göttingen sodann die von Pütter, Böhmer,
Heyne, Gatterer, Schlözer und Beckmann besucht. Im
Umgang mit Freunden hatte er es nicht gut auf der
Universität gehabt, und hatte in Göttingen und Leipzig
sehr vorlieb nehmen müssen, um nicht ganz der Geselligkeit zu entbehren.

Kaum war er 1778 nach Leipzig zurückgekehrt, als
er sich an einige größere philosophische Abhandlungen
machte, die als Examenarbeiten dem Drucke übergeben
wurden, und deren äußerer Zweck die Erlangung des
Rechtes zu Universitätsvorlesungen war. Die Erstlingsschrift führt den Titel: Quem fructum oeconomia politica
capiat ex descriptione civium ad ipsius usus accommodata. Specimen primum quod a. d. XXIII mensis
Septembris 1778 defendet M. Christianus Gottfr. Körner
i. u. baccalaureus assumpto socio Carolo Gottfrido Schreitero i .u. baccalaureo. Sie ist dem Vater gewidmet, dessen
väterliche Liebe und unermüdliche Sorgfalt, den Sohn
mit den Hilfsmitteln zur Pflege der Wissenschaften auszurüsten, von diesem in Dankbarkeit und Gegenliebe
öffentlich anerkannt wird. Am Schlusse folgen fünf
Thesen, deren letzte dem Inhalte nach mit dem Thema
seiner zweiten Arbeit, seiner Doktordissertation übereinstimmt, welches ich hier ebenfalls vollständig anführe:
Quam intersit ICtorum iurisprudentiam naturalem ab
universali vivendi norma distingui. Dissertatio . . . .
quam defendet pro summis in utroque iure honoribus
capessendis a. d. XV April. A. R. G. 1779 M. Christ.
Gottfr. Körner, Lipsiensis etc. In einem zeitgenössischen
Buche wird von diesen Schriften rühmend hervorgehoben,

daß sie in schönem Latein abgefaßt seien und einen hellen Kopf zu erkennen gäben.

Diese Erstlingswerke waren im Verlage des Buchhändlers Breitkopf erschienen, dessen gastliches Haus damals in Leipzig der Mittelpunkt guter Geselligkeit war. Namentlich wurde hier die Musik gepflegt, wie denn der eine Sohn des Hauses Goethesche Lieder komponiert hatte. Auch Körner verkehrte in dieser Familie. Gerade für Musik war auch er mit so bedeutendem Talente ausgestattet, daß er, wenn er sich ihr früher gewidmet hätte, nach seinem eigenen späteren Zeugnis, darin etwas geleistet haben würde. Dem hatte nun die religiöse Anschauungsweise seiner Eltern entgegengestanden, die ihm gemäß ihrer eigenen Auffassung die Kunst nur als ein Vergnügen dargestellt hatten, und Vergnügen zu empfinden und zu wirken, galt ihnen für kein Ziel, das des Ringens und eines vollen Lebensberufes wert sei. Erst spät entstand in dem Sohne daher der Gedanke, „daß Kunst nichts anders ist, als das Mittel, wodurch eine Seele besserer Art sich andern versinnlicht, sie zu sich emporhebt, den Keim des Guten und Großen in ihnen erweckt, kurz alles veredelt, was sich ihr nähert." Nun fehlte es ihm nicht mehr an Lust zur Ausübung der Kunst, aber an Hoffnung das Versäumte noch nachholen zu können und das Ideal zu erreichen, dem er zugestrebt haben würde. Denn ein ihm von früh auf innewohnender Widerwille gegen die Mittelmäßigkeit in Werken der Kunst lähmte bei aller Verehrung des wahren Virtuosen jeder Art in bescheidener Zaghaftigkeit den Trieb, mit eigenen Leistungen auf dem Gebiete der Kunst an die Öffentlichkeit zu treten. Charakteristisch für seine vielleicht übertrieben hohe Anforderung an den

Künstler ist sein Ausspruch: „Jeder große Künstler muß mit unumschränkter Macht über den Stoff herrschen, aus dem er seine Welten schafft, und wodurch sich sein Genius verkörpert. Er spricht, so geschieht es, er gebeut, so steht es da. Wehe dem, der noch mit widerspenstigen Elementen zu kämpfen hat, wenn ihn eine begeisternde Idee durchglüht." Später mag er im Verkehr mit seinen großen Freunden Schiller und Goethe wohl oft noch gesehen haben, wie auch der große Künstler unter das Gesetz gethan ist, nur im Schweiße seines Angesichts schaffen zu können. Als Dilettant aber hat Körner sein Leben lang die Musik gepflegt, und gern suchte er Konzerte und musikalische Gesellschaften auf.

———

Im Breitkopfschen Hause oben in der Dachwohnung wohnten dazumal die Kinder des bereits am 30. Januar 1773, im Alter von 35 Jahren, gestorbenen Kupferstechers Stock, unter dessen Leitung Goethe in der Zeit seines Leipziger Triennums 1765—1768 die Kupferstecherkunst erlernt hatte. Auch Stocks Gattin Marie Helene, geborene Schwabe, verwitwete Endner, erreichte kein hohes Alter und starb 9 Jahre darauf am 16. Januar 1782. Seitdem wohnten die beiden von vier Kindern allein noch die Eltern überlebenden Töchter Stocks Johanna Dorothea (geb. 6. März 1760) und Anna Maria Jacobina (geb. 11. März 1762) bei ihrem Stiefbruder Georg Gustav Endner, der des Stiefvaters Kunst gelernt hatte und fortübte.

Die beiden jungen Mädchen waren auch bisweilen zu den Breitkopfschen Gesellschaften geladen, und hier hatte Körner zuerst ihre Bekanntschaft gemacht, die bald zumal mit der jüngeren so innig wurde, daß der erst

zweiundzwanzigjährige Jüngling eine herzliche Liebe und
Zuneigung zu ihr faßte, die wenn er sie auch weder sich
selbst noch seiner Erwählten zu bekennen wagte, ihn
dennoch innerlich gebunden hielt.

Über die Kinderzeit der Maria Stock sind neuerdings einige Erinnerungen derselben, wie sie nach ihrer
-Erzählung, Friedrich Förster aus dem Gedächtnis aufschrieb, veröffentlicht, welche hier im Wortlaute eine
Stelle finden mögen:

„Es war", erzählte die Freundin, „wenn ich mich
recht erinnere, im Jahre 1764, als mein Vater Nürnberg verließ und seiner Nadel vertrauend — glauben
Sie aber nicht, daß er ein Schneider gewesen, er war
Kupferstecher — nach Leipzig zog. Frau und Kinder
wurden in Nürnberg zurückgelassen. Wir waren drei
Schwestern im Alter von sieben, fünf und drei Jahren,
einer vierten Entbindung sah die Mutter entgegen.
Mein Vater hatte als ein junger Mann von 19 Jahren
meine Mutter, welche Witwe, fünf Jahr älter war und
einen Sohn aus erster Ehe hatte, in übereilter Leidenschaft geheiratet; die Sorge für den Hausstand in Nürnberg mag sich mit seiner künstlerischen Beschäftigung
nicht zum besten vertragen haben, und so mußte ihm
seine Junggesellenwirtschaft in Leipzig und der bessere
Verdienst mehr behagen als sein abhängiges Leben mit
Frau und Kindern. Er hatte versprochen uns bald
abzuholen, allein Briefe und Geld kamen immer spär-
licher. Da faßte unsere gute Mutter, sobald sie von
ihrem Wochenbette genesen war, ohne weitere Anmeldung
einen raschen Entschluß, mietete sich auf einem großen
Frachtwagen, welcher, mit Spielzeug beladen, zur Messe
nach Leipzig fuhr, Plätze für uns und den nötigen

Raum für allerhand Hausgerät. Von dieser Reise, auf welcher wir zwölf bis vierzehn Tage lang ganz jämmerlich zerrüttelt und zerschüttelt wurden, hab' ich in späteren Jahren die Mutter noch oft erzählen hören. Obschon die Überraschung dem Vater wohl nicht besonders angenehm gewesen sein mag, so wurden wir doch von ihm geherzt und geküßt, und er soll nur die Mutter im Scherz darüber gescholten haben, daß sie so viel „Nürnberger Tand" — darunter waren wir vier Schwestern und der Stiefbruder gemeint — mitgebracht habe."

„Unsere ganze Wohnung bestand in einer geräumigen Dachstube drei Treppen hoch, zwei Schlafkammern und der Küche. Den Tag über waren wir sämtlich in der Wohnstube, in welcher auch der Vater seine Werkstatt an dem einzigen hellen Fenster aufgeschlagen hatte. Die Mutter war, da wir keine Köchin hatten, fast den ganzen Tag in der Küche beschäftigt, wir Kinder suchten, wenn es das Wetter erlaubte, das Freie, denn mit unsern Arbeiten und Spielsachen waren wir auf einen sehr engen Raum angewiesen."

„Der Vater arbeitete vornehmlich kleine Vignetten für den Verlagsbuchhändler Breitkopf; auch durch Unterricht in seiner Kunst hatte er Verdienst. Von seinen Schülern der eifrigste, zugleich aber auch zu allerhand munteren Streichen der aufgelegteste, war der später so berühmt gewordene Goethe, damals Student der Rechte, sechzehn Jahre alt. Unserer guten Mutter machte diese Bekanntschaft mancherlei Sorge und Verdruß. Wenn der Vater in später Nachmittagstunde noch fleißig bei der Arbeit saß, trieb ihn der junge Freund an, frühzeitig Feierabend zu machen, und beschwichtigte die Einwendungen der Mutter damit, daß die Arbeit mit der

feinen Radiernadel im Zwielicht die Augen zu sehr an-
greife, zumal man dabei durch das Glas sehe. Wenn
nun auch die Mutter erwiderte, durch das Glas sehen,
greife die Augen nicht so sehr an, wie in das Glas
und zwar manches Mal zu tief sehen, so ließ doch der
muntere Student nicht los und entführte uns den Vater
zu Schönkopfs oder nach Auerbachs Keller, wo in
lustiger Gesellschaft die Studien zu den Studentenscenen
des Faust entstanden sind. Diese Bekanntschaft hat
unserer guten Mutter manche Thräne gekostet. Wenn
aber am andern Morgen Mosje Goethe — denn vornehme junge Herren wurden Mosje tituliert — sich
wieder bei uns einfand, und ihn die Mutter tüchtig
schalt, daß er den Vater in solche ausbündige Studenten-
gesellschaft führe, in welche ein verheirateter Mann,
der für Frau und Kinder zu sorgen habe, gar nicht
gehöre, dann wußte er durch allerhand Späße sie wieder
freundlich zu stimmen, so daß sie ihn den Frankfurter
Strubbelpeter nannte und ihn zwang, sich das Haar
auskämmen zu lassen, welches so voller Federn sei, als
ob Spatzen darin genistet hätten. Nur auf wiederholtes
Gebot der Mutter brachten wir Schwestern unsere
Räume, und es währte lange Zeit bis die Frisur wieder
in Ordnung gebracht war. Goethe hatte das schönste
braune Haar, er trug es ungepudert im Nacken gebunden, aber nicht wie der alte Fritz als steifen Zopf,
sondern so, daß es in dichtem Gelock frei herabwallte.
Wenn ich," erzählte Frau Körner, „in späteren Jahren
Goethe hieran erinnerte, wollte er es nie zugeben, sondern
versicherte, es hätte sich die Mutter ein besonderes Vergnügen daraus gemacht, ihn zu kämmen, so daß sie sein

wohlfrisiertes Haar erst in Unordnung gebracht, um ihn
dann recht empfindlich durchzuhecheln."

„Am meisten verdarb es der lustige Bruder Studio
mit uns Kindern dadurch, daß er weit lieber mit dem
Windspiele des Vaters, es war ein niedliches Tierchen
und hieß Joli, als mit uns spielte und ihm allerhand
Unarten gestattete und es verzog, während er gegen
uns den gestrengen Erzieher spielte. Für Joli brachte
er immer etwas zu naschen mit; wenn wir aber mit
verdrießlichen Blicken dies bemerkten, wurden wir be-
deutet, das Zuckerwerk verderbe die Zähne und gebrannte
Mandeln und Nüsse die Stimme. Goethe und der Vater
trieben ihren Mutwillen soweit, daß sie an dem Weihnachtsabend ein Christbäumchen für Joli, mit allerhand
Süßigkeiten behangen, aufstellten, ihm ein rotwollenes
Kamisol anzogen und ihn auf zwei Beinen zu dem
Tischchen, das für ihn reichlichst besetzt war, führten,
während wir mit einem Päckchen brauner Pfefferkuchen,
welche mein Herr Pate aus Nürnberg geschickt hatte,
uns begnügen mußten. Joli war ein so unverständiges,
ja ich darf sagen, unchristliches Geschöpf, daß er für die
von uns unter unserem Bäumchen aufgepflanzte Krippe
nicht den geringsten Respekt hatte, alles beschnoperte,
und mit einem Haps das zuckerne Christkindchen aus
der Krippe riß und aufknapperte, worüber Herr Goethe
und der Vater laut auflachten, während wir in Thränen
zerflossen. Ein Glück nur, daß Mutter Maria, der heil.
Joseph und Ochs und Eselein von Holz waren, so
blieben sie verschont."

„Einer tragikomischen Scene muß ich auch noch
gedenken. Unser Unterricht war auf sehr wenige
Gegenstände beschränkt. Um 11 Uhr vormittags fand

sich ein eingetrockneter Leipziger Magister, welcher in
der Druckerei von Breitkopf mit Korrekturen beschäftigt
wurde, bei uns ein, der sich durch seine schwarze Kleidung und weiße Halskrause das Ansehn eines Theologen
geben wollte. Er unterrichtete uns im Lesen, Schreiben und
Rechnen und erhielt für die Stunde einen guten Groschen.
Was seinem Anzuge im eigentlichsten Sinne die Krone
aufsetzte, war seine von haarfeinem Draht geflochtene, in
vielen Locken herabwallende Perücke. Beim Eintreten
rief er uns schon von der Thüre her entgegen: „Ihr
Kinder, das Gebet!" Wir sagten nun unisono, einen
Vers aus einem Gesangbuchliede her, worauf eine
Stunde in der Bibel gelesen wurde. Wie ich schon
erwähnte, wir allesamt waren auf eine einzige Stube
angewiesen, und so geschah es öfter, daß Goethe während
unserer Lektion eintrat und sich an den Arbeitstisch des
Vaters setzte. Einmal traf es sich nun, daß wir eben
mitten aus einem ihm für junge Mädchen unpassend
scheinenden Kapitel des Buches Esther laut vorlesen
mußten. Ein Weilchen hatte Goethe ruhig zugehört, mit
einem Male sprang er vom Arbeitstische des Vaters
auf, riß mir die Bibel aus der Hand und rief dem
Herrn Magister mit ganz furioser Stimme zu: „Herr,
wie können Sie die jungen Mädchen solche Geschichten
lesen lassen!" Unser Magister zitterte und bebte, denn
Goethe setzte seine Strafpredigt noch immer heftiger fort,
bis die Mutter dazwischen trat und ihn zu besänftigen
suchte. Der Magister stotterte etwas von „alles sei
Gottes Wort" heraus, worauf ihn Goethe bedeutete:
„Prüfet alles, aber nur was gut und sittlich ist, be-
haltet." Dann schlug er das Neue Testament auf,
blätterte ein Weilchen darin, bis er, was er suchte, ge-

funden hatte. „Hier Dorchen," sagte er zu meiner
Schwester, „das lies uns vor, das ist die Bergpredigt,
da hören wir alle mit zu." Da Dorchen stotterte und
vor Angst nicht lesen konnte, nahm ihr Goethe die Bibel
aus der Hand, las uns das ganze Kapitel laut vor und
fügte ganz erbauliche Bemerkungen hinzu, wie wir sie
von unserm Magister niemals gehört hatten. Dieser
faßte nun auch wieder Mut und fragte bescheidentlich:
„Der Herr sind wohl studiosus theologiae. Werden mit
Gottes Hilfe ein frommer Arbeiter im Weinberge des
Herrn und ein getreuer Hirt der Herde werden." —
„Zuverlässig," fügte der Vater scherzend hinzu, „wird er
sein Fäßchen in den Keller und sein Schäfchen ins
Trockne bringen; an frommen Beichtkindern wird es
ihm nicht fehlen." So schloß die Lektion ganz heiter,
alle lachten über den Witz des Vaters, und wir eigentlich, ohne zu wissen, warum."

Viel lernten Stocks Töchter in ihrer Kindheit
eben nicht und schoben die Schuld daran auch auf
Goethe. Diesen, so erzählte später Dora an Gustav
Parthey, habe der Vater einst gefragt, worin er die
heranwachsenden Mädchen unterrichten lassen solle; und
Goethe habe geantwortet: „In nichts anderem als in
der Wirtschaft. Laß sie gute Köchinnen werden, das
wird für ihre künftigen Männer das Beste sein." Später
hatten die Stockschen Töchter Mühe, das einst Versäumte
nachzuholen.

Einige Mitteilungen Goethes über den Kupferstecher
Stock in „Dichtung und Wahrheit" bestätigen im wesentlichen das von der Tochter entworfene Bild des fleißigen,
lebenslustigen und humoristischen Vaters. Auch rühmt
Goethe die teilnehmende Sorge der ganzen Familie

Stock für ihn während einer Krankheit gegen das Ende
seines Leipziger Aufenthalts.

Inzwischen waren beide Töchter herangewachsen
und entfalteten mannigfache Reize des Geistes wie des
Körpers. Zwar war die ältere von kleiner Statur und
ein wenig verwachsen, aber ihr Gesicht war schön und
ihr Geist von großer Lebendigkeit. Der Eltern Humor
war ihr Erbteil, wie sie auch des Vaters Talente in
noch höherem Maße als ihre jüngere Schwester über-
kommen und ausgebildet hatte, so daß sie sich später den
verdienten Ruf einer begabten und bedeutenden Malerin
erringen konnte.

Nicht von gleich hoher künstlerischer Beanlagung,
wenngleich auch immer noch talentvoll, und milderen
Charakters war die jüngere Schwester Maria, die durch
Wuchs und zarte Schönheit und Weiblichkeit überall
auffiel und gefiel, und deren Bild, wenn Körner sie bei
Breitkopfs sah, sich nicht nur in sein Auge sondern tief
in sein Herz hinein spiegelte; und auch ihr mag der
schmucke, tüchtige junge Mann mit seiner warmen Bewunderung für sie nicht eben unlieb gewesen sein. Da
bot sich plötzlich für Körner zu einer langen, weiten
Reise Gelegenheit, die er behufs seiner weiteren Ausbildung ergreifen zu müssen glaubte.

Es gehörte dazumal, um mit Schelling zu sprechen,
zur Etikette einer Reise, ein Tagebuch zu führen, das
oft bei der Schreibseligkeit jener Zeit zu ansehnlichem
Umfang anschwoll. Man reiste in der Postkutsche mit
weit beschaulicherer Gemächlichkeit als heut in dem
im Fluge dahinrollenden Eisenbahnwagen. Man sah
weniger aber das wenige gründlicher, erlebte auf
der Reise mehr, weil sie länger dauerte, und schloß

Bekanntschaften, ja Freundschaften mit den Leidensge-
nossen auf den Folterbänken im Postwagen. So konnte
man in der That auch mehr von der Reise erzählen.
Dazu kam, daß nach der Richtung des Zeitgeistes dem
inneren Gefühlsleben des einzelnen eine größere Beachtung beigelegt wurde als in unserer politisch regeren
und reiferen Zeit. Noch waren die großen Gebiete der
Teilnahme und gar der Mitwirkung am öffentlichen
Leben in Staat und Kirche den Unterthanen und
Laien verschlossen, und so waren Kunst und Litteratur
das hauptsächlichste Wirkungsfeld aller derjenigen, welche
in reger Mitteilens- und Schaffenslust auch auf weitere
Kreise eine Einwirkung erstrebten. Aus den tiefen
Schachten des Gedankens und Gefühls sind damals
Schätze ans Licht gehoben, welche die bisherigen Güter
der Welt wie Rang und Stand, Macht, Ehre und
Reichtum verdunkelten und einen gewaltigen Umschwung
aller Verhältnisse hervorriefen, so daß statt des erblichen
Geschlechtsadels ein Verdienstadel der Bildung, des Verstandes und Gemüts die Führerschaft im Volke übernahm. Aber so herrliche Früchte jener Aufschwung der
Litteratur und des Idealismus auch gebracht hat, so
läßt sich auch nicht verkennen, daß jenes Zeitalter im
süßlichen Gefühlsschwärmen zu weit ging und so wenig
von einer Einseitigkeit im Gefühlsleben freizusprechen
ist als unsere Zeit im allgemeinen von allzu nüchterner
Berechnung des baren Nutzens. Man schwelgte wahrhaft in der Mitteilung von Empfindungen und Gefühlen,
und zumal die Memoiren und Tagebücher und Briefe
unserer Voreltern zeigen als die eigentlichen Ablagerungs-
stätten jener Gefühlsniederschläge oft die Merkzeichen
entschiedener Schwärmerei.

Um so auffallender und bezeichnender für die geistige
Gesundheit und Tüchtigkeit unseres Körner erscheint
seine eigene Mitteilung an einen Freund, daß er von
seiner Reise zwar kein reichhaltiges Tagebuch mitgebracht habe, wohl aber seinen Beobachtungsgeist ge-
schärft, seinen Geschmack mehr gebildet und besonders
seine Begriffe über menschliche Fertigkeiten erweitert
habe. Diese Selbstkritik seines Tagebuches wird bestätigt
durch die Überbleibsel desselben, welche im Körnermuseum in Dresden aufbewahrt werden. Dieselben ge-
statten, so lückenhaft sie auch sind, immerhin einen wertvollen näheren Einblick in den Gang der Reise, ihre
Dauer, Art und Veranlassung.

Im Spätsommer 1779 reiste Körner von Leipzig
ab, zunächst nach Dresden, um dort verabredetermaßen
mit einem bereits vorausgereisten jungen Grafen v. Schönberg zusammenzutreffen, als dessen Begleiter er diese
Reise mitmachen wollte. Die Aufforderung dazu trat
plötzlich an ihn heran, ohne daß er Zeit gehabt hätte,
sich sonderlich vorzubereiten. Doch folgte er derselben
gern, weil sie auf seine eigene Ausbildung in jenem
Zeitpunkte nur vorteilhaft einwirken konnte. Die Reise
währte länger als ein Jahr und führte ihn durch
Deutschland, Holland nach England, sodann zurück durch
Frankreich und die Niederlande nach Aachen und von
dort südwärts über Darmstadt nach Zürich, wo am
4. Oktober 1780 das Tagebuch abbricht.

Der Inhalt der Reiseaufzeichnungen verrät die schon
früh entwickelte Reise und Verständigkeit unseres Körner.
Seine Interessen erstrecken sich in erster Reihe auf die
Erzeugnisse der Kunst und Industrie, daneben aber
beachtet er mit regem Sinn die verschiedensten Dinge,

sucht bedeutende Persönlichkeiten wie z. B. Jacobi in
Düsseldorf, Schlosser in Emmendingen und Lavater in
Zürich kennen zu lernen, in guten geselligen Kreisen
Einlaß zu finden und Land und Leute nach allen
Seiten hin zu erforschen. Niemals verliert er sich in
empfindelnde Beteuerungen seines Genusses oder in
glänzende Schilderungen mit poetischem Anflug, sondern
auch hier schreibt er nach der ihm später so eigenen
Weise interessiert und frisch, aber einfach und knapp, die
ihm bemerkenswert erscheinenden Erlebnisse und Be-
gegnisse nieder. Einzelne Kunsturteile zeugen von großem
Kunstsinn und Verständnis, wie er denn echter und
wahrer Begeisterung überhaupt in hohem Grade fähig
war. Nur vor krankhafter Schwärmerei und Süßlichkeit
bewahrte ihn von jeher sein gerader, wahrhaftiger Sinn,
der jede Übertreibung und Künstelei im Ausdruck seiner
Gefühle und Empfindungen peinlich vermied.

Nach seiner Rückkehr habilitierte er sich in Leipzig als
Privatdocent und kündigte für zwei aufeinander folgende
Semester. Ostern 1781 bis Ostern 1782 dieselben zwei
Vorlesungen an, nämlich: Oeconomia politica zweistündig
und jus naturae vierstündig. Aber er selbst war bei
dieser Lehrthätigkeit nicht nur sein bester sondern mitunter fast auch sein einziger Schüler. Auch er erfuhr
die häufige Not junger Docenten, den Mangel an
pünktlichen Zuhörern, und da er „etlichemal zu Anfang
des halben Jahres am Fenster gelauert, wobei jedes
Stiefeltretschen ihm willkommene Musik war," gab er
seine Docentenschaft auf und nahm mit Freuden die
Stellung eines Konsistorial-Advokaten im Leipziger Konsistorium an, die ihm schon 1781 angetragen wurde.

Zwei Jahre darauf ward er als Rat an das Oberkonsistorium zu Dresden versetzt.

So erwünscht ihm diese Versetzung war, so wurde
ihm doch die Trennung von Leipzig und namentlich von
seiner Geliebten nicht leicht. Natürlich setzte er den
Verkehr auch von Dresden aus, so gut es gehen wollte,
fort. Schon im Jahre vorher 1782 hatte er nach dem
Tode der Frau Stock es für seine Pflicht erachtet, nunmehr sich seiner Minna gegenüber — denn so nannte
er seine Geliebte — durch einen offenen Antrag zu binden
und der Verwaisten die Sorge für ihre Zukunft zu benehmen. Aber an baldige Heirat war vorläufig noch
nicht zu denken. Seine Stellung als Oberkonsistorialrat
brachte ihm einschließlich seines Nebenamtes als Assessor
der Landes-Oekonomie-, Manufaktur- und Kommerzien-
Deputation ein jährliches Einkommen von 200 Thalern,
und der Vater scheint die Verlobung seines Sohnes gemiß-
billigt zu haben. Sei es, daß der wohlhabende Herr
Superintendent sich eine reichere Schwiegertochter und
namentlich eine nach seinem Maßstabe frommere gewünscht hatte, sei es daß er an dem Berufe des alten
Stock, als eines geringfügigen Künstlers, Anstoß nahm,
sei es daß er besorgte, der Sohn sei nur durch die
Körperschönheit seiner Braut bestrickt, kurz er scheint der
Verbindung Schwierigkeiten in den Weg gelegt zu haben.
Die religiösen Ansichten des Sohnes waren schon längst
wesentlich andere geworden, als diejenigen, die der Vater
ihm einst eingepflanzt hatte und selber noch in voller
Schärfe vertrat. Die Freunde und Umgangskreise des
Sohnes waren ebenfalls nicht nach des Vaters Wunsch;
und so still auch der Sohn in kindlichem Gehorsam des
Vaters Widerspruch ertrug, und so wenig er in seiner

Dankbarkeit und Verehrung desselben irre wurde, es konnte im persönlichen Verkehr nicht ausbleiben, daß zuweilen die Gegensätze der Meinungen wider alle Absicht schärfer hervortraten, als sich leicht wieder vergessen ließ, und die Brautleute hatten manchen bitteren Eindruck zu verwinden.

Einst hatte der berühmte Porträtmaler Graff auf seinen eigenen Wunsch das Porträt Minnas gemalt. Der Bräutigam war über das wohlgelungene Bild hocherfreut. Als er es aber dem Vater zeigen oder gar zum Geschenke überreichen wollte, soll der gestrenge Papa in sittlicher Empörung, weil ein leichter Schleier Hals und Busen nicht völlig verdeckte, vor den Augen des erstaunten Sohnes das Bild sofort aus dem Rahmen gelöst haben, es wie einen Bogen Papier vierfach zusammengefaltet und mit der Weisung bei Seite geworfen haben, ein solches Sündenkonterfei ihm nie wieder vor Augen zu bringen.

Das hinderte nicht, daß Körner in seiner Treue zu seiner Braut beständig blieb. So oft er es ermöglichen konnte, kam er von Dresden nach Leipzig hinüber. Inzwischen hatte auch die ältere Schwester seiner Braut ihre Zuneigung einem talentvollen, jungen Litteraten, Ludwig Ferdinand Huber, geschenkt. Beide Brautpaare schlossen sich in innigster Anhänglichkeit fest aneinander, und das gemeinsame Interesse der beiden Männer für Kunst und Litteratur wirkte bildend und veredelnd auf das bräutliche Schwesternpaar ein. Gemeinsam wurde bei allen Zusammenkünften in jugendlicher Liebeslust und Begeisterung gesungen, gelesen, gelernt und geschwärmt. Auch Huber und Körner standen in ihrer Sturm- und Drangperiode, und so fanden Schillers erste

Dramen, die Räuber, Fiesko, Kabale und Liebe sowie
seine stürmische Lyrik in der Anthologie auch bei ihnen
den lebhaftesten Beifall. Den leidenschaftlichen Gegnern
aller überbildeten Unnatur und Verweichlichung, wie sie
Rousseau in den bestehenden Zuständen schonungslos
aufgedeckt hatte, erschien Derbheit und Roheit fast nur
als die durch die Civilisation verdrängte Natur und hob
in ihren Augen den Wert jener Schauspiele mehr, als
daß sie ihn schmälerte. Schiller schrieb in seiner Selbst-
recension der Räuber ganz im Sinne seiner gleichaltrigen
Zeitgenossen, daß gerade je entfernteren Zusammenhang
diese Gaunerhorden mit der Welt hätten, desto näheren
das Herz mit ihnen habe. Ein Mensch, an den sich die
ganze Welt knüpfe, und der sich wiederum an die ganze
Welt klammere, sei ein Fremdling für unser Herz. Daß
diese Räuber in ihren Reden wild, roh, ja gemein
waren, stieß also Huber und Körner nicht ab, dafür waren
es eben Räuber; aber daß sie titanenhaft, urwüchsig,
kolossalisch waren, das zog sie unwiderstehlich an, und
die Grundidee des Dramas war ihnen so aus der Seele
gesprochen, daß sie ihren Jubel nicht zurückzuhalten ver-
mochten. Ihre Begeisterung ergriff auch ihre Bräute,
und mit immer neuer Lust wurden Schillers ungestüme
Dichtungen wieder und wieder gelesen und ihre wilde,
stürmische Größe mit Entzücken nachempfunden.

Erfüllt von den Gefühlen dankbarer Bewunderung,
machte einst Dorothea Stock, oder, wie sie in der Familie
genannt wurde, Dora oder Dorchen, den Vorschlag, sie
wolle als Zeichen der Verehrung die Porträts der vier
Verlobten für Schiller en miniature malen und, ohne
ihre Namen zu nennen, an Schiller einsenden. Der
Vorschlag fand sogleich Beifall, vorzüglich nahm ihn

Körner mit Lust auf und fügte der Sendung selbst noch
die eigene Komposition des Liedes Amalias aus den
Räubern hinzu: „Schön wie Engel voll Walhallas
Wonne." Seine Minna wollte nicht zurückbleiben und
verzierte eine Brieftasche für Schiller mit einer Stickerei,
die eine Lyra mit goldenen Saiten und einem grünen
Lorbeerkranz zeigte. Alles wurde sorgfältig zusammen-
gepackt und mit vier Begleitbriefen ohne Unterschrift
Ende Mai 1784 dem Buchhändler Göß aus der Schwan-
schen Buchhandlung zu Mannheim zur Überbringung
an Schiller mitgegeben. Die übrigen Briefe scheinen
verloren zu sein: Körners ist erhalten und leitet den
wertvollen, zuerst 1847 veröffentlichten, Briefwechsel
zwischen Schiller und Körner ein. Darin heißt es:

„Zu einer Zeit, da die Kunst sich immer mehr zur
feilen Sklavin reicher und mächtiger Wollüstlinge herab-
würdigt, thut es wohl, wenn ein großer Mann auftritt
und zeigt, was der Mensch auch jetzt noch vermag. Der
bessere Teil der Menschheit, den seines Zeitalters ekelte,
der im Gewühl ausgearteter Geschöpfe nach Größe
schmachtete, löscht seinen Durst, fühlt in sich einen
Schwung, der ihn über seine Zeitgenossen erhebt, und
Stärkung auf der mühevollsten Laufbahn nach einem
würdigen Ziele. Dann möchte er gern seinem Wohl-
thäter die Hand drücken, ihn in seinen Augen die
Thränen der Freude und Begeisterung sehen lassen,
daß er auch ihn stärkte, wenn ihn etwa der Zweifel
milde machte, ob seine Zeitgenossen wert wären, daß er
für sie arbeitete. Dies ist die Veranlassung, daß ich
mich mit drei Personen, die insgesamt wert sind, Ihre
Werke zu lesen, vereinigte, Ihnen zu danken und zu

huldigen. Zur Probe, ob ich Sie verstanden habe, habe ich ein Lied von Ihnen zu komponieren versucht."

„Wenn ich, obwohl in einem andern Fache, als das Ihrige ist, werde gezeigt haben, daß auch ich zum Salze der Erde gehöre, dann sollen Sie meinen Namen wissen. Jetzt kann er zu nichts helfen."

„Guten Menschen, fürwahr, spricht oft ein himmlischer Geist zu, Daß sie fühlen die Not, die dem armen Bruder bevorsteht."

Jener scheinbar so willkürliche Einfall der Dora und der bloße freundlich dankbare Scherz ist eine Fügung, an die sich bedeutende Folgen für die vier Absender, für Schiller und damit für uns alle geknüpft haben. Es war die Hilfe, die unserm Schiller zugesandt wurde, als seine geistige Not den Höhepunkt erreicht hatte.

Johann Christoph Friedrich Schiller, geb. zu Marbach, b. 10. Nov. 1759 hatte die ersten dreizehn Jahre seines Lebens in fröhlicher, sorgloser Kindeslust im elterlichen Hause zu Marbach, Lorch und Ludwigsburg verlebt. Am 16. Januar 1773 trat er in die Karlsschule ein und verließ die inzwischen zur Akademie erhobene Schule, nachdem er das medicinische Doktorexamen bestanden hatte, am 15. Dezember 1780. Er wurde nunmehr als Regimentsmedicus beim Regiment Augé in Stuttgart angestellt. Aber auch in dieser Stellung war seine persönliche Freiheit nur um wenig größer, als in der Schule mit ihrer militärisch straffen Zucht. Nicht nur, daß sein Einkommen gering war — er erhielt monatlich achtzehn Gulden Reichswährung — er durfte, was für ihn der größte Zwang war, nicht dichten, wie er wollte und mußte. Als im Jahre 1781 die Räuber und die Anthologie im Druck erschienen waren, und die

Räuber am 13. Januar 1782 in Mannheim aufgeführt
waren, wurde er vom Herzoge erst milde verwarnt,
bald aber heftig bedroht, daß er bei Strafe der Kassation
keine Komödien mehr schreibe. Seitdem hegte Schiller
den Plan zur Flucht aus Stuttgart, die endlich im
September 1782 zur Ausführung gebracht wurde, wie
schmerzlich auch dem jungen Dichter die Trennung von
der Heimat und den Eltern fiel. Die Flucht gelang
unter der Beihilfe des treuen Freundes Streicher, aber
die Sorgen waren ihm nachgeeilt. Seine Hoffnung von
Dalberg, dem Intendanten des Mannheimer Theaters
einen Vorschuß auf sein zweites Schauspiel, den Fiesko,
zu erhalten, betrog ihn, und zugleich mußte er fortdauernd in Furcht schweben, verhaftet und nach Stuttgart zurückgeführt zu werden. Unter fremdem Namen
mußte er, der schon durch den Druck seiner Räuber sich
in Schulden gestürzt hatte, von der Güte seines Freundes
Streicher und später seiner edlen Gönnerin der Frau
von Wolzogen leben, bis er endlich am 1. September 1783
mit einem Jahrgehalt von dreihundert Gulden als
Theaterdichter in Mannheim angestellt wurde.

Aber als ein bösartiges Fieber und die stets er-
neuerten ärgerlichen Anforderungen auf zeitraubende
Abänderung seiner Dramen nach allerlei kleinlichen,
äußerlichen Rücksichten ihn hinderten, seinerseits den
Verpflichtungen des Kontraktes nachzukommen, wurde
ihm auch diese Stellung wiederum verleidet, welche durch
Theaterintriguen aller Art ihm ohnehin schon erschwert
war. Dazu wuchs die Schuldenlast, und die Vorwürfe
des Vaters und seine Mahnungen, doch lieber als Arzt
redlichen und sicheren Gewinn zu suchen, beunruhigten
und bedrückten den Sohn. Sein warmes Herz bedurfte

des nahen Freundes, und zur Zeit hatte er, wie er
schrieb, keine Seele dort, welche die Leere seines Herzens
füllte, und von denen, die ihm etwa noch teuer sein
konnten, schieden ihn „Konvenienz und Situationen."
Dazu traten noch beunruhigende und aufregende Hoffnungen und Pläne auf eine eheliche Verbindung mit
Margarete Schwan oder der Frau Charlotte von Kalb,
die ihn gerade bei seiner bedrückten äußeren Lage nicht
am wenigsten quälten. In diese trübe Stimmung
geistiger Vereinsamung und selbstquälerischen Kleinmuts
traf nun die ermutigende Sendung unserer zwei Leipziger
Brautpaare wie ein plötzlicher Lichtblick in finstre Nacht.
Sie durften es sich zuschreiben, wie Schiller ihnen später
beteuerte, wenn er die Verwünschung seines Dichterberufes, die sein widriges Verhängnis ihm schon aus
der Seele preßte, zurücknahm und sich wieder glücklich
fühlte. Unbefangener noch und glühender sprach er
seine lebhafte Freude über diese zartfühlende Teilnahm-
bezeugung, und die neue Kraft, die er aus ihr schöpfte,
in einem kurz nach dem Empfang geschriebenen Briefe
an seine vertraute Wohlthäterin, die Frau von Wolzogen,
aus: „So ein Geschenk, von ganz unbekannten Händen,
durch nichts als die bloße, reinste Achtung hervorgebracht,
aus keinem andern Grund, als mir für einige vergnügte
Stunden, die man bei Lesung meiner Produkte genoß,
erkenntlich zu sein — ein solches Geschenk ist mir größere
Belohnung, als der laute Zusammenruf der Welt, die
einzige süße Entschädigung für tausend trübe Minuten.
Und wenn ich das nun weiter verfolge und mir denke,
daß in der Welt vielleicht mehr solche Zirkel sind, die
mich unbekannt lieben, und sich freuen, mich zu kennen,
daß vielleicht in hundert und mehr Jahren, wenn auch

mein Staub schon lange verweſt iſt, man mein Andenken
ſegnet und mir noch im Grabe Thränen der Bewunderung zollt, dann freue ich mich meines Dichterberufes
und verſöhne mich mit Gott und meinem oft harten
Verhängnis.‟

Die Antwort an die gütigen Geber in Leipzig,
deren Namen Schiller nach einiger Zeit vom Buchhändler
Göſch doch erfahren haben muß, verſchob er auf eine
beſſere Stunde, auf einen Beſuch ſeines Genius, wenn
er einmal in einer ſchöneren Laune ſeines Schickſals,
ſchöneren Gefühlen würde geöffnet ſein. Dieſe „Schäfer-
ſtunden‟ blieben aus, und in einer traurigen Stufen-
reihe von Gram und Widerwärtigkeit vertrocknete ſein
Herz für Freundſchaft und Freude. Da erinnert ihn
ein wehmütiger Abend plötzlich wieder an jene guten,
teilnehmenden Herzen, und er eilt an den Schreibtiſch,
um ihnen die ſchändliche Vergeßlichkeit abzubitten, die
ihn länger als ein halbes Jahr hatte ſchweigen laſſen.
Zugleich mit dem Brief überſandte er die Ankündigung
ſeines neuen Journals „Thalia.‟

In Leipzig hatten die Brautpaare der Anonymität
der Sendung halber auf eine Antwort Schillers nicht
mit Beſtimmtheit rechnen können, aber ſie hofften doch,
Schiller werde nicht ruhen, bis er ihre Namen ausfindig
gemacht haben werde. Das lange Ausbleiben der Antwort entläuſchte ſie deshalb nicht wenig, und Huber, der
von vornherein den Gedanken Doras etwas abenteuer-
lich gefunden und mehr aus Gefälligkeit gegen ſeine
Braut als aus eigenem inneren Antriebe ihn hatte ausführen helfen, ſpottete nun neckend und verlachte die
andern und ſagte, wie Fr. Förſter zu erzählen weiß:
„Euer poetiſcher Räuberhauptmann wird wohl bei Laura

am Klavier in Entzückungen schwelgen und sich wenig um die Schäferinnen an der Pleiße kümmern."

Doch Hoffnung läßt nicht zu Schanden werden; endlich kam Schillers Brief dennoch, und nun war die Reihe des Triumphierens an den drei übrigen. Und welch ein Brief belohnte sie jetzt reicher, als sie es erwarten durften. Körners kühnste Hoffnung, daß die Sendung vielleicht auch den Dichter stärken könnte, wenn ihn etwa der Zweifel müde machte, ob seine Zeitgenossen seiner wert seien, war weit übertroffen; nicht von einzelnen Zweifeln, nein geradezu von der völligen Verzweiflung hatten sie ihn gerettet und befreit. Schillers Dank war eine Bitte, er bot ihnen sein Herz, seine Freundschaft, sein ganzes Selbst dar, ihnen wollte er, der Bewunderte, angehören und ihrer Freundschaft allein seine weitere Lebens- und Wirkensfreudigkeit verdanken. Körner ergriff die dargebotene Freundeshand mit Wärme und lud Schiller auf das herzlichste ein, nach Leipzig zu kommen. Die Summe seiner Gedanken und Gefühle dem unbekannten Freunde gegenüber zieht er am Schlusse seines herzlichen Antwortbriefes in den Worten: „Leben Sie wohl. Unser gemeinschaftlicher Wunsch ist, Sie glücklich zu wissen. Möchten wir doch dadurch etwas dazu beitragen können, daß wir uns näher an Sie anschließen."

Schillers zweiter Brief folgte schneller. Seine Lage in Mannheim war ihm immer unerträglicher geworden, seinen Kontrakt mit dem Theater hatte er gebrochen, seiner Verbindung mit Margarete setzte der Vater, wie es dem Dichter zunächst erschien einen eigensinnig harten Widerstand entgegen und machte sie von Bedingungen abhängig, die Schiller nicht erfüllen konnte, kurz in

Mannheim konnte und wollte er nicht bleiben. „Zwölf Tage," schreibt er, „habe ich's in meinem Herzen herumgetragen wie den Entschluß aus der Welt zu gehen. Menschen, Verhältnisse, Erdreich sind mir zuwider. Aber vor allem anderen lassen Sie mich's frei heraussagen, meine Teuersten, und lächeln Sie auch meinetwegen über meine Schwächen: Ich muß Leipzig und Sie besuchen. O, meine Seele dürstet nach neuer Nahrung, nach besseren Menschen, nach Freundschaft, Anhänglichkeit und Liebe. Ich muß zu Ihnen, muß in Ihrem näheren Umgang, in der innigsten Verkettung mit Ihnen mein eigenes Herz wieder genießen lernen, und mein ganzes Dasein in einen lebendigeren Schwung bringen."

„Werden Sie mich wohl aufnehmen?"

„Sehen Sie, ich muß es Ihnen gerade heraussagen, ich habe zu Mannheim schon feierlich aufgekündigt und mich unwiderruflich erklärt, daß ich in drei bis vier Wochen abreise, nach Leipzig zu gehen. Etwas Großes, etwas unaussprechlich Angenehmes muß mir da aufgehoben sein; denn der Gedanke an meine Abreise macht mir Mannheim zum Kerker, und der hiesige Horizont liegt schwer und drückend auf mir, wie das Bewußtsein eines Mordes. Leipzig erscheint meinen Träumen und Ahnungen wie der rosige Morgen jenseits der walbigen Hügel. In meinem Leben erinnere ich mich keiner so innigen, prophetischen Gewißheit, wie diese ist, daß ich in Leipzig glücklich sein werde. Ich traue auf diese sonderbare Ahnung, so wenig ich sonst auf Visionen halte. Etwas Freudiges wartet auf mich, — doch warum Ahnung? Ich weiß ja, was auf mich wartet, und wen ich da finde."

Aber wenn Schiller auch gern fort wollte von
Mannheim, er konnte einstweilen nicht, und so sah er
sich denn eines Hauptartikels wegen zu einem Nachtrage
genötigt, den er wenige Tage darauf Huber einsendete.
Ihm fehlten zum mindesten 100 Dukaten, und er
bat Huber, ihm in Leipzig von irgend einem Buchhändler
einen Vorschuß zu verschaffen. Körner stand damals in
geschäftlicher Verbindung mit dem Buchhändler Göschen
und suchte Schillers Thalia und damit zugleich etwa
auch seine künftigen Schriften für Göschens Verlag zu
gewinnen. Er schoß Schiller die 100 Dukaten also
durch Göschens Vermittlung vor, so daß diese Zahlung
von diesem gewissermaßen als Einleitung zum Ankauf
der Thalia für seinen Verlag erschiene. Doch sorgte er
dafür, daß Schiller freie Entscheidung behalte und nicht
etwa glaube, daß ihm hier ein nachteiliger Handel ab-
genötigt werde.

So konnte denn Schiller seine Verbindlichkeiten
in Mannheim lösen und die Reise antreten. Am 17. April
traf er in Leipzig ein. Folgendes kleine Billet meldete
seine Ankunft an Huber:

„Vom blauen Engel.“

„Endlich bin ich hier. Wenige Augenblicke noch,
mein Bester, und ich eile in Ihre Arme. Zerstört und
zerschlagen von meiner Reise, die mir ohne Beispiel ist,
(denn der Weg zu Euch, mein Lieber, ist schlecht und
erbärmlich, wie man es von dem erzählt, der zum
Himmel führt) bin ich trotz meines innigsten Wunsches
nicht fähig, jetzt schon bei Ihnen zu sein. Aber ich bin
doch mit Euch, meine Besten, innerhalb der nämlichen
Mauern, und das ist ja unendlich mehr Freude, als ich
jetzt übersehen kann. Verschweigen Sie mir zu Lieb'

3

unfern Mädchen, daß ich hier bin. Wir wollen erst einen kleinen Betrug mit einander verabreden."

Dieser kleine Betrug den beiden Schwestern gegenüber scheint freilich nicht zur Ausführung gekommen zu sein. Aber solche Mystifikationen waren dem damaligen Zeitgeschmacke gemäß, und bald darauf spielten zum Beispiel Huber und der Dichter Jünger ihrem Freunde Schiller einen ähnlichen Possen, als der hier geplante ist.

Doch hat über des Dichters ersten Eindruck Frau Körner später noch an Förster lachend erzählt, wie ihre Schwester und sie von dem sanften Gesicht Schillers förmlich betroffen worden seien; sie hätten sich den Dichter der Räuber weit wilder gedacht, etwa wie den Räuber Moor in Person.

Körner war am Tage der Ankunft Schillers nicht in Leipzig. Kaum aber war er von derselben benachrichtigt, so suchte er wenigstens brieflich sich dem neuen Freunde rückhaltslos zu erkennen zu geben; in zwei Briefen schildert er seine Entwickelungsgeschichte, und als Schiller in seiner Antwort zeigt, daß er ihn verstanden, und sich mit tausend Ideen für den Bau ihrer Freundschaft beschäftigt, die ohne Beispiel sein soll, da schreibt Körner jubelnd: „Das Sie in unsern Briefen ist mir zuwider. Wir sind Brüder durch Wahl mehr, als wir es durch Geburt sein könnten." Wenige Wochen nachher trafen die Freunde zum ersten Mal in Kahnsdorf persönlich zusammen. An dem Tage selbst aber konnte Schiller den Freund nicht ausschließlich für sich in Anspruch nehmen, und so holte er in einem begeisterten Brief zwei Tage später nach, was er ihm noch hatte sagen wollen. Der heißeste Dank und die beredteste

Freudenergießung über den gefundenen Freund quillt
ihm aus der Feder. „Der Himmel hat uns seltsam
einander zugeführt, aber in unserer Freundschaft soll er
ein Wunder gethan haben." Großes habe er, so fährt
er fort, in Leipzig erwartet, aber die Vorsehung hätte
ihm im neuen Freundeskreise eine Glückseligkeit bereitet,
von der er sich früher nicht einmal ein Bild hätte
machen können. Sodann stellt er mehrere Fragen an
Körner in Betreff seiner Verbindungen mit dem Buchhändler Göschen und thut den Vorschlag, Göschen möge
für eine neue Auflage seiner Dramen, die durch einen
zweiten Teil der Räuber vermehrt werden sollten, ihm
einen Vorschuß zahlen. Diese Spekulation als solche
erschien Körner für sich selbst und Göschen keineswegs
schlecht, aber er fürchtete, die neue Auflage werde seinen
Freund an der Fortsetzung des Don Karlos hindern,
und er las ferner zwischen den Zeilen des Schillerschen
Briefes, daß nur die Geldverlegenheit den Plan der
neuen Auflage erzeugt hatte. Da ist es nun groß, wie
Körner dem bedürftigen Freunde antwortet: „Du hast
noch eine gewisse Bedenklichkeit, mir Deine Bedürfnisse
zu entdecken. Warum sagtest Du mir nicht in Kahnsdorf ein Wort davon, warum schriebst Du mir nicht
gleich, wieviel Du brauchst? Wenn ich noch so reich
wäre und Du ganz überzeugt sein könntest, welch ein
geringes Objekt es für mich wäre, Dich aller Nahrungssorgen für Dein ganzes Leben zu überheben, so würde
ich es doch nicht wagen, Dir eine solche Anerbietung zu
machen. Ich weiß daß Du imstande bist, sobald Du
nach Brot arbeiten willst, Dir alle Deine Bedürfnisse
zu verschaffen. Aber ein Jahr wenigstens laß mir die
Freude, Dich aus der Notwendigkeit des Broterdienens

zu setzen. Was dazu gehört, kann ich entbehren, ohne im geringsten meine Umstände zu verschlimmern. Auch kannst Du mir meinethalben nach ein paar Jahren alles wieder mit Interessen zurückgeben, wenn Du im Überfluß bist."

Es ist wahr, Körner befand sich dazumal in äußerlich guten Umständen. Zu Anfang des Jahres war sein Vater gestorben und hatte ihm ein nicht unbedeutendes Vermögen hinterlassen; aber wie viele Leute sind es denn wohl die im sicheren Besitz freigebiger werden? Und die zartfühlende Art der Gabe verrät den Edelsinn des Gebers noch deutlicher.

Schillers Antwort ist nicht minder schön: „Für Dein schönes und edles Anerbieten habe ich nur einen einzigen Dank, dieser ist die Freimütigkeit und Freude, womit ich es annehme. Niemals habe ich die Antwort gebilligt, womit der große Rousseau den Brief des Grafen Orlof abfertigte, der aus freiwilligem Enthusiasmus dem flüchtigen Dichter eine Freistätte anbot. In eben dem Maße, als ich mich gegen Rousseau kleiner fühle, will ich hier größer handeln wie er. Deine Freundschaft und Güte bereitet mir ein Elysium. Durch Dich, teurer Körner, kann ich vielleicht noch werden, was ich je zu werden verzagte. Meine Glückseligkeit wird steigen mit der Vollkommenheit meiner Kräfte, und bei Dir und durch Dich getraue ich mir, diese zu bilden. Die Thränen, die ich hier an der Schwelle meiner neuen Laufbahn Dir zum Danke, zur Verherrlichung vergieße, diese Thränen werden wiederkommen, wenn diese Laufbahn vollendet ist."

„Werde ich das, was ich jetzt träume, — wer ist glücklicher, als Du?"

„Eine Freundschaft, die so ein Ziel hat, kann niemals aufhören.“

„Zerreiße diesen Brief nicht. Du wirst ihn vielleicht in zehn Jahren mit einer seltenen Empfindung lesen, und auch im Grabe wirst Du sanft darauf schlafen.“ Und so ist es in der That geworden: Bei Körner und durch Körner ist Schiller das geworden, was er schon verzagt hatte, je noch zu werden, und niemand war glücklicher darüber als der Freund.

In dieser Zeit entstand Schillers Lied an die Freude. Es verdankt seine Entstehung der neuen Lebenslust und Frische, die der Dichter bei seinen Freunden in Leipzig wiedergewonnen hatte. Die überschwengliche Freude, „in den Armen des Freunds wissend ein Freund zu sein,“ hatte ihm, dem schon Verzweifelnden, vor allem wieder die frohe Botschaft ins Herz hineingepredigt, daß broben überm Sternenzelt ein lieber Vater wohnen müsse. Und die Gewißheit der göttlichen Liebe, belehrte ihn, daß alle Menschen zur Freude berufen seien, und daß die Freude wiederum Liebe zu den Mitmenschen erzeuge. Sie tilge Groll, Rache und Feindschaft und treibe die Menschen zur Verzeihung, Hilfe, Großmut, Gnade und zur Hoffnung auf eine allgemeine Sündenvergebung nach dem Tode. Sie verbrüdere den Bettler und Fürsten, den Gerechten und Ungerechten, und ihr Zauber führe die Menschen in das Paradies ihrer kindlichen, natürlichen Unschuld zurück. Mag der Kunstkritiker immerhin viel an dem übersprudelnden Jubelgesang auszusetzen finden, wie ihn denn Schiller selbst in seinen späteren Jahren für „durchaus fehlerhaft“ erklärte, der Grundgedanke des Liedes ist gewiß großartig, und für Schillers Leben bleibt es als Mark-

stein seiner geistigen Wiedergeburt eine denkwürdige
Dichtung.

Wohl den Menschen, die sich sagen durften, daß
durch ihre Hilfe ein Schiller nach der Nacht der Verzweiflung und Verzagtheit zuerst wieder Glauben, Liebe
und Hoffnung, und damit auch Freude, gewonnen hatte.

II.

Am 4. Januar 1785 war Körners Vater gestorben, und schon wenige Monate darauf starb auch die Mutter. Körner trat nun in den Besitz des elterlichen Vermögens und konnte endlich daran denken, seine Minna als Gattin heimzuführen. Einen Teil des Vermögens lieh er an einen Freund, den Buchhändler Göschen, und faßte den Plan, als stiller Teilnehmer mit diesem eine neue Buchhandlung zu eröffnen. Es freute ihn, einem braven Freunde damit zur Selbständigkeit zu verhelfen; zugleich aber hoffte er auch, daß sich sein Kapital gut verzinsen werde. Diese Hoffnung erfüllte sich jedoch vorläufig nicht; Göschen bat mehrfach um neue Einzahlungen, ohne daß sich die auf die ersten Verlagsartikel eingezahlten Raten so schnell, wie Körner erwartet hatte, verzinsten. So zog er sich, sobald dies Göschen gegenüber möglich war, aus dem Geschäfte zurück und ließ dem Freunde nur ein Kapital gegen feste Zinsen in der Handlung zurück. Immerhin aber war bereits ein guter Grund für die neue Handlung gelegt, und namentlich

durch das Verlagsrecht auf Goethes Werke ein ehren-
werter Name unter den deutschen Buchhandlungen erworben.

Am 7. August 1785 feierte Körner seine Hochzeit
in Leipzig. Vier Tage vor der Hochzeit schrieb er der
Braut: „Mein Gefühl ist schon jetzt auf einer Höhe, daß
ich mich jedes Ausdrucks schäme, wodurch ich Deiner
Einbildungskraft zu Hilfe kommen möchte. Aber Du
bedarfst dieser Hilfe nicht. Du ahndest richtiger, was in
meiner Seele vorgeht, als es die beredteste Zunge Dir
sagen kann. Lebe wohl! Noch vier Tage — und in
Deinen Armen. Wer ist dann glücklicher als Dein
Körner?"

Schiller schenkte dem jungen Paare als Symbol
ewiger Dauer in der Liebe und Freundschaft zwei Vasen
in Urnenform und schrieb dazu die Bitte, Körners
möchten über ihrer Liebe zueinander nicht den Freund
vergessen. Auch ein feierliches Hochzeitscarmen von nicht
weniger als zweiundzwanzig Strophen entquoll dem
übervollen Dichterherzen.

Als das junge Ehepaar seiner neuen Heimat,
Dresden, entgegenreiste, gaben ihm Schiller und Huber
die Hälfte Wegs zu Pferde das Geleit. Auf dem Rück-
weg stürzte der Dichter und quetschte sich im Falle die
rechte Hand. „Ein kleines Überbleibsel an der Hand,"
schreibt er, „soll mir herzlich lieb sein, weil es mich
mein Leben lang an Deinen glücklichen Einzug in Dresden
erinnert — und was wären unsere Freuden, wenn sie
uns nicht auch etwas kosteten?"

Schiller und Huber blieben also einstweilen in
Leipzig zurück; aber schon war der Plan zur baldigen
Wiedervereinigung geschmiedet. Auch Huber hoffte, nach

Dresden berufen zu werden und dort im diplomatischen
Fache Beschäftigung zu erhalten, und dann sollte auch
Schiller nach Dresden übersiedeln. Dorchen hatte sogleich das Ehepaar in die neue Heimat begleitet. In-
dessen verzögerte sich Hubers Berufung einige Wochen
länger, als Schiller erwartet hatte, und besonders als
er warten mochte. Denn nach Körners Abreise erschien
ihm Leipzig „wie ein augeputzter Leichnam auf dem
Paradebette — die Seele ist dahin.“ „Ich muß zu
Euch,“ schreibt er in demselben Brief vom 6. September,
„und auch meine Geschäfte fordern Ruhe, Muße und
Laune. In Euerm Kreise allein kann ich sie finden.“
Und kaum hat er den 10. September abends Körners
Brief erhalten mit der Aufforderung, je eher, je lieber
zu kommen, so besteigt er auch am nächsten Morgen
4 Uhr schon die Extrapost, mit der er um Mitternacht
glücklich in Dresden anlangte.

Körner hatte zunächst eine Wohnung in der Neu-
stadt Dresdens auf dem Kohlenmarkt im Faulschen
Hause gemietet. Am Nachmittag des Tages nach Schillers
Ankunft zogen sie dann noch auf kurze Zeit in ihre
Sommerwohnung, auf jenen historisch denkwürdigen
Weinberg in Loschwitz, eine kleine Stunde weit von
Dresden. Am Fuße eines Hügels lag das Wohnhaus,
von einem niedlichen kleinen Garten umgeben, und oben
auf der Höhe des Weinberges stand noch ein artiges
Gartenhäuschen mit entzückender Aussicht über die Elbe
namentlich bei Untergang der Sonne. In diesem
vollendete Schiller später seinen Don Karlos. Am
ersten Abend hielten die Freunde, während Minna und
Dorchen auspackten, philosophische Gespräche, und Körner
beschloß, von nun ab auch schriftstellerisch thätig zu werden.

Des Abends spät brachten die Wirte ihren lieben Gast
sodann in Prozession auf sein Zimmer, wo er alles zu
seiner Bequemlichkeit schon bereit fand. Es war ihm so
wohl, zum ersten Male mit den lieben Menschen unter
einem Dache zu schlafen, und er fühlte sich „wie im
Himmel aufgehoben." Mehrere Wochen blieb er ihr
Hausgenosse, erst draußen auf dem Weinberg, dann in
der Stadt, bis vierzehn Tage nach dem Michaelistermin die
für ihn und Huber gemietete Wohnung im Fleischmann-
schen Hause auf dem Kohlenmarkte neben dem Palaisgarten frei wurde.

Inzwischen war auch Huber in Dresden angelangt,
und als die fünf zum ersten Mal wieder bei einer
Mahlzeit in Körners Garten beisammen saßen, brachte
Schiller einen Trinkspruch auf ihrer aller fröhliches Zusammenleben aus. Hell erklangen die Gläser — doch
wehe! der begeisterte Dichter stieß so heftig an, daß
Minnas Glas in Stücke zersprang. Man denke sich
den Schrecken der jungen Hauswirtin, nicht so sehr über
die böse Vorbedeutung, die dem Unfall unterzulegen
war — nein: Das neue zum ersten Mal aufgedeckte
Damasttuch war über und über mit Wein übergossen.
Und damit nicht genug: Der begeisterte Redner goß, um
die Vorbedeutung abzuwenden, nicht nur den übrigen
voraus den Inhalt der Gläser als Spende für die
Götter aus, sondern alle warfen auch nach seinem Vor-
gange die Gläser über die Gartenmauer unter dem
leidenschaftlichen Ausruf: „Keine Trennung, keiner allein,
sei uns ein gemeinsamer Untergang beschieden."

Um weiterem Zerwerfen der Gläser vorzubeugen,
bestellten Körners in froher Laune alsobald bei einem
Juwelier fünf silberne Becher mit den Anfangsbuchstaben

S. H. K. M. D., welche ihnen später noch lange gleichsam als Bundeszeichen galten.

Schiller arbeitete in Dresden an seinem Karlos
und an der Thalia, für die er seine beiden Freunde zu
Mitarbeitern zu gewinnen strebte. Beide waren auch
willig dazu, und gemeinsam wurden nun Pläne geschmiedet, Arbeiten durchgesprochen, gelesen und geschrieben. Körner kannte sogar schon die Sorgen eines
Redacteurs aus eigener Erfahrung, da er vom Oktober
1784 ab in Vertretung für seinen Freund, den Professor
Becker, während einer halbjährigen Erholungsreise desselben die „Ephemeriden der Menschheit" herausgegeben
hatte. Auch hatte er mancherlei vorbereitet und las
schon in den ersten Tagen in Loschwitz dem Freunde
Vorarbeiten zu einem Aufsatz über Kultur vor, die
Schiller auch gehaltvoll erschienen. Aber der Aufsatz
blieb unvollendet, und Körner konnte, wie so oft noch
bei späteren Arbeiten, für seine Ideen nicht den ihn befriedigenden Ausdruck finden. Seine Empfänglichkeit
war größer als seine Produktivität. Freilich wollte er
nicht nur totes Wissen aufspeichern, wenn er weit über
sein Fachstudium hinaus sich eine umfangreiche und tiefe
Bildung zu erwerben suchte und mit geistvollen Männern
gern gesellig verkehrte. Auch ihn lockte der Gedanke, die
gesteigerte Kraft dann später in eigenen Geistesprodukten
nach außen wirken zu lassen und schriftstellerisch sich zu
bethätigen und etwas zu thun, „wodurch er einen Teil
der Schuld dem Glücke abtrage." Aber das Schreiben
wurde ihm gar zu schwer, und seine Anforderungen an
sich waren zu hoch, als daß er mit Schnelligkeit und
Leichtigkeit seine Gedanken hätte zu Papier bringen
können. Auch hinderte gerade die Vielseitigkeit seiner

Interessen ihn oft, mit Ausdauer und zäher Arbeitskraft
bei einer und derselben Arbeit auszuhalten, und gut-
mütige Teilnahme an den Interessen anderer Menschen
sowie die Lust an der Geselligkeit ließen ihn die Zeit
nicht so ausnutzen, wie es für eine fruchtbare Schriftstellerei zumal neben andersartiger amtlicher Thätigkeit
unbedingt erforderlich ist. Immer wieder fühlte er sich
gedemütigt, wenn er sah, wie wenig der Erfolg seinen
Vorsätzen entsprach, immer wieder faßte er die kühnsten
Pläne, aber meistens zersprangen sie wie Seifenblasen
nach kurzer Zeit in nichts. An Belesenheit und gründlicher Vorbildung war er den Freunden überlegen, an
kritischer Schärfe ihnen gewachsen, an Gewandtheit im
Ausdruck aber und an Genialität stand er beiden und
besonders Schiller weit nach. Es ist ein gutes Zeichen
für seinen Charakter, daß ihn, trotzdem er die Überlegenheit des Schillerschen Geistes wohl empfand, nie
auch nur im geringsten der Neid nagte und plagte, und
daß die Ungleichheit des Talents der Freundschaft keinen
Abbruch that. Ehe er seinen großen Freund noch persönlich kennen gelernt hatte, schrieb er ihm einst die
Worte: „Wenigstens muß Schiller nicht zu sehr über
mich emportragen, wenn uns ganz wohl beieinander
sein soll." Inzwischen aber hatte er schon das einzige
aber auch sichere Rettungsmittel gegen große Vorzüge
eines andern kennen gelernt: Die Liebe. Und je weiter
ihm Schiller, so zu sagen, über den Kopf wuchs, um so
freudiger konnte er zu ihm aufsehen, und neidlos konnte,
weil Schiller der glückliche war, Körner der selige sein.
Das dankte er der Lauterkeit seines Charakters und der
Begabung, deretwegen ihn Schiller von Anfang ihrer
Freundschaft an glücklich pries: Seinem glücklichen Talent

zur Begeisterung. Und doch nahm er in der Freundschaft nicht nur vom Freunde, er gab ihm auch reichlich
zurück. Schiller wußte sehr wohl, was er an seinem
Körner hatte, und blieb ihm sein Leben hindurch nicht
etwa nur aus Dankbarkeit, für die erste Anregung und
Unterstützung, die er in seinem Hause gefunden, treu
ergeben, sondern in dem Gefühl, daß er an Körner
einen dauernden Schatz habe, einen unermüdlichen
Schöpfer und Förderer seines Glücks, „der's fühlend
erst erschafft, der's teilend mehrt." Sehr treffend sprach er
das einmal seiner Braut und ihrer Schwester, Karoline
von Beulwitz, gegenüber in einem Briefe aus: „Sie haben
sehr recht, wenn sie sagen, daß nichts über das Vergnügen geht, jemand in der Welt zu wissen, auf den
man sich ganz verlassen kann. Und dies ist Körner für
mich. Es ist selten, daß sich eine gewisse Freiheit in der
Moralität und in Beurteilung fremder Handlungen oder
Menschen mit dem zartesten moralischen Gefühl und mit
einer instinktartigen Herzensgüte verbindet wie bei ihm.
Er hat ein freies, kühnes und philosophisch aufgeklärtes
Gewissen für die Tugenden anderer und ein ängstliches
für sich selbst: gerade das Gegenteil dessen, was man
alle Tage sieht, wo sich die Menschen alles und den
Nebenmenschen nichts vergeben. Freier als er von Anmaßung ist niemand; aber er braucht einen Freund,
der ihn seinen eigenen Wert kennen lehrt, um ihm die
so nötige Zuversicht zu sich selbst, das was die Freude
am Leben und die Kraft zum Handeln ausmacht, zu
geben. Er ist dort (in Dresden) in einer Wüste der
Geister." Und nicht lange vorher hatte er von Körner
geschrieben: „Er ist kein imposanter Charakter, aber
desto haltbarer und zuverlässiger auf der Probe. Ich

habe sein Herz noch nie auf einem falschen Klange über-
rascht; sein Verstand ist richtig, uneingenommen und
kühn; in seinem ganzen Wesen ist eine schöne Mischung
von Feuer und Kälte."

Doch ich habe mit der Charakteristik Körners schon
in die spätere Zeit vorgegriffen. Noch waren die
Freunde in Dresden beisammen und hegten und pflegten
die kühnsten Gedanken über den immer vollendeteren
Ausbau ihrer Freundschaft. Gemeinsam wie ihr Leben
sollte zum Teil wenigstens auch ihre Schriftstellerei
werden. Sie nahmen mit neuer Lust einen früheren
Gedanken Schillers wieder auf, in Briefform, roman-
artig, die philosophische Entwickelung eines jungen
Mannes, oder man darf wohl sagen, Schillers selbst,
darzustellen. Es sollten besonders die religionsphilo-
sophischen Irrtümer und Zweifel gezeichnet werden,
welche durch die Freidenkerei den Jünglingen damaliger
Zeit nahe gelegt waren, und erst sollte die volle Kenntnis der Zweifelskrankheit dem Leser vor Augen geführt
werden, ehe die Heilung und der Triumph der Wahrheit
erfolge. Die Briefe, soweit sie im dritten Heft der
Thalia stehen, sind vor dem April 1786 geschrieben.
Körner vertritt in ihnen den Raphael und schrieb also
damals nur einen Brief, von dem noch nicht einmal
feststeht, ob nicht Schiller auf Inhalt und Form wesentlich eingewirkt hat. Später im Jahre 1789 sandte
Körner einen zweiten Brief an Schiller ein, den dieser
wiederum in die Thalia einrückte. Eine fernere Fortsetzung, obwohl sie verheißen wurde, ist nie erfolgt.

War nach Schillers Empfindung Dresden eine
Wüste der Geister, so war das Körnersche Haus eine
Oase in dieser Wüste. Im Gegensatze zu den andern

Gesellschaftszirkeln der Stadt, in denen Adel und Orden die größte Beachtung und Verehrung genossen, erhielten im Körnerschen Hause nur wahrhafte Bildung und Intelligenz Zutritt. Die in den meisten Gesellschaften sonst als notwendige und fast einzige Unterhaltungsmittel beliebten Spieltische, wurden bei Körners meistens gern entbehrt, und eine ebenso ungezwungene und harmlose wie anregende Unterhaltung lehrte den Dresdenern erst, was der Mittelpunkt und das Wesen einer wahren Geselligkeit sei. Körner selbst hatte für Wissenschaft und Kunst wie für die praktische Verwertung der Naturwissenschaften und Mathematik auf Handel und Gewerbe gleich lebhaftes Interesse. Für Poesie hatte er ein feines Gefühl und Verständnis, für die Musik eine hohe Begabung, und in der Malerei waren seine Frau und in noch höherem Maß seine Schwägerin und später seine Tochter beanlagt. Künstler und Kunstdilettanten verkehrten daher gern in diesem Haus und zogen bald andere Gäste anfangs aus Neugier, später aus wirklicher Freude an solchem Verkehr nach sich. Mit der leichten fröhlichen Unterhaltung wechselten hier tief eingehende Gespräche über die höchsten Interessen der Menschheit, mit dem Scherz der Ernst, mit heiteren Spielen, wie dem Stellen lebender Bilder, der Erratung von Rätseln, gemeinsame Lektüre der neusten bedeutenden litterarischen Werke, mit dem Beschauen von Bildern der Gesang und Instrumentalmusik. Überall leiteten die freundlichen, herzlichen Wirte die Unterhaltung, ohne daß jemand einer Absicht dabei gewahr wurde, und der Frohsinn der Wirte ging unwillkürlich auch auf die Gäste über. Kurz hier wurde es den Fremden behaglich und wohl, und unter dem Schirm edler und feiner Sitte

fand sich die mannigfachste Anregung für Kunst und
Leben, und nicht leicht konnte eine Seite eines nach
vielen Richtungen hin strebenden Geistes unberührt und
unentwickelt bleiben.

In diesem fröhlichen Kreise verkehrten nun Schiller
und Huber tagtäglich wie feste Hausgenossen, und manche
heitere, humoristische Scherze der Freunde spiegeln uns den
harmlosen guten Geist im Hause wieder und geben zugleich
über einzelne Charakterzüge Körners erwünschten Aufschluß.

Als Körners einstmals zu Tisch nach Pillnitz aus-
gebeten waren, wollte Schiller sie nicht begleiten, sondern
lieber an der Fortsetzung des Karlos arbeiten. Am
Abend gedachten Körners zurückzukehren. Im Wohnhaus
wurde gerade gebaut. Um stiller arbeiten zu können,
begab sich Schiller in das Häuschen des Winzers nebenbei,
in dem auch die Waschküche lag. Kaum hatte er sich
in seine Arbeit vertieft, so wurde er in derselben durch
das Schwatzen der Waschfrauen und das Klatschen der
Wäsche gestört, und zu allem Unglück wurden Körners
durch ein heftiges Gewitter genötigt, die Nacht über
auch noch in Pillnitz zu bleiben. Da überreichte der
vernachlässigte Dichter am nächsten Tage Minna und
Dorchen jene bekannte Bittschrift, der auch hier wieder
ein Platz gegönnt sein möge:

Dumm ist mein Kopf und schwer wie Blei,
Die Tobaksdose ledig.
Mein Magen leer — der Himmel sei
Dem Trauerspiele gnädig!

Ich kratze mit dem Federkiel
Auf den gewollten Lumpen,
Wer kann Empfindung und Gefühl
Aus hohlem Herzen pumpen.

Feur soll ich gießen aufs Papier
Mit angefrornem Finger?
O Phöbus, hassest du Geschmier,
So wärm' auch deine Sänger!

Die Wäsche klatscht vor meiner Thür
Es schnarrt die Küchenzofe —
Und mich — mich ruft das Flügeltier
Nach König Philipps Hofe.

Ich steige mutig auf das Roß;
In wenigen Sekunden
Seh' ich Madrid — am Königsschloß
Hab' ich es angebunden.

Ich eile durch die Gallerie
Und — siehe da — belausche
Die junge Fürstin Eboli
In süßem Liebesrausche.

Jetzt sinkt sie an des Prinzen Brust
Mit wonnevollem Schauer,
In ihren Augen Götterlust,
Doch in den seinen Trauer.

Schon ruft das schöne Weib Triumph,
Schon hör' ich — Tod und Hölle!
Was hör' ich? — einen nassen Strumpf
Geworfen in die Welle.

Und weg ist Traum und Feeerei,
Prinzessin, Gott befohlen!
Der Teufel soll die Dichterei
Beim Hemdenwaschen holen.

gegeben in
unserm jammervollen Lager
ohnweit dem Keller.

F. Schiller,
Haus- und Wirtschaftsdichter.

4

Eine ganz besondere Überraschung hatte sich Schiller
zum Geburtstage Körners, zum 2. Juli 1786, ausge-
sonnen: Eine Reihe von selbstgemalten Bildern in der
uns jetzt bekannten groben Struwelpetermanier mit
Text von Huber, in denen komische häusliche Scenen
im Körnerschen Kreise karikiert und verspottet wurden.
Körner selbst kam am schlimmsten dabei weg. Sein
Name prangte schon auf dem Titel: Avanturen des
neuen Telemachs, oder Leben und Erfertionen Körners
des becenten, konsequenten, piquanten, u. s. f. von
Hogarth in schönen illuminierten Kupfern abgefaßt und
mit befriedigenden Erklärungen versehen von Winkel-
mann. Rom 1786. Frau Körner wußte später zu erzählen, daß der neckische Dichter zu dieser malerischen
Leistung eine Unterrichtsstunde bei dem berühmten
Porträtmaler Graff genommen habe. Körners Leichtgläubigkeit, Umständlichkeit, seine Lust an stereotyp
wiederkehrenden Redensarten und Späßen, seine Harmlosigkeit, sein Eifer Kants Werke zu studieren, seine
Gutmütigkeit im Ausleihen von Geld, seine heftige Art,
polternde Drohungen auszustoßen, deren Erfüllung sein
gutes Herz stets vereitelte, sein traurig gescheiterter
Plan, einen französischen Naturforscher Duchanteau zu
einer wissenschaftlichen Reise nach Ägypten auszurüsten,
der angeblich mit einem Vorschuß von 100 Friedrichsdor
durchging, einige üble Gewohnheiten und Liebhabereien
Körners, die unglücklichen Folgen eines ihm allzugut
schmeckenden Krebsgerichtes, seine vergeblichen Bemühungen, dem Vater die Bedeutung der Schillerschen „Räuber“
klar zu machen, seine Verliebtheit in seine Minna, seine
allzuweit gehende Pietät selbst gegen die alten Kleidungs-

ſtücke ſeines verſtorbenen Vaters — alles dies wird in
draſtiſchen Darſtellungen humoriſtiſch gegeißelt.

Nicht beſſer erging es Körner an ſeinem nächſten
Geburtstage. An dieſem wurde ein dramatiſcher Scherz
Schillers aufgeführt, deſſen Held Körner ſelbſt war.
Mit frohem Behagen, daß endlich ein freier Vormittag
vor ihm liege, ſteht er des Morgens gegen 9 Uhr in
Schlafrock und Pantoffeln in ſeinem Stubierzimmer und
ruft den Diener Gottlieb zum Raſieren herbei. Da
bringen in ſein Zimmer mit den verſchiedenſten Wünſchen,
Mahnungen, Begrüßungen und Anfragen im komiſchen
Durcheinander: Schiller, Minna, ein ſogenannter Seifen-
bekannter, Profeſſor Becker, wiederum Minna, ein Jour-
nalbote, Dorchen, der Zeitungsmann, Schuhmacher und
Schneider, wiederum Minna, Huber, Amtsaktuarius
Haaſe, ein Stadtrichter, Banquier Baſſenge, eine Frau
Wolf, Dorchen, Graf Schönberg, Köchin, Klavierſtimmer,
der Tiſchler, Dorchen, Minna, Gottlieb und endlich ein
an dem Zuſammenfluß aller vorigen Ruheſtörer ganz
unſchuldiger Kandidat, der ſich die Ehre giebt, dem Herrn
Konſiſtorialrat ſeine Diſſertation de transsubstantiatione
ehrerbietigſt zu überreichen. Da reißt endlich Körners
Geduld, und mit einem Kraftwort fährt er ſo heftig
auf, daß ſich der Kandidat ſtumm vor Schrecken zurück-
zieht. Aber kaum iſt das heftige Wort dem Zaun der
Zähne entfahren, hinkt die Gutmütigkeit mit aufrichtiger
Reue nach. Gottlieb muß dem Kandidaten nachlaufen
und ihn zum Eſſen bitten. Da ſtürzen Minna, Schiller,
Huber mit der fröhlichen Nachricht ins Zimmer, Freund
Kunze aus Leipzig ſei da. Körner ſchickt ſich eiligſt an,
Toilette zu machen und wird unter dem traurigen Aus-
ruf „Mein ſchöner Vormittag, o mein herrlicher Vor-

4*

mittag," mit Schrecken gewahr, daß es schon ein Uhr ist:
„Da ist's zu spät fürs Konsistorium! Lauf' er hin,
Gottlieb, ich lasse mich für heut entschuldigen!" „Aber,
lieber Gott," so rufen Dorchen, Minna, Schiller und
Huber wie aus einem Munde in vorwurfsvollem Tone,
„wie hast Du den ganzen Vormittag zugebracht?" Und
der Vorhang fällt unter der halb ärgerlichen, halb
launigen Antwort Körners: „Ich habe mich rasieren
lassen!"

Durch diese mutwilligen Scherze und Neckereien
klingt wohlthuend die feste Liebe hinburch, die fast auch
an den Schwächen des Freundes Gefallen findet. Eine
Behaglichkeit und innere Glückseligkeit hatte sich in
Körners Nähe namentlich auch des Dichters bemächtigt,
für die er selbst in den oben erwähnten selbstgemalten
Bildern den treffendsten Ausdruck gefunden hatte. Man
sah auf einem Bilde einen wilden Jungen in scharlach-
rotem Rock vor ausgelassener Freude auf dem Kopfe
stehen, und die Huber-Winkelmannsche Erklärung bazu
lautet: „Figur 2 ist der berühmte Dichter, Körners
adoptiver Sohn, welcher hier abgezeichnet ist, wie ihn
verschiedene vernünftige Leute gesehen haben."

Eine ebenso heitere Laune spiegelt sich in den Briefen
der Freunde, während der kurzen Trennungen in diesem
Zeitraum wieder. Sie waren beiden sehr unangenehm
und namentlich dem Dichter, welchem anregende Geselllig-
keit stets als Notdurft des Lebens erschien. Da bricht
denn öfters eine Art von komischem Galgenhumor hervor. So schreibt er am 20. April 1786, als Körners
über Leipzig nach Zerbst zu ihrer Tante Ayrer gereist
waren: „Wahrlich ich fange an zu glauben, daß Ihr
Narren seid; denn soviel Glück, wie Euch auf Eurer

Reise begleitet, würde keinem gescheiten Menschen zu
Teil werden. Mitten im April entschließt sich der Himmel
seine Natur zu verleugnen, die Elemente werden ihren
Grundsätzen ungetreu, und die ganze Natur giebt sich ein
öffentliches „Dömahnti" — und warum? — um den
jüngsten Oberkonsistorialrat Körner aus Dresden mit
seiner hoffnungsvollen Frau und seiner hoffnungslosen
Schwägerin angenehm reisen zu lassen. Und was habe
ich armer Versifex von der ganzen Schönheit des Wetters?
Just eben jetzt, da ich's allein genießen muß und also
gar nicht genieße? Mich macht es verdrießlich; denn es
erinnert mich an etwas, das mir fehlt — bald hätte ich
gesagt, daß ich Euch vermisse. Im Ernst, ich bin's
nachgerade überdrüssig, in meiner eigenen Gesellschaft zu
sein. Apropos, Herr Oberkonsistorialrat, Du mußt
in Zerbst ganz schrecklich unruhige Stunden gehabt
haben, weil ich in der ersten ruhigen einen Brief von
Dir kriegen sollte und noch darauf warte."

Als dann Körner im Dezember der Gesundheit
seiner Frau wegen mit dieser und Dora nach Leipzig
gereist war, bezogen Schiller und Huber Körners Wohnung in der Stadt. Aber Huber ersetzte seinem Freunde
den Körnerschen Kreis durchaus nicht, und die Sehnsucht
und das Unbehagen stieg von Woche zu Woche. Nichts-
destoweniger bricht auch in dieser Zeit bisweilen eine
frohe Laune in den Briefen hervor: „Es wird mir ganz
ungewohnt sein," schreibt er am 6. Januar 1787 „wieder
aus Eurem Haus zu ziehen. Ich bin so nach und nach
ganz damit verwandt worden, und auf Deinem Zimmer,
welches zu Deiner Schande gesagt sei, läßt sich's trefflich arbeiten. Aber der Minna sage doch, daß ich sie
herzlich bedaure wegen ihrem Schlafen; denn, wenn Du

es in der Nacht machst wie Huber, so liegt Dein Kopf immer in ihrem Bette, und das ist verfluchtes Schlafen, wie ich an mir weiß. Überhaupt bin ich für das Bette zu groß, oder es ist für mich zu klein; denn eins meiner Gliedmaßen kampiert immer die Nacht über in der Luft."

Bald darauf kehrten Körners aus Leipzig zurück. Aber Schiller fand die frühere Ruhe und Behaglichkeit nicht wieder. Er wußte wohl selbst nicht recht, was ihn drückte. Es ging ihm nicht schlecht, im Gegenteil das Übel war mehr, es ging ihm zu gut. Es fehlte ihm nicht so sehr die Lust zur Arbeit; sein Karlos war vollendet, manche Vorarbeit zu seinen späteren Geschichts= studien war gethan, viele ihm notwendige Lektüre be= wältigt, der Plan zum Geisterseher und zum Ver= söhnten Menschenfeind entworfen. Aber er war em= pfindlich und verstimmt, weil er, wie Huber später in einem Briefe an Körner vermutete, mit seinem Karlos augenblicklichen lauten Lohn ernten wollte, und „die all= gemeine Posaune des Publikums ihm nicht genug in die Ohren gellte." Treffend schreibt Huber noch später, im Jahre 1790, als er Goethes Tasso gelesen hatte, an Körner: „An der inneren Wahrheit der einzelnen Cha= raktere ist durchaus nichts auszusetzen; Tasso lebt zwie= fach für uns in Rousseau und in noch jemand" (offenbar meint er Schiller), „dessen Bild bei seiner Trennung mich nicht verlassen hat, von dem Augenblick an, da Tasso nach Rom will." Dresden bot dem Dichter außer seinem Körner niemanden, an dessen Urteil ihm gelegen gewesen wäre, ihn verlangte nach dem Umgang mit Menschen, zu denen er aufsehen konnte, oder nach einem Amte oder festen Berufe. in dem ihm seine Wirksamkeit zu lebendiger Empfindung käme. Kaum wagte er den

Gedanken sich von Körner zu trennen, aber der „schwarze
Genius der Hypochondrie" übermannte ihn immer öfter.
Da geriet er endlich noch gar in den Strudel eines
ärgerlichen Liebeshandels mit einem Fräulein von Arnim,
der das Maß seiner Mißlaune voll machte. Mit Betrug hatte das Verhältnis begonnen, wie Schiller in
scherzhafter Anspielung auf die erste Begegnung auf
einem Maskenballe auf einem dem Fräulein von Arnim
gewidmeten Stammbuchblatte sich ausdrückte, und mit
ärgerem Betruge solle es enden. Schiller wurde viel
gewarnt, die Geliebte oder doch ihre Mutter treibe ihr
Spiel mit ihm; er wollte sie besser kennen. Körners
rieten ihm zu einem Landaufenthalt in Tharandt und
geleiteten ihn am zweiten Jahrestage seiner Ankunft in
Leipzig selbst dorthin, um ihm eine Wohnung auszu-
suchen. Er setzte auch von dorther den Verkehr mit
Arnims brieflich fort, und fühlte sich in Tharandt erst
recht unglücklich, wie ein auf einer wüsten Insel ausge-
setzter Robinson. Nach Minnas oder Doras witzigem
Einfall schickte ihm Körner auf seinen Wunsch nach
Büchern die „liaisons dangereuses." Im Mai kehrte
er zurück, und nun scheint er endlich seiner vergeblichen
Hoffnungen und Leichtgläubigkeit überführt zu sein. Um
so mehr brauchte er jetzt Zerstreuung, und der treue
Körner riet ihm selbst, so schwer ihm die abermalige
Trennung wurde, er solle nach Weimar reisen, sich bei
dem Herzoge für den schon früher verliehenen Ratstitel
bedanken und Beziehungen mit den dort lebenden Heroen
anzuknüpfen suchen. Daß die Trennung eine dauernde
sein würde, ahnte ihm freilich damals so wenig wie
Schiller.

Auch Körner hatte diese ganze Zeit in Unruhe

verlebt. Die Teilnahme an Schillers Unbefriebigung und seinen wechselnden Plänen ließ ihn des Freundes innere Not und Gefahren in vollem Maße mitempfinden, und in seiner eigenen Familie hatte er Sorge und Trauer genug gehabt. Am 24. Juli 1786 war ihm ein Sohn, Johann Eduard, geboren. Seit der Geburt aber kränkelte Minna, und als ihr Zustand sich kaum zu bessern schien, starb am 10. Dezember 1786 der Knabe, der sich anfangs gut zu entwickeln schien. Mit dem Sohne wurden viele frohe Elternhoffnungen begraben, und von neuem beschäftigte dazu Körner die Sorge um die Gesundheit seiner Frau.

III.

Am 20. Juli 1787 war Schiller von Dresden abgereist, und am 21. abends kam er in Weimar an. Körner fühlte seine Abwesenheit schmerzlich. Die ersten Tage war's ihm, als wäre der Freund nur auf kurze Zeit, etwa wieder nach Tharandt, gereist, aber schon verdrießt's ihn am 24. Juli, daß er so lange nichts von Schiller höre. Die Erinnerung an den Hausgenossen begleitet ihn auf Schritt und Tritt. Am ersten Sonntag hatte Minna heimlich das Abendessen an eine Stelle des Waldes bringen lassen, die den Freunden am Donnerstag beim letzten Spaziergange besonders gefallen hatte. Dort lagerten sie an demselben Orte, sangen Claudius' Serenade im Walde und tranken des Abwesenden Gesundheit. „Noch hoffe ich," fährt er im Briefe fort, „Deine Entfernung soll meine litterarische Thätigkeit begünstigen. Ich schämte mich neben Dir zu stümpern, und meine ersten Versuche mußten doch schülerhaft ausfallen. Nur ein glücklicher Erfolg, und ein geheimer Vorwurf wird mir nicht mehr den Genuß

Deiner Arbeiten verbittern. Der träge Stolz, sich mit
der Ahnung von dem, was man leisten zu können glaubt,
zu begnügen, war bisher mein Behelf. Die Wirklichkeit
kann mich bemütigen aber auch begeistern, wenn sie auch
nur die entfernteste Aussicht mir öffnet, die meinen
Wünschen entspricht und mir zugleich die Hindernisse
zeigt, die ich noch zu bekämpfen habe."

Das heutige Urteil in dem weiten und doch immer
noch nicht genügend weiten Kreise, der den Schiller-
Körnerschen Briefwechsel gelesen hat, lautet oft dahin,
daß Körner fast nur Pläne geschmiedet habe, schriftstellerisch aber sehr wenig produktiv gewesen sei. Das
Urteil schien bestätigt durch eine Sammlung der Körnerschen Schriften, herausgegeben von Dr. Karl Barth, der
eben auch Körner nur aus dem Briefwechsel mit Schiller
gekannt zu haben scheint. In der That aber ist die Anzahl der Körnerschen Schriften weit größer, und er selbst
hat schon, wie Herr Barth nicht wußte, zwei Sammel-
bände einzelner Aufsätze herausgegeben und außerdem
mehrere Schriften teils selbständig, teils in Zeitschriften
erscheinen lassen. Dazu kommt, daß er die erste Gesamtausgabe der Schillerschen Werke redigiert hat und als
Einleitung Nachrichten über Schillers Leben gegeben hat
und ebenso später seines Sohnes Werke herausgab und
mit einer biographischen Darstellung seines Lebens begleitete. Kurz so gar unproduktiv, wie Körner oft geschildert wird, ist er doch nicht gewesen. Aber freilich
im Vergleich zu den Forderungen, die er an sich selbst
stellte, und den vielen Plänen die er faßte, ist das, was
er vollendet hat nur wenig, und einige Stellen aus
seinen Briefen an Schiller, in denen er sich selbst der
Trägheit beschuldigt, könnten fälschlich den Eindruck

erweden, als sei er überhaupt geistiger Arbeit abhold
gewesen und habe sich allzusehr dem behaglichen Familienleben und dem zerstreuenden Gesellschaftstreiben hin-
gegeben. Und doch ist genugsam verbürgt, daß der
vielseitig gebildete Mann durch eine immerhin unge-
wöhnliche Regsamkeit des Geistes im Gespräche die ersten
Männer seiner Zeit, wie Schiller, Goethe, Wilhelm
v. Humboldt und viele andere zu fesseln vermochte.
Die Anzahl der Bände der gesammelten Werke eines
Mannes ist doch eben nicht der einzige Gesichtspunkt,
aus dem auf seine geistige Bedeutung und Wirksamkeit
geschlossen werden kann. Körner selbst spricht das einmal treffend aus: „Auch denke ich manchmal, wer soll
am Ende lesen, wenn alles schreiben will? Und das
Lesen ist doch auch nicht so leicht, als man denkt.‟
    Körners Belesenheit war von großem Umfange,
und was er las, das las er gründlich, kritisch, so daß
er sich Rechenschaft gab von dem Grundgedanken des
Ganzen, und alles Einzelne im Verhältnis zu diesem
Grundgedanken zu verstehen suchte. Der Mann. der
als Jurist bis an seinen Tod in festen Staatsämtern
stand und den Berufspflichten gewissenhaft oblag, hatte
sechs fremde Sprachen sich so zu eigen gemacht, daß er
sie geläufig zu lesen vermochte. Mit dem Englischen
und Französischen war er von seiner Reise her vertraut,
und er las fast regelmäßig die neusten bedeutsamen
Werke aus diesen Sprachen. Aber auch die alten
Sprachen trieb er noch nach seiner Schulzeit eifrig fort.
Noch als Mann und Familienvater las er methodisch
den Aeschylus, Sophokles und Euripides und mit besonderer Vorliebe den Plato. Bei Gelegenheit der
Voßischen Übersetzungen las er im Zusammenhange

wieder den Vergil und Ovid. Daneben studierte er die
italienischen Klassiker und lernte noch spät das Spanische,
um auch des Cervantes Don Quichote, den Calderon,
und Lope de Vega in der Ursprache lesen zu können.
Die deutsche Litteratur seiner Zeit kannte er genau.
Mit besonderem Eifer und Verständnis betrieb er das
Studium der Kantischen Philosophie, und kein Buch
erschien von Kant, Reinhold oder Fichte, das nicht
Körner sicherlich sofort nach seinem Erscheinen durch-
gearbeitet hätte. Als später seine Kinder heranwuchsen,
las er vieles über Pädagogik und fiel auch „aus pädagogischem Bedürfnis" wieder auf ein altes Lieblingsfach,
das Studium der Natur. Von neuem mußte er ihm
Geschmack abzugewinnen und war befriedigt in dem Gefühl, daß er selbst wieder vorwärts gekommen sei, wenn
er auch aus sich nichts hervorgebracht habe.

Indem sich so Körner zunächst nur seine eigene
Bildung zum Ziel setzte, wirkte er dennoch nach außen.
Selbst seine gedruckten Schriften tragen zum größten
Teil den Charakter, als wären sie nur zu seiner eigenen
Belehrung niedergeschrieben. Nicht teilt er nur andern
mit, was er weiß, sondern durch das Schreiben will er
selbst noch lernen, sich selbst erst zu größerer Klarheit
fördern. Zu jeder neuen Arbeit, die er sich stellt, muß
er erst Neues hinzulernen und neue Vorstudien machen,
und niemals schüttelt er sich, so zu sagen, seine Weisheit aus dem Ärmel. Seine Lektüre erweckt in ihm
selbständige, neue Gedanken, denen er mit der Feder in
der Hand nachgeht, und umgekehrt führt ihn sein
Schreiben immer wieder zum Lesen zurück, und das
Bestreben nach allseitiger Klarstellung seines Gedankens
deckte ihm wiederum Lücken in seinem Wissen auf, die

er erst noch auszufüllen beschloß. So bleiben seine
produktiven Arbeiten eigentlich fast immer nur Mittel
zum Zweck, zur Erweiterung der eigenen Bildung und
zur Klärung seines Urteils.

Frühe schon hatte Schiller die Befähigung Körners
zum Kritiker erkannt. Als ihm Körner gegen Ende des
Jahres 1788 wieder einmal geklagt hatte, wie seine
produktiven Versuche aus seiner Furcht vor Stümperei
nicht Form und Gestalt gewinnen wollten, schrieb er
ihm: „Die Schilderung, die Du von Deinem herma-
phroditischen, halb schriftstellerischen, halb dilettantischen
Zustände machst, ist ordentlich kurzweilig-rührend, und
insofern ich Dich deswegen nicht unglücklicher finde,
hätte ich mehr Lust darüber zu lachen, als mich zu
grämen. Die Unzufriedenheit, die Dir diese sogenannte
Nichtsthuerei giebt, macht Dir Ehre und zeigt, wie sehr
Dein Geist mit seiner Verbesserung beschäftigt ist. Jeder
andere, und nicht gerade der trägere Mensch würde sich
in Deiner Lage gar nicht so mißfallen; denn das wirst
Du mich nie überreden, daß bloße Betrachtung fremder
Kunstwerke, wenn sie kritisch ist, nicht ebenso gut
Thätigkeit sei, als die Hervorbringung war. Bewahre
Dir also überhaupt nur ein reges und kritisches Gefühl
für das Schöne, so versiegen die Quellen Deines Ver-
gnügens nie. Du hast einen ungerechten Wider-
willen gegen ein Fach, worin Du sehr schätzbar sein
würdest. Das ist die Kritik. Selten, nur selten trifft
sich's, daß in einem Kopf kritische Strenge und eine
gewisse kühne Toleranz, Achtung und Billigkeit gegen
das Genie u. s. w. sich beisammen finden, und das
findet sich bei Dir."

Diese aufmunternden Äußerungen Schillers regten

Körner sehr an und schon am 12. Dezember konnte er an Schiller einen fertigen Aufsatz einsenden, den er möglichst bald gedruckt zu sehen wünschte. Schiller nahm ihn in das sechste Heft seiner Thalia auf und lobte ihn sehr und meldete auch, daß Wieland „äußerst erbaut" von ihm sei. Bald darauf sandte Körner ein Fragment einer Übersetzung aus Gibbon ein: „Mahomet," das im Aprilheft und Juniheft von Wielands Merkur abgedruckt wurde und wiederum Schillers und Wielands Beifall fand. Der Aufsatz in der Thalia handelt: Über die Freiheit des Dichters bei der Wahl seines Stoffes. Ein Aufsatz Stolbergs über Schillers Gedicht Die Götter Griechenlands hatte einige Lieblingsgedanken bei Körner rege gemacht. Stolberg erschien ihm intolerant und engherzig in Bezug auf den Stoff eines Gedichtes und er rügt „die wohlgemeinten Versuche, die Würde der Kunst dadurch zu erhöhen, daß man sie zur Predigerin der Wahrheit und Tugend bestimme." Körners Meinung dagegen ist: „Die Kunst ist keinem fremdartigen Zwecke dienstbar. Sie ist selbst ihr eigener Zweck. Nicht in der Würde des Stoffes, sondern in der Art seiner Behandlung zeigt sich das Verdienst des Künstlers. Die Begeisterung, welche in ihm durch sein Ideal sich entzündet, verbreitet ihren wohlthätigen Strahl in seinem ganzen Wirkungskreise. Wer ihn zu genießen versteht, fühlt sich emporgehoben über das Prosaische des alltäglichen Lebens, in schönere Welten versetzt, und auf einer höheren Stufe der Wesen. Begeisterung ist die erste Tugend des Künstlers, und Plattheit seine größte Sünde, für die er auch um der besten Absichten willen keine Vergebung erwarten darf. Er verfehlt seine Bestimmung, wenn er, um irgend einen besonderen moralischen Zweck

zu befördern, eine höhere ästhetische Vollkommenheit
aufopfert. Sein Geschäft ist Darstellung des Großen
und Schönen der menschlichen Natur." Wie eine
Wiederholung jener aufmunternden Worte Schillers
klingen die ersten Worte des Aufsatzes: „Werke der Begeisterung zu genießen, ist selbst in unserm Zeitalter
kein gemeines Talent. Bei aller Empfänglichkeit für die
feineren Schönheiten der Kunst fehlt es doch oft an einer
gewissen Unbefangenheit, ohne die es ohnmöglich ist, sich
ganz in die Seele des Künstlers zu denken."

Der Aufsatz und die Übersetzung machten Körner
Lust zu regerer Schriftstellerei, und eine große Menge
neuer Pläne beschäftigen ihn. Mit Huber wollte er die
Geschichte der Fronde, als einer politischen Revolution
im ganzen, gemeinschaftlich bearbeiten. Für Wielands
Merkur arbeitete er an einem Aufsatz über die Aus-
artung der Strenge gegen Schwärmerei. Für Schillers
Sammlung historischer Memoires nahm er sich vor, englische Memoires zu bearbeiten. Für den Merkur und
die jenaische Litteraturzeitung plante er auf Schillers
Anregung manche Kritik und Recension. An Göschen
schreibt er von der Idee einer Übersetzung aus der
französischen Encyklopädie die grammaire et littérature
betreffend, oder der eines Middletonschen Werkes und
später der Werke des jüngeren Hemsterhuis. Auch die
Idee der Leitung eines Journals „schwamm lange bei
ihm oben." Alle diese Pläne blieben unausgeführt, und
mehrere Jahre vergehen, ehe er wieder einen Aufsatz
druckfertig abschickte.

Als Schiller den Körnerschen Kreis verließ, fühlte
sich Körner in seiner amtlichen Stellung nicht recht zu-

frieden. Die amtlichen Arbeiten interessierten ihn wenig, und die Einkünfte von 200 Thalern reichten bei weitem nicht zu die Ausgaben des Hausstandes zu decken, so daß Körner mehrfach sein Kapital hatte angreifen müssen. Der Versuch, eine Hofratsstelle in Dresden mit 1000 Thaler Gehalt zu erlangen, schlug ihm fehl, ebensowenig bot sich Gelegenheit Schillers Hoffnungen zu erfüllen, ihm eine Hofratsstelle in Weimar zu verschaffen. Über die Enttäuschung half ihm bald sein Talent zur Resignation, dessen er sich öfters mit Recht rühmte, hinweg; aber Dresden bot ihm in Bezug auf Geselligkeit gar zu wenig Genuß, wie er nach Schillers Abreise doppelt schwer fühlte. Anfangs hatte er auf baldige Rückkehr Schillers gehofft, als diese aber von Woche zu Woche, von Monat zu Monat sich hinzog, und endlich durch Schillers Anstellung in Jena jede Hoffnung darauf schwinden mußte, ergriff den Freund in Dresden ein immer steigendes Mißbehagen. Zuerst schrieb Schiller wenigstens häufig und ausführlich, aber allmählich, je mehr er sich in Weimar einlebte, und die unmittelbaren Erinnerungen an Dresden zurücktraten, wurden die Briefe naturgemäß kürzer und weniger inhaltreich und auch etwas seltener, und jetzt erst fühlte Körner den Verlust des gegenwärtigen Freundes in seiner vollen Tiefe. Nicht als ob Schiller Körners weniger vermißte, als diese ihn, aber vor seiner Seele stand das Bild des, das er werden sollte und konnte, und wenn einstweilen auch sein Friede in Weimar gewiß noch nicht voll war, eine große Veränderung, das fühlte er, war mit ihm vorgegangen. Er wußte selbst nicht, was er wollte, aber in seinem Elemente war er noch nicht, und daß er in

Dresden es erst recht nicht finden werde, stand ihm fest, ja auch auf Körner würde er, wie er schrieb, bei seinem jetzigen Gemütszustande gar nicht vorteilhaft wirken können. Und neben dem Drange sich selbst auszubilden, regte ihn auch noch eine unklare, aber nicht zu unterbrückende Sehnsucht auf, sich zu verheiraten.

Gerade diese unbefriedigte Stimmung des Freundes bewirkte, daß Körner um so mehr seine Rückkehr wünschte. Er fand in Schillers Briefen nicht den alten Freund wieder. Ein einziger fröhlicher und aufrichtiger Brief Schillers brachte seine Klagen auf längere Zeit zum Schweigen und gaben ihm den Mut wieder, ihm unbefangen auch über die eigenen Interessen ausführlich zu schreiben. Ohne solche Aufmunterungen aber, gestand er, zu stolz zu sein, um sich aufzudrängen. Schiller wollte ihm nichts gerade verheimlichen, mochte ihm aber auch wieder über seine aufkeimende Liebe zu Charlotte von Lengefeld nicht schreiben, was ihm selbst noch nicht klar war, oder was doch nicht gut in Worte zu fassen war. Einige Andeutungen, die er machte, konnten Körners nicht genügen und erschienen ihnen bisweilen erst recht als ein Mangel an vollem Vertrauen.

Ostern 1788 hatte auch Huber Dresden verlassen, um die Stellung eines Legationssekretärs in Mainz zu übernehmen. Immer einsamer wurde es Körner in Dresden, und nur die Briefe der Freunde gaben ihm nach manchmal „den alten Schwung." Dazu plagte ihn den ganzen Sommer des Jahres hindurch eine schmerzhafte Krankheit. Wiederholt peinigten ihn Magenkrämpfe in heftigen Anfällen. Er ging nach Karlsbad und fand dort Erleichterung. Kaum aber war er nach Dresden zurückgekehrt, so trat die Krankheit nur um so heftiger

5

auf. Jedoch war dieser erneute Ausbruch auch der
Höhepunkt. Es bildete sich eine „förmliche Gelbsucht"
aus, mit deren Ende die Krämpfe aufhörten, Schlaf
und Appetit zurückkehrten, und die Stimmung froher
wurde. Im Oktober konnte er melden, daß seine Gesundheit nun wieder die alte sei, und zugleich stellte sich
auch wieder die Arbeitslust und der Mut ein, nun auch
ohne die Gegenwart der alten Freunde sich ein neues Leben
zu gestalten. In Karlsbad hatte er einen neuen Freund
gewonnen an dem preußischen Gesandten in Dresden,
dem Grafen Geßler, der durch mancherlei Kenntnisse
und großen Kunstsinn, sowie durch eine gewisse Energie
des Charakters und ein sicheres Urteil über Menschen
Körners zu fesseln wußte. Während einer Krankheit
desselben im Winter, besuchte ihn Körner oft und sorgte
für seine Pflege, und seitdem bestand zwischen ihnen
ein enges Freundschaftsverhältnis bis an Geßlers Tod.

Vor allem aber genoß Körner des schönsten Glückes
im eigenen Hause. Immer inniger ward die Liebe und
das Verständnis der Gatten für einander, und die
Schwägerin Dora lebte sich so in Körners Hause ein,
daß ihr bald jeder Besuch bei Freunden und jede kleine
Reise wie ein Opfer erschien und als eine Einbuße an
ihrem höchsten Glück. Nun war, um das Glück voll
zu machen, Körners am 19. April 1789 eine Tochter
geboren, welche die Namen Emma Sophia erhielt, und
das Kind gedieh, und ward für die Eltern eine Quelle
neuer Freuden.

Dazu kam ab und an ein unterhaltender Fremder
nach Dresden, an dem Körner sich auffrischte, so Professor Brandes aus Göttingen, der Schillers Familie
auf der Solitüde gesehen hatte, der Mathematiker

Joh. Fr. Pfaff, Schillers Landsmann, der Körners sehr
gefiel, dann Göschen, ein Musiker Köllig, Biester aus
Berlin, vor allen andern aber Mozart, der während
seines kurzen Aufenthaltes in Dresden fast täglich im
Körnerschen Hause verkehrte. „Für die reizende und
geistvolle Doris," die dort auch sein Bild zeichnete,
„stand er in hellen Flammen und sagte ihr mit süß-
deutscher Lebhaftigkeit die naivsten Schmeicheleien. Gewöhnlich kam er kurz vor Tisch und setzte sich, nachdem
er sich in galanten Redensarten ergossen, an das Klavier, um zu phantasieren. Im Nebenzimmer wurde inzwischen der Tisch gedeckt, die Suppe aufgetragen und
der Bediente meldete, daß angerichtet sei. Aber wer
mochte sich entfernen, wenn Mozart phantasierte? Man
ließ die Suppe kalt werden und den Braten verbrennen,
um nur immerfort den Zauberklängen zuzuhören, die
der Meister, völlig in sich versunken und unempfindlich
für die Außenwelt, dem Instrumente entlockte. Doch
wird man auch des höchsten musikalischen Genusses am
Ende überdrüssig, wenn der Magen seine Forderungen
geltend macht. Nachdem einige Male die Suppe über
Mozarts Spiel kalt geworden war, machte man kurzen
Prozeß mit ihm. „Mozart," sagte Doris, indem sie ihren
schneeweißen Arm sanft auf seine Schulter legte, „Mozart,
wir gehen zu Tische, wollen Sie mit uns essen?" „Küß
die Hand, meine Gnädige, werde gleich kommen!" Aber
wer nicht kam, war Mozart; er spielte ungestört fort.
„So hatten wir denn," schloß Doris ihre Erzählung,
„bei unserem Essen die ausgesuchteste Mozartische Tafel-
musik und fanden ihn nach Tische noch am Instrumente
sitzen."

Daneben erheiterte seit dem Frühjahr 1789 Körners

die Hoffnung, Schiller im Sommer in Leipzig treffen zu
können und mit ihm auf einige Tage nach seiner neuen
Heimat Jena zu reisen. Beide Freunde freuten sich
auf dieses Wiedersehen, und der Plan kam zustande.
Aber es war für Schiller unruhige Zeit. Auf der Hinreise nach Leipzig verlobte er sich in Lauchstädt am
3. August mit Charlotte von Lengefeld. Dann blieb er
bis zum 10. mit Körners in Leipzig zusammen, wohin
die Braut und ihre Schwester Karoline von Beulwitz am
7. auch gekommen waren, um Körners kennen zu lernen.
Die Verlobung mußte, wenn Körners auch ins Vertrauen gezogen wurden, noch geheim gehalten werden,
da es erst noch galt, die Einwilligung der Mutter der
Braut zu gewinnen, die wiederum von dem Nachweis
abhängig war, daß Schiller eine Frau würde erhalten
können. Trotz Körners lebhafter Teilnahme und trotz
der beiderseitigen Freude über das Wiedersehen und ihr
Zusammensein, erfüllte der Besuch nicht ganz Körners
Hoffnungen, und er fürchtete, daß diese Zusammenkunft
sie mehr entfernt als genähert habe. Wohl verstand er Schillers Unruhe und geteilte Stimmung, aber
er hatte eben den Freund nicht so wiedergefunden, wie
er für sich gehofft hatte, und zu tausend Dingen, die sie
sich gern gesagt hätten, fanden sie weder die Ruhe noch
den Entschluß. Sie fürchteten einer vom andern mißverstanden zu werden. In den folgenden Briefen sucht
Schiller den Freund zu trösten. „Das, was wir uns,"
schreibt er, „in Dresden waren, war ein zu wirkliches
Gut, und unser Geist hat sich zu wohl dabei befunden,
um sich so leicht von der Hoffnung zu trennen, daß es
wieder werden könne und noch besser! Wir werden
größere Forderungen an einander machen, aber wir

werden auch imstande, sein, größere zu erfüllen. Ich mag es mir nicht denken, daß wir uns in reiferen Jahren weniger nahestehen sollten als in früheren. In jeder Lage würde ich Dich suchen, und auch Du würdest mich nicht minder finden."

Aber das waren nur Zukunftspläne, an deren Erfüllung Körner nicht zweifelte, für den Augenblick fühlte er darum nicht weniger die Trennung, und wollte sich dem Freunde, der jetzt seiner Braut lebte, nicht aufdrängen. Er rettete sich wieder zur Resignation, dem ihm stets offenen Nothafen; aber glücklich fühlte er sich nicht und wartete sehnsüchtig der Zeit, wo die Freundschaft bei Schiller neben der Liebe wieder mehr Gehör fände. Da endlich gegen Ende des Jahres 1789 glaubt er aus Schillers Briefen wieder die alte Offenheit herauslesen zu können. Und nun hindern und schrecken ihn nicht einzelne Mißverständnisse in den nächsten Briefen. Er hat in der Zwischenzeit an ihrer Freundschaft nie gezweifelt, sie schien nur im Augenblicke bei dem Freunde mehr in den Hintergrund getreten. Er beklagt es, weil er jede Unterbrechung schmerzlich empfindet, aber er zürnt nicht und sucht mit der festen Liebe, die alles duldet, die Stimmung des Freundes zu begreifen und damit auch sie zu entschuldigen. Als er Schillers Hochzeit nahe glaubt, schreibt er ihm einen Brief, der nach den vorangegangenen kleinen Spannungen doppelt klar die feste Freundschaft und die edle Natur Körners abspiegelt. Er schrieb:

„Dresden, d. 26. Januar 1790."

„Nur einen fröhlichen Zuruf aus der Ferne bei einer neuen Epoche Deines Lebens. Nach meiner Rechnung ist in diesen Tagen Deine Hochzeit, wenn sie nicht schon vorbei ist. Ich bin oft in Gedanken bei Dir und sehe Dich in mancherlei Situationen."

„Deine jetzige Stimmung muß sehr glücklich sein. Du hast gefunden, was Du gesucht hattest, hast manche Schwierigkeiten überwunden, die Deinen Wünschen entgegenstanden, und siehst eine heitre Zukunft vor Deinen Augen."

„Ich freue mich Deiner jetzigen Freude; aber ich glaube auch Grund zu haben, von dieser Verbindung viel für Dein künftiges Leben zu hoffen. Du hast nach Deinen individuellen Bedürfnissen ohne ärmliche Rücksichten eine Gattin gewählt, und auf keinem anderen Wege war es Dir möglich, den Schatz von häuslicher Glückseligkeit zu finden, dessen Du bedarfst. Du bist nicht fähig, als ein isoliertes Wesen blos für selbstsüchtigen Genuß zu leben. Irgend eine lebhafte Idee, durch die ein berauschendes Gefühl Deiner Überlegenheit bei Dir entsteht, verdrängt zwar zuweilen eine Zeit lang alle persönliche Anhänglichkeit: aber das Bedürfnis, zu lieben und gelebt zu werden, kehrt bald bei Dir zurück. Ich kenne die aussetzenden Pulse Deiner Freundschaft, aber ich begreife sie, und sie entfernen mich nicht von Dir. Sie sind in Deinem Charakter notwendig und mit anderen Dingen verbunden, die ich nicht anders wünschte. Mit Deiner Liebe wird es nicht anders sein, und Deiner Gattin, wenn ich vertraut genug mit ihr wäre, um eine solche Äußerung wagen zu dürfen, würde ich nichts Besseres an ihrem Vermählungstage wünschen können, als das Talent, Dich in solchen Momenten nicht zu verkennen."

„Lebe wohl, und such's Deiner Gattin anschaulich

zu machen, was ich ihr sein muß, sobald sie Deinen
Namen führt. Tausend Glückwünsche von Minna und
Dora."

"Dein Körner."

Wie gut der Brief ist, erkennt man aus dem Eindruck, den er auf Schiller machte. Er versichert dem
Freunde in der Antwort, daß er ihn in dem Briefe
wiedererkenne und sich wieder mit Zuversicht sagen
könne, daß er ihm unverändert derselbe sei. „Du giebst
mir und denen, welche Deinen Brief zu lesen bekommen
werden, einen Aufschluß über mich, der mir um seiner
Wahrheit und um Deiner Billigkeit willen sehr willkommen war. Ich darf mir selbst nicht Unrecht thun
und von der Entschuldigung Gebrauch machen, womit
Du mir entgegen kommst. Meine Freundschaft hat nie
gegen Dich ausgesetzt; das Wandelbare in meinem Wesen
kann und wird meine Freundschaft zu Dir nicht treffen.
Ich könnte mich überreden, daß ich Dir aufgehört
hätte, etwas zu sein, daß Deine Vorstellungsart und
Deine Empfindungsart einen Gang genommen hätten,
auf dem sie der meinigen nicht leicht mehr begegneten:
aber Du hättest es in der Gewalt, in jedem Augenblicke
mein Vertrauen zu Dir und die ganze Harmonie unter
uns wiederherzustellen. Lottchen soll Dir selbst sagen,
was Du ihr bist, und was Du ihr gewesen bist, seitdem Dein Name zuerst vor ihr genannt wurde."

Und seinem Lottchen schreibt der glückliche Bräutigam
bald darauf am 12. Februar — denn Schillers Hochzeit
fand erst am 22. Februar statt — in seliger Freude:
„Der heutige Tag war glücklich für mich. Briefe von
Euch, meine Liebsten, von Karolinen und von Körner,

der sich endlich wieder in den vorigen herzlichen Ton
mit mir findet. Wie froh mich diese Wendung macht,
kann ich Euch nicht verbergen. Unser aufblühendes
Verhältnis ließ mich voriges Jahr seinen Besitz nicht so
nahe und lebhaft wie ehemals empfinden, und das
schöne Glück, das seitdem vor meiner Seele schwebte,
verbarg mir den Verlust, der mir in ihm drohte.
Konnte ein Wunsch noch Raum haben in meinem Herzen,
da Ihr mein geworden seid? Daß ich ihn nun auch
wieder habe, ist mir ein überraschender Gewinn, und
ich kann meine schönen Besitzungen jetzt kaum mehr
übersehen."

Und Körner ging es nicht anders. Die Freude
über den wiedergefundenen Freund, dessen Besitz nach
dieser Probe ihm erst recht sicher und unverlierbar zu
sein schien, ließ ihn ebenso wie den Freund, seiner
anderen Lieben sich um so mehr freuen. Am nächsten
Geburtstage seiner Frau begrüßte er sie, wie er es
liebte, mit einigen Versen, aber diesmal werden die
Verse zu seiner eigenen Überraschung zu einem schwung-
vollen Gedicht, das ihm wert erschien, auch dem Freunde
mitgeteilt zu werden. Das Gedicht, — er nennt es
nach dem Versmaß Jamben, wohl nach Stolbergs Vor-
gang — zeichnet uns am besten das eheliche Glück im
Körnerschen Hause und fand um des Inhalts wie um
der Ausführung wegen Schillers lebhaften Beifall. Es
lautet:

An Minna
den 11. März 1790.

Was ist es, meine Teure, das uns heute
Die Wangen rötet, aus den Blicken strahlt,
Und diesen Tag zu einem Feste weiht?

Ist's nicht die holde Freundin unsrer Jugend,
Die oft verkannte, nie genug gepries'ne
Verschönerin des Lebens — Phantasie?
Ein Tag, den unter allen seinen Brüdern
Ein unvergeßliches Ereignis adelt,
Ein Freudendenkmal auf des Lebens Bahn,
Ist ihr willkommnen, und mit reicher Hand
Beut Sie die Schätze der Vergangenheit
Und Zukunft dar, die Gegenwart zu schmücken.

Von einer Höhe schau' ich rings umher —
Es schwelgt mein Blick in blumenreichen Auen,
Die ich an Deiner Hand zuerst betrat.
Ich seh' den Pfad, auf dem wir wallen, sich
Durch diese seligen Gefilde schlängeln
Und ins Unendliche zuletzt verlieren.

Wohl uns, daß für Genüsse dieser Art
Uns nicht der Sinn versagt ist, daß wir nicht
Dem Wurme gleich, der an dem Blatte nagt,
Nur von dem Augenblicke zehren, noch
Aus Feigheit uns des höheren Berufes
Im Angesicht der ungeweihten Klügler
Als eines jugendlichen Spielwerks schämen!
Oft hat mich dieser Mut an Dir entzückt,
Und mehr noch jene liebevolle Schonung,
Mit der Du meine süßen Träume pflegtest.
Durch unwillkommne Wahrheit einen Wahn,
Der harmlos mich ergötzte, zu zerstören,
Schien Dir barbarische Geschäftigkeit.
Ein jeder Keim von Freuden war Dir heilig;
Dir galt es nicht für höhere Kultur,
Nur halb zu leben, seines Daseins Wert
Auf das, was sich mit Händen greifen läßt,
Freiwillig zu beschränken. Nein, ein weiter

Gesichtskreis öffnete sich Deinen Blicken.
Nicht stolze Duldung, ächten Mitgenuß
Las ich in Deiner Seele, wenn Du mich
Bei meinen Idealen überraschtest.
Und wie verdank' ich Dir, was ich empfand,
Wenn mir's gelang in selbstgedachten Welten,
Die ich durchwandelte, Dir zu begegnen.

Laß uns die teure Quelle, die so oft
Uns beide schon erquickte, und aus der
Wir heute wieder neue Labung schöpfen,
Auch heute segnen. Laß der Zauberin
Uns huldigen, durch deren Schöpfungskraft
Der reiche Stoff des Großen und des Schönen,
Den die Natur durchs weite All verstreut,
In überirdischen Gestalten sich
Vereinigt. Laß der Freudengeberin
Zu Ehren heute wieder uns den Bund
Erneuern, nie freiwillig unter einer
Kaltherz'gen Klugheit eisern Scepter uns
Zu beugen, nie die güldne Freiheit des
Empfindens und des Dichtens gegen ein
Phantom von Geistesadel zu vertauschen,
Und stets zu wachen, daß dem grämlichen
Vernünstler, oder schadenfrohen Spötter
Es nie gelinge, unsre schöne Welt
In eine Wüste zu verwandeln. Mag
Auch fremder Weisheitsdünkel über uns
Als Kinder lächeln. Jedes Irrlicht täuscht
Uns doch deswegen nicht. Es leuchtet oft
Auch uns der ernsten Wahrheit Fackel, wenn
Auf Felsenpfaden zwischen Dornen wir
In einem fernen Ziele klimmen. Nur
Wenn sorglos wir durch liebliche Gefilche
Auf Blumenwegen wandeln, oder uns

Auf sichern Höhen lagern, wo sich weit
Umher vor unsern Augen die Natur
In ihrer Pracht entfaltet, — nur alsdann
Ist uns ein sanftes Mondenlicht willkommen.
Es schwebt, von ihm geschont, um alles, was
Wir sehn, ein duftger Flor, den scharfen Umriß
Mild zu verschleiern, der uns im Genusse
Unfreundlich an die Endlichkeit erinnert.

Doch halt — die heiligen Mysterien
Entweiht die Sprache. Du verstehst den Blick
Und Händedruck, sowie in meinen Augen
Du heute lesen kannst, was Du mir bist,
Was ich durch Dich geworden, was wir uns
Bis zu dem letzten Hauche bleiben werden.

Das Jahr 1790 brachte Körner noch eine bedeut-
same Freude, ein näheres Verhältnis zu Goethe. Schon
Ende Juli führte der Graf Geßler den Dichter eines
Abends auf Körners Weinberg als Gast ein und Ende
September und Anfang Oktober war Goethe wiederum
etwa acht Tage in Dresden. Es gelang Körner bald,
ihm näher zu kommen, und er fand zu seinem Erstaunen
die meisten Berührungspunkte mit Goethe im Kant.
Aber auch über Stil und Klassicität und über bildende
Künste gab der Dichter manche belehrende Winke. Auch
sagte er Körners einige seiner Elegieen her, die Körner
als „ausgesprochene Gemälde von Situationen in Rom"
bezeichnete. Beide Männer waren sich schon früher einmal begegnet. Als Körners im Jahre 1789 Schiller in
Jena besuchten, war Goethe in Eisenach, hörte aber von
der Anwesenheit der Töchter seines alten Freundes Stock
in Thüringen und ließ sie durch einen Boten bitten,
sie sollten ihn erwarten. Nähere Beziehungen mit

Körner hatten sich aber bisher an diese Begegnung nicht geknüpft. Nun aber, nachdem Goethe das Körnersche Haus in Dresden kennen gelernt hatte, sprach er gern und viel und mit Wärme von dem angenehmen Aufenthalte dort. Sehnlichst wünschte Körner eine Wiederholung des persönlichen Verkehrs und hoffte zur Frühlingsmesse auf eine Zusammenkunft mit Schiller und Goethe in Leipzig. Aber seine Hoffnung und sein Plan zerschlug sich. Schiller wurde durch eine schwere Krankheit an der Reise verhindert, und Goethe konnte sich nicht frei machen, schrieb aber am 4. Juni 1791 einen höflichen und freundlichen Absagebrief an Körner und sandte zugleich als Andenken eine kleine von ihm gezeichnete Landschaft mit. Das Verhältnis blieb lange Zeit hindurch zwischen beiden Männern ein freundschaftliches, und wenn der Briefwechsel auch nicht gerade rege war, Schiller vermittelte später viele Grüße und Nachrichten aus Weimar nach Dresden und umgekehrt, und manche persönliche Begegnung erhielt und mehrte die freundschaftlichen Beziehungen Goethes und Körners.

Inzwischen hatte Körners amtliche Stellung eine wesentliche Änderung erfahren. Schon im Anfang des Jahres 1790 meldet er an Schiller, er habe Aussicht Appellationsgerichtsrat zu werden. Die Aussichten wurden allmählich günstiger, aber die Entscheidung ließ auf sich warten. Manche Schwierigkeiten waren zu überwinden und Körner seufzte über die Bitterkeit des Klientenzustandes. Teils zweifelte man an seinem juristischen Fleiße, teils hatte er gefährliche Mitbewerber. Endlich aber siegte er, und am 1. September 1790 konnte ihm Schiller zum „Appellationsrat" gratulieren. Dem teilnehmenden Freunde, der ja die Dresdner

Gesellschaft auch kannte, waren manche Besorgnisse auf-
gestiegen: „Zwischen den Geschäftsmenschen, den Sach-
trägern des Staates, und den denkenden Menschen ist
selten viel Harmonie zu hoffen, und bei Euch besonders
ist es gefährlich, im Ruf zu stehen, daß man etwas höher
schätzen könnte, als sein Brotfach. Ich fürchtete wirklich,
Deine Liebhaberei für Kunst, und was damit verwandt
ist, insofern sie sich in einer gewissen Lauigkeit im Dienst
äußerte, würde Dir bei Deiner Bewerbung schaden.
Daß dies nicht geschehen ist, muß ich dem vorteilhaften
Eindrucke zuschreiben, den Du auf den größeren Teil
der dortigen Einflußmenschen machst. Du hast Deinen
Rechtshandel offenbar durch Deinen persönlichen Wert
gewonnen; denn der Sache nach hättest Du ihn, däucht
mir, vor diesen Richtern verlieren müssen. Um so mehr
Gewinn und Ehre für Dich." Bald darauf meldet
Körner, er sei in sein neues Amt eingeführt, die Arbeit gefalle ihm und er sei mit seiner Lage zufrieden.

IV.

Das Jahr 1791 fing fröhlich an. Ein Brief von Schiller vom 12. Januar brachte zwar Nachricht von einem Krankheitsanfall in Erfurt, derselbe sei aber überstanden. Zugleich meldete der Dichter, daß die Lust zum Dichten wieder in ihm erwacht sei, und sich wieder der Plan zu einem Trauerspiele, und zwar einem historischen, in seinem Kopfe gestalte. Das Freudigste für Körners aber war die Ankündigung eines Besuchs Schillers, seiner Frau, seiner Schwägerin und Schwiegermutter und vielleicht auch der Frau von Stein für den Juli. „Ohnfehlbar" wurde dieser Besuch angemeldet. Aber ach, bald folgten traurige Nachrichten aus Jena. Im Februar, März, April und Mai folgten neue heftige Krankheitsanfälle Schillers, die ihn dem Grabe nahe brachten, und was er selber fühlte und seiner Frau nur nicht aussprechen mochte, sollte sich leider bewahrheiten: Seit dieser Zeit behielt er die Beschwerden des Hustens und öfterer krampfartiger Beklemmungen. Trotzdem blieb sein Gemüt heiter, und sein Mut stärkte sich in der Gefahr. „Den Dienstag," schreibt er an Körner im Mai, glaubte ich nicht zu überleben; jeden Augenblick fürchtete ich der schrecklichen Mühe des Atemholens zu unterliegen, die Stimme hatte mich schon verlassen und zitternd konnte ich bloß schreiben, was ich gern noch sagen wollte. Darunter waren auch einige Worte an Dich, die ich jetzt als ein Denkmal dieses traurigen Augenblickes aufbewahre. Mein Geist war heiter, und alles Leiden, was ich in diesem Momente fühlte, verursachte der Anblick, der Gedanke an meine gute Lotte, die den Schlag nicht würde überstanden haben. Daß ich mich unendlich gefreut hätte, Dich in diesen Tagen zu sehen, brauch' ich Dir nicht zu sagen."

Körner litt unter der peinlichen Ungewißheit über den Zustand des Freundes hart. Vergebens suchte er sich zu betäuben; der Gedanke an den Freund gewann immer die Oberhand. Erst als er die Aufschrift auf einem Brief von Schillers Hand las, ward ihm wieder wohl. „Jetzt kommt alles darauf an, daß Du durch keine Rücksichten der Welt Dich abhalten läßt, Dich so sehr zu schonen, als es zu Deiner Wiederherstellung nötig ist. Göschen hat mich über Deine ökonomischen Verhältnisse sehr beruhigt. Meine ökonomische Lage ist auch jetzt besser als ehemals, und wenn Du Göschen nicht brauchen willst, so bin ich noch da und schaffe Rat."

Aber Körners Hoffnung, daß Schiller den Sommer zu ihm komme und in Dresden bei ihm eine Zeit der unfreiwilligen Muße verbringe, schlug fehl. „Ich habe mir," schrieb er auf die endgiltige Absage Schillers, „schon manches versagen müssen, — diese Hoffnung aufzugeben, wird mir nicht leicht — aber es soll so sein."

Die erste große Freude nach dem trüben Sommer
war für Körner die Geburt eines Sohnes am 23. September. Er erhielt die Namen Karl Theodor, und
wurde im Elternhause mit dem ersteren gerufen, bis er
später selbst den zweiten sich wählte. Schiller begrüßte
ihn als den Stammhalter des Körnerschen Geschlechts.
Er starb aber, wie bekannt, als Jüngling lange vor
dem Vater; dennoch hat er dem Namen des Körnerschen
Geschlechts Ruhm und Dauer gegeben bis in späte Zeit.
Und wie denn Freude und Leid selten allein kommen,
so hatte jetzt auch Körner das Glück wieder gute Nachrichten von Schiller zu erhalten, ja mehr noch, der
Freund arbeitete und dichtete wieder, und Ende des
Jahres sandte derselbe noch die freudige Nachricht, daß
ihm durch die Güte des Herzogs von Augustenburg und
des Grafen Schimmelmann mit einem Jahresgehalt
auf drei Jahre auch die Sorge fürs äußere Leben vor-
erst abgenommen sei. Jubelnd antwortete Körner:
„Unsere Freude kannst Du Dir denken. Jetzt genieße
ungestört der Ruhe und Muße, die Dir gewährt ist.
Wirf alle Buchhändlerarbeit bei Seite, die Dir nicht
Genuß giebt. Lebe für Dich und für die Zukunft.
Eine traurige Empfindung mischt sich bei mir in die
Freude über Dein Glück, daß wir in einem Zeitalter
und unter Menschen leben, wo eine solche Handlung
angestaunt wird, die doch eigentlich so natürlich ist.“

Das nächste Jahr erfüllte den Wunsch beider Freunde:
Schiller und seine Frau kamen im April auf mehrere
Wochen nach Dresden und wohnten bei Körners.
Rührend ist die Vorfreude beider Männer, wie sie
wünschen, jeder den andern als den Alten wiederzufinden,
und im Bewußtsein der eigenen Umwandlung durch

größere Lebenserfahrung und Selbständigkeit fürchten, sie möchten sich im ersten Augenblicke fremder erscheinen. Und doch sind sie darüber einig, auseinanderkommen können sie nie. Und als nun die schönen Wochen des Zusammenseins vorüber sind, da ist's Körner, als sei alles nur ein schöner Traum gewesen, und er konnte nicht glauben, daß, was wie ein Augenblick vorübergerauscht sei, Wochen gewesen seien. Eine Menge Dinge fallen ihm noch ein, die er Schiller habe sagen, und über die er ihn habe fragen wollen. Und doch wie kurz die Zeit auch war, und wie häufig gestört durch Körners Aktenarbeit und Schillers wiederholte Krampfanfälle, für Körner war das Beisammensein, wie er schreibt, eine Art von geistiger Badekur, ein Pyrmonter, der ihn wieder stärke, wenn er sich durch schroffe Nahrung den Magen verdorben habe.

Freilich war ihm solch ein geistiger Pyrmonter auch gerade in dieser Zeit sehr nötig. Sein neues Amt, das ihm anfangs Freudigkeit zur juristischen Arbeit gegeben hatte, befriedigte ihn auf die Dauer doch auch nicht. Schillers neu erwachende Neigung zur Philosophie regte in Körner auch wieder die Lust zu diesem seinem Lieblingsstudium an. Eigentum erschien ihm ein gemeines Bedürfnis der Menschheit, für das tausend andere eben so gut und besser arbeiten könnten, als er. Aber für die dringenderen, höheren Bedürfnisse zu arbeiten, sei Pflicht und Bestimmung für jeden, der sie erkenne und Fähigkeiten in sich fühle, zu ihrer Befriedigung etwas beizutragen. So würde, wie Schiller als Dichter, er vielleicht als Philosoph wirken. Er leistete in seinem Berufe durchaus Befriedigendes, seine Vorgesetzten schätzten ihn hoch und sein Einfluß war nicht gering, aber ihn

6

befriedigte die Berufsarbeit nicht, und der Drang jeder
geistigen Anregung nachzugehen ließ ihn die Pflicht des
Tages oft als Störung empfinden. Wie eine spaßhafte
Anekdote von einem Schulmeister zu berichten weiß, daß
er klagend ausgerufen, mit dem Schulmeistern ver-
plempere man die besten Stunden des Tages, so fühlte
Körner oft die Aktenarbeit als eine hemmende Last, die
ihn zu seinem höheren Berufe der Schriftstellerei nicht
kommen lasse. Dazu deckte das Einkommen nicht seine
Ausgaben, und das Kapital mochte er weiterhin nicht
mehr verringern, sondern wollte er für seine Frau und
Kinder bewahren. Somit lockte ihn auch die Aussicht
auf einen Nebenerwerb zur Schriftstellerei, namentlich
nachdem ihn die Aussicht auf eine bedeutende Erbschaft
durch seinen Onkel Agrer, für den Augenblick wenigstens,
getäuscht hatte. Dreitausend Thaler erhielt er, während
er wenigstens auf das Vierfache sich Hoffnung gemacht
hatte. Damit zerfiel manches Luftschloß, und wiederum
mußte er zur Resignation seine Zuflucht nehmen.

Schwerer als diese Täuschung empfand er einen
andersartigen, persönlichen Verlust. Er war mit Huber
eng befreundet gewesen und hatte während der Trennung
von ihm einen regen Briefwechsel mit dem Verlobten
seiner Schwägerin unterhalten. Mehr und mehr aber
erhielt er aus Hubers Briefen an sich und Dora den
Eindruck, als sei Hubers Liebe zu Dora erkaltet, und
die Erfahrung, daß derselbe in der That Dora vergeb-
lich hingehalten und hintergangen hatte, betrübte den
Freund in Dresden um seiner selbst wie um Doras
willen tief. Der Bruch mit Huber, der bald die ge-
schiedene Frau seines Freundes Forster heiratete, war
unvermeidlich; entschlossen sagte ihm Körner weiteren

Verkehr auf, aber es kostete ihm Gewalt, hart und unfreundlich dem alten Freunde gegenüber zu erscheinen
und zugleich machte er sich die bittersten Vorwürfe, über
sein zu großes Vertrauen auf Huber und seine Leichtgläubigkeit, durch die nun Dora zu leiden habe. Als
im Anfang des Jahres 1815 Schiller ihm Hubers Tod
meldete, schwand auch bei Körner aller Groll und die
Erinnerung an das, was Huber ihm einst gewesen, ließ
ihn die Schuld des Freundes vergessen. Seit jenem
Treubruche gegen Dora habe Huber freilich ganz außer
seiner Welt gelebt, aber auch nicht der kleinsten Feind-
seligkeit gegen ihn sei er sich bewußt. Nur wenn er
auf Dora blickte, die sich nicht verheiratete und ihr
Leben lang im Hause der Schwester wohnte, und wenn er
ihr gestörtes Lebensglück überdachte, überschlich ihn noch
manchmal neben dem Gefühl der Trauer eine fast über-
gewissenhafte Reue. Dora war anfangs nur schwer zu
bewegen an Hubers Untreue zu glauben; dann aber
kämpfte sie sich tapfer durch ihren Schmerz und vermochte später als treueste Hausgenossin alle Freude und
alles Leid in der Körnerschen Familie wie ihr eigenes
mitzuempfinden und alle Bitterkeit zu überwinden. Sie
lebte fortan um so emsiger ihrem Talente und inneren
Berufe zur Malerei und wußte sich zugleich im Körnerschen Hause bei der Erziehung der Kinder nützlich und
fast unentbehrlich zu machen. Auch trug sie durch ihren
scharfen Verstand und schlagfertigen Witz nicht wenig
zur Belebung der Gesellschaften im Körnerschen Hause bei.

Körners schriftlicher Verkehr mit Schiller war nach
dem Besuche desselben in Dresden wieder lebhafter und
inniger geworden, und immer mehr gestaltete sich die
Teilnahme an den Arbeiten des großen Freundes für

6*

ihn zu seiner liebsten Arbeit und zu seiner geistigen
Auffrischung. Als Schiller vom Jahre 1793 ab mit
den philosophischen Studien Ernst machte, und an die
Stelle seiner historischen Arbeiten nun ästhetische traten,
fühlte sich Körner ihm näher gerückt, und glaubte wie
ein ebenbürtiger Mitarbeiter an den Arbeiten des
Freundes teilnehmen zu dürfen. Die Briefe herüber
und hinüber werden mehr und mehr zu philosophischen
Abhandlungen, und die Meldungen über die persönlichen
Erlebnisse der befreundeten Häuser werden nur kurz am
Ende der Briefe in wenigen Zeilen abgethan. Nicht
immer werden sie sich in ihren schriftlichen Auseinander-
setzungen klar, und manche Mißverständnisse und die
Versuche ihrer Lösung hemmen den geraden Fortgang
ihrer Untersuchungen. Aber dennoch fühlten im ganzen
beide den Genuß und den Vorteil, den ihnen dieser
Austausch ihrer Gedanken und Meinungen gab. Wesentlich erhöht noch wurde der Genuß, als Wilhelm von
Humboldt als dritter in diesen Freundschaftsbund eintrat und mit lebhafter Freude und eifriger Arbeit auf
diesen „Umgang in Ideen" einging, der ihm seiner ganzen
Natur nach als der wertvollste und liebste erschien.
Humboldt hatte bereits Schiller genauer kennen und
lieben gelernt, als er im Spätherbst 1793, zu der Zeit
da Schiller seine Reise in seine Heimat Schwaben an-
trat, nach Dresden kam und dort Körner aufsuchte. Sie
gefielen sich gegenseitig, und beide wußten ihrem Freunde
Schiller einer über den andern viel Gutes und Aner-
kennendes zu berichten. War die gemeinsame Liebe und
Verehrung zu Schiller der Ausgangspunkt ihrer Freundschaft, so fanden sie jeder im andern doch auch des
selbständigen Wertes übergenug, um jeder auch am

andern selbst reichen Genuß zu haben. An Stoff für
ihre Gespräche, wie später für ihren Briefwechsel, konnte
es ihnen nicht fehlen; denn ihr Interesse richtete sich in
gleicher Weise auf die höchsten und fernsten Ziele
menschlichen Denkens. Es galt ihnen, eine Kenntnis
des Menschen im ganzen Umfang seiner geistigen Entwickelung zu gewinnen und die Prinzipien seiner Bildung in ihrem vollen Zusammenhange zu ergründen.
Ihr Ziel war in den ersten ästhetischen Untersuchungen
das gleiche, wenn auch die Art ihrer Deduktion gerade
entgegengesetzt war. Einig waren beide darüber, daß
schön diejenigen Dinge oder Erscheinungen sind, welche
ein bestimmtes Wohlgefühl der Seele an ihnen hervor-
rufen, oder welche der Form des Verstandes entsprechen
und jene Form sinnlich gleichsam nur verkörpern. Ging
aber Humboldt nun von der Stimmung der Seele aus,
welche das Schöne genießt, so suchte Körner in den
Gegenständen und Erscheinungen die Merkmale zu bezeichnen, durch welche jenes Wohlgefühl in unsrer Seele
hervorgerufen wird. Ohne daß beide zu einem klaren
Ausdruck ihrer Ideen über das Schöne gelangten,
fühlten sie sich beide lebhaft voneinander angeregt und
gefördert, und trotz aller Verschiedenartigkeit ihrer
Naturen und Gaben, ihrer Ansichten und Empfindungen,
liebten sie sich als verwandte Geister. Schiller erkannte
richtig den Punkt heraus, worauf die Verwandtschaft
beider beruhe, wenn er schrieb, daß in Humboldts
Wesen eine Totalität sei, die man äußerst selten sähe,
und die er außer in Humboldt nur in Körner gefunden
habe. Als dann Schiller nach seiner Rückkehr aus der
Heimat Humboldt in Jena antrifft, und ihm das
Herz immer aufgeht, wenn dieser mit Begeisterung von

Körner spreche, da freut er sich auf die Zeit, wann
Körner nach Jena komme und die Dreieinigkeit vollende.
Ganz so verwirklichte sich dieser Plan zwar nicht, aber
wenigstens auf wenige Tage trafen die drei Freunde
noch im August des Jahres 1794 in Weißenfels zusammen und freuten sich, wie Schiller sagte, sich doch
einmal wieder ins fleischliche Auge sehen zu können,
wenn sie ja auch im Geiste sich immer nahe geblieben
waren. Der Hauptgegenstand ihrer Besprechung war
das neue Journal, die Horen, das Schiller gerade jetzt
ins Leben rief, und für das er auf Körner rechnete,
der von vornherein zu einem beurteilenden Mitgliede
bestimmt wurde. Wie bekannt wurden die Horen das
Vehikel, durch welches Schiller sich Goethe näherte, den
er dann nach seiner Weise in kurzem eng an sich zu
ketten wußte. Damit gewann der ganze Schillersche
Kreis eine neue Anregung, und eine neue Bedeutung
und Weihe. Denn es war Schiller eigen auch seine
Freunde untereinander zusammenzuführen, die eben dadurch, daß sie Freunde Schillers waren, dessen „Element
der Gedanke war," auch untereinander viel Berührungspunkte und eine innere Verwandtschaft haben mußten.
Eine neue Zeit bricht für die beiden Dichterheroen
mit dem Beginne ihrer Freundschaft an, und eine neue,
unendlich reiche Zeit zugleich für Humboldt und Körner.
Immer reicher, mannigfaltiger und tiefer an geistigem
Inhalt werden die Briefe der Freunde, immer reger
das Streben, immer voller die Ernte, immer weiter der
Blick, immer klarer das Ziel. Wohl hatte Humboldt
recht und sprach zugleich aus Körners Seele, wenn er
später lange nach Schillers Tode, im Rückblick auf diese
Zeit ihm schrieb, daß im Vergleiche zu diesen Tagen

und Jahren des regen Wechselverkehrs das Leben seitdem ihm leerer, unbedeutender und weniger befriedigend vorkomme.

An einer anderen Stelle schrieb er wiederum im Hinblick auf Schiller: „Es giebt ein unmittelbareres und volleres Wirken eines großen Geistes als das durch seine Werke. Diese zeigen nur einen Teil seines Wesens. In die lebendige Erscheinung strömt es rein und vollständig über." Diese lebendige Erscheinung Schillers aber hat unmittelbarer und mit innigerem Verständnis neben Goethe niemand empfunden als Humboldt und Körner. Man hat Körners Einfluß auf Schiller öfters herabgesetzt und auf seine Kosten Humboldts und Goethes Einfluß erhoben. Es liegt da Richtiges neben Schiefem. Wer wollte bestreiten, daß Goethe und Humboldt geistig bedeutendere Menschen gewesen sind als Körner, und daß dem bestimmenden und fördernden Einflusse nach in dieser Zeit unter den dreien Goethe unzweifelhaft die Palme gebührt? Auch Humboldts Anregung ist, wenigstens einige Jahre hindurch, eine unmittelbarere und so zu sagen befruchtendere gewesen, als diejenige war, die gleichzeitig von Körner ausging. Aber man vergesse auch nicht der früheren Verdienste Körners um Schiller und seiner lebhaften Einwirkung auf ihn während seines Aufenthaltes in Leipzig und Dresden, und jener ruhigen nüchternen Kritik Körners, die den Dichter auch jetzt noch so oft in Körners Briefen erfreute. Rudolf Haym hat nach der Art ihrer Kritik der Schillerschen Schriften seine drei nächsten Freunde geistvoll mit einander verglichen. Nach seinem Urteil ist Körner an rein kritischer Begabung und nüchterner Objektivität dem Freunde Humboldt überlegen gewesen, während dieser durch

Kongenialität dem Dichter näher gestanden habe.
„Schillers individuellem Genius," so schließt Hahn seine
Parallele, „stand Humboldt weitaus am nächsten. Er
repräsentierte ihm in der Form des Urteils seinen
eigenen Geist, aus dem heraus er schuf. In Goethe
war ihm der Genius der Poesie selbst nahe. Durch
Körners Urteil endlich war die Nation und das Publikum vertreten." Schiller selbst wußte sehr wohl, was
er an jedem der Freunde hatte und empfand den Voll-
wert jedes derselben nach seiner Eigenart. Er schätzte
nicht ab, wer ihm das meiste gelte, er freute sich seines
Reichtums und rühmte sich mit Stolz dieses Kleeblatts
zusammengehöriger und sich gegenseitig auf das glück-
lichste ergänzender Freunde.

Man muß die Briefwechsel aus diesem Kreise selbst
nachlesen, wenn man sich ein annähernd deutliches Bild
von der Lebhaftigkeit des Verkehrs verschaffen will. Alle
geistigen Interessen werden miteinander ausgetauscht,
jedes Drama, jeder Aufsatz, jedes Gedicht wird oft noch
im Entwurf den Freunden zur Begutachtung vorgelegt,
und über scheinbar geringfügige Kleinigkeiten wird oft
mehrfach hin und her geschrieben. Oft machen die Briefe
jedes der Freunde an Schiller erst die Runde bei den
andern, bis er, wenn sie an ihn zurückgelangt sind, dann
gewissermaßen gleich für drei antwortet. Immer fordert
er offene Kritik und wird namentlich nicht müde Körner
immer wieder auf die Kritik, wie auf sein eigentliches
schriftstellerisches Gebiet, hinzuweisen.

Rezensionen gewöhnlichen Schlages lockten diesen
nun freilich gar nicht. Ein leeres Lobpreisen eines
Autors oder seines Werkes war ihm in gleicher Weise
zuwider, wie jene überweise Krittelei, die von einigen

festen Regeln über die Kategorieen schriftstellerischer
Werke ausgehend jedes Kunstwerk nur nach dem Maßstabe der Regelmäßigkeit mißt. Auch er glaubte, daß in
gewisser Weise sich der Kritiker über den Künstler stellen
dürfe und solle, und daß es eine Kritik mit Begeisterung
gebe, wobei man auf den größten Künstler herabsehe.
„Der Kritiker wird alsdann Repräsentant der Kunst
und erhält seine Würde von ihr, nicht durch sich selbst.
Je größer das Talent des Künstlers, desto höher die
Forderungen seines Richters. Solche Kritiken sind freilich nicht jedermanns Ding, und wer dazu taugt, mag
von lieber selbst etwas schaffen. Aber alle anderen Arten
Rezension verwüsten den echten Geschmack, anstatt ihn zu
bilden.“ Autorität also darf dem Kritiker nicht imponieren,
aber er soll auch Empfänglichkeit haben für wahren Gehalt, wie und wo er ihn findet. Körners oberster Grundsatz
bei der Kritik ist der, daß der Künstler immer die letzte Instanz für das Kunstwerk ist, sobald überhaupt ein bestimmtes Kunstvermögen vorhanden ist. So urteilte er in einem
Briefe vom 24. Januar 1810 an den Sohn, so auch später in
einem Aufsatze über die deutsche Litteratur, der in Schlegels
deutschem Museum vom Jahre 1812 abgedruckt wurde:

„Wer für Poesie überhaupt empfänglich ist, behält
eine gewisse Vorliebe für die ersten Eindrücke einer
schöneren Jugendzeit. Seinen damaligen Lieblingen bleibt
er in der Regel getreu durch das ganze Leben. Er verlangt nach etwas Ähnlichem, und es giebt ihm ein un-
behagliches Gefühl, wenn er unter den Werken seiner
Zeitgenossen vergebens darnach sich umsieht. Ein Schritt
weiter, und es entsteht Geringschätzung gegen alles, was
mit der Theorie nicht übereinstimmt, die er nach seiner
individuellen Neigung sich bildete.“

„Aber das unermeßliche Reich der Kunst darf nicht
durch einseitige Ansichten beschränkt werden. Nicht
Autoritäten sind es, denen sich der freie Geist unterwerfen soll, sondern Gesetze, die die Bedingungen enthalten, unter denen allein seiner Aufgabe Genüge
geschehen kann. Und diese Gesetze — sollen noch erst
gefunden werden. Bis dahin wollen wir uns doch nicht
über jedes Kunstwerk ereifern, das anders ausfällt, als
wir es bestellt haben würden. Wir wollen jedes einzelne
Kunstvermögen ehren, auch wenn es nicht mit allen
übrigen denkbaren Vorzügen verbunden ist, und den
Sinn für jede Art von Verdienst immer rege in uns zu
erhalten suchen, damit keine von den freundlichen Gaben,
die der Dichter uns darbietet, für uns verloren sei.‟

Man sieht Körner war kein Ketzerrichter in dem Sinne,
wie Schiller sie in Deutschland nur allzu zahlreich vorhanden
glaubte. Er klagte einmal in einem Briefe an Körner,
daß es im Charakter der Deutschen liege, daß ihnen
alles gleich fest werde, und daß sie die unendliche Kunst,
so wie sie es bei der Reformation mit der Theologie
gemacht, gleich in ein Symbolum hineinbannen müßten.
„Deswegen gereichen ihnen,‟ so fährt er fort, „selbst
treffliche Werke zum Verderben, weil sie gleich für heilig
und ewig erklärt werden, und der strebende Künstler
immer darauf zurückgewiesen wird. An diese Werke
nicht religiös glauben, heißt Ketzerei, da doch die Kunst
über allen Werken ist.‟

Darum aber hielt Körner die wahre Kritik dennoch
keineswegs für überflüssig, und unbedingte Nachsicht
keineswegs für geboten. Nur stellte er an den Kritiker
hohe Forderungen vielseitiger Ausbildung. „Die Kritik,‟
bemerkt er treffend in einem Aufsatz über das Lustspiel,

„kann durch Nachsicht gegen irgend ein Übermaß fehlen, aber
auch durch Mangel an Schonung gegen echten Gehalt.
Nicht in den Treibhäusern der abstrakten Spekulation,
sondern unter dem günstigen Himmelsstriche einer schönen
Wirklichkeit gedeihen die Ideale der Kunst, wenn auf
der einen Seite die Thätigkeit des Genies sich immer
mehr erhöht und vervielfältigt, und auf der andern bei
seinen Zeitgenossen die Schranken der Empfänglichkeit
sich immer mehr erweitern. Ein verfeinerter und vielseitig ausgebildeter Kunstsinn, der mit den Schätzen
aller Nationen und Zeitalter vertraut ist und den Namen
des echten Geschmacks verdient, erzeugt Forderungen, die
der bessere Künstler nicht abweisen darf."

In solchem Geiste nun übte Körner Kritik an
Schillers Werken, so wie sie ihm nacheinander meist noch
im Manuskript unmittelbar nach ihrer Vollendung mitgeteilt wurden. Namentlich seit dem Jahre 1795 d. h.
seit dem Beginne der Horen gewinnen Körners Briefe
mehr und mehr das Ansehen von Kritiken, und nur
wenige kleinere Gedichte werden sich etwa finden, über
die nicht eine kritische Anmerkung in den Briefen zu
finden wäre. Allmählich dehnt sich diese kritische Begutachtung auch auf die Werke Goethes und immer mehrerer
Schriftsteller aus, und namentlich werden die Mitarbeiter
der Horen und der Schillerschen Musenalmanache alle
ohne Unterschied vor Körners Forum gezogen. Über
jeden Jahrgang des Musenalmanachs hat Körner eine
ausführliche Recension nur für Schiller und Goethe
ausgearbeitet und die meist kurzen aber treffenden Urteile sind nicht nur im großen und ganzen das Beste,
das überhaupt über diese Poesieen bis auf den heutigen
Tag bemerkt ist, sondern sie sind auch in ihrer Klarheit

geradezu eine vortreffliche Vorschule der Aesthetik und
wohl geeignet auch in dem Laien ein festes ästhetisches
Feingefühl auszubilden. Mit Recht haben daher die
neueren Kommentatoren Schillers den Körnerschen Kritiken eine eingehende Beachtung geschenkt. Dabei bewundert Schiller die Sagacität, mit welcher Körner den
Autor anonym erschienener Aufsätze und Gedichte auf-
zuspüren wußte. Interessant ist in dieser Beziehung
besonders auch seine Anmerkung zu dem Roman „Agnes
von Lilien", der bekanntlich von vielen Zeitgenossen und
namentlich von dem Schlegelschen Kreise mit größter
Bestimmtheit Goethe zugeschrieben wurde. Er war, wie
bekannt, von Schillers Schwägerin Karoline von Wolzogen verfaßt und Schiller hatte ihn in der Form etwas
überarbeitet, soweit er wenigstens eine gewisse Manier
in der Sprache und eine zu große Weitläufigkeit durch
Wegstreichen bessern konnte. Da schreibt nun Körner:
„Agnes von Lilien ist gewiß das Produkt eines guten
Kopfes. Es ist eine Zartheit darin, die mich fast auf
eine weibliche Verfasserin raten macht. Hier und da
finde ich noch ein gewisses Streben nach Putz, der nachher angefügt zu sein scheint, und woran man gewöhnlich
den Anfänger erkennt. Nur der Meister wagt es, in
einfacher Tracht zu erscheinen." Und bald darauf
schreibt er wieder: „Wir haben ein Exemplar vom
12. Stück der Horen gesehen und sind sehr auf die
Fortsetzung von Agnes von Lilien gespannt. Über den
Verfasser wird oft unter uns gestritten. Minna hatte
eine Idee, daß es von Dir sein könnte. Ganz unwahr-
scheinlich ist der Gedanke nicht, nur zweifle ich, daß Du
Dir die Mühe machen würdest, eine Maske so lange zu
tragen. Denn zur Zeit ist von Deiner Manier keine

Spur. Die zweite Lieferung hat, däucht mich, mannig-
faltigeren Gehalt als die erste und ich weiß gar nicht
mehr zu raten. Daß es die Arbeit eines vorzüglichen
Kopfes ist, bin ich überzeugt, aber gegen Goethe wollte
ich wetten. Es fehlt noch eine gewisse Einfachheit in
der Behandlung. Auch hat das Ganze das Ansehen
eines Pendants zum Meister, und Goethe hat noch nie
zwei ganz ähnliche Werke aufeinander folgen lassen.
Solche treffende Züge in der Charakterdarstellung, die
einen tieferen Blick verraten und woran man Dich oder
Goethe erkennen würde, findet man eben nicht. Der
Stil ist fließend und in der zweiten Lieferung weniger
geputzt. Kurz ich verzeihe es diesmal der Schlegelschen
Familie, wenn sie vom Teufel der Neugier übel geplagt
werden."

Man sieht, wie aufmerksam Körner zu lesen verstand, und wie thätig sein Geist mitten im Genusse des
Lesens war. Und dieses produktive Verhalten Körners
beim Lesen hob Goethe als besonders wertvoll hervor.
In Bezug auf eine der Almanachskritiken schrieb er an
Schiller: „Recht vielen Dank für den überschickten
Körnerschen Brief. Eine so wahrhaft freundschaftliche
und doch so kritisch motivierte Teilnahme ist eine seltene
Erscheinung. Grüßen Sie den Freund recht vielmals
und danken Sie ihm auch von mir." Auch wünschte er
sehr, zu erfahren, was Körner über seinen Roman
Wilhelm Meister sagen werde. Und als nun Körner
eine Kritik des Meister an Schiller geschrieben, und
dieser den Brief an Goethe gesandt hatte mit dem Be-
merken, daß der Brief sehr viel Schönes und Gutes
enthalte, so daß Schiller wünsche ihn in die Horen einzurücken, da antwortet Goethe: „Der Körnersche Brief

hat mir viel Freude gemacht, um so mehr, als er mich
in einer entschieden ästhetischen Einsamkeit antraf. Die
Klarheit und Freiheit, womit er seinen Gegenstand übersieht, ist wirklich bewundernswert; er schwebt über dem
Ganzen, übersieht die Teile mit Eigenheit und Freiheit,
nimmt bald da bald dort einen Beleg zu seinem Urteil
heraus, decomponiert das Werk, um es nach seiner Art
wieder zusammenzustellen, und bringt lieber das, was
die Einheit stört, die er sucht oder findet, für diesmal
beiseite, als daß er, wie gewöhnlich die Leser thun,
sich erst dabei aufhalten oder gar recht darauf lehnen
sollte. Die unterstrichene Stelle hat mir besonders
wohlgethan, da ich besonders auf diesen Punkt eine ununterbrochene Aufmerksamkeit gerichtet habe, und nach
meinem Gefühl dieses der Hauptfaden sein mußte, der
im stillen alles zusammenhält und ohne den kein Roman
etwas wert sein kann. Bei diesem Aufsatz ist es aber
überhaupt sehr auffallend, daß sich der Leser produktiv
verhalten muß, wenn er an irgend einer Produktion
teilnehmen will. Von den passiven Teilnahmen habe
ich leider schon die betrübtesten Beispiele wieder erlebt,
und es ist nur immer eine Wiederholung des Refrains:
Ich kann's zu Kopf nicht bringen! Freilich faßt der
Kopf kein Kunstprodukt als nur in Gesellschaft mit dem
Herzen."

Die Körnersche Kritik des Wilhelm Meister ist, wenn
sie auch in seiner nüchternen und knappen Weise geschrieben ist, dennoch zu lang, als daß sie hier mitgeteilt
werden könnte. Um aber doch wenigstens eine Probe
für seine dekomponierende Art der Kritik zu geben,
wähle ich ein kürzeres Beispiel, sein Urteil über den

Kampf mit dem Drachen in der Kritik des Almanachs
für 1799:

„Im Kampf mit dem Drachen bemerke ich außer
der lebendigen Darstellung, die er mit ähnlichen Produkten unter Deinen Gedichten gemein hat, eine besondere
epische Kunst in der Anordnung, um die vorgesetzte
Wirkung aufs vollkommenste zu erreichen. Die Selbst-
überwindung des Siegers sollte ins glänzendste Licht gestellt werden. Für die Gefahr des Kampfes sollte man
sich nicht interessieren, und diese ist's immer was zuerst
die Aufmerksamkeit fesselt. Daher ist der Kampf schon
vollendet, wenn das Gedicht anhebt, und wir erwarten
nun seinen Lohn. Statt dessen hören wir Vorwürfe
von einem Manne, der uns doch Achtung abnötigt.
Dies versetzt uns auf einmal aus der sinnlichen Welt
in die moralische. In dieser soll nun die That des
Helden geprüft werden. Und wie erscheint sie? Nicht
als ein gelungenes Wagstück eines unbesonnenen Jünglings, in einer raschen Aufwallung beschlossen und ausgeführt, nein, als das Werk des reinsten Wohlwollens,
der ruhigsten Aufopferung, der festesten Beharrlichkeit
bei aller Kenntnis der Gefahr. Ein solches Werk, mit
der edelsten Begeisterung unternommen, und mit uner-
schütterlicher Geduld Monate lang vorbereitet, wird ihm
als ein Verbrechen angerechnet. Unser Gefühl sträubt
sich gegen dieses Urteil, aber die Würde der Pflicht ver-
klärt den Großmeister in unseren Augen. Wir glauben
ein höheres Wesen zu hören, unterwerfen uns mit dem
Ritter zugleich, und freuen uns, daß ihm verziehen wird.
Die Länge der Stanzen verbunden mit der Kürze
der Zeilen ist ein passender Rhythmus zu dem einfach

feierlichen Gange der Erzählung, die ohne äußeren Pomp
mit ruhigem Ernste einherschreitet."

Ich möchte in der Anerkennung und dem Rühmen
Körners nicht zu weit gehen, wie es dem immer leicht
widerfährt, der die Verdienste eines Mannes hervor-
heben will, die nicht so auf der Oberfläche liegen, daß
sie ganz für sich selbst sprächen. Weiß ich doch, daß
auch weniger zutreffende Urteile Körners hier und da
in dem Briefwechsel mit unterlaufen, und einige so
allgemein gehalten sind, daß sie fast seicht erscheinen.
So mag ich auch Zelters Tadel nicht verschweigen, der,
als er in einem Briefe Schillers an Goethe das Citat
aus einem Körnerschen Briefe fand: Hermann und
Dorothea sei unter die besten Goetheschen Werke zu
rechnen, sich über solchen Gemeinplatz heftig ärgerte, und
auf gut derb Zeltersche Weise dagegen sogleich mit
grobem Geschütze losdonnerte: „Ich weiß wohl, daß man
nicht alle Tage goldne Worte reden und in freundschaftlichen Briefen federlesen kann; wenn aber einer, der sich
was wissen will, solch ein vornehmes Nichts an einen
Freund wie Schiller hinschreiben kann, so sollte man
denken, Schiller habe an seinem Freunde ganz etwas
anderes geliebt als seine — Gedanken; wenn die abge-
hungerte Phrase nicht gar eine Schmeichelei für Schiller
sein soll. Er ist aber mein Rat und damit gut, aber
verdrießlich."

Körners Urteil in diesem Falle ist freilich ein sehr
allgemeines, und will man es mit Zelter eine „abge-
hungerte Phrase" nennen, so mag auch das gelten;
aber die Unterschiebung unedler Beweggründe wie der
Schmeichelei würde Zelter, das bin ich gewiß, sich nicht
gestattet haben, wenn er schon den Schiller-Körnerschen

Briefwechsel gekannt hätte, und auch die Bemerkung
trifft nicht zu, daß Körner sich mit diesem seinem Urteile
habe etwas wissen wollen. Vielmehr sagt Körner ausdrücklich, daß er das Werk Goethes nur eben gelesen,
aber noch nicht studiert habe, und nur das eine erscheine
ihm schon unstreitig, daß es unter Goethes Werke ersten
Ranges gehöre.

Schiller und Goethe wußten jedenfalls Körners
Gedanken im allgemeinen wohl zu würdigen und haben
sich häufig an seinem Beifall gestärkt und erfreut.
Schiller namentlich fühlte geradezu das Bedürfnis, den
Eindruck zu erfahren, den seine Geistesprodukte auf
andere edle Seelen ausübten, und durch der Freunde
stärkenden Zuspruch wurde er zu neuer Schaffenslust
angeregt. Stets war er nach der Vollendung eines
neuen Gedichts oder einer neuen philosophischen Arbeit
in Spannung, wie Körner dieselbe aufnehmen werde.
An ihn dachte er gern, wenn er dichtete und es gehörte
immer zu seinen besten Freuden, wenn er wieder eine
neue Arbeit an den Freund einpacken konnte. Körner
fehlte ihm oft, zumal so oft er mit Humbolbt und Goethe
im persönlichen Verkehr genußreiche Stunden verlebte,
und gegenüber den vielen tauben und hohlen Verhältnissen, mit denen man sich im Leben herumschleppe, und
die man je eher je lieber wieder fallen lasse, schien ihm
ihr gegenseitiges Verhältnis durch innere Wahrheit,
Reinheit und ununterbrochene Dauer ein Teil ihrer
Existenz geworden zu sein; und Körners Kritiken, schreibt
er, seien ihm immer ein rechter Schmaus und erhielten
ihn auf guter Bahn. Kurz Körners Briefe übten auf
Schiller ganz den Einfluß aus, den sich Körner von der
Schillerschen Kritik des Wilhelm Meister auf Goethe

7

versprach: Um Goethes willen, schrieb er, sei Schillers
Beurteilung ihm lieb; „denn um uns Werke von solchem
Umfange zu liefern, bedarf er einer Aufmunterung.
Für den deutschen Dichter giebt es keine Hauptstadt.
Sein Publikum ist zerstreut und besteht aus einzelnen
Köpfen, die seinen Wert zu schätzen wissen, aber deren
Stimme selten laut wird. Die unsichtbare Kirche bedarf
eines Repräsentanten, sonst glaubt der Dichter in einer
Wüste zu sein." Und Goethe, an den Schiller, wie auch
an Humboldt, oft die Körnerschen Briefe zum Mitgenusse
sandte, erkannte die fördernde Kraft eines solchen
Freundes an und schrieb mit Bezugnahme auf Körners
und Humboldts Äußerungen über den Wilhelm Meister:
„Es ist doch sehr tröstlich solche teilnehmenden Freunde
und Nachbarn zu haben; aus meinem eigenen Kreise
ist mir noch nichts dergleichen zugekommen." Auch später
blieb sich Goethe stets bewußt, daß er seinem Bunde
mit Schiller zugleich auch die reiche Anregung durch die
Schillerschen Freunde zu verdanken gehabt.

Und wie Schiller und Goethe ihre neu entstandenen
Werke gern Körner schickten, so gab es für diesen keine
höhere Freude als den Empfang einer solchen Sendung.
Mit wahrem Heißhunger fiel er darüber her, legte
möglichst alles bei Seite, was ihn im ruhigen Genuß
irgend stören konnte, las das Werk wieder und wieder, freute
sich, es den seinigen und auserwählten Freunden vorlesen zu können, studierte dann auch wohl die Quellen
und suchte sich bis auf die kleinste Einzelheit mit dem
Werke vertraut zu machen. Eine solche Zeit war für
ihn stets eine Festzeit, und selig wie ein Kind schwelgte
er im Genusse der Gegenwart. Wie freute es ihn, als
bei der Vorlesung des Tell mit verteilten Rollen

zum erſten Male auch ſchon ſeine beiben Kinder an einem
ſolchen Feſte in ſeinem Hauſe teilnehmen konnten, und
wie brängte es ihn dann, im nächſten Briefe den Dank
für ſolchen Genuß dem Freunde aus vollem Herzen zu
ſagen! Da war erfüllt, was einſt Schiller dem Freunde
am Anfange ihrer Freundſchaft geſchrieben hatte: „Werde
ich das, was ich jetzt träume, wer iſt glücklicher als
Du?"

Körners Briefe an Schiller ſind ohne Zweifel das
Wertvollſte und Beſte, was er geſchrieben, und im Vergleiche zu ihnen treten ſeine eigentlichen ſchriftſtelleriſchen
Arbeiten in den Hintergrund. Dennoch gebühren auch
ihnen hier noch einige Worte. Wie früher, ſo gilt auch
für dieſe Zeit, daß nur die wenigſten Pläne zur Reife
und Ausführung gelangten. Für den vierten und letzten
Band der neuen Thalia von Schiller ſteuerte er „Ideen
über Deklamation" bei, bie Horen brachten von ihm im
Jahre 1795 die Abhandlung über Charakterdarſtellung
in der Muſik, und in Schillers hiſtoriſchem Kalender für
Damen auf das Jahr 1792 war die Biographie Oxen-
ſtiernas von Körner verfaßt. Dazu entſtand 1802 ein
Aufſatz über Geiſt und Eſprit, der erſt ſechs Jahre
ſpäter gedruckt wurde. Nimmt man noch den ausführ-
lichen Plan zu einer Oper „Alfred" hinzu, ſo hat man
den ſpärlichen Geſamtertrag ſeiner Schriftſtellerei vom
Anfange der neunziger Jahre bis zu Schillers Tode hin.
Gearbeitet hatte er allerdings noch mancherlei und zu
manchem unausgeführt gebliebenen Plane umfaſſende
Vorſtudien gemacht. Wichtiger noch, als alle dieſe Auf-
ſätze erſcheint mir eine amtliche Arbeit, die er im Jahre
1792 im Auftrage ſeines Präſidenten über die Grenzen
der Preßfreiheit ausgeführt hatte. Sie erſchien ihm

7*

noch nach zwanzig Jahren, als er einen Sammelband
politischer Aufsätze veranstaltete, des Abdruckes würdig
und enthält Gedanken, die noch heute Beachtung verdienen. Seine Meinung faßt er kurz in folgenden
Worten in dem Briefe an Schiller vom 2. März 1792
zusammen: „Übrigens bin ich auch von gewissen Grenzen
der schriftstellerischen Freiheit überzeugt; nur glaube ich
nicht, daß die durch gesetzlichen Zwang, sondern durch
Veredlung des Geschmacks bewirkt werden müssen. Zerstören ist ein unwürdiges Geschäft für ausgezeichnete
Kräfte, so lange es noch irgend etwas zu schaffen giebt.
Daher die Achtung vor jedem Keime des Lebens in
Kopf und Herzen die nach meinen Begriffen zu einem
menschlichen Ideale gehört, daher eine weise Schonung
gegen Meinungen, Empfindungen, Einrichtungen u. s. w.,
die einen Keim von Menschenwert enthalten, der einer
Entwickelung würdig ist."

In der Arbeit selbst geht Körner davon aus, daß
der Schriftsteller sich entweder gegen den Staat im
ganzen oder gegen einzelne Personen vergehen könne.
Das Bestehen des Staates gründe sich auf drei Haupt-
pfeiler: Die obrigkeitliche Gewalt, die Religion und die
Sitten. Über alle drei müsse eine freimütige Untersuchung und Kritik freigegeben sein, und sie könne freigegeben werden, wenn nur der Ton der Besprechung
Achtung vor der Obrigkeit und Religion überhaupt zeige,
und das Laster als Laster nicht verteidigt oder empfohlen
werde. Bleibe diese Achtung vor der Religion, der
Sittlichkeit und der Obrigkeit im ganzen gewahrt, so sei
die Kritik im einzelnen über obrigkeitliche Personen als
solche und ihre Dekrete, sowie über religiöse Institutionen,
Gebräuche und Satzungen, und die Betrachtung selbst

unfittlicher Berhältniſſe nicht zu fürchten, vielmehr ein
notwendiges Mittel, um den Patriotismus, die Religio-
ſität und die echte Sittlichkeit lebendig zu erhalten.

„Was im Vorhergehenden," fährt Körner fort, „über
die Bedenklichkeiten bei zu großer Einſchränkung der ſchriftſtelleriſchen Freiheit bemerkt worden iſt, dürfte auf die Vergehungen gegen einzelne Perſonen weniger Anwendung
leiden. Der einzelne Menſch ſcheint nur in Anſehung ſeines
öffentlichen Charakters ein Gegenſtand der öffentlichen
Prüfung zu ſein. Über die Art ſeiner Wirkſamkeit als
Staatsbeamter, als Volkslehrer, als Schriftſteller, als
Sektenſtifter, als thätiges Mitglied geheimer Geſellſchaften,
als Unternehmer eines wichtigen und viel umfaſſenden
Geſchäfts und dergleichen kann eine freimütige Erörterung
nach Beſchaffenheit der Umſtände für ein größeres oder
kleineres Publikum nützlich ſein. Auch können die
mißbilligenden Urteile über eine Perſon, inſofern ſie ſich
blos auf den Erfolg oder den Wert einer gewiſſen
öffentlichen Wirkſamkeit einſchränken, nicht mit Injurien
in eine Klaſſe geſetzt werden. Allein was den Gebrauch
der Schriftſtellerei zu ehrenrührigen Äußerungen über
die Geſinnungen oder das Privatleben einzelner Menſchen
betrifft, dürfte ſich wider ein gänzliches Verbot nichts
Erhebliches einwenden laſſen. Geſetzt daß auch wirkliche
Thatſachen durch dieſe Art von Publicität bekannt gemacht werden, ſo iſt dies im ganzen genommen eine
unfruchtbare Belehrung, und die Ausbreitung einer
Wahrheit, die an ſich keinen Wert hat, vergiltet das
Unheil nicht, das die Zerſtörung eines guten Namens
anrichtet. Und je häufiger die Beiſpiele ſind, daß der
Vorwand, das Laſter zu entlarven, zur Befriedigung des
Neides, der Rachſucht und der Schadenfreude gemißbraucht

wird, besto sorgfältigere Wachsamkeit wird von Seiten
der Obrigkeit erfordert, um die Ehre jedes Staatsmit-
gliebs so lange, bis er sich nicht durch erwiesene Verbrechen derselben verlustig gemacht hat, gegen jeden
unbesonnenen ober boshaften Angriff zu schützen. Nur
als Strafe ober Warnung kann die Bekanntmachung
schänblicher Handlungen heilsam sein, aber es wäre
höchst gefährlich, den Gebrauch bieses Mittels der Will-
kür einer jeden Privalperson zu überlaffen. In einem
wohlgeordneten Staate ist keine Strafe ohne vorgängige
unparteiische, genaue und vollständige Untersuchung durch
verpflichtete Richter gedenkbar, und nur die Obrigkeit
hat die Mittel in Händen, um hinlängliche Erkundigungen
zur Entscheidung der Frage einzuziehen, ob die Ehre
und die bamit verbundene bürgerliche Existenz eines
Menschen noch einige Schonung verbiene, ober ob eine
bringende Veranlassung, das Publikum vor ihm zu
warnen, vorhanden sei."

Der Aufsatz fand den vollen Beifall des Vorgesetzten,
der ihn mit Körners Bewilligung zu den Akten nehmen
ließ, wodurch er auch dem Kurfürsten vor Augen kommen
mußte.

Schillers und Goethes erhöhte Dichterthätigkeit gab
ihrem Dresbener Freunde auch von neuem mehrfach
Anlaß, einzelne Lieder und Ballaben derselben zu komponieren. Außer Amaliens Lied aus ben Räubern hat
er sicherlich von Schillerschen Gedichten noch komponiert:
Das Lied au die Freude, Triumph der Liebe, Hymne, Der
Tanz, Das Mädchen aus der Frembe, Die Dithyrambe,
Das Reiterlied aus Wallensteins Lager, Die vier Welt-
alter und An die Freunde. Von Goethe komponierte er
ein Lied aus dem Wilhelm Meister und von Herber Die

Nachtigall. In seinem Hause trieb Körner viel Musik, namentlich nachdem die Kinder herangewachsen waren. Minna fand Gefallen am Spiel auf der Guitarre. Körner besuchte gern musikalische Gesellschaften und Konzerte und verkehrte gern und viel mit dem Musiker Naumann. Eine große Freude war es ihm, als Zelter ihn auf Schillers Empfehlung hin im Jahre 1803 besuchte.

„Geist und Charakter," so urteilte er über ihn, „ist an ihm nicht zu verkennen, nur scheint mir seine musikalische Ausbildung zu einseitig. Für die Produktion mag eine solche Bestimmtheit gute Folgen haben, aber für die Unterhaltung über Kunst vermißt man nicht selten die Grazien. Bei ihm gilt nichts als Fasch, Händel, Bach und einige wenige. Ich denke mir aber das Reich der Tonkunst weit größer, wo es für viele andere noch Raum giebt. Über manches treffliche Talent, wofür es ihm vielleicht an Feinheit des Sinnes fehlt, urteilt er auf eine wegwerfende Art, und manches, was er vorzüglich schätzt, kommt mir wie ein musikalisches Rechnungsexempel vor. Zelter selbst müßte einen großen Teil seiner eigenen Arbeiten verachten, und gerade solche, die ihm sehr zum Verdienst gereichen, wenn er konsequent wäre. Kurz ich würde mich oft mit ihm streiten, wenn wir zusammen lebten, ungeachtet ich ihn gewiß sehr hoch schätze."

Trotz der verschiedenen Ansichten suchte er den Verkehr mit Zelter brieflich fortzusetzen. Wenige Tage nach der ersten Zusammenkunft schrieb er an denselben, wahrscheinlich noch nach Dresden selbst:

„Durch das gestrige Wetter haben wir wahrscheinlicher Weise das Vergnügen eingebüßt, Sie auf dem Weinberge zu sehen. Über Fasch hätte ich gern noch mit Ihnen gesprochen und habe kaum Hoffnung dazu, wenn ihre Abreise noch auf morgen festgesetzt bleibt. Für die Mitteilung Ihrer Biographie bin ich sehr dankbar. Der Ton ist einfach und männlich mit verborgener aber unverkennbarer Wärme, so wie es einem wackern deutschen Künstler ziemt."

„Fasch, als Künstler und Mensch, ist eine merkwürdige und interessante Erscheinung. Durch Ihre genaue Verbindung mit diesem Manne und durch Ihre sehr natürliche Anhänglichkeit an ihn, wird mir manches in Ihrer eigenen Denkart begreiflich, was mich anfänglich überraschte. Über manches, was ich in den ersten Tagen ruhig anhörte, um Sie genauer kennen zu lernen, würde es künftig Streit unter uns geben, wenn wir beisammen lebten. Von mancher Behauptung würde ich mir einen Beweis ausbitten, mancher Meinung würde ich vielleicht eine andere Meinung entgegensetzen."

„Halten Sie mich indessen nicht für einen Verächter eines gewissen weichlichen Geschmacks, der bloß darauf ausgeht, das Ohr zu kitzeln, ohne Geist und Herz zu befriedigen. Ernst und Anstrengung fordere auch ich von dem Künstler, und weh' ihm, wenn er in der Periode seiner Bildung irgend eine Schwierigkeit fürchtet. Aber es giebt auch in der Musik Schwierigkeiten, die bloß zum Gerüste und zu den Vorübungen der Kunst gehören. Selbst das Erhabene liegt nicht bloß im Gebiet des Schwierigen, noch weniger das Schöne und die Grazie. Manche schulgerechte Fuge hat daher nach meiner Überzeugung weniger Kunstwert, als Ihre Komposition von: Tom saß am wallenden See. Darstellung der Seele ist für mich das Wesentliche der Kunst, und wo diese nicht — vernehmlich für ein menschliches Ohr — aus einem

musikalischen Werke hervorgeht, sehe ich nichts als ein
Gebäude von Noten für den Verstand des Partitur-
lesers."

„Sie erhalten hierbei Ihre Komposition des Gedichts:
Die Sänger der Vorwelt, Schillers neuste Produkte und
Vossens Metrik mit verbindlichstem Danke zurück. Die
Komposition habe ich noch nicht abschreiben lassen können.
Sie würden mich verbinden, wenn Sie eine Abschrift
davon mir zuschicken oder Parthey für mich zustellen
wollten. Die Gerichtsordnung haben Sie die Güte an
Parthey abzugeben. Ich schreibe ihm selbst."

„Ist es Ihnen möglich, so besuchen Sie uns noch
vor Ihrer Abreise auf dem Weinberg."

„Körner."

Der Brief ist undatiert und ich weiß nicht, ob er
den Adressaten noch in Dresden traf. Aber Zelter
scheint das Körnersche Haus in freundlichem Andenken
behalten zu haben. Er antwortete bald und sandte
seine neusten Kompositionen mit. Sein Brief liegt mir
leider nicht vor. Wohl aber Körners ausführliche Antwort, die seine musikalischen Ansichten noch ausführlicher
darlegt, als der vorige Brief. Er schrieb:

„Dresden am 27. Sept. 1803."

„Ihre neuen Lieder waren mir und den meinigen
ein sehr angenehmes Geschenk, und wir freuen uns alle
Ihres freundschaftlichen Andenkens. In Ihrem Briefe
ist vieles mir aus der Seele geschrieben, besonders, was
Sie über die Würde und Selbständigkeit der Kunst
äußern. Überhaupt ehre ich den Eifer, mit dem Sie
auf Ihrer Bahn fortschreiten, und Ihre treue Anhäng-

lichkeit an das, was Sie lieben. Auch glaube ich gern, daß unsre Meinungen im wesentlichen weniger voneinander unterschieden sind, als es anfänglich schien. Ich möchte von Ihnen nicht mißverstanden werden, und gleichwohl muß ich dies aus manchen Stellen Ihres Briefes vermuten. Erlauben Sie mir also noch ein paar Worte über meine Ansicht der Tonkunst."

„Solange es noch keine allgemein geltende Gesetze der Kunst giebt, muß jeder, der etwas darüber sagen will, zu Begründung seiner Meinung eine weit ausholende Philosophie vorausschicken. Dies ist auch der Fall bei der Musik. Bis Sie eine befriedigende Theorie geschrieben haben, oder mir eine vorhandene aufweisen, respektiere ich auch hier keine Autoritäten."

„Ein einzelner Ton, der bestimmt, und rein von tonlosem Geräusch ist, erfreut das Ohr, so wie eine Blume das Auge. Die Blume wird zum Kranz, wenn die Töne in einer Reihe auf einander folgen, worin das Mannigfaltige geordnet und durch ein gemeinschaftliches Band verknüpft ist. Eine solche Reihe steht, so wie jede Zusammensetzung eines Ganzen aus Kunstelementen, unter den Gesetzen der Einheit und des Kontrasts."

„Einen höheren Wert erhält dies Ganze, wenn es zur Seele spricht. Hierzu gehört Bedeutung, und ein Kunstwerk wird bedeutend durch Darstellung. Das Darstellungswürdige der Musik ist in der Geisterwelt: durch Nachahmung eines Geräusches wird sie entweiht."

„Die Darstellung wird vollständiger, bestimmter und kräftiger durch Rhythmus, den die Musik mit Poesie und Tanz gemein hat, und dessen Theorie noch lange nicht hinlänglich bearbeitet ist."

„Durch Rhythmus und Melodie ist der Musik schon eine unendliche Sphäre gegeben, in der sie für eine einzelne Stimme schöne, tönende Formen mit Bedeutung verbinden kann."

„Die Forderungen der Kunst steigen, es sollen mehrere Stimmen sich zu einem gleichzeitigen Ganzen vereinigen, und es entsteht Harmonie. Hier sind zwei Arten der Behandlung möglich. Es ist entweder eine Melodie, die aus einer Reihe von Accorden, so wie aus einzelnen Tönen besteht, indem jeder Accord in dem ersten Momente des dunkeln Gefühls als ein einzelner Ton von stärkerer Wirkung gehört wird, und wir nur durch gespanntere Aufmerksamkeit Unterschiede darin wahrnehmen; oder mehrere unter sich verschiedene Melodieen schreiten nebeneinander fort und gruppieren sich zu einem Ganzen. Die letzte Art der Behandlung ist besonders für ein Zeitalter anziehend, in welchem die Kunst mehr nach Reichtum strebt und sich von dem Einfachen entfernt. Dem ungeübten Ohr wird dies Mannigfaltige zum Chaos; aber es giebt auch eine Grenze, wo selbst ein geübtes Ohr in dem Übermaß des Mannigfaltigen nur Verwirrung findet. Das Auge muß alsdann dem Ohre zu Hilfe kommen, und man verehrt die Partitur einer Musik, die für ein menschliches Gehör nicht vernehmlich war."

„Der Accord ist die höhere Potenz des Tones. Wie in dem Tone sich einzelne Elemente des Schalles auf einem Punkte der Tonleiter vereinigen, so in dem Accorde einzelne Töne zu einem Ganzen von bestimmter, hörbarer Organisation. Daher die mächtige Wirkung einer Melodie, die aus einer Reihe von solchen Accorden besteht, wie ein Choral."

„Die Musik verdankt der Harmonie eine größere
Würde und Pracht und ein vielfältigeres Leben. Ein
Volk spricht durch die Fuge und in der scheinbaren Unordnung herrscht ein Geist, der die ganze Masse beseelt.
In den begleitenden Stimmen der Hauptmelodie versinnlicht sich die lebendige Welt, die das dargestellte
Wesen umgiebt. In den schmelzenden Tönen der Blasinstrumente glaubt man die Stimme eines Schutzgeistes
zu vernehmen. Kurz durch den Kontrapunkt öffnet sich
für das wahre Talent ein weites Feld und der Weg
zum höchsten Gipfel der Kunst."

„Aber hier war es auch, wo man sehr bald auf
Abwege geriet. Die Bestandteile des musikalischen Kunst-
werks mußten nicht nur gehaltvoll, sondern auch weis-
lich verknüpft sein, wenn die höchste Wirkung des
Ganzen erreicht werden sollte. Aber bald wurde das
Mittel zum Zweck, die Verknüpfung zur Hauptsache.
In der Verbindung des Ungleichartigen, in neuen über-
raschenden Zusammenstellungen, in der Gewandtheit, sich
unter den Fesseln der Regel frei zu bewegen, kurz in
der Überwindung von Schwierigkeiten des Machwerks
suchte man das Höchste der Kunst. Witz trat an die
Stelle von Geist und Phantasie. Das musikalische Wort
wurde in seine Buchstaben zerstückelt, und man freute
sich über die Logogryphen, die man aus ihm heraus-
brachte. Phrasen, die sich auf den Kopf stellen ließen
und zu allerlei Verrenkungen bequemten, waren die
liebsten. An Bedeutung mochte der Satz noch so leer
sein, genug wenn er rein war."

„Durch eine solche Schule muß auch der Meister
hindurch. Alle diese Kunststücke müssen ihm geläufig
sein, weil es Fälle giebt, wo er davon Gebrauch machen

kann. Nur darf er bei diesen Vorübungen nicht stehen
bleiben, darf das höhere Ziel darüber nie aus den
Augen verlieren, darf nicht vergessen, daß es auch ein-
fache Mittel giebt, um Geist, Seele, Grazie, Energie,
kurz alles Überirdische durch Töne auszusprechen."

„Ernst gehört zur Ausführung jedes echten Kunst-
werks, auch wenn es zur Freude bestimmt ist, und um
es durchzustudieren wird Arbeit erfordert. Aber ein
Werk das ich erst mühsam bechiffrieren soll, um es zu
verstehen, kann ich nicht für das höchste seiner Gattung
halten. Um die Kunst zu genießen, muß man sie lieben
und über ihren Werken sich selbst und alles um sich her
vergessen. Aber alsdann wirkt sie am mächtigsten, wenn
ihr Coulissenspiel verschwindet. So die Musik, wenn
sie unser Inneres ergreift und uns in höhere Welten
versetzt, ohne daß wir der einzelnen Töne uns bewußt
werden."

„Doch genug für diesmal. Leben Sie recht wohl,
und vergessen Sie uns nicht. Die meinigen lassen
Ihnen viel Freundschaftliches sagen."

„Körner."

Ich habe geglaubt diese an sich interessanten und
für Körners musikalische Anschauungen charakteristischen
Briefe hier vollständig abdrucken zu sollen, zumal sie
bisher noch nicht gedruckt sind. Freilich ist nicht recht
klar, warum dies Körner alles gerade Zelter gegenüber
in solcher Breite auseinandersetzt, da in den meisten
Punkten ihm Zelter hier gewiß zustimmte. Wichtiger
wäre es gewesen, er hätte die Punkte hervorgehoben, in
denen er von Zelters Meinungen abwich, wie er sie in
dem oben angeführten Briefe an Schiller angedeutet

hatte. Wie es scheint, wurde der Verkehr zwischen Körner
und Zelter vorläufig wieder ausgesetzt, und beide Männer
traten erst im Jahre 1810 wieder in Karlsbad und
später in Berlin in neue Beziehungen zu einander.

Auch sonst hatte mancher namhafte Fremde das
gastliche Körnersche Haus besucht oder war doch bei
Körners Freunden mit diesem zusammengetroffen. Die
Briefe an Schiller melden solche Unterbrechungen in der
Leere und Öde des Dresdener geselligen Lebens stets
mit freudigem Interesse, und in der Regel ist der Mel-
dung von der neuen Bekanntschaft auch ein kurzes Wort
über den ersten Eindruck, den der Fremde auf Körner
gemacht, beigefügt. Einige derselben, mögen auch hier
einen Platz finden. Sie zeigen nicht nur, wer nach
Körners Auffassung die Fremden sind, sondern zugleich
nach dem Grade des Gefallens oder Mißfallens, das er
an ihnen findet, wer er selbst ist.

Während er mit Schiller einig ist in der Anerkennung
und liebenden Verehrung Wilhelm von Humboldts,
weiß er den Bruder Alexander noch höher zu schätzen
als Schiller. Für den Umgang schien ihm freilich
Wilhelm auch genießbarer, weil er mehr Ruhe und
Gutmütigkeit habe. Alexander habe etwas Heftiges und
Bitteres, aber das finde man bei Männern von großer
Thätigkeit häufig. Durch den Eifer und Geist, mit dem
er sein Fach betreibe, sei er ihm ehrwürdig. Als sich
Schiller dann ziemlich bitter über Alexander von Humboldt ausspricht, den Mangel an Einbildungskraft her-
vorhebt und ihn einen beschränkten Verstandesmenschen
nennt, antwortet Körner: „Dein Urteil über Alexander
von Humboldt scheint mir doch fast zu streng. Gesetzt
daß es ihm auch an Einbildungskraft fehlt, um die

Natur zu empfinden, so kann er doch, däucht mich, für
die Wissenschaft vieles leisten. Sein Bestreben, alles zu
messen und zu anatomieren, gehört zur scharfen Beobach-
tung, und ohne diese giebt es keine brauchbaren Materialien für den Naturforscher."

Den Dichter Matthisson fand Körner, als er ihn
persönlich kennen lernte, für die Gesellschaft recht angenehm, natürlich und ohne Anmaßung. Auch weiß er
manche unterhaltende Anekdote. „Aber etwas," fährt
Körner fort, „das sich durch Geist auszeichnete habe ich
nicht von ihm gehört." Noch unangenehmer empfand
er den Mangel an Geist bei Nicolai aus Berlin, den
sein dortiger Freund Parthey ihm bei einem Besuch in
Dresden zuführte. Körner fand sein Äußeres unangenehm, aber nicht mehr so spinnenartig, wie ehemals.
„Er spricht viel, und was mich wunderte, wenig von
sich selbst. Es war mir unbehaglich mit ihm zusammen
zu sein, aber ich gab mir Mühe, unbefangen zu bleiben,
und wartete, ob nicht etwas Interessantes aus ihm
herauskommen sollte. Aber außer ein paar Anekdoten
gab es nichts."

Mehr Geist fand er bei den Gebrüdern Schlegel
und bei Tieck. August Wilhelm Schlegel gefiel ihm zuerst recht wohl, und er wußte eine gewisse Politur ohne
Flachheit an ihm zu rühmen. Für das Vortreffliche in
der Kunst habe er echten Enthusiasmus und im Umgange viel Leichtigkeit und guten Humor. Die Übersetzungen aus dem Shakespeare machten ihm gewiß
Ehre. Auch des jüngeren Bruders Friedrich nahm er
sich anfangs Schillers Angriffen gegenüber mit Wärme
an: „In seinen Fehlern ist doch Vermögen, wenn auch
zur Zeit noch die Richtung fehlt. An Kopf fehlt es ihm

nicht, und da verzeihe ich selbst Unbescheidenheit. Klarheit, Ordnung und Geschmack kann er vielleicht noch
erwerben." — Später urteilte Körner denn freilich in
den Briefen an Schiller auch wieder herber über die
Brüder Schlegel. Er fand doch in August Wilhelms
Natur manches, das ihm nicht behagte, und die Frau
desselben zog ihn und Minna und Dora gar nicht an.
Auch schien ihm August Wilhelm Schlegel „bei allem
Talent für das Äußere der Dichtkunst, doch immer noch
im Vorhofe zu bleiben." Körners wichen Schlegels
daher nach Möglichkeit aus.

Ähnlich ging es Körner mit Tieck. Anfangs fand
er Gefallen an ihm, und achtete dauernd sein Talent.
Aber der anmaßende Ton Tiecks bei großer Dunkelheit
und Unbestimmtheit der Begriffe verdroß ihn, die Rela-
tion mit Schlegels, glaubte er, habe Tieck geschadet.
Dergleichen mystisches Geschwätz, als Tieck und die
Schlegels für hohe Weisheit verkauften, möge er gar
nicht. Auch die Bekanntschaft mit Genz, den Wilhelm
von Humboldt an Körner empfohlen hatte, konnte ihm
nicht behagen und er wunderte sich, wie Humboldt an
ihm Geschmack finden könne.

Dagegen fand er große Freude im Verkehr mit
Schillers Schwägerin Karoline von Wolzogen, als sie
im Jahre 1803 in Dresden verweilte. Körners sahen
sie täglich, und sie gehörte ganz zu ihrer Familie. Er
rühmte an ihr Anspruchslosigkeit, Teilnahme und Unbefangenheit; nie habe er sie übler Laune oder verstimmt
gesehen. Bei ihr traf Körner auch Iffland, wenn auch
nur auf eine halbe Stunde. Die Bekanntschaft freute
ihn um so mehr, als ihn Ifflands achttägiges Gastspiel
in Dresden im höchsten Maße interessiert hatte. Er

hatte Körners Erwartungen noch übertroffen, und besonders in komischen Rollen glaubte dieser nie etwas
Besseres gesehen zu haben.

In derselben Zeit im Sommer 1803 waren auch
mehrere Männer aus Weimar in Dresden, Herr von
Schardt, Böttiger und „qui primo loco nominandus"
Herder. Körner hatte früher viel von Herder erwartet,
und auch gehofft daß Schiller und er „sich gegenseitig
befruchten" würden. Er urteilte von ihm, daß er Proben
eines emporstrebenden, vielumfassenden Geistes gegeben
habe. Seine Bedeutsamkeit verkannte Körner auch später
nicht. Aber seit Herder in entschiedenen Gegensatz zu
Kant trat, fühlte sich Körner von den meisten Herder-
schen Schriften nicht befriedigt. Auch jetzt bei der persönlichen Bekanntschaft fand er etwas Krankes und
Mattes in Herders Wesen, das ihn verstimmte. Namentlich wo Herder polemisierte, gefiel er Körner gar nicht.
Er meinte, Herders ganze Natur sei zu weichlich dazu.
Auch Herders Gedichte beurteilte Körner ungünstig, gab
aber freilich zu, als Schiller ihn allzustreng fand, daß
er an Herder auch höhere Anforderungen stelle und ihn
gern vor Dichtern wie Woltmann und andern hervor-
ragen sähe. Seinen Geist erkenne er wohl, nur an
Kunstfertigkeit scheine es Herder manchmal zu fehlen.

Aber alle diese Unterbrechungen konnten Körners
das Gefühl der Öde und Verlassenheit nicht nehmen.
Im Jahre 1798 hatte Körner wiederum seine amtliche
Stellung verändert. Er trat unter Aufgabe seiner
Stellung als Appellationsgerichtsrat als Geheimer
Referendar in eine Art Sekretärstelle bei dem Konferenz-
minister. Er gewann dadurch zunächst eine Mehrein-
nahme von 200 Thalern und mit dem Anfang des neuen
8

Jahrhunderts eine weitere Aufbesserung des Einkommens um 600 Thaler. Anfangs hatte er freilich viel zu thun, freute sich aber doch der neuen Thätigkeit. Schiller schrieb ihm einen herzlichen Brief auf die Nachricht dieses Avancements, wenn er selbst auch bedauerte, der Hoffnung wiederum entsagen zu müssen, Körner einmal sich näher zu wissen. Er hatte den Gedanken gehegt, Körner werde an der Leipziger Universität eine Anstellung finden und schrieb nun dem Freunde:

„Jena, 31. August 98.“

„Zur Verbesserung Deiner Aussichten wünsche ich Dir herzlich Glück, wiewohl es mich einige Überwindung kostet, von der Hoffnung, Dich in Leipzig einmal etabliert zu sehen, Abschied zu nehmen. Ich hatte mir viel von dieser letzten Aussicht versprochen: Wir wären uns so viel näher, die Kommunikation so viel leichter, Dein eigner Zustand so viel freier gewesen. Das schönste, ja das einzigste, was der Existenz einen Wert giebt, die wechselseitige Belebung und Bildung hätte dabei gewonnen; nicht Du allein, Ihr alle hättet nach meiner Vorstellung an echtem Lebensgehalt gewinnen müssen, wenn Du in ein freieres Verhältnis Dich hättest setzen können, was doch auf einer Universität immer der Fall ist, und wenn wir, Goethe mitgerechnet, einander näher hätten leben können. Denn jetzt wäre eigentlich der Zeitpunkt, wo unser gegenseitiges Verhältnis, das durch seine innere Wahrheit, Reinheit und ununterbrochene Dauer ein Teil unserer Existenz geworden ist, die schönsten Früchte für uns tragen sollte. Man schleppt sich mit so vielen tauben und hohlen Verhältnissen herum, ergreift in der Begierde nach Mitteilung und im

Bedürfnis der Geselligkeit so oft ein leeres, das man froh ist wieder fallen zu lassen; es giebt so gar erschrecklich wenig wahre Verhältnisse überhaupt, und so wenig gehaltreiche Menschen, daß man einander, wenn man sich glücklicherweise gefunden, desto näher rücken sollte."

„Ich bin in dieser Rücksicht Goethe sehr viel schuldig, und ich weiß, daß ich auf ihn gleichfalls glücklich gewirkt habe. Es sind jetzt vier Jahre verflossen, daß wir einander näher gekommen sind, und in dieser Zeit hat unser Verhältnis sich immer in Bewegung und im Wachsen erhalten. Diese vier Jahre haben mir selbst eine festere Gestalt gegeben und mich rascher vorwärts gerückt, als es ohne das hätte geschehen können. Es ist eine Epoche meiner Natur, und sie würde noch reicher und bedeutender geworden sein, wenn auch wir in dieser Zeit uns näher gelebt hätten. Doch genug davon. Nur mußt Du mir verzeihen, wenn ich ungern von Deiner neuen politischen Ansiedelung in Dresden höre, zu einer Zeit, wo ich die philosophische und ästhetische Muße und Freiheit als das schönste Ziel des Lebens betrachten gelernt habe."

Körner erwiderte auf diesen Brief:

„Dresden, den 16. Sept. 98."

„Wenn Leipzig so nahe an Jena läge als Weimar, so hätte ich nichts auf das zu antworten, was Du in Deinem letzten Brief schreibst. Aber zu einer Reise von neun Meilen entschließest Du Dich eben so schwer, wie zu einer Reise von zwanzig. Also wären wir nur auf der Landkarte näher, ohne uns deswegen öfter zu sehen. Dagegen hätte ich in Leipzig, das ich besser kenne, als Du, eine fatale Existenz, und wenn ich bei der dortigen

Teuerung auskommen wollte, weniger Freiheit als hier."

„Vor dem Anschließen an unbedeutende Menschen laß Dir bei mir nicht bange sein. Ich lebe nur im Kreise meiner Familie. Geßler ist der einzige, der mir außerdem hier näher angehört. Zwar fehlt es ihm an Charakter und Geist, aber sein Gefühl macht mir oft Freude. Sonst habe ich gern junge Menschen um mich, um nicht selbst unmerklich zu veraltern, und je selbständiger, härter und übermütiger sie sind, desto lieber mag ich sie zum Gespräch. Übrigens suche ich mich fremd gegen alles zu erhalten, was nicht zu den meinigen gehört. Bei einem zu ausgebreiteten Interesse für Personen verliert das Interesse für Sachen und die höheren Bedürfnisse der Menschheit überhaupt. Zusammenkünfte mit Dir und Goethe sind Feste, auf die ich mich während meines Alltagslebens vertröste. Hier suche ich bloß, mich unverdorben zu erhalten, damit Ihr mich nicht als einen Philister wiederfinden möget."

Diese Feste waren denn freilich selten genug. Im Jahre 1796 waren Körners am 27. April in Jena mit dem Grafen Geßler zusammen eingetroffen und bis zum 17. Mai dort geblieben. Körners wohnten in Humboldts leerstehender Wohnung, waren aber den Tag über meistens bei Schillers. Auch Goethe kam während der Zeit nach Jena. So war das Fest denn groß, und mit voller Lust sog Körner neue geistige Anregung und Nahrung ein. Goethe und Schiller arbeiteten damals gemeinsam an den Xenien, durch welche sie der Außenwelt zuerst die Innigkeit ihres Bundes bezeugten und sich gewissermaßen als eine Partei für sich konstituierten. Wenn nun Minna und Dora unten in der Wohnstube

mit Frau Schiller beisammensaßen, hörten sie oben öfters
über sich die Stimmen der Freunde. In kürzeren oder
längeren Pausen ertönte ein schallendes Gelächter, zuweilen von sehr vernehmlichem Fußstampfen begleitet.
Wenn die Herren dann um 12 Uhr zum Mittagsessen
herunterkamen, waren sie äußerst aufgeräumt, und sagten
mehr als einmal: Heute sind die Philister wieder tüchtig
geärgert worden. Auch den Frauen näherte sich Goethe
wieder, und sie tauschten manche alte Erinnerung aus
der Zeit, als Goethe in Leipzig studierte, aus, wobei er
gelegentlich sich im Scherze über Minnas verflucht gutes
Gedächtnis beklagt haben soll. Besonders zog ihn Dora
durch ihre geistige Lebhaftigkeit und Frische an. Er
dichtete in dieser Zeit die Idylle Alexis und Dora und
wählte der Freundin zu Ehren den Namen Dora. Am
22. September 1796 schrieb er an Körner: „Wenn Sie
die Idylle zu Anfang des Musenalmanachs sehen, so
gedenken Sie jener guten Tage, in denen sie entstand."
Und als er sein Epos Hermann und Dorothea übersandte freute er sich wiederum, daß die Heldin gerade
Doras Namen führte.

Schiller hatte in dieser Zeit vielen Kummer;
am 23. März war seine jüngste Schwester gestorben,
jetzt hörte er durch Briefe aus der Heimat, daß auch
seine Schwester Luise schwer krank liege und der Vater
viel an der Gicht leide. Er mochte Körners Frohsinn
nicht stören und verbarg seinen Kummer, aber es ward
ihm nicht leicht, unbefangen zu erscheinen. Trotzdem
aber schrieb er, als die Freunde abgereist waren an
Körner, daß ihm und seiner Frau recht innig wohl mit
ihnen gewesen sei, und daß die Folgen glücklich und
bleibend für ihn seien. Und auch aus Körners Brief

vom Tage nach der Abreise hört man den Genuß
wiederhallen: „Ein paar schöne Wochen sind vorbei,
aber der bleibende Nachhall hat auch seinen Wert. Ich
bin mit den glänzendsten Hoffnungen von Dir abgereist.
So wie ich Dich gefunden habe, kann ich die Ausführung
aller der Pläne, von denen wir gesprochen haben, mit
der größten Wahrscheinlichkeit von Dir erwarten. Auch
mich fühle ich gestärkt und begeistert zu neuer Thätigkeit.
Und die Entwürfe zu künstigem gemeinschaftlichen Lebensgenuß bleiben mir immer im Gesicht. Daß ich auch
Goethen näher gekommen bin, weiß ich gewiß zu schätzen
und Du kannst ihm Bürge dafür sein. Sage ihm ja
recht viel Herzliches von uns allen."

So froh der Genuß gewesen war und so aufrichtig
die Wünsche beider Familien, denselben sich recht bald
und recht oft wiederzuverschaffen, es vergingen volle fünf
Jahre, ehe sie sich wiedersahen. Bald hinderten amtliche
oder künstlerische Arbeiten, bald Rücksichten auf die
Gesundheit oder auf die Frauen und Kinder die Reise.
Fast alle Jahre wurden Pläne und Hoffnungen eifrig,
oft durch Wochen und Monate hin, ausgesponnen, aber
immer wieder wurde die Ausführung vereitelt. Da
endlich im August des Jahres 1801 weiß Schiller es
möglich zu machen, mit seiner Familie auf einige Wochen
nach Dresden zu reisen. Körner konnte seiner amtlichen
Geschäfte wegen in diesem Jahre nicht auf dem Weinberge wohnen und bot Schiller, dessen Gedanken, nach
Dresden zu reisen, er in Gold fassen möchte, sein
Loschwitzer Haus zur Wohnung an.

Hier wohnten Schillers vom 9. August bis zum
1. September. Dann zogen sie noch auf einige Wochen
zu Körners in die Stadt, um das Beisammensein noch

völliger auszugenießen. Auf der Rückreise begleiteten Körners die Freunde bis Leipzig, um dort am 17. September gemeinsam mit ihnen der dortigen Aufführung der Jungfrau von Orleans beiwohnen zu können. „Die Vorstellung war," wie Palleske berichtet, „künstlerisch ungenügend, aber als der Vorhang nach dem ersten Aufzuge fiel, erscholl aus dem gedrängt vollen Hause der allgemeine stürmische Ruf: Es lebe Friedrich Schiller! Trompeten schmetterten mit rauschendem Tusch darein. Am Ende der Vorstellung stürzte und drängte alles eiligst aus dem Hause, den geliebten Sänger in der Nähe zu sehen. Als die hohe, leibberührte Gestalt erschien, trat die Menge erfurchtsvoll auseinander, rasch entblößten sich alle Häupter; eine tiefe Stille umfing den Dichter, als er durch die lange Reihe schritt. Alle Herzen, alle Augen strebten ihm zu, die Väter, die Mütter hoben ihre Kinder empor und flüsterten: Der ist es, das ist er!" Gerade die Freude seiner Gattin, seiner Schwägerin von Wolzogen, die mit ihnen in Dresden gewesen, und der Dresdner Freunde über diese Anerkennung des Dichters, brachte sie ihm selbst lebendiger zur Empfindung.

„Mit einer gewissen wehmütigen Stimmung verließ Schiller Dresden und den Kreis der trefflichen Freunde," so erzählt Karoline von Wolzogen, „als flöge eine Ahnung durch seine Seele, daß er diesen Ort nicht wieder sehen würde. Graf Geßler und Herr von Schönberg, die treuen liebenswürdigen Hausfreunde, so gehaltvoll an Geist und Herz, waren Schiller sehr wert, und unser Freund Stein und seine Mutter, die eine Zusammenkunft in Dresden hatten, vereinten sich uns im Genuß der Kunst und Natur."

Auch in den Briefen der Freunde findet dieſer Genuß wieder deutlichen und herzlichen Ausdruck. Körner ſchreibt noch aus Leipzig: „Ich kann mich noch nicht recht wieder daran gewöhnen, daß ich Dich entbehren muß; aber ein ſchöner Nachhall iſt von unſerm jetzigen Beiſammenſein zurückgeblieben. Dein Bild ſteht lebendiger vor mir, und ich weide mich an der Geſundheit und Kraftfülle Deines Geiſtes. Deine herrſchende Stimmung iſt unbefangen und heiter, und immer vorwärts ſtrebſt Du auf Deiner Bahn. Nur Dein Körper könnte Deine Thätigkeit beſchränken; aber auch für dieſen habe ich jetzt weniger Beſorgniſſe. Deine äußeren Verhältniſſe ſind in vielem Betracht günſtiger, und müſſen noch günſtiger werden. So erſcheint mir Deine Exiſtenz, und indem ich ſie mir aneigne, fühle ich die meinige bereichert und verſchönert. Jetzt werde auch ich meine Kräfte aufbieten, um in meiner Sphäre thätig zu ſein, und ſo wird die Zeit bis zu unſerer Wiederzuſammenkunft unmerklich verſchwinden und es wird ſcheinen, als ob wir nur wenige Tage getrennt geweſen wären.“ Und in einem der nächſtfolgenden Briefe fügt er hinzu: „Ein ſolcher Bund, als der unſrige wird weder von Dir noch von mir jetzt mehr geſchloſſen.“ Und nicht minder dankbar und froh blickt Schiller auf dieſe Zeit zurück: „Wir ſind nun,“ ſchreibt er aus Weimar am 23. September 1801, „drei Tage hier, und ich bin noch immer in Gedanken bei Euch, es war mir eine ſo angenehme Gewohnheit geworden, Euch abends zu ſehen, daß ich mich in meiner hieſigen Exiſtenz noch ganz fremd fühle. Habt noch einmal tauſend Dank, Ihr Lieben, für alle Freude, die Ihr uns gemacht habt; ich habe nun wieder innig empfunden, daß ich bei Euch zu Hauſe bin, daß ich zu

Euch gehöre, und daß wir einander nur sehen dürfen, um den herzlichen Bund früherer Zeit im Augenblick wieder herzustellen. Und im nächsten Brief heißt es: „Gar erfreulich ist es mir, daß ich Euch mir jetzt in Eurem Hause und in Eurem gesellschaftlichen Kreise denken kann; ich glaube dann selbst noch unter Euch zu leben, welches, hoffe ich, bald wiedergeschehen wird."

Die wehmütige Stimmung, in der Schiller Dresden verlassen hatte, wurde nur allzusehr gerechtfertigt: nicht nur Dresden sollte er nie wieder betreten, es war die letzte Vereinigung mit Körner gewesen. Wieder wurden alle Jahre neue Pläne geschmiedet, eine Vereinigung zustande zu bringen, aber bald Schiller, bald Körner mußte aus dringlichen Gründen den Plan verschieben. Da ereilte den Dichter der Tod am 9. Mai 1805. Er hatte viele seiner Boten vorausgesendet. Fieber auf Fieber, Krampf auf Krampf hatte Schiller erfaßt und niedergeworfen, aber gerade der letzte Brief an Körner klang wieder mutiger. Er konnte wieder arbeiten und sprach den Wunsch aus, wenigstens noch das funfzigste Jahr zu erreichen. Oft hatte Körner sich um ihn gesorgt, für sein Leben gefürchtet; aber was ist alles Vorahnen des Todes eines Geliebten, gegen die traurige Gewißheit der vollendeten Thatsache? Noch am 5. Mai hatte Körner ahnungslos an Schiller geschrieben und schon am 17. Mai schreibt er an die Witwe ein Wort des Beileids. Die ersten Stunden nach dem Empfang der erschütternden Kunde ängstigte sein Zustand die seinigen; aber nach einer Stunde Einsamkeit kam er sehr verweint aber gefaßt wieder zu ihnen, und nun fing er an, alle Briefe Schillers vorzusuchen, und beschäftigte sich seit dem unglücklichen Moment in stiller Wehmut nur mit ihm. Sein Brief an die Witwe spiegelt die wiedererrungene Fassung wie die Wehmut wieder. Knapp und nüchtern im Ton ist auch dieser Brief wie die meisten Körners, aber zugleich klingt Bescheidenheit, Aufrichtigkeit und Herzlichkeit wohlthuend durch. Er lautet:

„Den 17. Mai 1805."

„Etwas zur Linderung Ihres Schmerzes beitragen zu können, darf ich nicht hoffen. Aber Leidende kommen gern zusammen und verstehen sich durch einen Händedruck und durch Blicke; für so etwas mögen diese Zeilen gelten.

Nach seinem letzten Brief an mich, den er vierzehn Tage vor seinem Tode schrieb, war er damals noch in vollem Gefühl seiner Kraft und mit einer neuen Arbeit beschäftigt. Mir war es, wenn ich bloß an ihn dachte, Erleichterung, daß er auf diese Art endete, ohne die Annäherung des Todes zu ahnen und die Leiden des Alters, besonders bei seinem durch Krankheiten zerstörten Körper, durch Unvermögen zu geistiger Thätigkeit doppelt zu empfinden."

„Die Zahl seiner Verehrer, und besonders derer, die sein Persönliches zu schätzen wußten, ist groß. Es wird Ihnen also in dieser Rücksicht nicht an Freunden fehlen. Giebt es aber irgend ein Geschäft, wobei Sie mich gebrauchen können, so darf ich Ihnen wohl nicht erst sagen, wie sehr ich mich durch Ihr Vertrauen geehrt fühlen würde. Ihr eignes wichtigstes Geschäft ist jetzt für Ihre Gesundheit zu sorgen und sich Ihren Kindern zu erhalten."

„Die meinigen grüßen herzlich und teilen Ihren Schmerz."

Der Gedanke an Schiller führte Körner begreiflicherweise auf Wilhelm von Humboldt. Mehrere Jahre waren vergangen, daß sie sich nicht geschrieben hatten. Jetzt drängte es ihn, wieder mit Humboldt in Beziehung zu treten, der wie er wußte durch Schillers Tod nicht minder schwer betroffen war, als er selbst. Körners Brief ist nicht erhalten, wohl aber Humboldts Antwort, die leider in meine Sammlung der Briefe Humboldts an Körner nicht aufgenommen ist, weil sie mir dazumal noch nicht bekannt war. Um so mehr mag hier auf sie hingewiesen werden, und ein Teil wenigstens hier seinen Platz finden:

„Rom, den 8. Junius 1805."

„Tausend Dank für den Einfall, mein teurer, geliebter Freund, mir gerade jetzt, nach Schillers Tode, wieder zu schreiben. Auch mir sind Sie zuerst eingefallen, wir standen in vieler Rücksicht in gleichem Verhältnis zu ihm und haben gleich viel verloren. Mir ist es in der That, als hätte ich auf einmal eigentlich den Leitstern aller meiner intellektuellen Richtungen verloren, und ich wage noch nicht zu entscheiden, wie es eigentlich auf mich wirken wird. Wenn ich bis jetzt etwas schrieb, wenn ich nur einen Entwurf machte zu schreiben, dachte ich mir eigentlich ihn als einzigen Beurteiler und Richter. Alles Beste in mir war immer an ihn gerichtet, und zugleich gab er mir auch immer die Stimmung und die Kraft. Mit unendlicher Wahrheit sagen Sie, mein Lieber, daß in seinen Dichtungen das Persönliche eine so große Wirkung ausübte. Wirklich sprach er die Menschheit nur immer in ihren höchsten Momenten aus und erschien bei weitem individueller als Goethe. Wenn Sie unter dem Idealischen das Gebiet der Ideen verstehen, so weiß ich ihn nicht besser zu charakterisieren, als daß er von diesem Idealischen durchdrungen war und kaum je von etwas anderem berührt wurde. Geradezu etwas über ihn zu schreiben, denke ich nicht. Es würde ihm nur schaden. Wollte ich schreiben, wie ich dachte, so würde man über Parteilichkeit und vorgefaßte Meinung schreien, und kalt abwägen, in den großen Seiten nicht den Quell malen, aus dem die Kraft hervorströmte, sondern die Dämme und Beschränkungen, in welchen der Zufall sie manchmal festhielt, die kleinen Schwächen abwägen, um hernach ein abgezirkeltes Urteil zu fällen, das mag ein anderer über den Toten thun. Aus dieser Schwierigkeit einen Ausgang zu finden, denn einen Ausgang giebt es freilich, dazu gehört ein Feuer der Empfindung, eine Glut der Darstellung, die den Leser zu der Begeisterung mit fortreißt, in der man einen großen Geist sehen muß, wenn man ihn, und nicht sein zufälliges Schicksal sehen will. Dazu ist mir die Fähigkeit versagt. Allein führte mich irgend ein Gegenstand gelegentlich auf ihn, ja dann, mein Lieber, würde ich mich gern über ihn und mit aller Wärme aussprechen, die mir sein bloßer Name einflößt. Und was können leicht wir beide in Ideen schreiben, wo er nicht mitten unter uns träte?"

„Daß ich so lange schwieg, liebster Körner, geschah zum Teil mit Fleiß. Sie hatten mir gesagt, Sie hätten keine Freude an meinem Sein in Italien, wenn Sie nicht fähen, daß ich hinfort auch für mich thätig sein könnte; daher wollte ich nicht mit leeren Händen vor Ihnen erscheinen. Jetzt schreiben Sie mir oft. Wir sind unglücklicherweise jetzt allein. Lassen Sie uns treu zusammenhalten, und rechnen Sie auf meine Liebe zu Ihnen und mein Andenken an Schiller."

V.

Wie groß und unersetzlich auch der Verlust war, den Körner durch Schillers Tod erlitt, ein neues unendlich reiches Glück war ihm inzwischen in seinen Kindern aufgeblüht, das zugleich seinem Leben neue Aufgaben und einen neuen Inhalt gab. Die Tochter Emma stand bei Schillers Tode bereits im achtzehnten Lebensjahre und der Sohn Karl Theodor war ein frischer Junge von dreizehn Jahren. Ich greife auf ihre Kinderjahre zurück, um ihre Entwickelung im Zusammenhange zu schildern.

Über die ersten Jahre der Tochter Emma Sophia sind nur wenige Nachrichten erhalten. Schon im Jahre 1792 als sie erst vier und ein halbes Jahr alt war, wurde ein Lehrer für sie gefunden, der ungeachtet einiger Sonderbarkeiten dem Vater für den Jungen sehr brauchbar erschien, falls er ihn so lange behalten könnte. Dieser war aber damals erst ein Jahr alt und körperlich schwächlich. Unter seinen zwölf Paten waren die nächsten Freunde und Freundinnen der Eltern, so

Frau Schiller, deren Christentum, wie wir aus einem
Briefe Körners an Schiller erfahren, freilich noch sechs-
mal besser bezeugt war, nämlich durch dreiundsiebzig
Paten, ferner Graf Geßler, Hausmarschall von Radenitz
und die Herzogin Dorothea von Kurland. Diese hatten
Körners im Sommer 1790 kennen und schätzen lernen.
Dorchen war mit Frau Elisa v. b. Recke nach Karlsbad
gereist und war dort auch mit der Herzogin, der
Schwester Elisas zusammengetroffen. Auf den Wunsch
der Herzogin, Körners zu sehen, waren diese Dorchen
bis Freiberg entgegengereist und hatten dort die Herzogin
begrüßt. Sie gefiel ihnen sehr, und sie blieben in naher
Verbindung mit ihr und ihrer Schwester bis an den
Tod. Oftmals war Dora mit ihnen im Sommer auf
Reisen oder auf ihren Gütern und Schlössern, und
Theodor wie seine Eltern haben manchen Besuch in
Löbichau, dem Gute der Herzogin, abgestattet, und dort
genußreiche Tage und Wochen zugebracht. Stets hat sie
ihrem Paten eine freundliche und ermunternde Teilnahme geschenkt und gern im Körnerschen Kreise verkehrt.

Der kleine Karl, so hieß der Sohn in den Kinder-
jahren, entwickelte sich trotz körperlicher Schwächlichkeit
glücklich und gut. Er war ein gewecktes Kind und litt
nur an allzugroßer Reizbarkeit. Dem Vater wurde
nachgesagt, der Junge sei von Anfang an sein Verzug,
und er vermochte es nicht völlig abzuleugnen. Mit
väterlichem Stolz schreibt er über den noch nicht zwei-
jährigen Sohn an Schiller: „Mein Karl würde Dir
viel Freude machen. Man giebt mir schuld, daß ich
den Jungen verziehe. Wahr ist's, daß ich mich mit ihm
mehr beschäftigen kann, als ich's mit Emma thun
konnte." Über die kleinen Nöte mit den Kinderkrankheiten

und der Inokulation hat er manches zu melden. Der Junge machte mehr Sorge, Emma war immer gesund. Nach der Impfung im Mai 1794 meldet er dem Freunde: „Gestern sind die Kinder zum ersten Male ausgefahren und Karl hat zu Ehren seiner Mannheit zum ersten Male in Hosen geprangt. Man hatte ihn versichert, daß ein Bart zu den Hosen gehört. Wie ihm also der Schneider die Hosen bringt, fragt er: Wo Bart ist!" Aufmerksam beachtet er jeden Charakterzug im Kinde, um seine Erziehung darnach einzurichten. Er meldet, der Junge sei äußerst heftig und reizbar, aber nicht hartnäckig. Ein Mensch, wie Goethe einen in Friedrich von Stein erzogen habe, der ihm wie ein pädagogisches Kunstwerk erscheine, werde sich schwerlich aus ihm erziehen lassen. Aber auch manchen guten Zug glaubt er zu entdecken, wenn es nicht väterliche Täuschung sei. Einstweilen bei dem fünfjährigen Knaben gehe er nur darauf aus, nichts zu zerstören. Was nicht von selbst wachse, wolle er für jetzt noch nicht pflanzen. Mit dem Jahre 1798 faßte er den Unterricht der Kinder ins Auge und machte sich selbst an die Arbeit, sie zu unterweisen. Er las nach seiner Gründlichkeit dazu erst wieder manches über Erziehung, dachte dem Gelesenen nach, und fiel zuletzt aus pädagogischem Bedürfnis auf das Studium der Natur, das seit mehreren Jahren bei ihm in den Winkel gestellt war. Nun fing er an ihm wieder Geschmack abzugewinnen.

Allzuviel Anstrengung durfte dem Sohne noch nicht zugemutet werden, und Vorsicht war für die Eltern geboten, wie sie leider bei wiederholten Gelegenheiten erfahren sollten. Im April 1797 hatten sie den Kleinen mit in das Komödienhaus genommen. Da bekam er

plötzlich ohne sichtliche Ursache, als er auf dem Schoße
der Mutter saß, Konvulsionen. Sein Zustand besserte
sich zwar bald, aber die Eltern blieben in Sorge, daß
solche Zufälle sich wiederholen könnten. Sie nahmen
sich daher vor, seine geistige Ausbildung nicht zu über-
eilen, und sorgten dafür, daß er viel in freier Luft sich
bewegte, teils in einem nahe gelegenen Garten unter
Knaben seines Alters, teils im Sommer auf dem Weinberge mit seinen Eltern und der Schwester. Schon
frühzeitig konnte man an ihm ein weiches Herz verbunden mit Festigkeit des Willens wahrnehmen und
treue Anhänglichkeit an diejenigen, welche seine Liebe
gewonnen hatten. Besonders aber trat früh an ihm
seine leicht aufzuregende Phantasie hervor. Sie war
ihm, soviel er ihr sonst auch verdankte, zum Lernen und
Begreifen bisweilen hinderlich, und es war nicht leicht,
seine Aufmerksamkeit zu fesseln. War dies aber einmal
gelungen, so faßte er schnell. Zur Erlernung der
Sprachen hatte er weniger Neigung und Anlage, als
zum Studium der Geschichte, Naturkunde und Mathematik.
Auffallend war sein fortdauernder Widerwille gegen das
Französische, als er in andern ältern und neuern
Sprachen schon weitere Fortschritte gemacht hatte.

Im Mai 1798 schreibt der Vater an Schiller über
die Kinder: „Emma scheint im Zeichnen gute Fortschritte
zu machen. Karl ist ein munterer Junge, sehr leiden-
schaftlich und oft ungraziös, aber nicht bösartig. Zum
Lernen hat er keinen sonderlichen Trieb, doch rechnet
er gern und faßt ziemlich schnell. Emma ist äußerst
leicht zu erziehen. Sie treibt alles mit vielem Ernst,
weil sie wirklich Freude daran hat, ohne alle Spur von
Prätension und Koketterie, und ist übrigens Kind so gut

als andre, sobald sie spielt." Aus dem August des folgenden Jahres lauten die Nachrichten ähnlich: „Dora malt fleißig auf der Gallerie und Emma zeichnet neben ihr. Die Kleine macht wirklich hübsche Fortschritte und hat überhaupt eine gewisse Geschicklichkeit bei allem, was sie anfängt. Übrigens thut sie alles aus Liebe zur Sache, ohne alle Prätension, und ist ganz Kind dabei. Seit kurzem spielt sie eben so eifrig mit der Puppe, als sie zeichnet oder tanzt. Karl ist ein wilder aber gutartiger Junge, nicht ohne Fähigkeiten, aber zu leichtsinnig und unstät, um sie zu gebrauchen. Sein Körper bildet sich gut aus, und er hat ziemliche Gewandtheit und Kraft."

Allmählich werden die Kinder in die Interessen des Vaters hineingezogen. Auch sie sollten „durch das Morgenthor des Schönen in' der Erkenntnis Land" eingeführt werden, und die Phantasie, „die oft verkannte, nie genug gepriesene, holde Freundin der Jugend" sollte auch in ihnen geweckt werden. Körner liebte kleine poetische Aufführungen und Scherze in der Familie und ergriff gern die Gelegenheit dazu. Zu den Geburtstagen der Frau und zum Hochzeitstage überraschte er sie öfter mit einigen Versen; in Gesellschaften liebte er allerlei Rätselscherze und Aufführungen, las gern vor und freute sich an musikalischen Vorträgen, Deklamationen oder dramatischen Aufführungen. Zur Teilnahme an solchen Festen zog er die Kinder frühzeitig heran. Auch sie sagten wohl der Mutter einen Vers auf, den der Vater gedichtet hatte. Von seiner Hand fand ich so auf einem Zettel in Friedrich Förster Nachlaß folgendes Verschen:

Nimm Mutterchen die Blumen hier,
Für dich gab sie der Vater mir.
Zwar weiß ich nicht, was es bedeute,
Doch freu' ich mich, weil er sich freute.
Sieh' ihn nur an, mit dem Gesicht
Sah ich ihn, seit ich lebe, nicht.

Zum Eintritt des neuen Jahrhunderts mochte er
sich, da die Verhältnisse ihm nicht gestatteten zu den
Weimarer Festlichkeiten bei dieser Gelegenheit zu reisen,
die freilich auch nachher nicht zur Ausführung kamen,
wenigstens in seinem Hause eine kleine Feierlichkeit nicht
versagen. „Feste dieser Art sind die Poesie des Lebens.
Einige Blasinstrumente spielten eine gefällige Melodie,
als der erste Glockenschlag von 12 gehört wurde.
Schnell wurden allen Anwesenden die Augen verbunden,
und man sang nach der Melodie Pel cor pui non mi
sento etc. das folgende Lied:

Mit Nacht seid ihr umgeben,
Doch einer Freundin Hand
Läßt Bilder euch umschweben,
Erhellt das dunkle Land:
Wohl euch, wenn ihr zur Seite
Kein böser Dämon steht!
Blickt mutig in die Weite,
Wenn ihr sie im Geleite
Der Lieb' und Hoffnung seht.

Sodann öffnete sich die Thüre, und während die
Binden von den Augen genommen wurden, und man
Minna, Dora und Emma mit Blumen geschmückt und
halb verschleiert sah, wie sie die Statue der Hebe
kränzten, wurde ein zweites Lied angestimmt nach der
Melodie La biondina in gondoletta:

9*

Weg vom Auge nun die Binde!
Stimmt in unsre Lieder ein!
Gram aus jedem Herzen schwinde,
Daß wir ew'ger Jugend weihn.
Schaut die Göttin! Atmet freier,
Euch umstrahlt ihr mildes Licht,
Und bei des Jahrhunderts Feier
Birgt für euch der Zukunft Schleier
Ihre holden Blumen nicht."

Zwei Jahre darauf schreibt der Vater dann am 31. Dezember 1802 an Schiller: „Heute solltest Du hier sein. Meine Kinder spielen heute Komödie bei uns, den Stammbaum (von Anton Wall) und den Hahnen-schlag, ein niedliches Produkt, das für Kotzebue wirklich zu gut ist. Karl spielte neulich den Schnaps in den beiden Billets (von Anton Wall) nicht übel. Emma stellt sich recht artig dazu an." Im Anfang des nächsten Jahres waren beide Kinder krank, und der Arzt gestand den Eltern, als die Besserung eingetreten war, daß beide das Scharlachfieber gehabt hätten. Schillers Teil-nahme äußert sich, wie in solcher Zeit erklärlich, auch in guten Ratschlägen. Der Arzt meldet sich dann in ihm, und er empfiehlt stärkende Mittel, wie Eselsmilch und größte Sorgfalt in der Diät und Lebensweise auch noch eine gute Weile nach der Krankheit. Bald darauf im April 1803 nahm Körner auf den Wunsch seines verstorbenen Freundes Kunze in Leipzig dessen Tochter Julie zu sich, und er that es gern, da sie ein gutartiges Wesen war, und obwohl sie etwas älter als Emma war, doch eine gute Gesellschaft für diese abgab. Er hat von dieser Freundlichkeit viel Freude und Segen gewonnen. Die Kinder schlossen sich eng aneinander

wie rechte Geschwister. Alle drei zeigten Talent und
Eifer zum Singen und die Eltern ließen ihnen im
Sommer 1803 von einem guten Meister Unterricht im
Gesange geben, und der Vater freute sich im voraus
auf die musikalischen Genüsse, wenn sie mit ihm zusammen singen würden. Aus derselben Zeit erfahren
wir, daß Karl an Schiller geschrieben und ihn um ein
Schaukellied gebeten hatte. Der Dichter entschuldigt sich
in einem Briefe an den Vater, daß er den Brief nicht
sogleich beantwortet habe, weil vom Tell ihm jetzt der
Kopf ganz „wirblicht" sei. Aber er wolle schon einmal
an ihn denken, wenn's auch nicht gerade ein Schaukellied sei.

Die letzten Nachrichten über den Sohn an Schiller
schrieb der Vater im Herbste 1804. Er meldete ihm:
„Mein Karl macht jetzt gute Fortschritte. Zur Mathematik und zum Drechseln stellt er sich ziemlich geschickt
an. Ich möchte gern alle Arten von Fertigkeiten bei
ihm ausbilden. Er hat ziemliche Gewandtheit und
Schnelligkeit für körperliche und geistige Thätigkeit. Auch
ist er gutartig und fröhlich, so daß ich jetzt im ganzen
wohl mit ihm zufrieden bin." Im Oktober hatte Schiller
den Tell gedruckt eingeschickt. Körner veranstaltete sich
das Fest, ihn mit verteilten Rollen lesen zu lassen. „Für
den Tell sind wir alle sehr dankbar, und er hat uns neuen
Genuß gegeben. Vorgestern lasen wir den größten
Teil zusammen bei Geßler. Es waren fünf Frauenzimmer und vier Mannspersonen, Karl mit eingeschlossen.
Die Hauptrollen waren verteilt, und Geßler hatte seinen
Ahnherrn. Oft fehlten uns aber doch Personen, weil
so wenig als möglich weggelassen werden sollte. So
traf sich's, daß in der Scene, die vor dem Schuß nach

dem Apfel vorhergeht, Emma den Frießhardt lesen
mußte.

Im Mai des nächsten Jahres starb Schiller, den
Körners im Jahre 1801 zuletzt gesehen hatten, als die
Kinder noch klein waren. Dennoch blieb sein Bild in
ihnen lebendig, und sein Einfluß durch seine Werke und
durch des Vaters Erzählungen und Vermittlung begleitete und förderte sie ihr Leben hindurch.

Auch äußere Bilder beider Kinder sollen erhalten
sein. Friedrich Förster erzählt von ihnen aus eigener
Anschauung: Zwei Porträts der Kinder in Lebensgröße
aus dieser Zeit, das des Knaben von Graff in Öl, das
des Mädchens in Pastell von der Tante gemalt, bestätigen in lebendigen Zügen wohlgetroffener Bildnisse
die schriftlichen Aufzeichnungen des Vaters: Der Knabe
sitzt mit etwas seitwärts geneigtem Kopfe; in dem Blick
der großen blauen Augen spricht sich nicht Zerstreuung
nach außen, vielmehr Sammlung nach innen aus; das
dunkle, mäßig gelockte, dem Wuchse der Natur über-
lassene Haar beschattet eine freie Stirn und trotzige
Augenbrauen, der Mund verrät Schelmerei, und die
starken Nüstern des Stumpfnäschens deuten auf künftigen
Übermut. In anmutigem Gegensatze zu dem Bildnisse
des Knaben steht das der Schwester. Emma steht vor
uns in graziöser Bewegung, als ob sie eben einen Tanz
einübe, und doch in einer so natürlichen Haltung, daß
nicht die leiseste Spur von Prätension oder Koketterie
sich bemerkbar macht. Der Ausdruck ihrer Gesichtszüge
wie der ganzen Gestalt ist Anmut: das Köpfchen mit
sorgfältig geordnetem, dunkelgelocktem Haar ist über die
Schulter nach vorn gewendet; sie blickt uns mit zwei

braunen Augen an, welchen wir zutrauen, daß sie nach
einigen Jahren gefährlich werden dürften."

Hatte der Vater den ersten Unterricht des Sohnes
gegeben, so gestattete ihm sein Amt doch nicht die Ausbildung seines Sohnes allein zu leiten. Er scheint ihn
eine Zeit lang auf die Kreuzschule geschickt und zugleich einen
Privatlehrer Kültner hinzugezogen zu haben, vor dem
der Knabe Karl wohl nicht gerade übermäßig großen
Respekt hatte. Die ersten dichterischen Versuche des
Knaben haben den Lehrer zum Gegenstand und tragen
einen fast altklug spöttelnden Ton. Eins der Gedichte
ist mir aus Wilhelm Kunzes Nachlaß bekannt geworden,
und ein Gespräch zwischen diesem, der einer der dank-
barsten Zuhörer des witzelnden Jungen gewesen zu sein
scheint, und dem Dichter selbst. Es lautet:

„Verruchter, gottvergeßner Freund,
Heißt das Parole halten?
Bei dir ist, wie mir deutlich scheint
Noch alles bei dem Alten.
Du führst mich fälschlich hinters Licht;
Doch halt' ich jetzt ein streng Gericht
Und will dir mores lehren.

Ist das Manier? ich frage dich,
Sprich, ist dein Herz von Leder,
Hast du kein Briefpapier für mich
Und keine Gänsefeder?
Fehlt dir der Tinte schwarzer Saft,
Mit einem Wort: Fehlt dir die Kraft
Drei Worte mir zu senden?" —

„Da sprichst du nun! Vergib es mir,
Daß ich es unterlassen.
Doch kann ich, ich versichr' es dir,

Mein Glück noch nicht erfassen." —
"Was hilft das mir? Glück hin, Glück her,
Ich bin der Freund, kein poln'scher Bär,
Laß mich nicht so traktieren."

"Wohl hat's der Anton mir erzählt,
Wie du noch ganz derselbe,
Und wie dir selbst kein Wortspiel fehlt,
Gezeugt am Strand der Elbe;
Dein beßres Ich verließ dich nicht.
Doch wie geht mir's, mir armen Wicht?
Das, Freund, laß dir erzählen.

Sieh', als dich Dresden noch besaß,
Und uns ein Dach noch deckte,
Da machten wir manch noblen Spaß,
Obgleich man uns oft neckte.
Du lachtest über meinen Witz,
Ich revanchierte mich, wie'n Blitz,
Und lachte über deine.

Ja damals war noch goldne Zeit,
Ich will sie ewig loben;
Jetzt unterdrückt mich stets der Neid,
Jetzt schwimmt die Tante oben.
Wortspiel' ich mich auch selber krank,
Ich habe nicht den leichten Dank,
Daß sich ein Mund verzöge.

Das ist ein Unglück, meiner Treu'!
Doch still, was hilft das Klagen?
Ständ' mir nicht manchmal Julchen bei,
So wär's nicht zu ertragen.
Emma in ihrer Majestät,
Will immer die Gerechtigkeit
Bei jedem Quark statuieren.

Mit Tantchen lieg' ich, 's ist dir kund,
In ew'gem Zank und Hader.
Zwar bohrt sie mich sogleich in Grund
Mit ihres Zorns Geschwader;
Doch, wie ein Britte, sag ich dir,
Großmüthiglich vergiebt sie mir,
Geb' ich nur gute Worte.

Bleibt mir nur Küttner! Wo gebricht's
Mir dann, daß ich mich rühme.
Thust du mir nichts, thu' ich dir nichts,
Ist seine Hauptmaxime.
Wie ich ihn liebe, liebt' ich nie;
Wir leben, ganz in Harmonie,
Ein Leben wie die Engel!

Als Küttner das Körnersche Haus verließ und zu
Pestalozzi nach Yferten zog, sang ihm der Schüler in
französischer und deutscher Sprache zwei Gedichte im
mutwilligsten Tone nach. Das französische lautet:

Kuttner a le plus beau dessein,
Kuttner s'en va à Yverdun,
Sa philanthropie est extrême:
Il veut — il est pasteur des âmes —
Sauver les coeurs — des belles dames
En les retenant pour soi même.

Das deutsche Abschiedsgedicht ist eine Parodie des
Schiller'schen Gedichts: Hektors Abschied:

Küttners Abschied.
Nach Schiller.

Karl: Will sich Küttner ewig von mir wenden,
Wo der Wandrer mit erfror'nen Händen
Jählings in des Gletschers Abgrund sinkt?

Wer wird künftig deinen Karl wohl lehren
Exponieren und die Götter ehren,
Wenn die Schneelawine dich verschlingt?

Küttner: Teurer Karl, gebiete deinen Thränen,
Nach den Alpen ist mein feurig Sehnen,
Wo Herr Pestalozzi Schule hält.
Nur fürs Wohl der Kinder und der Waisen
Will ich dieses Stiefelpaar zerreißen,
Bis die Sohle vom Quartiere fällt.

Karl: Soll mir deiner Rede Ströme versiegen,
Sollen deine Lehren nutzlos liegen,
Bist du mir verloren? Weh' mir, weh'!
Du wirst hingehn, reich von Eis umflimmert,
Wo der Gießbach durch die Gletscher wimmert.
Deine Liebe stirbt im Alpenschnee.

Küttner: All mein Sehnen will ich, all mein Denken
In der Alpen tiefen Schnee versenken,
Aber meine Liebe nicht!
Horch, schon knallt der Kutscher vor den Mauern,
Hänge mir den Sack um, laß das Trauern,
Lebe ewig wohl, vergiß mein nicht.

Über den weitern Gang der Ausbildung Theodors
hat der Vater selbst in den biographischen Nachrichten,
die er den Werken des Sohnes voranschickte, ausführlich berichtet.

„Er verließ das väterliche Haus nicht vor der
Mitte des siebzehnten Jahres und erhielt Unterricht
teils, eine Zeit lang, auf der Kreuzschule in Dresden,
teils hauptsächlich durch ausgesuchte Privatlehrer. Unter
diesen war der nachherige Historiker Dippold, der als
Professor in Danzig zu früh für seine Wissenschaft starb.

Eine dankbare Erwähnung verdienen hier noch vorzüglich als Lehrer des Christentums der jetzige Pfarrer
Roller in Lausa und für einen trefflichen Unterricht in
der Mathematik der nunmehrige Professor bei der
sächsischen Ritterakademie, Fischer."

„Eine der schwersten Aufgaben für einen Vater ist,
den Sohn bei der Wahl des künftigen Standes zu leiten.
Genaue Abwägung der Vorteile und Nachteile eines
jeden Verhältnisses ist von der Jugend nicht zu erwarten:
was sie bestimmt, sind oft unzureichende Gründe, und
gleichwohl ist es bedenklich, ihrem Entschlusse zu widerstreben, da man besonders bei lebendigen und kraftvollen
Naturen zu wünschen hat, daß Geschäft und Neigung
zusammentreffe. Und ein Geschäft, das ihm künftig ein
hinlängliches Auskommen sichern konnte, hatte auch
Theodor Körner zu wählen, da er auf den Besitz eines
bedeutenden Vermögens nicht rechnen durfte. Der Bergbau hatte viel Anziehendes für ihn durch seine poetische
Seite und durch die vielseitige Geistesnahrung, die seine
Hilfswissenschaften darbieten. Für die innere, vollständige
Ausbildung des Jünglings war dies zugleich sehr erwünscht. Bei einem überwiegenden Hange zu dem,
was die Griechen Musik nannten, bedurfte er zum
Gegengewicht einer geistigen Gymnastik, und bei dem
Studium der Physik, Naturkunde, Mechanik und Chemie
gab es Schwierigkeiten genug zu überwinden, die aber
mehr reizten als abschreckten."

„Um ihn zu dem höhern Unterricht auf der Bergakademie in Freiberg vorzubereiten, fehlte es in Dresden
nicht an Gelegenheit, während daß in dem Hause der
Eltern sich manche günstige Umstände vereinigten, die
auf die Bildung seines Charakters vorteilhaft wirkten.

Seine natürliche Offenheit, Fröhlichkeit und Gutmütigkeit entwickelte sich hier ungehindert. In einer Familie,
die durch Liebe und gegenseitiges Vertrauen sich zu
einem fröhlichen Ganzen vereinigte, wurden auch die
Rechte des Knaben und Jünglings geachtet, und ohne
zu herrschen, genoß er frühzeitig innerhalb seiner Sphäre
einer unschädlichen Freiheit. Außerdem hatte das Vaterhaus für ihn noch manche Annehmlichkeiten. Für Poesie
und Musik war hier alles empfänglich, und bei dem
weiblichen Teile der Familie fehlte es nicht an Talenten
für Zeichenkunst und Malerei. Es bildeten sich dadurch
kleine Abendgesellschaften, wo ein ausgesuchter Zirkel sich
versammelte, und mancher interessante Fremde sich einfand. In einem solchen Kreise wurde der Sohn vom
Hause mit Wohlwollen behandelt, weil er nicht vorlaut
und beschwerlich, sondern lebhaft, ungekünstelt und teilnehmend war. Einige Freundinnen seiner Schwester,
die sich durch Vorzüge des Geistes und der Gestalt aus-
zeichneten, ergötzten sich an seiner Munterkeit, und daß
sie ihn gern unter sich sahen, war ihm nicht gleichgiltig.
Unter solchen Verhältnissen gewöhnte er sich, in der
bessern Gesellschaft keinen drückenden Zwang zu fühlen
und lernte den Wert des feineren Umgangs schätzen."

„Sein Vater gehörte zu Schillers vertrautesten
Freunden und hoffte viel davon für den Sohn. Aber
auch für diesen starb Schiller zu früh. Als er das
letzte Mal in Dresden war, hatte der junge Körner
kaum ein Alter von zehn Jahren erreicht. Unter den
bedeutenden Männern aber, die auf den heranwachsenden
Jüngling in dem elterlichen Hause vorzüglich wirkten,
war besonders der nachherige königlich preußische Oberst

Ernst von Pfuel, ein geistvoller, vielseitig gebildeter Offizier, und der dänische Dichter Oehlenschläger."

Oehlenschläger war auf eine Empfehlung Goethes im Jahre 1806 im Körnerschen Hause freundlich aufgenommen und wurde bald auch um seiner selbst willen geliebt und geschätzt. Er erzählt in seiner Selbstbiographie: „Die ganze Familie Körner hatte viel Sinn für Poesie. Theodor, der nachherige Held und Tyrtäus war damals ein hübscher vierzehnjähriger Knabe, der, wenn ich ihnen meine Gedichte vorlas, sehr fromm und aufmerksam zuhörte. Seine Schwester Emma malte schön, eine Mamsell Kunze, die bei ihnen wohnte, sang vortrefflich. Der schöne, geniale Italiener Paer, den Napoleon später als Kapellmeister nach Paris berief, kam viel ins Körnersche Haus, und ich hörte ihn mit den Damen mehreres von seinem Sargino singen. Die Mamsell Stock, eine vorzügliche Pastellmalerin, war munter und witzig und wollte mich über meine gar zu große Jugendlichkeit mitunter gar ein wenig aufziehen."

Als der nordische Dichter nach 11 Jahren wieder durch Dresden reiste, fehlte ihm dort das Körnersche Haus, in welchem er 1806 während seines dreimonatlichen Aufenthalts täglich wie ein Freund des Hauses verkehrt hatte. Wenige Wochen darauf suchte er dann 1817 die Eltern Körners und „Mamsell Stock" in Berlin auf und gedachte mit ihnen jener fröhlichen Tage der ersten Freundschaft.

Im Jahre 1806 war ferner Heinrich von Kleist nach Dresden gekommen und hielt sich dort längere Zeit auf. Durch Pfuel wurde er ins Körnersche Haus eingeführt und war dort freundlich aufgenommen. Bald sprach den Dichter nicht nur der gute gesellige Ton des

Hauses an, sondern ihn zog auch die Liebe zu Julie
Kunze zu Körners, und das junge Mädchen war nicht
unempfänglich für seine Huldigungen. Da bekannte er
stürmisch seine Liebe und verlangte von ihr, sie solle sich
ihm ganz und voll hingeben und ihm sich verloben und
ihm Briefe schreiben, ohne ihre Pflegeeltern davon etwas
wissen zu lassen. Entschlossen lehnte Julie Kunze diese
Forderung ab, wie es heißt, nicht ohne den Beirat der
Tante Dora. Kleist wiederholte seine Bitte nach drei
Tagen, in denen er sie nicht besuchte, dann nach drei
Wochen und wieder nach drei Monaten, und löste als
seine Bedingung ihm nicht zugestanden wurde, das Verhältnis auf. Bald hernach begann er das Käthchen von
Heilbronn zu dichten, wie es scheint, in dem Verlangen
seiner ungetreuen Geliebten in der Heldin ein Beispiel
zu geben, wie man lieben müsse. Auch soll ihn die
Annahme, daß Tante Dora seine Verbindung mit Julie
hintertrieben habe, bestimmt haben die Person seiner
Kunigunde in das Stück einzufügen, deren Charakter er
in übertriebenem Maße ins Schwarze und Häßliche aus-
malte.

Körner achtete das Talent Kleists hoch, wie aus
nachfolgendem interessanten Brief an Göschen hervorgeht.

„Dresden d. 17. Febr. 1807.“

„Mit Vergnügen ergreife ich eine Gelegenheit, mein
Andenken bei Ihnen zu erneuern, und freue mich, wenn
die zeitherigen Ereignisse auf Ihre Existenz keinen schlimmen
Einfluß gehabt haben.“

„Vorjetzt bitte ich Sie um baldige Antwort auf eine
Anfrage, wozu mich ein merkwürdiges poetisches Produkt
veranlaßt, das ich hier im Manuskript gelesen habe.

Herr von Kleist, Verfasser der Familie von Schroffenstein und ehemals preußischer Offizier, hat einen Amphitryon in Jamben gemacht, der sich besonders durch den Schwung und die Hoheit auszeichnet, womit die Liebe Jupiters ' und der Allmene dargestellt ist. Auch ist das Stück reich an komischen Zügen, die nicht von Plautus oder Molière entlehnt sind. Der Verfasser ist jetzt als Gefangener in eine französische Provinz gebracht worden, und seine Freunde wünschen das Manuskript an einen gutdenkenden Verleger zu bringen, um ihm eine Unterstützung in seiner bedrängten Lage zu verschaffen."

„Adam Müller, der hier über deutsche Litteratur Vorlesungen gehalten hat, will die Herausgabe besorgen, und noch einige kleine Nachlässigkeiten im Versbau verbessern. Von ihm habe ich das Manuskript erhalten. Der Verfasser dieses Stückes hat noch zwei andere größtenteils geendigt, wovon sich viel erwarten läßt. Wären Sie geneigt das Manuskript zu nehmen, so schreiben Sie mir bald Ihre Erklärung."

„Bei mir ist alles wohl, und wir haben in Dresden von dem Ungemach des Krieges verhältnismäßig wenig erfahren."

„Leben Sie recht wohl und sagen Sie Ihrer lieben Gattin von mir und den meinigen recht viel Freundschaftliches."

„Körner."

Auch die Gebrüder Schlegel waren in diesen Jahren öfters wieder in Dresden und sprachen nebst ihrem Freunde Adam Müller nicht ohne Anmaßung lecke Worte über Kunst und Kunstwerke, die Körners und der seinen Beifall nicht fanden. Sie suchten sich von diesem

Kreise etwas fern zu halten, obwohl Körner das Talent
beider Brüder und mancher ihrer Freunde auch jetzt noch
wohl zu würdigen wußte. Aber die ganze katholisierende,
romantische Richtung schien ihm nicht gesund, und er fühlte
sich, so geistvoll er manches einzelne in ihren Werken
wie in ihren Gesprächen auch fand, weder im Umgange
noch von der Lektüre ihrer Werke angemutet.

Als nahe Freunde des Hauses bewährten sich aber
außer Pfuel namentlich je länger je mehr Graf Geßler,
von dem oben schon gesprochen ist, der Hausmarschall
von Racknitz, Wilhelm von Burgsdorff, und der spätere
Oberpräsident von Pommern, der „treue gute" von
Schönberg, wie ihn Schiller nach seinem letzten Aufent-
halte in Dresden 1801 nannte. Außerdem verkehrte
Körner gern und oft mit den Offizieren von Funk und
von Thielemann, der ebenfalls später in preußische
Dienste übertrat, sowie mit Künstlern wie Paer, den
Malern Friedrich und Hartmann und dem Schriftsteller
Winkler, oder wie er sich als Schriftsteller nannte,
Theodor Hell.

Besonders aber herrschte in den ersten Jahren nach
Schillers Tode bei Körner das Interesse an der Musik
vor. Immer lebhafter erfreute er sich des Talents
seiner Kinder und besonders der klangvollen Stimme
seiner Pflegetochter. Er begründete einen musikalischen
Zirkel, der allwöchentlich unter seiner Leitung in seinem
Hause musizierte, und freute sich über die guten Leistungen
desselben. Sein Amt gab ihm manche freie Stunde,
die er am liebsten mit Musik, mit Lektüre oder mit den
Erinnerungen an seinen Freund Schiller ausfüllte. Auch
stellte er in dieser Zeit einen Sammelband kleinerer
Aufsätze von sich zusammen, die zum größeren Teil schon

früher in den Schillerschen Zeitschriften erschienen waren. Der Band erschien 1808 in Göschens Verlag unter dem Titel „Ästhetische Ansichten" und fand von keinem Geringeren als von Jean Paul eine günstige Beurteilung in den Heidelberger Jahrbüchern. Vor allem aber lockte ihn der Plan zu einer Arbeit, die ihm wie ein Vermächtnis erschien, zu einer Gesamtausgabe der Werke Schillers. Frau von Schiller und ihre Schwester Karoline von Wolzogen wollten im Herbst 1805 zu Körners kommen und nicht nur die Briefe Körners an Schiller sondern auch Schillers handschriftlichen Nachlaß mitbringen. Der Zeitumstände wegen mußte die Reise aufgegeben werden, und auch die Sendung der Papiere verzögerte sich; aber Körner beschäftigte sich im Geiste schon viel mit der Aufgabe, mit der er dem Freunde ein Denkmal setzen konnte, wie er es wünschte, daß er fortlebe in seinen Werken. Hier war Fleiß mit liebevoller Hingabe und bescheidener Zurückhaltung des Herausgebers erforderlich, und dazu war Körner der rechte Mann.

Ehe ich zu der Zeit übergehe, in welcher der Sohn das väterliche Haus verließ, gebührt es sich auch der Mutter, der Tante Dora und der Schwester Emma ausführlicher zu gedenken, und ihr Wesen und Wirken zu schildern. Sie werden am besten aus ihren eigenen Briefen erkannt, die ich deshalb in einer Auswahl hier einfüge. Zugleich führen diese Briefe manches, das oben schon kurz erwähnt ist, näher aus und zeigen auch, wie die Zeitverhältnisse im Körnerschen Hause empfunden wurden. Ich greife mit diesen Briefen bis in den Anfang der neunziger Jahre des vorigen Jahrhunderts zurück, und reihe sie aneinander bis zu der Zeit, als der Sohn, der etwa vom Jahre 1808 ab, wie

10

es heißt auf den Wunsch seiner Pate der Herzogin
Dorothea von Kurland, sich mit seinem zweiten Namen,
Theodor, nannte, auf die Bergakademie in Freiberg
übersiedelte.

Frau Körner an die Zerbster Tante Ayret:

„Loschwitz, 19. August 1791."

„Meine geliebte,
Verehrungswürdige Frau Tante!"

„Mein guter Körner und Emma sind recht sehr
wohl, Gott sei Dank dafür! Meine Schwester, die sich
Ihrer beiderseitigen Gewogenheit empfiehlt, ist seit dem
28. vorigen Monats zurück, wo wir das Glück hatten,
unsere gute Herzogin acht Tage zu genießen. Diese
liebenswürdige Fürstin hat so viel Attachement für uns,
daß sie im Oktober noch einmal hierher kömmt, einen
Umweg von 50 Meilen macht, um uns noch einmal zu
sehn und persönlich mein Kind aus der Taufe zu heben;
sie ist wirklich unsre Freundin, und es würde Sie
rühren, meine Mutter, wenn Sie ihr Betragen gegen
uns sähen. Meiner Schwester behagt der Weinberg
sehr, die Ruhe und die Stille, die in unserer Wohnung
herrscht, ist ihr wohlthätig nach den anhaltenden großen
Zerstreuungen, in denen sie 8 Wochen gelebt hat."

Dora an Frau Schiller:

„Dresden 4. Febr. 1793."

„Der Tod des unglücklichen Ludwig macht hier viel
Sensation; ich habe geweint wie ein Kind. Sein Tod

war kein notwendiges Übel mehr, und er fiel als ein Opfer einer pöbelhaften und kindischen Rache. Pfui der abscheulichen Menschen."

Dora an Frau Schiller:

„Dresden 18. März, 1793."

„Schillers Stillschweigen ängstigt uns, und auch Du, liebe Lotte, schreibst nicht? Wir fürchten, daß Schiller unpaß sein könnte, und sehen einen Posttag nach dem andern mit Verlangen entgegen, der uns Nachrichten von Euch, teure Freunde, bringen könnte. Vielleicht kommt morgen ein Brief, der alle unsere Sorgen hebt!"

„Ich sehne mich recht darnach, etwas von Dir zu hören, wie sich Huber bei Euch benommen; schreibe mir ja alles; denn ich kann jetzt von ihm sprechen hören, ohne daß mein Herz dabei leidet; bald wird die Geschichte wie eine fremde sein. Er selbst trägt am meisten zu meiner Kur bei. Großer Gott! wer hätte glauben sollen, daß ich ihn einst verachten müßte! Leider muß ich es! Ein Aufsatz von seiner eigenen Hand an seine Eltern geschrieben, der die Geschichte seiner Liebe enthält, hat dies bewirkt."

„Ich glaubte viel Sophisterei in diesem Aufsatz zu finden, eine Zusammenstellung der Umstände, die ihr beiderseitiges Betragen nur einigermaßen entschuldigen ließe oder doch verzeihlich machte — nichts von allem diesen, platte Deklamationen von der Allgewalt der Liebe, „die ihre Herzen auf ewig an einander geknüpft hätte," Beschreibungen von ihrem Wert, „und wie sie die Achtung und Liebe der ganzen Welt verdiente. Erst hätten sie auf Forsters Tod warten wollen, (wie edel!)
10*

aber die für sie so glücklichen Ereignisse in Mainz machten jetzt schon ihre Verbindung möglich."

„Nun glaubte ich, würde wenigstens ein Mäntelchen kommen, welches ihr schlechtes Betragen gegen ihren Mann verhüllte. Die ganze Entschuldigung war die, „daß sie für ihren Mann nur Freundschaft habe fühlen können, weil ihr ganzes Herz nur Hubern gehöre, und ihr Mann bedürfe Liebe, also würde ihn ihre Trennung von ihm eher glücklich machen."

„Und nun kam eine Stelle, die mir meine Ruhe auf ewig gesichert hat und mir bewies, daß ich nichts an ihm verloren habe: er sagt, daß seine Liebe zu ihr schon drei Jahre dauert! Großer Gott! ist es möglich, daß man ein so verdorbenes Herz haben kann? Welche Briefe hat er mir nicht in dieser Zeit geschrieben! Er konnte die meinigen lesen, ohne nur einmal gerührt und erschüttert zu werden, daß er den Entschluß gefaßt hätte, wahr gegen eine Person zu sein, die ihn so viele Jahre grenzenlos liebte mit Aufopferung jedes Glücks, das sich ihr darbot? Nein ich habe nichts verloren: was wäre der Mann nicht alles fähig gewesen, der drei Jahre vorsätzliche Heuchelei und Verstellung gegen Freund und Geliebte durchführte, trotdem sich ihm Gelegenheiten zeigten, wahr zu sein! Er durfte nur offen gegen Kunze sein, wie dieser bei ihm war, wenn's ihm gegen uns zu schwer wurde."

„Vergieb, liebe Lolle, daß ich Dich mit dieser Geschichte unterhalte, die Dich empören muß; aber mir war's Bedürfnis, mich darüber auszureden, und sie dann in ewige Vergessenheit zu begraben. Man erwartet ihn hier; ich werde, während daß er hier ist, eine

Gefangene sein; denn sehen möchte ich ihn doch nicht gerne."

„Jetzt ist Ausstellung hier; aber außer den Gemälden von Graff, den Landschaften von Zingg und seinen Schülern, einigen sehr schönen Zeichnungen von Seidelmann, und daß ich's nicht vergesse, einem sehr schönen Gemälde von Vogel, ist wenig da, was sich über die Mittelmäßigkeit erhöbe. Das Auge ermüdet recht, wenn man so viel elendes Zeug sehen muß. Es ist unbegreiflich, daß es hier noch so viele Stümper giebt, bei dem Reichtum von Kunstwerken, den wir hier besitzen. Wenigstens sollten doch die Menschen sehen lernen und dadurch so viel Gefühl bekommen, daß sie nichts Schlechtes ausstellten; wenn sie gleich nicht so viel Kräfte hätten, etwas Gutes hervorzubringen, so sollten sie doch wenigstens mit etwas Schlechtem nicht so zufrieden sein. Das überzeugt mich immer mehr und mehr, daß das Talent muß angeboren sein, und daß der größte Fleiß, der vertrauteste Umgang mit allem, was die Kunst Vortreffliches hat, allenfalls einen Maler, aber nie einen Künstler hervorbringen wird, weil er das wahre Schöne im Kunstwerke nicht fühlen kann, wenn ihn nicht ein innerer Sinn darauf hindeutet. Ich, mein Gott, beinahe hätte ich eine ernsthafte Abhandlung über die Kunst geschrieben."

Frau Körner an Frau Schiller:

„Dresden, den 7. Juli 1793."

„Wie weh es uns thut, Eure und unsre Wünsche nicht erfüllen zu können, da es jetzt unmöglich ist zu reisen! Körner wird dem lieben Schiller alles geschrieben

haben, was uns just jetzt abhält, und ich will Dich nicht
ermüden, es von mir zu lesen. Sei versichert, daß uns
die Fehlschlagung dieser Freuden sehr betrübt. Die
Kinder lassen Dich herzlich grüßen. Karl ist ein muntrer,
wilder Junge geworden. Er fängt jetzt an zu reden
und macht uns tausend Spaß. Emma ist gut und sanft,
kann lesen und schreiben und strickt sich schon das vierte
Paar Strümpfe. Sich in seinen Kindern fortleben zu
sehen, giebt doch den schönsten Genuß der Welt. Heil
Dir, mein Lottchen, Heil Dir und Deinem Geliebten,
diese neuen Freuden werden Dein."

„Gott segne und stärke Dich! Unsere besten Wünsche
werden Dich begleiten. Reise glücklich, und wenn ich
Dich wieder sehen werde, kommst Du mir mit einem
kleinen Engel auf dem Arme entgegen!"

Dora an Frau Schiller:

„Dresden den 14. Febr. 1794."

„Ein Grund mehr, der euch zur Abreise antreiben
sollte, ist, daß Humboldts jetzt in Jena sind und einige
Zeit noch da bleiben werden. Mich dünkt, daß sein
Umgang für Schiller recht wohlthätig sein müßte; denn
ich kenne niemand, der die Gabe, durch leichten und
fröhlichen Witz zu erfreuen, in höheren Grade besäße
wie er. Wenn er eine Zeit lang mit Körner über
wichtige und ernste Gegenstände sich unterhalten hatte,
kehrte er zu der leichten Unterhaltung mit uns Weibern
zurück und schien bei dieser, wie bei jener, mit ganzer
Seele zu sein."

Dora an Frau Schiller:

„Dresden d. 16. März 1795."

„Vor Weihnachten hatte ich Schillers Bild angefangen und beinahe geendigt, aber die traurige Stimmung,
in die ich versetzt wurde, machte mich lange zu aller
Arbeit unfähig. Jetzt habe ich's geendigt, und vor
vierzehn Tagen ist's schon von hier abgegangen. Ich
fürchte sehr, daß es unterwegs leiden wird. Begierig
bin ich, ob Du zufrieden damit sein wirst. Schiller hat
sich viel geändert, seit Graff dieses Bild malte, und
ganz frappant hielt ich's nie. Mein Bild würde noch
etwas besser aussehen, wenn das Glas nicht so abscheu-
lich wäre. Von der Größe konnte ich kein gutes bekommen, und ein besseres, das ich schon hatte, zersprang
beim Einlegen."

Dora an Frau Schiller:

„Loschwitz den 24. August 1795."

„Ich beschäftige mich jetzt mehr denn jemals mit
der Kunst; ich male fleißig nach der Natur, und verschiedene Köpfe sind mir recht sehr gelungen. Das
macht mich denn so zufrieden, so glücklich, daß ich noch
zu was nütze bin und giebt mir immer neuen Eifer zu
größeren Fortschritten."

„Auch meine Schwester zeichnet und radiert jetzt
viel, und ich habe Dich schon unzählige Mal zu uns gewünscht, daß wir gemeinschaftlich die Freude genießen
könnten, die die Kunst denen giebt, die sie so lieben,
wie wir drei."

„Wärſt Du nur hier, wie hätteſt Du Dein Talent
ausbilden können, das nur wenig Hilfe bedurfte, um
zur Reife zu kommen!"

„Zingg ſehen wir ſeit einem Jahre gar nicht mehr.
Er war beleidigt worden, weil wir ihn nicht zu einer
Gaſterei gebeten hatten. Wir merkten's nicht und fanden
es ſonderbar, daß er mit keinem Schritte zu uns kam.
Erſt vor kurzem haben wir die Urſache ſeines Schmollens
erfahren und ſie zu läppiſch gefunden, als daß wir
ängſtlich eine Verſöhnung ſuchen ſollten."

„Graff, der Dich grüßen läßt, iſt geſund und
munter und arbeitet ſehr fleißig. Er hat jetzt nach
Rußland die Nacht von Correggio kopiert, und ſo meiſter-
haft, daß alle Kopieen, die vorher von andern Künſtlern
gemacht worden ſind, dagegen nicht aufkommen können."

„Deinen Mann küſſe recht herzlich in meinem
Namen. Wir freuen uns wie die Kinder auf ſeinen
Almanach."

Dora an Frau Schiller:

„Loſchwitz den 2. Mai 1797."

„Was ſagſt Du, liebe Lolo, dazu, daß ich jetzt auf
der Gallerie male? Der Entſchluß hat mich viel ge-
koſtet, aber ich ahnte viel Erfreuliches davon und arbeite
ſehr an mir, daß ich feſt dabei bleibe."

„Es iſt ein ganz eigenes Gefühl, um ſich und neben
ſich vollendete Meiſterwerke der Alten zu haben, zu ſehen,
in welchem begeiſterten Fluge ſie's auf die Leinwand
hinzauberten — und mit aller Mühe doch nur nachzu-
kriechen. Dies Gefühl ſoll mich aber nicht mutlos

machen. Ich will meinen Weg fortgehen. Den ersten
Morgen, wie ich da malte, war mir sonderbar zu Mute;
ich war ganz allein im italienischen Saal, und die
Stille war so groß, daß ich meinen Atemzug hören
konnte. Ich schauerte einige Mal unwillkürlich zusammen,
und mir war, als müßten mir die Geister der großen
Männer erscheinen. Diese fremde und heilige Stimmung,
in der ich war, wurde mir nicht lange gelassen; denn
ich wurde, sowie Menschen kamen, ein Gegenstand der
Neugierde, und wenn ich was Gutes male, wird's ein
Wunder sein! Denn ohne Aufhören drängen sich die
Menschen um meinen Stuhl herum und sehen nicht das
Bild, welches ich male, noch das Original, nein mich,
mich sehen sie an! O, es ist kaum auszuhalten! Welchen
albernen Fragen bin ich ausgesetzt! Welche dumme
Gespräche muß ich hören! Nimm noch dazu, daß ich
äußerst furchtsam bin, und gar nichts Gutes machen
kann, wenn man mir zusieht, so wirst Du's begreifen
können, wenn ich Dir sage, daß ich die ersten Tage
Fieber hatte, wie ich nach Hause kam. Doch bleibe ich
standhaft, doch will ich mich nicht abwendig machen
lassen, will diese harten Proben aushalten, um was zu
lernen. Jetzt wächst auch mein Mut, da ich auf gutem
Wege bin, und mir ein paar große Künstler gesagt
haben, daß sie mit meiner Arbeit zufrieden sind. Ich
kopiere die beiden Engel aus dem großen Raphaelschen
Bilde, die in göttlicher Eingebung gemalt zu sein scheinen,
und ich bin entzückt, wenn mir ein Zug gelingt. Der
eine ist beinahe schon fertig und läßt mich froh auf den
andern hinblicken, den ich nun mit weniger Angst und
mehr Freude kopieren werde."

Dora an Frau Schiller:

„Dresden, den 24. Oktober 1798."

„Schlegels waren hier, wie Du weißt, und haben sich nach unserm Wunsche entfernt von uns gehalten. Sie hatten die Gallerie in Besitz genommen und haben mit Schelling und Gries fast jeden Morgen da zugebracht. Sie schrieben auf und bozierten, daß es eine Freude war. Ich kam mir oft recht armselig vor, daß ich so entfernt von aller Weisheit bin, daß mir sogar die ihrige nicht verständlich werden wollte. Sie sprachen zuweilen über Kunst mit mir, fragten mich so manches, welches ich aber gar nicht beantworten konnte. Ich fühle, und ich male: aber ich verstehe die Kunstsprache nicht, und so bin ich scheu gegen die, deren höhere Weisheit mich meine Beschränktheit fühlen läßt. Auch Fichte weihten sie in die Geheimnisse der Kunst ein. Du hättest lachen müssen, liebe Lotte, wenn Du die Schlegels mit ihm gesehen hättest, wie sie ihn herumschleppten und ihm ihre Überzeugung einflüsterten."

„Hast Du, Liebe, viel im Athenäum gelesen? Ich gestehe, daß ich nicht dahin gelangen kann, die Fragmente zu verstehen. Wenn nicht tiefer Sinn darin liegt, der mir zu fassen vielleicht ganz unmöglich ist, so kann ich nicht leugnen, daß Stellen mir platt und gemein vorkommen."

Frau Körner an die Tante Ayrer:

„Dresden, 14. Februar 1799."

„Bei unserm Hauslauf, wo sich Ihr Mutterherz so thätig bewiesen, hat einmal ein günstiger Stern uns geschienen. Mein geliebter Mann hat durch Hilfe Ihrer

Mitte sein Kapital gut angebracht; ein Haus in der
Schloßgasse verinteressiert sich immer sehr gut, wegen
seiner Lage. Ich habe es nicht eher gesehen, als bis
mein Körner den Kauf geschlossen hatte. Körner hat
mir die Verwaltung davon übergeben, da hab' ich mir
ein groß Buch angeschafft und bemühe mich, ein sorg-
samer Haushalter zu sein. Es hat mir schon eine
Menge Arbeit gemacht, eine große Menge Mißbräuche
abzuschaffen und Eigenmächtigkeiten, die bei der vorigen
Besitzerin eingerissen waren. Sie sollen zufrieden mit
Ihrer Körnern sein. Ich kann Gott nicht genug danken
für die Gesundheit meines geliebten Mannes; bei diesem
strengen Winter täglich viermal über die Brücke zu
gehen, das war ein harter Anfang. Meine Kinder sind
sehr wohl, außer daß Emma in der Stube außer dem
Fuß, einem Finger an der rechten Hand noch einen
Fleck auf der rechten Backe, wie ein Zweigroschenstück,
erfroren hatte von dem Sitzen am Fenster in der
Zeichenstunde. Es ist aber alles wieder hergestellt.
Karl lernt Klavier und spielt ein paar Stückchen ganz
artig, was dem Vater viel Freude macht."

Frau Körner an die Tante Ayrer:

„Dresden d. 28. Dezember 1801."

„Karl und Emma wachsen zusehends und sind
beide sehr fleißig. Emma ihre Erziehung wird bald
vollendet sein, sie wird immer mehr und mehr eine
erwachsene Person. Sie hat das Glück, daß sie jeder-
mann liebt, der sie kennt, und daß sie immer als Muster
andern jungen Mädchen vorgestellt wird. Der Doktor
Ludwig, ein alter Universitätsfreund von meinem geliebten

Körner, ist jetzt Rektor in Leipzig. Der hat den Spaß gemacht, Karl zum Weihnachtsgeschenk eine Inskription als Student zu schicken. Meiner Schwester ihre Augen sind jetzt sehr angegriffen, sie hat ein großes Bild für die Fürstin von Rudolstadt zu malen."

Dora an Frau Schiller:

„Dresden 20. November 1801."

„Deine Briefe, meine geliebte Lotte, erfreuen mich immer, und Dein letzter gab mir doppelten Genuß. Ich kann nicht leugnen, daß mir der Auftrag Deiner liebenswürdigen Fürstin außerordentliches Vergnügen macht, und daß ich für niemanden lieber als für sie arbeiten möchte. Alle meine Kunst müßte scheitern, oder es wird sicher das Beste, was ich gearbeitet habe; denn das Herz ist mit dabei beschäftigt, und die Ahnung, ihr Freude zu machen, wird meine Hand leiten. Diesen Herbst fing ich die Madonna für mich an mit dem Vorsatz, daß sie besser werden sollte, als die beiden, die ich schon gemacht habe; nun ich die schöne Bestimmung weiß, werde ich sie mit Begeisterung vollenden; denn ihre Zufriedenheit will ich erringen."

Dora an Frau Schiller:

„Dresden den 1. Juni 1802."

„Mit welcher Freude erwartete ich nicht den Mai, um die Madonna für Deine liebenswürdige Fürstin zu beendigen. Alles war eingerichtet, mein Gerüst aufgebaut, die göttliche Madonna herabgestiegen, um sich von mir betrachten, bewundern und kopieren zu lassen. Stelle

Dir nun meinen Verdruß vor, wie mir Riebel den ersten
Tag, da ich anfangen wollte, entgegen kam, um mir zu
sagen, daß es unmöglich sei. Herr Büri war von
Berlin angekommen mit einem Schreiben von der Königin
von Preußen an den Grafen Marколini und an den
preußischen Gesandten, worin sie um eine Kopie durch
Büri von der Madonna bittet. Diesem nun mußte
alles nachstehen, das fühlte ich wohl; allein ich glaubte,
mich mit Büri arrangieren zu können; allein er ist
unbeweglich wie ein Fels. Erst zeichnete er sie, dann
malte er sie in Sepia, und nun malt er sie in Öl, dann
wird er sie in Wachs poussieren, vielleicht in Stein aus-
hauen und zuletzt sie in Brot und Pfefferkuchen backen.
O, ich war so ärgerlich! Mein guter Riebel sucht indessen die Sache so gut wie möglich zu machen und
erlaubt mir sonntags, welches unerhört ist, bei ver-
schlossenen Thüren zu malen. Da sitze ich denn in
heiliger, himmlischer Stille vor dem göttlichen Originale,
und wenn diese Kopie nicht die beste wird, die ich jemals gemacht habe, so betrügt mich die Kunst und mein
Gefühl."

Dora an Frau Schiller:

„Zerbst den 13. August 1802."

„Ehe ich abreiste, schickte ich an die Fürstin von
Rudolstadt die Madonna; begierig bin ich, wie sie an-
gekommen, und wie sie der Fürstin gefallen hat. Das
Urteil aller meiner Freunde ist, daß es die gelungenste
Kopie ist, die ich je gemacht habe. Ich malte mit
Enthusiasmus und Liebe und erhielt wieder, was ich
gab; denn ich fühlte, daß mir manches gelungen ist.

Ein kleiner Ehrgeiz war auch im Hinterhalt. Büri gab
mir wenig Zeit, und ich wollte ihm zeigen, daß ich
davon nicht abhängig war, und wenn die Seele mit
malt, die Hände geschwinder enden."

„Mich dauert die Königin von Preußen; sie wird
keine treue Kopie haben. Büri malt nun schon den
ganzen Sommer, aber noch ist ihm die Madonna nicht
erschienen und wird ihm auch nicht erscheinen; er faßt
das hohe, himmlische Ideal nicht, bei ihm ist sie ein
gemeines, nicht einmal ein schönes Weib. Er selbst
scheint jetzt ein wenig dahinter zu kommen und malt
ängstlich. Noch eine zweite Madonna habe ich diesen
Sommer gemalt, die mir unendliche Freude gemacht
hat: sie ist nach Bagnacavallo. Ein großes, ganz
schwarzes, verdorbenes Gemälde, dessen wunderbare
Schönheit dennoch hervorblickte, unternahm Riebel zu
putzen und wiederherzustellen. So wie die Madonna
aus ihrer Dunkelheit hervorging, unternahm ich die
Kopie und ließ mich durch alle Flecken und Mängel,
welche die Zeit ihr zugefügt, nicht stören. Ach, könnte
ich Dir doch dies liebliche Bild zeigen! Die Madonna
sitzt in den Wolken und sieht mit dem Ausdruck himmlischer Mutterliebe auf die sie umgebenden Engel und
Apostel: „Seht mich, ich bin die Mutter von dem Erlöser,
den ich in meinen Armen halte." Sie schlägt einen
Arm um ihn, nicht um ihn fest zu halten, nein, er steht
allein auf einer Wolke, die einen Teil der Kleidung der
Mutter verbirgt. Sein Körper hat die zarten Formen
eines Kindes; sein Kopf ist ausgebildet: Größe und
Festigkeit blicken doch durch die zarten Züge. Das Ganze
ist vortrefflich gemalt und wert, neben Raphael zu stehen.
Wie freue ich mich, es Dir zu zeigen."

„Von Körners den Bundesgruß. Emma und Karl
grüßen Euch."

Frau Körner an Frau Schiller:

„Loschwitz den 30. Mai 1802."

„Hier unter der schützenden Linde des Weinbergs,
wo ich schöne Stunden mit Dir, teure Lotte, verlebte.
finde ich die ersten Augenblicke der Muße, um Dir,
nachsichtige Freundin, zu schreiben. Unsere Einrichtung
im neuen Hause ist vollendet; sie hat viel Unruhe, viel
Zeit, viel Geld gekostet; aber der Gedanke, es ist auf
Lebenszeit, hat viel erleichtert."

„Wir wohnen alle bequem, und jeder Teil ist zufrieden. Du kennst meine oft ungezogene Thätigkeit,
die war aber bei dieser Gelegenheit gut; denn ich war
unermüdet, die Arbeiter anzutreiben und alles selbst zu
machen, daß ich eher fertig wurde. Dabei hatte ich
gichtische Schmerzen in den Füßen, daß wenn der Abend
kam, und ich kam zum Sitze, mir zwei helfen mußten,
um aufzustehen und wieder gehen zu können. Nun
Gott sei Dank, es ist alles überstanden, und wir sind
alle gesund. Der Allmächtige schenke dem geliebten
Körner und uns Gesundheit, um heiter die Tage im
neuen Hause zu verleben. Der schöne, freie Himmel der
Neustadt ward uns anfänglich schwer zu vergessen, besonders der geliebte Palaisgarten den Kindern, wo sie
ihre schöne Jugendzeit in süßer Freiheit verlebten. Karl
fühlte es härter als die zierliche Emma, bei der bald
die Jungfrau das spielende Mädchen unterdrücken wird.
Die Verhältnisse des Hofmeisters wollen dem lärmenden
Knaben gar nicht behagen. Die Zeit des Säens ist bei

Karl nun gekommen. Es war so manches Unkraut
unter der milden Hand der Mutter gewachsen, und die
Männeraufsicht wird ihm wohlthätig sein, so schwer es
ihm wird; er wird sich an die Notwendigkeit gewöhnen
lernen."

„Der Bildhauer Tieck ist jetzt hier. Die Reise hat
ihn nicht bescheidener gemacht. Der Lucinden-Schlegel
war — mit seiner Schönen kann man zwar nicht sagen,
doch seiner Schönen hier. Er ist wütend über Körner
und uns gewesen, daß wir keine Notiz von ihm genommen haben, und hat sich bitter über uns gegen
Senfft beklagt. Die ganze Koterie, gesteh' ich, ist mir
ein Greuel, und ich bezeuge nur dem gern Achtung, für
den ich Achtung fühle."

„Körner hat mir zum Geburtstag komponiert aus
der Glocke „Vom Mädchen reißt sich stolz der Knabe"
als Wechselgesang, und beide Kinder singen es recht
hübsch."

Frau Körner an Frau Schiller:

„Dresden den 17. Oktober 1802."

„Schiller Glück zu wünschen über den ihm verehrten
Abel fällt mir nicht ein. Wen so der Geist adelt, der
braucht diese äußere Zierde nicht. Aber teil haben wir
genommen an der angenehmen Empfindung, die ihm
des Herzogs Wohlwollen für Euch alle macht. Und für
Eure Söhne hat's gewiß manchen Vorteil in der Zukunft; dies muß der Hausvater wohl erwägen und die
Minna nicht auslachen, die etwas Freundliches in ihrem
Herzen darüber fühlte."

Frau Körner an Frau Schiller:

„Loschwitz ben 12. Juli 1803."

„Zelter haben wir oft geseßen. Wir schienen ihm
zu behagen. Er würde uns noch besser gefallen haben,
wenn er nicht manchmal ganz sonderbare Sachen sagte.
Er kennt keine Musik, die nicht etliche hundert Jahre
alt ist. Die neuen Meister kennt er gar nicht. Das
Stabatmater von Pergolese nannte er einen elenden
Wisch, das er nicht hören möchte. Und dies alles, in
einem entscheidenden Ton gesagt, der jede Erwiderung
abschneiden sollte, machte seine Unterhaltung manchmal
lästig. So zu sein, muß man etwas Außerordentliches
schon geleistet haben, um daß man diesen Ton ertragen
kann. Noch kennt man von Zelter nichts als seine
kleinen Lieder, die ich sehr liebe und die zum Teil schön
sind, aber auch viele, wo er den Sinn des Dichters
nicht erreicht, z. B. „Was hör' ich draußen vor dem
Thor" ist gemein; auch noch eins von Schillers neuen
Sachen. Sein Taucher ist schön und originell sowie
der Mahads. Er kommt mir wie Schlegels und Tieck
vor, die in der Malerei niemand anders als Lukas
Kranach und Albrecht Dürer gelten lassen. Wer von
Naumanns Kirchensachen nichts kennt, von Paesiello,
Sarti, Salieri, Paers Opern nichts kennen oder hören
mag, thut mir leid. Den Künstler bei Seite, und
Zelter der Mensch ist gut und schätzbar. War er bei
Euch auch so verschlegelt, oder zeigte er's vor Schiller
nicht so wie hier? Die Kunstwut, die jetzt unter die
Menschen geraten ist, ist ein possierliches Phänomen,
und die litterarische Welt wird sehr mit Produkten
darüber bereichert."

11

„Was ist Schillers Rudolf von Habsburg göttlich! Wir lesen uns nicht satt daran. Jedesmal bringt es eine sanfte Rührung bei uns hervor, und eine fromme Thräne netzt uns die Augen, gedenken wir des göttlichen Waltens. Gott segne den Teuren für die Freuden, die uns sein Geist giebt. Körner möchte gern scheel aussehen, wenn er könnte, daß Schiller so lange nicht geschrieben hat."

Frau Körner an Frau Schiller:

„Juni 1805."

„Kein Wort, geliebte Freundin, kann Dir unsere Gefühle sagen, die uns ergriffen, seit wir der verehrten Karoline Brief erhielten! Wir empfinden mit Dir alles das unendlich Große, was uns entrissen wurde. Wir weinen um Dich, um uns, daß das Höchste des Lebens für uns verloren ist! Du geliebteste, treue Freundin und Gattin des edelsten Menschen, suche Dich aufrecht in Deinem endlosen Schmerz für Deine Kinder zu erhalten! Gott stärke Dich, ertragen zu lernen. Trösten können Deine Freunde Dich nicht, aber um Deine Gesundheit können sie zum Himmel flehen. Was hast Du, was die Welt, was seine Freunde verloren! Welche Schätze seines unendlichen Geistes schlafen nun den ewigen Schlaf! Laß uns zusammen weinen, laß uns einander die Hand reichen, daß nie die Freundschaft und Liebe unter uns vergehe, weil er sich uns entzog, der sie band. Sein letzter Brief war in voller Kraft geschrieben, mit so vieler Heiterkeit des Geistes; desto stärker traf uns sein Scheiden. Die ersten Stunden hat mich mein Körner geängstigt: aber nach einer Stunde

Einsamkeit kam er sehr verweint wieder zu uns, und nun fing er an, alle seine Briefe vorzusuchen, und beschäftigt sich seit dem unglücklichen Moment in stiller Wehmut nur mit ihm!"

„Daß die Welt so viel an ihm hatte, meine teure Freundin, das kannst Du Dir zu Deinem Trost oft sagen, dazu hast Du viel beigetragen. Die völlige Freiheit, das Streben seines Geistes wurde nicht von Dir gehemmt und gedrückt. Keine Weiblichkeit von Deiner Seite zog den Flug seiner Phantasie zur Wirklichkeit nieder. Dies preisen Deine Freunde an Dir, und dieser Gedanke muß Dir lichte Momente geben."

„Gott sei mit Dir! Deine Freunde umgeben Dich und weinen mit Dir."

Frau Körner an Frau Schiller:

„Dresden 6. August 1805."

„Überall hat mir's wohl gethan, wo wir waren, den unendlichen Schmerz zu sehen, womit der edlere Teil der Welt den Verlust unseres verewigten Freundes ansieht; an manchem Menschen, an dem man kalt vorübergegangen wäre, fand man eine schöne Seite, weil er in unser Trauern einstimmte."

„Wenn Du zu uns kommst, sollst Du, Liebe, manchen musikalischen Genuß haben. Körner hat nun das erlangt, was er immer so wünschte, alle Woche einmal eine kleine Versammlung, die alte geistliche Musik singt bei Begleitung des Pianofortes. Wir haben schöne Stimmen, besonders einen köstlichen Tenor; es sind schöne Stunden für uns; denn das Ganze ist gewählt

und gut. Ich bin gewiß, es wird Dir und Deiner
Schwester viel Freude machen."

Frau Körner an ihres Mannes Vetter, den Professor Friedrich Benedikt Weber:

"Dresden den 4. Oktober 1805."

"Wir erwarten jetzt alle Tage die Schiller und die
Wolzogen. Wenn nur schon für den geliebten Körner
die ersten Momente vorbei wären! Ich fürchte auch für
beide Frauen, wenn sie uns zuerst sehen werden.
Körner fand gestern einige ungedruckte Gedichte von dem
Unvergeßlichen. Sie bringt Körners Briefe mit, die er
geordnet hatte; dieser achtzehnjährige Briefwechsel wird
uns manchen schönen Genuß geben. Dieses Berühren
der Geister hatte so schön auf beide gewirkt. Meister-
stücke von Briefen sind die zwei, die er uns schrieb eh'
er uns kannte im Herbste 84 und 85, wo er alles auf-
bot, unsre eingenommenen Herzen noch mehr zu fesseln.
Wenn ich nachdenke, wie wohlthätig unsere Schwärmerei
auf sein Leben gewirkt hat, so preise ich uns glücklich
und selig, und mit süßer Wehmut denk' ich des unendlichen Geistes, der nun den ewigen Schlaf schläft."

Frau Körner an Professor Weber:

"Dresden d. 7. Nov. 1805."

"Ich preise mich glücklich, daß ich meinen Mann
nie verhindert habe, seine Jugend froh zu genießen, und
ihm das alles habe gewähren lassen, was seinem reinen
Sinn Freuden gab. Das Haus dem Gatten so angenehm als möglich zu machen, ist der Frau erste Pflicht,

um daß er nie die Idee kriegt, daß es wo anders besser
wär' oder nur könnte sein. Ich habe das Glück genossen und genieß' es auch bei meinen Kindern; das
Wählenswerteste ist für sie immer das Haus, wenn man
sie zwischen Ausgehen und Zuhausebleiben wählen läßt."

„Lassen Sie uns, mein guter Vetter, ja nicht über
die jetzigen Zeiten klagen, wenn wir bedenken, wie es
den armen Menschen geht, die dem Kriegsschauplatz
näher sind als wir; die Sorge wird mir leichter zu
tragen, wenn ich an meine armen Verwandten in
Schwaben denke, mein Herz blutet, und ich unterwerfe
mich dem Drang der Zeiten ohne Murren. Mein
Körner fühlt sich ganz glücklich, wenn er den Genuß
von Musik hat, und die äußeren Dinge haben keinen
Einfluß auf seinen Frieden. Seine schöne Seele verbreitet Ruhe und Glück um alle die, die um ihn leben.
Der Genuß von Musik vervollkommt sich immer mehr
und mehr bei uns, der Kapellmeister Paer, der sehr den
Eintritt in unser Haus gesucht hat und uns fleißig besucht, giebt uns manchen Genuß. Er hat Freude an
der Töchter Gesang; sie tragen seine Sachen nach seiner
Idee vor, er bringt immer neue Sachen von sich, die
sie prima vista singen müssen und tadelt und lobt sie
und sagt, wo und wie sie manches machen sollen; so
wird sein Besuch uns zur Freude und den Töchtern zur
Belehrung."

„Die Schiller und die Wolzogen haben die jetzigen
Zeitumstände abgehalten, zu kommen. Sie werden aber
Körner zur Winterarbeit die Papiere schicken. Von
vielen Stücken haben sich ganz ausgearbeitete Pläne
gefunden, die immer ein schönes Ganze machen, zwei
Akte vom Demetrius ganz fertig."

Frau Körner an Professor Weber:

„Dresden d. 19. Januar 1806."

„Wir beschlossen das alte Jahr mit einer Aufführung
des Figaro, die uns viel Freude gab, weil Paer den
Figaro vortrefflich sang. Emma sang die Susanne,
Julie die Gräfin, Körner den Grafen, zwei Mamsells
Grünewald den Cherubin und die Marcelline, und die
übrigen Rollen wurden von den Herren von unserer
Singgesellschaft gesungen. Sie wissen, wie wir in dem
Genuß von Musik leben, und wie sie uns das Leben
erfreut, so können Sie Sich denken, wie froh wir das
Jahr beschlossen, und da Dorchen und Herr von Vieth
noch zuletzt uns Scherz und Ernst ganz vortrefflich gaben.
Noch eine wichtige Veränderung im Haus ist vorge-
gangen: Karl hat einen Hofmeister bekommen. Ein Herr
Dippold ist es, kennen Sie ihn vielleicht aus Leipzig."

(fortgesetzt) den 16. März 1806.

„Wir sind diesen Winter recht froh gewesen, alle
gesund, immer in angenehmer Gesellschaft gelebt, durch
Musik den Reiz des Lebens erhöht, fürchtete ich immer
doch die ernste Nemesis, daß sie zürnend sich uns nahen
möchte. Emma ist diesen Winter sehr bewundert worden.
Ohne hübsch zu sein, hatte sie die Stimme der Kenner,
und die entschied den Geschmack für sie. Man bewunderte
die Unschuld ihres Betragens, die gänzliche Unbefangenheit, in der sie immer blieb. Sie tanzt gern und tanzt
hübsch, sie tanzt noch um des Tanzes willen. Dies
giebt ihrem Gesicht eine unschuldige Heiterkeit, die man
selten sieht, und ihr einen Reiz giebt, den oft die Schönste
nicht hat. Im Anfange ängstigten mich die Artigkeiten,

die man ihr sagte, ich fürchtete mich, sie möchte einen
Eindruck bekommen, der mir nicht lieb wäre. Aber,
dem Himmel sei Dank, sie blieb, wie sie war, ruhig
und froh."

„Am 11. März war mein Geburtstag, welcher von
den meinen mit einer Aufführung von Matrimonio
segreto gefeiert wurde. Wunderschön war die Aufführung, und nachher wurde le parleur éternel von
Herrn von Vieth gegeben und der Schauspieler wider
Willen. Das Verdienst von Herrn von Vieth ist emi-
nent, es ist kein Schauspieler, der ihm ähnlich ist."

Frau Körner an Professor Weber:

„Dresden d. 22. August 1806."

„Meines Karls gefährliche Krankheit werden Sie
durch Ihren Bruder wissen. Dies war im April, und
den Monat Juni brachten wir in Schandau zu, wo die
letzten 14 Tage Blümner mit uns war, welcher kam,
um seine Freundin Dora zu sehen. Das Bad ist uns
allen sehr wohl bekommen, und meine beiden Mädchen
verließen Schandau mit 1000 regrets, ob sie gleich nur
Felsen und Wasser zurückließen. Seit den sieben Wochen,
daß wir zurück sind, haben sich eine Menge Fremder,
die an Körner adressiert waren, bei uns eingefunden,
worunter der bedeutendste ein Herr Ohlenschläger aus
Kopenhagen ist, eine eigene Erscheinung vom nordischen
Boden. Goethe empfahl ihn Körner als etwas Außerordentliches; und das ist er auch, er hat viel geschrieben,
aber alles dänisch, es existieren ein paar Bände Gedichte
von ihm, aber leider auch dänisch. Doch hat er ein
Stück von sich ins Deutsche übersetzt, ein Lustspiel in

Jamben „Aladins Lampe — das Märchen wird Ihnen
aus 1001 Nacht bekannt sein — in wahrem Shake-
speareschen Geist mit eben der Kraft und oft derselben
Phantasie. Körner sagt, es existierte in Deutschland
niemand, der etwas so Ähnliches schreiben könnte, in
früheren Jahren Goethe. Ohlenschläger ist bescheiden
und ein schöner Mann. Eine Konversation mit ihm zu
halten, die sich folgt, ist nicht möglich, auf einmal sitzt
er und hört nicht und sieht nicht, und da kann er selbst
insipid aussehen, und aller Geist geht in sein inneres
Selbst zurück. Vielleicht ist er noch hier, wenn Sie
kommen; die Regierung läßt ihn reisen. Er lacht selbst
darüber, daß man einen Dichter reisen läßt."

„Der Werner war hier, der Verfasser der Weihe
der Kraft, aber sein Aussehen ist schmutzig und knotig.
Ich will ihn lieber lesen als sehen.

Karl hat sich seine Bestimmung gewählt. Gott
beschütz' ihn dabei und geb' ihm Gesundheit. Er wird
ein Bergmann; er kommt Ostern 1808 auf die Bergakademie nach Freiberg. Wenn er was lernt, kann er
sein Brot früher als in jedem andern Fach haben."

Frau Körner an Frau Schiller:

„den 24. Januar 1807."

„Mein Karl ist nun ein großer Mensch, und Ostern
1808 kommt er aus dem Haus. Wie bald wird die
Zeit dahin sein, und wie schmerzlich für uns Eltern,
ihn von uns zu lassen. Mein Mann wird Dir gesagt
haben, daß er sich den Bergbau gewählt hat für seine
künftige Bestimmung. Seine Wahl ist klug; der kluge
Bergmann findet überall sein Brot, wenn's auch nicht

im Vaterland ist; er kommt erst auf die Bergakademie
2¹/₂ Jahr, ehe er andere Universitäten besucht. So
haben wir ihn doch die erste Zeit nur wenige Meilen
weit von uns entfernt und können ihn öfter sehen. Er
ist viel größer als ich und der Vater und hat die
Schwester sehr überwachsen, die auch größer als ich ist.
Er ist ein guter Mensch und hat uns jetzt nur durch
Krankheit betrübt."

„Emma ist ein gutes, vortreffliches Mädchen, die
sich jedermanns Achtung erwirbt durch ihren Charakter
und ihre Talente. Sie malt brav Öl, und Miniatur
vorzüglich. Sie singt sehr artig, aber ihre Stimme wird
durch Juliens wunderschöne Stimme verdunkelt. Juliens
Gesang ist wirklich etwas Vorzügliches; sie ist überhaupt
ein liebes Mädchen, das ich wie mein eigen Kind liebe.
Sie ist uns auch in kindlicher Zärtlichkeit zugethan; sie
gehört so zum Ganzen."

„Ich habe jetzt die Erfahrung gemacht, daß der
Ärmere der ist, der am liebsten giebt. Wo mein Beutel
nicht mehr konnte, hab' ich jetzt zu kleinen Sammlungen
meine Zuflucht genommen, und da war's das Scherflein
der Armen, das am schnellsten kam und am gernsten
gegeben wurde."

„Ich habe manches schöne Herz da kennen lernen.
O welche Zeiten der Not und Bedürfnisse!"

Dora an Professor Weber:

„Dresden d. 19. Febr. 1807."

„An uns sind, Gott sei Dank, die gewaltigen Er-
schütterungen vorübergegangen, und wir haben nur durch
das unnennbare Unglück gelitten, welches so viele andre

traf. Wir haben bis vor vierzehn Tagen täglich 14 bis
18 Mann Einquartierung gehabt, wir haben breierlei
Kontribution zahlen müssen. Aber den inneren Frie-
ben haben wir uns zu erhalten gewußt, und alles in
unserem Hause ist unverändert geblieben. Körner ist
uns ein gutes Vorbild, in seiner Nähe schämt man sich,
kleinmütig zu sein. Das Unvermeidliche trägt er mit
Ruhe, blickt vertrauend in eine schöne Zukunft und
genießt jede Freude mit dem unnachahmlichen Kinder-
sinn, welchen Sie an ihm kennen."

Emma Körner an die Großtante Ayrer:

„Dresden den 31. Dezember 1807."

„Ihre Enkelin, meine geliebte Großtante, hat eine
Würde erlangt, nämlich ich bin chanoinesse vom Stift
Trilbeck geworden. Dieses Kloster liegt bei Wernigerobe
und ist eine Stiftung der Grafen Stollberg. Die älteste
Gräfin Stollberg ist allemal Äbtissin davon; sobald sie
heiratet, muß sie es aber abgeben. Sie wissen, liebe
Großtante, baß der Kammerherr Schönberg eine Gräfin
Stollberg geheiratet hat, diese war Äbtissin, und ehe sie
diese Stellung nun abgeben mußte, hat sie noch zwei
Stiftsdamen gemacht und hat mir und Julien zu ihrem
Andenken das Ordenskreuz geschickt. Wenn wir einmal
einrücken, was wir aber vielleicht beide nicht erleben,
bekommen wir jährlich 200 Thaler, ohne genötigt zu
sein, in Trilbeck zu leben, sobald wir aber heiraten,
müssen wir die Stelle abgeben. Der Orden ist ein
schwarzes Kreuz an einem schwarz und silbernen Bande."

Dora an Profeſſor Weber:

„Dresden d. 11. April 1808."

„Ach, es iſt ſo angenehm, bei der allgemeinen Zerſtörung und Vernichtung auf die dauernde Anhänglichkeit
ſeiner Freunde rechnen zu können. Dieſes Glück habe
ich jetzt recht lebhaft genoſſen, wie ich die Herzogin von
Kurland jetzt wiederſah, treu und unverändert, wie in
den erſten Tagen unſerer Freundſchaft. Ich rechne die
Tage, die ich mit ihr verlebte zu den ſchönſten, die das
Schickſal mir dieſen Winter gab. Ich werde auch dieſen
Sommer viel mit ihr ſein; denn ich gehe zu ihr nach
Löbichau und von da mit ihr nach Karlsbad. Überhaupt habe ich ſehr Urſache, dankbar gegen das Schickſal zu ſein; wie wichtig und groß auch die Ereigniſſe
der mich umgebenden Welt ſein mögen; der kleine Kreis
meiner Lieben iſt nicht geſtört. So lebhaft ich mich
auch der Unfälle annehme, die die Menſchheit treffen,
ſo ſehr mein Herz dabei blutet, ſo tröſtet mich doch
immer wieder der Gedanke, daß mir Gott die meinen
gelaſſen, und daß ich daher alles Trübſal geduldiger
ertragen kann."

„Zu Pfingſten trennt ſich Karl von uns, und das
wird eine trübe, bittere Zeit werden!"

„Herrn von Kleiſt ſehen wir oft in unſerm Hauſe,
und wir ſchätzen ihn als Menſchen, wie er verdient. Mit
dem Schriftſteller haben wir manchen Streit. Sein
Talent iſt unverkennbar; aber er läßt ſich von den
Heroen der neuern Schule auf einen falſchen Weg leiten,
und ich fürchte, daß Müller einen ſchädlichen Einfluß auf
ihn hat. Seine Penthefilca iſt ein Ungeheuer, welches
ich nicht ohne Schaudern habe anhören können. Sein

zerbrochener Krug ist eine Schenkenszene, die zu lange
dauert, und die ewig an der Grenze der Decenz hin-
schleist."

„Seine Geschichte der Marquisin von O. kann kein
Frauenzimmer ohne Erröten lesen. Wozu soll dieser
Ton führen. Überhaupt fürchte ich, daß der Phöbus
nicht länger wie ein Jahr leben wird. Jetzt schon wird
er weder mit Vergnügen erwartet, noch mit Interesse
gelesen. Und doch wollen diese Herren an der Spitze
der Litteratur stehen und alles um sich und neben sich
vernichten."

Emma Körner an Professor Weber:

„den 15. April 1808."

„Wenn Sie das Politik nennen, daß ich den
wärmsten Anteil an allem nehme, was mein deutsches
Vaterland angeht, so bin ich sehr politisch. Die Liebe
zum Vaterlande ist leider selten geworden, und wenn
man sich dieses Gefühls auch nicht schämt, so wird es
doch häufig aus Rücksichten unterdrückt, was ich sehr
unrecht finde, da es gewiß zu den schönsten Gefühlen
gehört, welche die menschliche Brust bewegen können,
und man es hüten sollte, daß es nicht bei dem Drang
der Umstände untergeht."

„Das Unglück, welches unsere deutschen Nachbarn
betrifft, macht mir ebenso viel unangenehme Empfindungen, als wenn es uns selbst beträfe, und wenn meine
Empfindungen etwas helfen könnten, wäre ihnen schon
längst geholfen. Ich begreife recht sehr gut, wie
drückend es sein muß, nur immer zu hören, wie dieser
oder jener geplagt wird, und wie unglücklich er ist, ohne

diesem zahllosen Unglück abhelfen zu können, wie das in Frankfurt der Fall sein muß. Durch Natur und Kunst kann man noch allein von so vielem Unangenehmen abgezogen werden, und Sie sind sehr zu beklagen, daß Ihnen dieser Genuß so schwer gemacht wird."

„Unsere Singakademieen gehen noch immer fort; vorigen Dienstag haben wir ein Oratorium von Braun, „der Tod Jesu," gesungen. Kleist sehen wir ziemlich oft, und seine Gesellschaft gewährt uns recht viel Vergnügen, er ist ein ganz eigener Mensch, und man muß ihn genau kennen, um ihn zu verstehen. Er hat eine reiche Phantasie, welche, wenn ihr die Zügel mehr angelegt werden, gewiß noch große Dinge hervorbringen wird. Obgleich Kleist nichts weniger als anmaßend ist, so bedarf er doch gewiß einen strengen Kritiker, welcher sein außerordentliches Talent auf andere Gegenstände leitet, als er immer zu seinen Dichtungen wählt. Er liebt es mit dem Stoff zu kämpfen, aber es ist schade, wenn er seine Kraft verschwendet. Müller tadelt ihn vielleicht nicht streng genug, sondern findet alles unverbesserlich, was Kleist in der Folge schaden kann."

„Noch arbeitet der Vater nicht an der Herausgabe von Schillers Schriften; die Schiller und Wolzogen schreiben immer davon, daß sie den Nachlaß schicken wollen, schicken aber nichts."

Emma Körner an Professor Weber:

„den 14. Juni 1808."

„Wir kommen eben von einer Reise nach Freiberg zurück, wo wir meinen geliebten Bruder auf die Berg akademie gebracht haben. Die Trennung von Karl ist

uns sehr schwer geworden, obgleich er jetzt nur vier
Meilen von uns entfernt ist. Er selbst that sich viel
Gewalt an, seinen Kummer zu verbergen, aber ich bin
überzeugt, daß er das väterliche Haus sehr vermissen
wird. Die Freiheit, zu thun, was man will, was sonst
jeden jungen Menschen besticht, kann für ihn keinen
Reiz haben, weil ihm unsere vortrefflichen Eltern gern
jeden Wunsch gewährt haben, und er alles schon genossen hat, was in diesem Alter Freude machen kann.
Karl wohnt sehr angenehm bei einem Geschworenen, der
eine gute, treuherzige Familie hat, auf deren Sorge wir
uns verlassen können. Die meisten der Herren Berg-
geister waren abwesend, wir haben also Karls Obere
nicht alle kennen lernen, aber ich hoffe, er wird eine
angenehme Gesellschaft an dem jungen Herrn von Herder
finden, der Sohn des bekannten Herder."

„Haben Sie schon die neue Bearbeitung von Faust
gelesen? Sie ist ganz vortrefflich und enthält mehrere
neue Scenen. Die Zueignung vorne am Faust ist
wunderschön, und ich habe seit vielen Jahren nichts von
Goethe gelesen, was mich so entzückt hätte. Sie werden
gewiß auch recht begeistert davon sein!"

VI.

Die Zeit nach dem Auszug des Sohnes aus dem
väterlichen Haus sollte in der That eine trübere für
die Körnersche Familie werden. Theodor war zwar ein
fleißiger Briefschreiber und korrespondierte mit allen
Mitgliedern der Familie, aber was ist auch der rege
Briefwechsel gegen den persönlichen Verkehr im täglichen
und stündlichen Beisammensein? Er war der Verzug
und der Stolz des ganzen Körnerschen Kreises in Dresden, und sein frisches, jugendliches Wesen wie sein
poetisches Talent machten ihn zu einem beliebten und
gesuchten Mitglied in Gesellschaften und auf Bällen.
Vorzüglich fehlte er dem Vater, der in seinem kindlich
harmlosen Sinn stets leicht und gern auf des Sohnes
frohes Treiben eingegangen war und zugleich auch den
Sohn schon vielfach in seine Interessen eingeführt und
sich zum vertrauten Freunde herangezogen hatte. Dazu
kam, daß noch in demselben Jahre der treue Freund
von Schönberg Dresden verließ, und die Pflegetochter
Julie Kunze den Grafen von Einsiedel auf Gnandstein

heiratete. Körners nahmen an ihrem Glücke den
wärmsten Anteil und blieben in regem Verkehr mit dem
jungen Paare, das den Winter über in Dresden wohnte:
aber im eigenen Hause war es natürlich stiller geworden
und die Singübungen hatten in Julie für die Zukunft
ihre beste Stütze verloren. Im nächsten Jahre starb die
Tante Ayrer in Zerbst. Ihr Besuch war manches Mal
ihrem Neffen Körner nicht recht passend gewesen, und
auch die Reisen zu ihr waren mehr aus verwandtschaft-
licher Rücksicht unternommen, als daß sich Körners für
ihre Person besonderen Genuß versprachen. Aber sie
hegten doch alle aufrichtige Hochachtung vor der Tante,
die von Körners früher Jugend an mit inniger Teilnahme an ihm gehangen und die Liebe zu ihm auf alle
die seinigen übertragen hatte. Auch in ihrem Testamente
hatte sie ihre Liebe bethätigt, und Körners fiel eine
bedeutende Erbschaft zu, im Gesamtbetrage von über
18,000 Thalern.

Aber auch die öffentlichen Verhältnisse wirkten jetzt
unmittelbar in empfindlicher Weise auf das Körnersche
Haus ein. Noch im Sommer 1808 zogen wiederholt
französische Corps durch Dresden, und die Hauswirte
hatten die Last der Einquartierung zu fühlen. Seit
dem 20. August bis Ende Oktober hatten 67,000 Mann
in Dresden einquartiert werden müssen, und Frau
Körner hatte als Hausfrau viel Not. Sie klagte, daß
ihr einmal neun Mann die Kopfkissen mitgenommen,
und daß sie durch die Beschäftigung mit den lieben
Franzosen zu keiner anhaltenden Arbeit kommen könne:
doch helfe ihr ihre Emma treulichst, die eine treffliche
Hausmeisterin geworden sei.

Die Körnersche Familie zeichnete sich durch deutschen

Patriotismus aus und haßte die Franzosen und Napoleon
gründlich. Aber vergebliches Klagen und Murren war
nicht Körners Art. Er trug die unvermeidlichen Kriegs-
lasten mit ruhiger Ergebung und suchte nur, sich durch
den Krieg seine Kreise nicht stören zu lassen. Die Geselligkeit war ihm nicht nur ein Mittel zur Erholung
und Unterhaltung, er hatte früh ihren sittlichen Gehalt
erkannt und gepflegt. Der Austausch der Ansichten und
Meinungen verschiedengearteter Menschen, das Mitteilen
ihres Wissens, die gemeinsame Pflege der Künste, der
Wechselverkehr der Männer und Frauen, des Alters mit
der Jugend, die Erweiterung des eigenen kleinen Selbst
zur Teilnahme an alledem was menschlich ist, das alles
schien ihm die notwendige Grundlage zu sein, auf der
sich allein ein menschenwürdiges Leben und besonders
ein gutes Familienleben aufbauen lasse. Nun brachten
die Kriege Napoleons zu allen übrigen Schrecken auch
noch die leidenschaftlichen Parteiungen in Sachsen. Hie
Deutschtum, hie Franzosenverehrung lauteten die Parolen,
und die politischen Meinungsunterschiede drohten auch
den Frieden der geselligen Kreise zu untergraben. In
der Heftigkeit der Parteinahme verlor man die Fähigkeit, den Gegner zu verstehen und zu achten, und über
die Tagesfragen vergaß man die idealen Interessen
der Wissenschaft und der Kunst. Dem wollte Körner in
seinem Hause vorbeugen, und wie gründlich er auch den
absoluten Weltbeherrscher haßte, so sehr wachte er bis
zum Entscheidungsjahre 1813 darüber, daß in seinem
Hause dieser Haß nie öffentlich zur Sprache kam. Alle
politischen Fraktionen und Nüancen verkehrten bei ihm,
aber alle fühlten heraus, daß hier stillschweigend das
Gesetz walte, daß um der Kunst, der Wissenschaft und

der Geselligkeit halber Ausbrüche politischer Gehässigkeit
nicht geduldet wurden. Vom Körnerschen Hause ging
dann dieser Ton auch auf andere Dresdener Gesell-
schaftszirkel, namentlich auf die Familie von Racketniß
über, und die Freudigkeit, mit der die Gäste jedesmal
in diese Familien kamen, und die Dankbarkeit, mit der
sie aus ihnen schieden, zeigte, wie unerläßlich zur Auf-
rechthaltung des geselligen Verkehrs diese Maßregel gewesen war. Recht aus des Vaters Sinne schrieb der
Sohn unter einen Brief aus dem Frühjahr 1800 die
vier Verse:

> Laßt uns nicht bangen im Kampf der Zeit,
> Tobt auch auf den Feldern der blutige Streit.
> Wenn das Herz in heiliger Ruhe schlägt,
> Der wird nicht vom Sturme des Schicksals bewegt.

Die amtliche Thätigkeit des Vaters entzieht sich
meiner Beurteilung; ich finde darüber in den Quellen
zu wenig. Er ist als ein guter Beamter stets gelobt
und von seinen Vorgesetzten gewürdigt, aber wie bei
allen Beamten, die nicht an erster Stelle stehen, war
nach außen hin von seiner Wirksamkeit nichts zu spüren;
auch lag in ihr nicht seine Bedeutung, und wie in der
früheren Zeit der Schwerpunkt seiner, wenn ich so sagen
darf, geschichtlichen Einwirkung seine Freundschaft mit
Schiller war, so lag er jetzt in seiner Erziehung des
Sohnes, der berufen war, so kurz sein Leben auch
währte, als begeisterter Sänger der Freiheitskämpfe
später weithin zu wirken. Und der Vater war ein vorzüglicher Pädagoge, frei von aller Pedanterie und frei
von dem Streben, die Kinder nach seinem Sinne formen
zu wollen. In herzlicher Liebe suchte er, sie in ihrer

Eigenart zu erkennen und diese ihre Eigenart zur größtmöglichen Entfaltung zu führen. Liebe und Vertrauen waren die Hauptmittel seiner Erziehung, und wenn er oft den Hausfreunden gar zu milde und zärtlich den Kindern gegenüber zu sein schien, so hat der Erfolg ihm recht gegeben, und die Liebe, welche seine Kinder überall sich zu erwerben wußten, und die fröhliche Natürlichkeit ihres Wesens und die Lauterkeit ihrer Gesinnung und vor allem die herzliche Liebe, Verehrung und innige Freundschaft zu dem Vater zeigten, wie richtig seine Methode gewesen ist.

In völligem Vertrauen ließ er den Sohn aus dem Hause ziehen, aber er glaubte nicht, daß nunmehr die Erziehung desselben abgeschlossen sei, sondern daß von jetzt ab der Vater erst recht seine erziehende Thätigkeit beginnen könne. Durch bloße Ermahnungen, Lob oder Scheltworte, war freilich nicht viel gethan, wenn es ihm nicht zugleich gelang, das unbedingte Vertrauen des Sohnes so zu erringen, daß dieser am offensten und liebsten mit dem Vater verkehrte und ihn wie den nächsten Freund betrachtete, dem er alles ungescheut mitteilen mochte, seine Freude und Lust, seine Arbeit und seine Interessen wie auch die Gegenstände seiner Unlust und seine Fehler.

Die Briefe des Vaters gehen auf alle Gedanken des Sohnes ein. Sie enthalten auch wohl gute Ratschläge und Lehren, aber mit Maß und ohne Herbheit im Tadel. Daneben erzählt er ausführlich alles, was den Sohn, und was ihn selbst interessiert, und schreibt nie in gekünsteltem Tone, sondern frei und gerade, wie es ihm um das Herz war. Er stimmt sich im Verkehrstone mit dem Sohne nicht mühsam herab, sondern in

12*

seinem heiteren, kindlichen Sinn konnte er den jugendlichen Frohsinn desselben nachfühlen, und durch sein
reiferes Urteil hob und zog er zugleich den Sohn empor,
ohne daß er selbst sich der pädagogischen Absicht dabei
deutlich bewußt war, und ohne daß der Sohn eine
Absicht merken konnte, noch sich in seiner Freiheit und
jugendlichen Freude am eigenen Urteilen beschränkt sah.
Wie Körner in der Kritik stets von dem Gedanken ausgegangen war, daß der Künstler nicht einer einseitigen
Theorie Gehör geben müsse, und nicht nach einer solchen
gemessen werden dürfe, sondern daß jeder wahre Künstler
von einem gewissen Instinkt geleitet werde, der über
den Regeln stehe, und daß er selbst für sein Kunstwerk
eigentlich immer die höchste Instanz sei, so meinte er
auch in der Erziehung dem individuellen Charakter vor
allem sein Recht belassen zu sollen und nicht immer allgemeinen Ideen, am wenigsten hergebrachten, folgen zu
müssen. Er war nicht blind gegen die Mängel seines
Sohnes, aber er wußte, daß er bei der Eigenart desselben nicht alle Tugenden anpflanzen könne, und er
übte die weise Selbstbeschränkung, zunächst das zu fördern
und zu ziehen, was von selbst wuchs, und Fremderes
nicht mit Ungestüm aufzupfropfen, sondern mit Vorsicht
und unvermerkt anzubieten. Zu dieser notwendigen
Selbstbeschränkung des guten Pädagogen gelangt nie
der Pedant, der nach Regeln erziehen will, sondern nur
der freie, vielseitig gebildete Mann, der jede Individualität
gelten läßt, sie freudig nach ihrem besonderen Werte
anerkennt und sorgsam hegt und pflegt. Liebt der Pedant
eigentlich in seinem System nur sich selbst gleichsam als
Musterbild, so übt der wahre Pädagoge vor allen

andern Tugenden die Liebe, die nicht das ihre sondern
das des andern sucht; denn „Kinder brauchen Liebe."
Die Briefe des Vaters an den Sohn liegen in
großer Zahl vor und sind für die folgenden fünf Jahre
die hauptsächliche Quelle, aus der wir Kunde schöpfen
können sowohl über das Thun und Treiben des Sohnes
als auch über das Leben der Eltern, der Schwester und
der Tante. Es erhellt daraus, daß Theodors Entwickelung und seine schriftstellerische Thätigkeit der Mittelpunkt der Teilnahme des Elternhauses waren; und wie
in früheren Jahren jeder Brief und jedes eingesandte
Gedicht des großen Freundes für Körners ein Fest war,
so gaben jetzt die Briefe und Gedichte des Sohnes die
höchste Lust; und was ihnen naturgemäß an Reife und
Tiefe des Inhalts im Vergleich zu Schillers Briefen
und Werken abging, das ersetzte für den Vater die noch
erhöhte Lust, selbst mitzuraten und das Talent des
Sohnes zu hüten und zu bilden. An produktivem
Talente stand er dem Sohne nach, an Reife des Urteils
und an geläutertem Geschmack war er ihm weit überlegen, und so fühlte er in dem Verkehr mit dem Sohne
den Doppelgenuß des Gebens und Nehmens und die
volle Freude an den frohen Blüten des jugendlichen
Talentes zugleich mit der hoffnungsreichen Sorgfalt für
das Reifen der Früchte. Der Briefwechsel wird mehrfach durch Besuche des Sohnes im Elternhaus und der
Eltern beim Sohn unterbrochen. Theodor war ein
guter Fußgänger und ging die vier Meilen von Freiberg nach Dresden in 6 Stunden. Zu allen kleinen
Familienfesten, und auch sonst während kurzer Unterbrechungen der Vorlesungen pflegte er den Weg nicht
zu scheuen, um die Eltern zu überraschen. Öfters nahm

er dann die Guitarre, die einst Schiller für seine Mutter
besorgt hatte, mit auf die Reise, um wie ein Troubadour
singend und spielend von Ort zu Ort zu ziehen, und
häufig lockte ihn noch die Nacht heraus, daß er unter
ihrem stillen Dunkel seine Lieder durch Feld und Auen
ertönen ließe.

In der ersten Zeit des Freiberger Aufenthalts zog
ihn der Bergbau am meisten an. Der Vater hatte gewünscht, daß er den praktischen Teil seiner Wissenschaft
gründlich, wie ein „gemeiner Bergmann" erlerne. An
den Tagen, an denen er einfuhr, ging er um 4 Uhr
auf die Grube und kam erst um 12 Uhr zurück. An
den anderen Tagen hörte er Vorlesungen und hatte
Unterricht in der Regel sieben Stunden. Er hörte mit
großem Interesse die Vorlesungen Werners über Berg-
baukunst und Geognosie, sowie die chemischen, physika-
lischen und mathematischen Vorlesungen von Lampadius.
Die körperlichen Anstrengungen kräftigten seinen Körper.
„Sie glauben nicht," schrieb schon die Mutter, nachdem
der Sohn kaum 6 Wochen studierte, „wie robust der
Mensch geworden ist, wie die Strapazen seinen Körper
bilden; er wird ein wenig zu groß für einen Bergmann."
Und als die Eltern im Herbst des Jahres 1808 „den
guten Sohn" auf zwei Tage in Freiberg besucht hatten,
schrieb die Mutter über ihn: „Was ist das für eine
Maschine geworden!"

Fröhlich fuhr der junge Bergmann des Morgens
mit dem „uralten Zauberwort der Berge": Glück auf!
in die dunkle, unterirdische Nacht. Die Poesie des Berg-
mannslebens, wie sie schon Novalis erschlossen hatte,
erfüllte auch ihn, und weil er sie in Wahrheit empfand,

klingt auch aus seinen Bergmannsliedern eine frische, ursprüngliche Begeisterung wieder:

Durch der Stollen weite Länge,
Durch das Labyrinth der Gänge
Wandern wir den sichern Weg.
Über nie erforschte Gründe,
Über dunkle Höllenschlünde
Leitet schwankend uns der Steg;
Ohne Grauen, ohne Zaudern
Dringen wir ins düstre Reich,
Führen auf metallne Wände
Jauchzend den gewalt'gen Streich.

Nicht minder fröhlich und begeistert klingt der Ton in seinem Berglied nach der Melodie: Wohl auf Kameraden 2c.:

Glück auf! Glück auf! in der ewigen Nacht!
Glück auf! in dem furchtbaren Schlunde!
Wir klettern herab durch den felsigen Schacht
Zum erzgeschwängerten Grunde.
Tief unter der Erde, von Grausen bedeckt,
Da hat uns das Schicksal das Ziel gesteckt.

Und still gewebt durch die Felsenwand
Erglänzt das Licht der Metalle;
Und das Fäustel in hochgehobener Hand
Saust herab mit mächtigem Schalle;
Und was wir gewonnen im nächtlichen Graus,
Das ziehen wir fröhlich zu Tage heraus.

Da jagt es durch alle vier Reiche der Welt,
Und jeder möcht' es erlangen;
Nach ihm sind alle Sinnen gestellt,

Es nimmt alle Herzen gefangen.
Nur uns hat nie seine Macht bethört,
Und wir nur erkennen den flüchtigen Wert.

Drum ward uns ein fröhlicher, leichter Mut
Zugleich mit dem Leben geboren,
Die zerstörende Sucht nach eitlem Gut
Ging uns in der Tiefe verloren.
Das Gefühl nur für Vaterland, Lieb' und Pflicht
Begräbt sich im Dunkel der Erde nicht.

Und bricht einst der große Lohntag an,
Und des Lebens Schicht ist verfahren,
Dann schwingt sich der Geist aus der Tiefe hinan,
Aus dem Dunkel der Schächte zum Klaren,
Und die Knappschaft des Himmels nimmt ihn auf
Und empfängt ihn jauchzend: Glück auf! Glück auf!

Der Vater hatte große Freude an den poetischen
Versuchen des Sohnes, glaubte aber doch den jungen
Dichter für jetzt in erster Linie auf seinen Lebensberuf
hinweisen zu müssen. Er schrieb ihm am 24. Juni 1808:
„Bleibe immer dabei, lieber Sohn, den Dienst der
Musen mit Deinen jetzigen Studien zu verbinden.
Gymnastik und Musik mußten einander immer bei den
Griechen das Gleichgewicht halten. Unter Musik ver-
standen sie das ganze Gebiet der Kunst, und was Du
jetzt als Bergmann treibst, ist eine Art geistiger Gym-
nastik. Nur wirst Du wohlthun, Deine poetischen
Liebhabereien etwas geheim zu halten. Unter den wissen-
schaftlichen und Geschäfts-Pedanten, die dabei in ihrer
Art schätzenswerte Männer sein können, wird man durch
solche Vertraulichkeiten leicht verkannt. Dich muß als
Bergstudent keiner übertreffen. Was Du alsdann noch

außerdem daneben treibst, geht niemanden etwas an." Die Gedichte des Sohnes wurden aber stets im Elternhause freudig aufgenommen und meistens in Abschrift zurückbehalten. Oft schreibt der Vater eine kurze Kritik, und verhandelt überhaupt gern mit dem Sohne über seine Gedichte und über die dichterischen Erzeugnisse anderer. Eine besondere Freude gewährte es ihm, als Theodor die Ausarbeitung einer Operntertskizze, Alfred, übernahm, die er selbst früher entworfen hatte, und er schreibt ausführlich über seinen Plan und Theodors Abänderungsvorschläge. Er fürchtet, Theodors Bearbeitung möchte zu gut für die Musik werden, zu viel Deklamation enthalten, so daß nicht jeder Musiker dem Texte gewachsen sei. Er müsse etwa in Gluckscher Weise behandelt werden. Durch Gluck erscheine das Gedicht gleichsam in einem höheren Glanze. Dagegen gebe es neuere Opern, in denen die Musik herrsche, und die Poesie nur die Rubriken liefere.

Im Dezember 1808 weiß er dem Sohne zu berichten, daß Kleist einen Hermann und Varus bearbeite: „Sonderbarerweise," schreibt er, „hat es aber Bezug auf die jetzigen Zeitverhältnisse und kann daher nicht gedruckt werden. Ich liebe es nicht, daß man seine Dichtungen an die wirkliche Welt anknüpft. Eben um den drückenden Verhältnissen des Wirklichen zu entgehen, flüchtet man sich ja so gern in das Reich der Phantasie."

Im November stattete Theodor einen kurzen Besuch bei Wilhelm Kunze und seiner Frau Betty in Leipzig ab. Er scheint da in der ausgelassensten Stimmung gewesen zu sein, die sich noch in einigen Briefen hinterher wiederspiegelt. Es geht aus denselben hervor, daß

Kunzes für die kleinsten Wortwitzeleien ein dankbares
Publikum abgaben. Die Briefe sind charakteristisch für
den überaus harmlosen Sinn des jugendlichen Studenten.
Er schreibt:

„Am Cäcilientage" (22. November).

„Ihr Lieben!"

„Mit einem Herzen voll der schönsten Gefühle
wanderte ich aus Leipzig, und nur der Erinnerung an
die vergangenen Stunden verdanke ich den guten Humor,
der mir trotz allen Wütens des Himmels blieb. Sturm,
Regen, Schlossen, Schnee, nichts ließ das Schicksal un-
versucht, um meinen frohen Sinn zu beugen, aber umsonst. Nicht einmal das geahndete Unglück, was im
Lahmwerden des einen Fußes bestand, konnte meinen
Lauf hemmen, so daß ich die ersten sieben Meilen in
neun Stunden zurücklegte und schon um 4 Uhr in
Waldheim anlangte. Ich habe dabei zugleich das
Wunder mit den sieben Broten in der Bibel probiert,
da nur das Franzbrötchen, was ich noch zu mir steckte,
für den ganzen Tag als Nahrung genügte. Freilich
war es aus Leipzig! Gestern war noch schlechter zu
marschieren, denn mein armes Stiefelpaar bekam den
Hang nach Aufklärung und suchte sich durch die Sohlen
Licht zu verschaffen. Jedoch ich langte um 1 Uhr hier
an. Ehe ich wieder in dies Nest eintrat, machte ich
mir und meiner Lunge durch ein alphabetisches Verzeich-
nis aller Verfluchungen Luft und kroch dann erleichtert
zum Thore herein. Schillers Resignation war's erste,
was mir in die Hände fiel, und unwillkürlich trave-
stierte ich:

Auch ich bin in Arkadien geboren,
Auch mir hat die Natur
An Pleißens Ufern Verse vorgelesen,
Auch ich bin in Arkadien gewesen,
Doch sechs und neunzig Stunden nur.

Brillant! höre ich Euch ausrufen.
Man könnte mich wohl manchmal in der Einsamkeit mit einem Briefstein erfreuen!"

„Den 30. Dezember 1808."

„Da man keinen Brief mit „ich" anfangen soll, so
wußte ich eben keinen andern Ausweg als diesen, um
der Sünde zu entgehen. Jetzt bin ich beruhigt, und ich
kann getrost zur Gratulation übergehen."
„Ich wünsche Dir und Deiner Betty zum bevorstehenden neuen Jahre, daß . . . .
. . . .
. . . .
„Überzeugt, Ihr wisset besser, was Euch zu wünschen
wäre als ich, ließ ich diese Zeilen aus, und sollten Eure
Wünsche mehr Raum brauchen, so könnt Ihr sie im
Notfall auf die innere Seite des Couverts schreiben.
Ob ich gleich vermuten könnte, daß Ihr gar nichts zu
wünschen hättet, so mußte ich doch diesen Gegenstand
berühren, weil der Zusammenhang eine Hauptsache des
guten Stils ist, da ich bei dem Gedanken ans neue
Jahr Gelegenheit nehmen könnte, von der Flüchtigkeit
des Lebens zu sprechen, wobei mir der berühmte Vers
einfällt:

Es jagt der Mensch
Durch seines Lebens Weh,
So wie der Rensch=
Litten durch den Schnee."

„Dieser bringt mich auf die Erzählung meiner
Schlittenfahrt von Freiberg nach Dresden, was Euch
zugleich meinen jetzigen Aufenthalt in Dresden bekannt
macht, wobei Ihr an den in Leipzig erinnert werdet,
wo ich bei Dir, Wilhelm, 5 Thaler auf die erste Hypo-
thek genommen habe, die zugleich mit diesem Brieflein
folgen. Diese Post bringt mich auf die fahrende, die
mir von Euch das Känzel und das Stammbuch richtig
überliefert hat, wofür ich Euch ergebenst danke. Da die
Dankbarkeit eine Tugend, und die Tugend die reinste
Freude ist, so schreite ich hiermit zu den reinen Freuden
über, wozu ich das Tanzen zähle, das ich jetzt in Dresden
fleißig übe. Übung macht den Künstler, und der Künstler
macht Bilder z. B. Altarblätter, wovon Friedrich, der
Maler, eins jetzt zur Bewunderung aller ausgestellt
hatte. Hoffentlich ist es ihm gut bezahlt worden. Ich
denke wohl. Dies erinnert mich an Euer Wohl, was
wahrscheinlich so vollkommen wie möglich ist, da das
Schicksal die Guten doch allemal belohnt, und die Bösen
bestraft werden, was verschiedene Dichter in verschiedenen
Dramen deutlich auseinandergesetzt und erwiesen haben,
wie, um diesen Satz durch Beispiele zu erläutern,
Shakespeare in seinem Othello. Durch die genaueste
Ideenverbindung bringt mich dies auf Euern Mops,
und dessen Schnarchen auf Musik, wobei ich an Stein-
balten gedenke, der uns gestern im Hôtel de Pologne
ein herrliches Konzert gab, viel Beifall und viel Geld
erntete und mit einer himmlischen Phantasie schloß.

Aber jetzt halt! denn dieser Schluß könnte mich wieder auf den Jahresschluß bringen, dieser auf die Flüchtigkeit der Zeit, von da könn' ich auf die Schlittenfahrt, und so müßt' ich den ganzen Zettel noch einmal schreiben, wofür ich mich aber schönstens hüten will und nur noch Gelegenheit nehmen, da alleweile mein Feuer ausgeht und meine Hand für Frost zittert, von der Wärme zu sprechen, mit der ich ewig sein werde

Euer Freund Theodor."

„Dieser Brief ist eine idealisierte Kettenregel, folglich in sich selbst vollkommen wie ein Igel."

In den vier Tagen seines Besuches hatte Theodor am 16. November den Geburtstag der Frau Betty Kunze mitgefeiert. Im nächsten Jahre schickte er seinen Glückwunsch in einem Gedichte ein, in dem er dankbar des vorjährigen Leipziger Aufenthalts gedenkt:

An Betty
zum 16. November 180(0).

Sieh', Betty, sieh' zu Deiner Wiegen
Kommt auch des Bergmanns Ruf geflogen
Aus tiefer Erdenkluft herauf.
Und mit dem leichten Spiel der Leier,
Begrüßt er Deines Tages Feier:
Glück auf!

Noch denkt er an das Glück der Knaben,
Das er vor Jahresfrist empfunden,
Sehnt sich aus seinem Schacht hinauf.
Erinnerung nur kann ihn versöhnen
Und ruft ihm zu mit süßen Tönen:
Glück auf!

Doch will er's aus der Ferne wagen,
Der Liebe frommen Wunsch zu sagen,
Der sich im Herzen drängt herauf.
Und daß er schnell das Beste wähle,
Ruft er Dir zu aus voller Seele:
Glück auf!

Mag Dich der Götter Gunst anwehen,
Und mag Dein schönstes Glück bestehen,
Fest in der Zeiten Wielenlauf.
Doch fühlst Du je des Lebens Schmerzen,
Ruf' eine Stimme Dir im Herzen:
Glück auf!

Auch auf den Namen der Freundin dichtete er ein
Rätsel, wie er das überhaupt mit Vorliebe that und
als Scherz in der Geselligkeit dann diese Rätsel zu raten
aufgab. Fast sämtliche Namen der Freundinnen und
der Landgüter und Schlösser, auf denen er zu Gaste
war, hat er, wenn sie irgend zu Rätseln zu verarbeiten
waren, aus freundlichen und höflichen poetischen Bildern
erraten lassen. An Betty schrieb er:

Einst Du vom Schlummer überwunden,
Umfang ich Dich mit weichem Flaum,
Im sanften Zauberhauch der Nacht
Umschwebt beglückend Dich der Traum.
Ein Zeichen mehr, und ich erstehe
Wie ein Gebild der Phantasie,
Und göttlich aus dem schönsten Munde
Entquillt des Himmels Harmonie.

Das Jahr 1809 begann Theodor mit einem
wichtigen Entschluß. Die Vorlesungen Werners über
Geognosie und Oryktognosie interessierten ihn so sehr,

daß daneben alles übrige für ihn zurücktrat. „Er ist
eine Heroe der Wissenschaft," schreibt er über Werner
an den Vater, „alles andre verliert neben der Geognosie
und neben der ganzen Naturgeschichte." Das erweckte
in ihm den Plan, sein Ziel sich anders zu stecken und
nicht den praktischen Bergbau, sondern das Studium der
Naturgeschichte zu seinem Berufe zu machen. Er dachte
dabei an eine spätere akademische Thätigkeit. Sogleich
teilte er dem Vater seinen Plan mit. Dieser ließ den
Sohn gewähren und freute sich in mancher Hinsicht sogar
seines Entschlusses. Freilich bot der Beruf des praktischen Bergmannes größere Sicherheit vor künftigen
Nahrungssorgen als die akademische Docentenstellung,
die der Vater selbst einst nach ihrer Unsicherheit kennen
gelernt und darum aufgegeben hatte. Aber allzuängstlich
war er in dieser Beziehung nicht, und die Freudigkeit
des Sohnes in seinem Berufe und die freie Selbstbe-
stimmung desselben galt ihm höher. „Hat der Bergbau,"
so schreibt er ihm, „für Dich sein Interesse verloren, so
getraue ich mir nicht, Dir zur Fortsetzung des Berg-
studiums zuzureden. In Deinen Jahren denkt man zu
wenig an die Mittel, sich vor künftigen Nahrungssorgen
zu sichern. Es ziemt mir also, bei Deiner jetzigen Wahl
Dich auch an diesen Punkt zu erinnern. Aber eine zu
große Ängstlichkeit darfst Du dabei von mir nicht fürchten.
Die Virtuosität, das weiß ich sehr wohl, nährt in der
Wissenschaft wie in der Kunst. Also nur nach dem
Höchsten gestrebt, nur keine Erschlaffung, kein Stroh-
feuer, keine Mittelmäßigkeit. Ernst und Liebe, die dem
Deutschen so wohl anstehen, werden auch Dich zu einem
würdigen Ziele führen. Dein jetziger Entschluß giebt
mir die Aussicht, Dich nach Deinen akademischen Studien

ein paar Jahre bei uns zu sehen. Ich gestehe, daß es
mir erwünscht wäre, wenigstens etliche Jahre mit meinem
ausgebildeten Sohne als Freund zu verleben. Vielleicht
könnte ich Dir selbst in Deinem Fache als unbefangener
Betrachter nützlich sein und Dich auf Lücken aufmerksam
machen, die ich Dir auszufüllen überlassen müßte."

In der That arbeitete Theodor im nächsten Jahre
mit großem Eifer, und seine Lehrer Werner und Lampadius nahmen sich seiner auf das freundlichste an. Er
reichte ihnen Arbeiten ein, die sie begutachteten und für
eine wissenschaftliche Fußreise durch Schlesien sprach der
Professor Werner einen genauen Plan mit ihm durch.
Unter dem Fleiße litt sein Frohsinn und seine jugendliche Heiterkeit nicht, und auch unter seinen Genossen
war er überall gern gesehen. Aber auch an Ernst fehlte
es ihm nicht, wo derselbe am Platze war. Im März
1809 schreibt er nach Hause:

„Ihr Lieben! Ich weiß nicht, wo mir der Kopf
steht. Mein Hausgenosse Schneider ist gestern ertrunken.
Wir Stubenten lassen ihn begraben; die ganze Geschichte
ist mir und Schmid aufgetragen worden, er wird mit
allen Ehrenbezeugungen begleitet. Wie es mich angegriffen hat, könnt Ihr leicht glauben, besonders da ich
ihn verderben sehen mußte, ohne helfen zu können. Wie
ich hinauskam, lag er schon dreiviertel Stunden unter
dem Eise, und die elenden Anstalten machten, daß er
erst nach einer Stunde, und zu spät, herausgezogen wurde.
Der allgemeine Anteil hat mich recht erfreut, der ärmste
von uns hat beigesteuert. Ich sollte chapeau d'honneur
sein, konnte mich aber nicht dazu entschließen; so bin ich
auch zu einem Gedicht gezwungen worden, mir das ver-
haßteste, was ich je gemacht habe."

Er sang dem Freunde in diesem Gedichte einen warmen Nachruf:

Vom höchsten Streben war dein Herz durchdrungen,
Das jeder edlen That sich willig bot.
Dein Auge brach, der Kampf ist ausgerungen,
In tiefer Flut umarmte dich der Tod.
Jetzt hast du längst der Erde Nacht bezwungen,
Die Seele schwebt im ew'gen Morgenrot;
Jetzt hat dein tiefes Sehnen sich gelichtet,
Dein Tag brach an, das Dunkel ist vernichtet.

Auch die öffentlichen Verhältnisse ziehen seine Aufmerksamkeit und Teilnahme auf sich. Die Truppenburchzüge bringen viel Unruhe. Ihm macht diese Unruhe Vergnügen, weil sich die Charaktere im Moment der Gefahr aussprechen. Er hat seine Pistole und Büchse geladen und seine Hieber gewetzt, um im Notfalle seine Bücher und Werners Kabinett zu beschützen. Er bittet den Vater um politische Nachrichten: „Zeitungen lese ich nicht, kannegießern mag ich nicht, und räsonnieren soll ich nicht; also sind mir alle Wege außer Euren Briefen abgeschnitten."

Den Glanzpunkt dieses Jahres aber bildete für Theodor die sechswöchige Reise durch Schlesien im August und September. Er wurde von den Töchtern der Herzogin Dorothea von Kurland, dem Grafen Geßler, dem Minister von Reden, den Grafen Anton und Ferdinand von Stollberg und dem Bergrat Charpentier in verschiedenen Orten freundlich aufgenommen und erhielt durch sie viele gute Empfehlungen, so daß er in Bezug auf seine Wissenschaft die Reise gut ausbeuten konnte. Daneben schwelgte er im Genuß der schönen Natur,

13

freute sich an den Strapazen der Bergpartieen, und
genoß die Vergnügungen der Geselligkeit in ungezwungener
Harmlosigkeit. Die innere Glückseligkeit zeigt sich auch
in der Lust am Dichten in diesen Wochen, und „es
regnete Sonette." Oben auf der Riesenkoppe sang er:

Hoch auf dem Gipfel
Deiner Gebirge
Steh' ich, und staun' ich
Glühend begeistert,
Heilige Koppe,
Himmelanstürmerin!

Weit in die Ferne
Schweifen die trunkenen,
Freudigen Blicke;
Überall Leben,
Üppiges Streben,
Überall Sonnenschein.

Blühende Fluren,
Schimmernde Städte,
Dreier Könige
Glückliche Länder
Schau' ich begeistert,
Schau' ich mit hoher,
Inniger Lust.

Auch meines Vaterlandes
Grenze erblick' ich,
Wo mich das Leben
Freundlich begrüßte,
Wo mich der Liebe
Heilige Sehnsucht
Glühend ergriff.

Sei mir gesegnet
Hier in der Ferne,
Liebliche Heimat!
Sei mir gesegnet,
Land meiner Träume!
Kreis meiner Lieben,
Sei mir gegrüßt!

Seine Lieben waren unterdessen in Guandstein bei
der Gräfin Julie von Einsiedel. Am 22. wollte der
Sohn in Dresden im Elternhause wieder eintreffen, und
am nächsten Tage im Kreise der seinen den Geburtstag feiern. Ob der Plan zur Ausführung gekommen
ist, kann ich nicht feststellen. Es wäre der letzte Geburtstag gewesen, den er mit den Eltern zusammen
feiern konnte. Die nächsten drei Jahre war er an diesem
Tage nachweisbar von ihnen getrennt, und nach vier
Jahren deckte den Jüngling schon der Grabeshügel.
Jetzt aber stand er im Vollgefühl körperlicher Frische
und jugendlicher Strebekraft. Gerade jetzt stürzte er sich
in den Taumel der geselligen Lust, und der fröhlichen
Trinkgelage mit den Freunden. Solange er in Freiberg
war, vernachlässigte er zwar die Arbeiten nicht, trotzdem
übertrieb er auch dort schon mitunter die flotten Abende
und Nächte, und mußte dann dafür schwer büßen. So
schreibt er einmal: „Soeben, liebes Mütterchen, wirken
Deine Pulver. Schon siebenmal habe ich auf Hygieas
Altare geopfert, doch die Göttin scheint noch nicht zufrieden zu sein." Der Vater warnte freundlich vor
Übertreibung. Er schrieb dem Sohn am 11. Mai 1810:
„An Deinen jetzigen Briefen, besonders an dem
letzten, habe ich viel Freude. Ich verjünge mich selbst,
wenn ich sehe, wie Lebenskraft und Lebenslust sich jetzt
13*

in Dir regt. Gern möcht' ich etwas beitragen, die
Dauer eines solchen Zustandes bei Dir zu sichern.
Viel gewinnst Du schon dadurch, daß Dich Dein Studium
begeistert, folglich die Abwechselung zwischen ernster
Thätigkeit und Genuß und das Streben nach einem
hohen Ziele Dich vor Übersättigung bewahrt. Dein
Körper ist gesund und abgehärtet, und Du kannst ihm
vieles zumuten, was mancher andere nicht unternehmen
darf. Aber eben deswegen wäre es schade, wenn Du
ihm vielleicht manchmal zu viel zumutetest und in den
Momenten eines jugendlichen Rausches nicht Meister
Deiner selbst bliebest. Ich verlange von Dir keine alt-
kluge Ängstlichkeit, kein pedantisches Wachen über Deine
Gesundheit. Aber auch für die Freude giebt es einen
Rhythmus."

Wenige Wochen später verließ Körner Freiberg auf
immer, um zunächst mit den Eltern in Karlsbad zusammenzutreffen.

Inzwischen waren Vater und Sohn litterarisch nicht
unthätig gewesen. Der Vater hatte 1807 bei Göschen
eine Broschüre herausgegeben: „Briefe aus Sachsen an
einen Freund in Warschau" und ließ dieser im Anfang
des Jahres 1810 eine zweite Broschüre in demselben
Verlage folgen: „Über die Hilfsquellen Sachsens unter
den gegenwärtigen Umständen." Im nächsten Jahre
folgte noch eine ähnliche kleine Schrift: „Wünsche eines
deutschen Geschäftsmannes." Im Sommer 1809 hatte
sich ferner Frau von Schiller entschlossen die Papiere
Schillers an Körner mit der Aufforderung einzusenden,
sie zum Zweck der Herausgabe der sämmtlichen Werke
Schillers zu ordnen. Im Mai des folgenden Jahres
erhielt er dann die Bitte vom Buchhändler Cotta, die

Herausgabe zu leiten. Körner ging gern auf den Antrag ein, stellte jedoch die Bedingung, daß er völlig
freie Hand behielte, und ihm alle vorhandenen Papiere
zur Verfügung gestellt würden. Er hat dann die
nächsten Jahre mit großem Fleiß und noch größerer
Liebe Schillers Werke herausgegeben, und nach dem
sachkundigen Urteil des neusten kritischen Herausgebers,
des Professors Göbele, ist es ihm gelungen in seiner
Ausgabe ein würdiges Gesamtbild der litterarischen
Wirksamkeit Schillers vor der Nation aufzustellen. In
seiner Bescheidenheit war er weit davon entfernt für sich
aus dieser Arbeit etwa Ansehn und Ruhm zu gewinnen.
Das zeigt deutlich sein Brief vom 4. Juni 1810 an
Frau von Schiller:

„Ihnen habe ich noch einen Vorschlag zu thun.
Schillers Werke, das weiß ich wohl, bedürfen keiner
Empfehlung durch einen berühmten Herausgeber. Aber
in Schillers Seele würde ich mich freuen, wenn Goethe
sich zur Direktion der Herausgabe bekannte und eine
Charakteristik Schillers dem ersten Bande vorausschickte.
Eine solche Erscheinung wäre an sich schön und würde
den merkantilischen Wert der Sammlung erhöhen. Goethe
sollte gar keine Arbeit bei der Herausgabe haben; diese
wollte ich ganz übernehmen und hoffte, in den Grundsätzen mit ihm übereinzustimmen, wäre auch äußersten
Falles bereit, mich seiner Entscheidung zu unterwerfen.
Ich sehe Goethe in Karlsbad, wohin wir zu Ende des
jetzigen Monats abgehen. Wollen Sie mir Auftrag
geben, mit ihm darüber zu sprechen, so disponieren Sie
über mich. Finden Sie ein Bedenken dabei, so stehe ich
auch allein zu Ihren Diensten."

„Daß Sie meine Bearbeitung der Malteser befriedigt

hat, ist mir sehr erfreulich. Vielleicht finden sich noch
Papiere zum Menschenfeind, um sie ebenso behandeln
zu können."

Charlotte von Schiller stimmte gern dem Vorschlage
zu und scheint auch eventuell Wilhelm von Humboldt
an Goethes Stelle vorgeschlagen zu haben. Nur bat sie
Körner, er möchte den Vorschlag gegen Goethe oder
Humboldt nur als einen Privatwunsch äußern. Aber
Körner fand bei Goethe zwar Wärme für Schiller, aber
keine Neigung, sich mit der Herausgabe der Werke zu
befassen. Auch zur Fortsetzung des Demetrius schien er
keine Lust zu haben, und auch die Bitte, wenigstens
einen Aufsatz über Schillers schriftstellerische Eigentüm-
lichkeiten beizusteuern, lehnte er ab. Nicht besser erging
es Körner mit seiner Anfrage bei Wilhelm von Humboldt. Dieser war jetzt Gesandter in Wien und mußte
nach Körners Meinung jetzt wohl die Muße haben,
etwas über Schiller zu schreiben. Humboldt aber erwiderte brieflich, er bitte um die Erlaubnis, nichts zu
versprechen. Er schrieb in diesem Briefe geistvolle, schöne
Worte über Schiller, er rühmte ihm nach, wie er alles
Gewöhnliche, womit sich doch auch die Besten viel und
gern und angelegentlich beschäftigen, wie Staub hinter
sich gelassen. Man müsse ihn in seiner ganzen Größe dar-
stellen, aber dazu gehöre Stimmung des Augenblicks,
und die lasse sich nicht erzwingen. So blieb denn Körner
nichts übrig, als selbst Hand anzulegen, und er schrieb
ein kurzes Leben Schillers oder vielmehr Nachrichten
von Schillers Leben, die um ihrer Zuverlässigkeit willen
die Grundlage fast aller folgenden Schillerbiographien
geworden sind. Karoline von Wolzogen nahm sie fast
wörtlich in ihr Buch über Schiller auf, das sie nur als

eine Erweiterung der Körnerschen Nachrichten ausgab.
Kurz die Körnersche Ausgabe der Schillerschen Werke
war ein Denkmal, würdig des großen Toten und würdig
des treuen Freundes, der es ihm gesetzt hat.

Und zugleich mit der Freude an diesen Arbeiten
genoß der Vater Körner nun die Freude an den Gedichten des Sohnes. Vierzehn Tage nachdem er Göschen
seine Broschüre über Sachsens Hilfsquellen zum Verlage
angeboten hatte, schrieb er wieder an den alten Freund,
diesmal in Angelegenheiten des Sohnes:

„Dresden den 18. Februar 1810.“

„Sie werden finden, lieber Freund, daß ich Sie
mit Manuskripten bestürme. Wenn ich aber vor vierzehn Tagen mich bloß als Autor bei Ihnen meldete, so
erscheine ich heut als Vater und rechne auf Ihre alte
Freundschaft. Beiliegende Gedichte meines achtzehn-
jährigen Sohnes sind zwar nicht Werke eines Meisters,
aber daß sie ein nicht gemeines Talent beweisen, getraue
ich mir ohne Verblendung der Vaterliebe behaupten zu
können. Vielleicht wird man mehr Herz als Phantasie
darin finden, vielleicht eben deswegen seinen Beruf zum
Dichter bezweifeln, weil ihm die Form nicht alles ist,
und er sich noch für die Gattung des Stoffs begeistern
kann. Aber ich bin zufrieden, wenn er nur die Gabe
besitzt, seine Gefühle, deren er sich nicht zu schämen
braucht, auf eine edle und gefällige Art auszusprechen.
Mir ist als Vater darum zu thun, ihn dazu aufzu-
muntern, weil eben dadurch jene Gefühle während einer
gefahrvollen Zeit seines Lebens immer emporgehalten
werden. Es würde ihm Freude machen, eine Auswahl
seiner Gedichte mit einer gewissen Eleganz gedruckt zu

sehen. Ich möchte ihm das nicht ausreden, weil ich
wirklich glaube, daß sie eine günstige Aufnahme bei
denen erwarten dürfen, die nicht auf alles, was die
Spur der Schillerschen Schule trägt, von der Höhe des
neusten Geschmacks mit Geringschätzung herabsehen.
Nehmen Sie also diese Versuche freundlich auf. Mein
Sohn macht keinen Anspruch auf ein Honorar. Finden
seine Gedichte einigen Absatz, so schicken Sie ihm, was
Sie für gut finden. Er ist zufrieden, wenn sie wie
meine ästhetischen Ansichten gedruckt werden, und wünscht
besonders deutsche Lettern. Sollten Sie einen beträcht-
lichen Schaden dabei haben, so wäre ich auch zu einer
Vergütung bereit.

In den Gedichten selbst werden Sie nichts Anstößiges
oder Bedenkliches finden. Das Gedicht In der Neujahrs-
nacht 1809 wäre das einzige, wogegen der Censor Einwendungen machen könnte; aber es bleibt ohnehin weg,
da es zu sehr an ein ähnliches von Schiller erinnert.
Über das Einrücken der Zeilen beim Druck liegt ein
besonderer Zettel bei."

„Leben Sie wohl und lassen Sie mich bald wissen,
ob Sie den Druck unternehmen wollen."

                          „Der Ihrige"

                          Körner."

Dem Sohne schrieb der Vater in derselben Zeit
manches aufmunternde Wort, und er fühlte die Aufregung mit, die der junge Dichter empfinden mußte,
als er nun zum ersten Male seine Gedichte — Knospen
nannte er sie bescheidentlich — dem Urteile des Publikums vorlegte. Der Vater sprach ihm Mut zu: „Bei

Deinem Eintritt in die litterarische Welt darfst Du Dich nicht wundern, auch auf Dornen zu treffen. Man stirbt indessen nicht auch an einer unbilligen Rezension. Über den Kunstwerth eines Gedichts giebt es noch keine allgemein geltenden Grundsätze. Daher die so ganz verschiedenen Ansichten der Kritiker. Was der eine als gestaltlos tadelt, ist dem andern eben deswegen echt poetisch, weil er keine bestimmte Absicht wahrnimmt. Übrigens gewinnt man durch jede Rezension, wenn man davon Anlaß nimmt, sein eigenes Werk streng zu prüfen und dadurch immer weiter zu kommen. In dem jetzigen Zustande des Reiches der Kunst bleibt der Verfasser selbst immer die letzte Instanz bei Beurteilung seines Produkts."

Er schickte dann dem Sohne die abgeschriebenen Gedichte mit kritischen Bemerkungen zur nochmaligen letzten Durchsicht zu. „Es ist mir sauer geworden, den Rezensenten gegen Dich zu machen, und Du kannst es mir hoch anrechnen." Und als der Sohn das druckreife Manustript zurückschickt, studiert es der Vater wieder durch und schreibt dann, was Theodor in den Gedichten noch geändert, befriedige wenigstens den Vater, wenn auch nicht überall den Rezensenten. Er lobt namentlich die Erinnerungen aus Schlesien und die geistlichen Sonette. „In den Erinnerungen liebe ich besonders, daß Du das Eigentümliche des Orts herausgehoben und seine Wirkungen auf die Seele dargestellt hast, ohne bei Gemeinplätzen oder frostigen Beschreibungen zu verweilen. Dies ist Dir vorzüglich in dem letzten Gedicht: „Auf der Riesenkoppe" gelungen. In den geistlichen Sonetten ist der Ton gut gehalten, aller fremdartiger Schmuck

vermieben, und die Schwierigkeit, die ich sehr begreife,
so überwunden, daß man keinen Zwang bemerkt. In
der Erscheinung zu Emmaus kann ich mir nicht versagen, eine grammatische Lizenz abzuändern. Anstatt:

Hier setzte sich der Meister zu sie nieder.

steht jetzt:

Der Meister setzte sich zu ihnen nieder."

Und als der Vater nun das Packet an Göschen
eingeschickt hatte, schrieb er wieder ermunternd an den
Sohn: „Jacta est alea." Waffne Dich nun gegen
strenge und hämische Rezensionen. Der vornehme und
wegwerfende Ton gehört jetzt bei manchen Zeitungen
zur merkantilischen Taktik. Neulich hat eine grobe
Rezension gegen Goethe in der Hallischen Litteraturzeitung
gestanden, worin unter anderm behauptet wird, daß
Goethe im dramatischen Fache doch nie soviel geleistet
hätte als Schröder. Bei der Hallischen Zeitung kommt
noch der Brotneid dazu, weil Goethe besonders für die
Erhaltung der Jenaischen Zeitung viel gethan hat."

Die Knospen wurden in der Jenaischen Litteraturzeitung von Amadeus Wendt, einem Freunde Körners
beurteilt und dem Verfasser vorgeworfen, daß sein
poetischer Ausdruck noch zu sehr „schillere." Theodor
fühlte etwas Wahres in diesem Vorwurf und bat den
Rezensenten um fernere strenge Beurteilung seiner poetischen Arbeiten. Derselbe Wunsch, strenge beurteilt zu
werden, veranlaßte ihn seinen früheren Lehrer Dippold
zu einer unbefangenen Kritik der Knospen aufzufordern.
Dippolds Antwort liegt mir im Manuskript vor, und
ich teile sie im Auszuge hier mit:

„Den 28. August 1810."

„Ideen müssen walten in jedem Gedicht, aber das Gedachte oder Empfundene darf nicht in reflektierender oder räsonnierender Form erscheinen. Reflexion und Raisonnement, mithin auch Begriff gehören der Philosophie, den Wissenschaften an; der Kunst sind sie fremd. Lasse sich niemand irren, daß Euripides und Schiller ein größeres Publikum als Sophokles und Goethe gefunden. Denn zur Reflexion gelangt der beschränktere Geist — und dies ist doch bei weitem die Mehrzahl — eher als zur Anschauung. Wer nur erst Sophokles und Goethe im Geist und der Wahrheit verstanden d. h. sie in sein eigen Fleisch und Blut verwandelt, dem wird diese Ansicht vollkommen klar sein. Und drum: Lege den liebenswürdigen Schiller auf lange Zeit weg und studiere Goethe ganz."

„Ich wende mich zuerst zu dem Gehalt Deiner Gedichte. Den meisten finde ich in den Bergmannsliedern. Man fühlt, daß Dich die unterirdischen Geheimnisse und Wunder wirklich ergriffen, verständlich zu Dir gesprochen haben, und Du nur das mitteilende Organ höherer Gewalt und höheren Lebens gewesen bist, das durch Dich gesprochen hat. Das ist die Begeisterung, die kein Champagner giebt, höchstens anregt, die nur aus keuscher Liebe zur Natur hervorgeht, und die schon der deutsche Name als etwas von höheren Mächten Stammendes bezeichnet. Dies der Gott, der in aller wahren Dichter Brust von je gethront und thronen wird, und das Schönste eingiebt. Er kommt und geht wie Licht, das im Nu in die Seele fällt und alle geheimen Tiefen des

innersten Lebens er- und durchleuchtet; denn er stammt
von Gott."

„Halte Dein ganzes inneres Wesen rein und offen
für diesen Gott und seinen Dienst; denn er verschmäht,
in unreine Wohnung zu ziehen, und die Töpferglasur
der eleganten, kunstrasenden Welt verscheucht ihn augenblicks."

„Auch „Sehnsucht der Liebe" ist ein Gedicht. Es
stellt dar, und weiter soll eben das beste Gedicht nichts.
Den übrigen spreche ich hiermit das Verdammungsurteil
nicht. Leicht wird eins und das andere noch hierher zu
rechnen sein. Aber im ganzen ist in allen zuviel
Reflexion und Raisonnement, zuviel Sucht nach Sentenzen,
die ich überhaupt eingepökelte Gedanken nennen möchte.
Auch die Empfindung ist meist exaggeriert, daß sie
affektiert sei, verhüte Gott. Doch hat die Exaggeration
der Empfindung weniger zu sagen, ist sogar nötig.
Guter Wein muß sprudeln, brausen, überschwellen, bis
sich der göttliche Geist zu stillem Spiegel geklärt hat,
und das Roß, das Zaum braucht, ist besser als das,
das nur von Sporen lebt. Reif, geklärt, ruhig, mild
kannst Du noch nicht sein, sollst's nicht sein: es wäre
ein Unglück. Aber Du hast etwas Übertriebenes in den
Gedanken selbst, was weit gefährlicher, weil's formlos,
und, wofür Du Dich auch schon jetzt zu hüten hast, weil
Du sonst nie Maß halten lernst. Diese Übertreibung
zeigt sich in Bildern, welche keine sind, d. h. in bild-
lichen Ausdrücken, die selbst als Bild kein möglich
Seiendes Bestehendes, Lebendes geben, welche nicht
plastisch leiblich, mehr Bilder des Begriffes als der
Anschauung sind. Daß sie den Schillerschen Bildern
frappant gleichen, dient zu keiner Entschuldigung. Kant

könnte sie ebenso schicklich gebraucht haben, und der war ein Gegensatz aller Poesie."

„Sodann die Form betreffend: Die Versifikation ist leicht, meist fließend, die Versmaße nicht eben unschicklich gewählt. Doch wird von einem Dichter unserer Tage größere Reinheit in den Endreimen gefordert. Vermeide nur das Schillern sorgfälliger auch im Ausdruck, einmal weil Nachahmung fremder Originalität niemandem steht, und sodann, weil Schiller überhaupt nicht nachzuahmen ist."

„Die antiken Silbenmaße sind noch sehr fehlerhaft, weder antik geformt noch rein. Hier ist von Apel und A. W. Schlegel viel zu lernen. Beleg ist Phoibos S. 75 und sämtliche Distichen, wo Goethes ungeniertes Wesen keineswegs nachzuahmen ist."

„Widerlegungen und Rechtfertigungen wird gern und freundlich hinnehmen

Dein Dippold."

In demselben Jahre entstand in Theodor die Idee eines Taschenbuchs für Christen, die der Vater eifrig ergriff und zu deren Durchführung auch der Buchhändler Göschen sich geneigt zeigte. In Theodor war ein frommer, altdeutscher Sinn bemerkbar. Er hatte die Religion nicht, wie einst der Vater, als finstre Zuchtmeisterin und Störerin unschuldiger Freuden, sondern als seelenerhebende Freundin kennen gelernt. Seine ganze Erziehung war darauf gerichtet, daß er durch edlere Triebfedern als durch Furcht bestimmt werden sollte, und frühzeitig gewöhnte er sich, das Heilige zu verehren. War dem Vater auch von seinen Studienjahren ab „die Sklaverei eines symbolischen Lehrbegriffs

unerträglich", so war er keineswegs irreligiös, nicht
einmal unkirchlich. Als Schiller im Jahre 1787, nachdem er eine Predigt Herders gehört hatte, über Predigten
überhaupt ein scharfes Vernichtungsurteil gesprochen
hatte und den Trumpf hinzufügte: „Eine Predigt ist
für den gemeinen Mann — der Mann von Geist, der
ihr das Wort spricht, ist ein beschränkter Kopf, ein
Phantast oder ein Heuchler," ließ Körner sich nicht ab-
schrecken, dagegen zu opponieren: „Über das, was Du
von Predigten schreibst, bin ich nicht ganz mit Dir einverstanden. Warum soll sich der Mann von Geist nicht
an einem Kunstwerke der Beredsamkeit ergötzen, das
seiner Absicht entspricht. Die Wirkung muß auf die
Menge ausgerechnet sein. Das hindert nicht, daß für
den besseren Kopf einzelne Winke eingestreut werden
können. Aber auch ohne diese kann eine Predigt als
ein zweckmäßiges Ganzes interessant sein." Und nicht
nur theoretisch sondern auch praktisch war er kirchlich,
nur daß er freilich zu seiner Erbauung sich auch geistvolle Prediger aussuchte. Aber er hörte gern und mit
Andacht in Dresden die Predigten von Reinhardt und
in Berlin von Schleiermacher und dem Bischof Neander.
Da war des Sohnes Idee eines Taschenbuchs für
Christen recht aus seinem Sinne. Es sollte aus historischen Aufsätzen, geistlichen Sonetten und Liedern
oder sonstigen poetischen Ergreifungen einzelner Stellen
aus der Bibel bestehen und durch eine Reihe von
passenden Kupferstichen geschmückt werden. Er freute
sich der Worte in einem Briefe des Sohnes: „Soll uns
denn die Religion, für die unsere Väter kämpften und
starben, nicht ebenso begeistern, und sollen diese Töne
nicht manche Seele ansprechen, die noch in ihrer Rein-

heit lebt? Es giebt so schöne Züge der religiösen Begeisterung in den Zeiten des dreißigjährigen Krieges
und vorher, die auch ihren Sänger verlangen." Der
Vater verhandelte eifrig mit Göschen, dem Maler Hartmann und vor allem mit Schleiermacher, der die
Direktion übernehmen sollte. Ihm sandte er einen
genaueren Plan, der wohl noch heut einmal eine Ver-
wirklichung verdiente:

„Idee zu einem Taschenbuche für Christen."

„Daß eine christliche Gesinnung mit dem höchsten
Grade der Ausbildung, der in dem jetzigen Zeitalter
erreicht werden kann, vereinbar sei, wird nur ein Feind
des Christentums bezweifeln. Es läßt sich also annehmen, daß wenn aus dem Gebiete der Kunst in ihrem
ganzen Umfange, der Geschichte und der Philosophie das
ausgewählt wird, was für den Christen besonders anziehend sein kann, eine solche Sammlung ihr Publikum
finden werde. Die Form eines Taschenbuchs darf
hierbei nicht befremden. Sie ist schon oft bei ernsten
Gegenständen gebraucht worden, und es ist hier nicht
die Absicht, Christentum zu predigen oder die Unchristen
zu belehren, sondern das Beste, was man zu geben
vermag, auf dem Altare der Religion zu opfern."

„Das Wichtigste bei einer solchen Unternehmung
ist, daß der Geist, der das Ganze beseelen soll, in
seiner Reinheit erhalten werde. Die Erfordernisse sind
Religiosität ohne Beschränkung, vielseitige Ausbildung
ohne Flachheit, liebevolle Behandlung ohne süßliche
Tändelei, Licht ohne Kälte und Trockenheit, Tiefe des
Gefühls und rege Phantasie ohne mystische Übertrei-
bungen. Steht an der Spitze der Anstalt ein Mann,

der diefe Eigenschaften in sich vereinigt, und darf er
auf Mitarbeiter rechnen, wie er sie wünscht, so ist alles
gewonnen, und der Inhalt der einzelnen Sammlungen,
die durch mehrere Jahrgänge fortgesetzt werden können,
findet sich von selbst."

„Ein Verleger, zu dem man Vertrauen haben kann,
der Buchhändler Göschen in Leipzig, ist zu dieser Unternehmung bereit. Er würde alles aufbieten, um die
Erscheinung der ersten Sammlung noch in diesem Jahre
möglich zu machen. Sollte dies nicht auszuführen sein,
so wäre das jetzige Jahr zur Vorbereitung zu benutzen.
Für einzelne Fächer lassen sich schon jetzt brauchbare
Mitarbeiter vorschlagen. Göschen verspricht, in An-
sehung der historischen Arbeiten Heeren zum Beitritt
zu gewinnen, jedoch erst fürs nächste Jahr, da er in
dem jetzigen schon zu sehr beschäftigt ist. Der Maler
Hartmann würde im Fache der bildenden Künste Bei-
träge liefern. Von Zelter wären musikalische Gaben
zu hoffen. Für den poetischen Teil sind dem Verleger
mehrere produktive Köpfe bekannt, deren Arbeiten er dem
Herausgeber vorlegen und seine Entschließung erwarten
würde, ob er sie zur Teilnehmung auffordern sollte."

„Im historischen oder philosophischen Fache kann
leicht der Fall eintreten, daß der Stoff unter den
Händen wächst, und bei dem Verfasser die Besorgnis
entstehen, ob nicht sein Aufsatz in einem Taschenbuche,
wobei es auf Mannigfaltigkeit abgesehen ist, einen zu
großen Raum einnehmen würde. Um nun alsdann zu
verhüten, daß die Form eines Taschenbuches nicht in
ein Bett des Prokrustes ausarte, wäre der natürlichste
Ausweg, ein für sich bestehendes Fragment des ent-

standenen größeren Werkes, das entweder der Verfasser
oder der Herausgeber des Taschenbuches zu wählen
hätte, in die Sammlung einzurücken. Auf diese Art
hätte das Publikum die Veranlassung zu einem bedeutenden Produkt dem Taschenbuche zu verdanken und
würde zugleich durch das eingerückte Fragment auf ein
solches unter der Menge sonst vielleicht übersehenes
Produkt aufmerksam gemacht."

Der Plan scheiterte, weil Schleiermacher aus Mangel
an Zeit sich nicht bereit fand, die Redaktion zu übernehmen, und auch ein anderer geeigneter Herausgeber
nicht gefunden wurde. Körner aber hatte den Vorteil,
mit Schleiermacher Beziehungen angeknüpft zu haben,
der bald darauf mit seiner Frau und Henriette Herz
nach Dresden kam und hier Körners näher trat. Zwar
hatte er diesmal mit dem Besehen der Dresdner Um-
gegend und Kunstsachen zu viel zu thun, aber er nahm
sehr herzlichen Abschied von Körner, welcher glaubte, daß
er bei längerem Beisammensein Schleiermacher sehr nah
kommen würde. Schleiermacher hatte in Dresden auch
Gelegenheit, Goethe kennen zu lernen, aber sie sahen
sich wenig, und Goethe sprach wenig mit ihm. Körners
aber hatten genußreiche Tage mit Goethe. Dieser
reiste zurück über Löbichau, das Gut der Herzogin von
Kurland. Auch in Karlsbad hatte die Körnersche
Familie vorher schon Goethe getroffen, dort aber weit
weniger lebhaft mit ihm verkehrt. Emma schrieb an
den Professor Weber darüber: „Überhaupt waren
mehrere sehr angenehme Menschen unter den Preußen,
welche sich dieses Jahr in Karlsbad befanden. Goethe
war auch in Karlsbad, und ich war äußerst begierig,

14

ihn nach mehreren Jahren wiederzusehen. Die erste
Zusammenkunft mit ihm entzückte mich indessen nicht,
da er immer etwas Steifes hat, ehe man genauer mit
ihm bekannt wird, und obgleich er meine Eltern doch
nun schon so lange kennt, konnten wir es doch während
unseres ganzen Aufenthalts in Karlsbad nicht dahin
bringen, mit ihm auf einen zutraulicheren Ton zu
kommen; aber bei einem Aufenthalt von vierzehn Tagen,
den er nach vollendeter Badekur in Dresden machte, hat
er uns reichlich für diese Förmlichkeit entschädigt, indem
er ein ganz anderer Mensch war, als wir ihn früher
gesehen, und seine Art, sich über so manche Gegenstände
mitzuteilen, uns unendlichen Genuß gewährt hat. Er
nimmt großes Interesse an Musik, und unsre kleine
Singakademie machte ihm sehr viel Freude. Dresden
hat ihm so wohlgefallen, daß er uns versprochen,
künftiges Jahr wieder hier durchzugehen und dann
einen längeren Aufenthalt zu machen. Er hatte uns
auch eingeladen, ihn diesen Winter in Weimar zu besuchen, was aber bei des Vaters seinen Geschäften
leider ganz unmöglich ist."

Auf der Rückreise von Karlsbad hatte Körner auch
Zelter wieder in Teplitz gesehen und sich dieser Begegnung von Herzen gefreut.

In Karlsbad waren die Eltern, wie vorher verab-
redet war mit dem Sohne zusammengetroffen. Es
handelte sich für ihn nun um die Wahl einer andern
Universität. Er hatte an Tübingen gedacht, um dort
Kielmeyers Unterricht zu benützen. Später lockte ihn
die neu errichtete Universität zu Berlin. Endlich aber
entschied er sich zunächst für Leipzig, um dort wenigstens

ein halbes Jahr zuzubringen. Die Vorlesungen in
Freiberg hatten zu spät geendet, als daß es noch ge-
lohnt hätte, im Sommerhalbjahre in Leipzig Vorlesungen
zu hören. Er reiste erst nach Karlsbad und von dort
zu seiner Gönnerin und treuen Pate der Herzogin von
Kurland nach Löbichau. Dazwischen war er noch kurze
Zeit in Leipzig, einige Vorlesungen zu hören und sich
um so leichter die geeignetsten Collegien für den Winter
wählen zu können. Denn auch über den Gegenstand
seiner Studien schwankte er wieder. Mehr und mehr
wurde ihm die Poesie der eigentliche Beruf und das
wissenschaftliche Studium nur Mittel zum Zweck. Für
diesen Zweck aber schienen historische und philologische
Studien wichtiger als mathematisch-physikalische. Daneben
wünschte der Vater und er selbst doch auch wieder, daß
er ein bestimmtes Fach zum eigentlichen Beruf habe,
weil es unter Umständen ein trauriger Zustand werden
kann, von der Kunst seinen Lebensunterhalt ziehen zu
müssen.

Wenige Tage nachdem er sich von den Eltern
getrennt hatte, feierten dieselben, zu Hause, in
Dresden, das Jubelfest ihrer silbernen Hochzeit am
7. August 1810. Der Sohn sandte ein Andenken zu
diesem Tage ein, und am Abend in der Singstunde
überraschten musikalische Hausfreunde das Jubelpaar
durch den Vortrag eines Festliedes, das Winkler gedichtet
hatte. Auch der Vater Körner hatte nach seiner Gewohnheit seine Frau mit wenigen herzlichen Versen an
dem Tage begrüßt. Sie schildern beredt den Dank für
den Segen, den die Eltern in ihren gutgearteten beiden
Kindern genossen.

14*

An Minna
am 7. August 1810.

Siehst Du, Geliebte, den Baum, der uns jetzt freundlich
beschattet?
Jahre sind pfeilschnell entflohn, seit wir vereint ihn ge-
pflanzt.
Segen kam von oben herab, es blieb ihm die Krone
Unverletzt, und der Stamm steht unerschüttert noch heut.
Über uns sehen wir ihn zwei blühende Äste gebreitet,
Und in des Frühlings Schmuck ahnden wir edlere Frucht.
Aufwärts schauet der Blick mit Thränen des Danks und
der Freude,
Ringsum deckt uns ein Duft mild das Getümmel der Welt:
Und auf lichterer Höhe vergessen wir unter dem Baume,
Seel' in Seele versenkt, Regen, Gewitter und Sturm.

In Löbichau verweilte Theodor im September
mehrere Wochen. Hier wurde für die Abendunterhal-
tungen auch durch Schriftstellerei gesorgt. Die Umgebung
der Herzogin vereinigte sich mit Körner, um sogenannte
Theeblätter zu liefern, die nach Art des ehemaligen
Tiefurter Journals am Hofe der weimarschen Herzogin
Amalie bloß in der Haubschrift für die dortige Gesellschaft bestimmt waren. Er feierte dort auch seinen Geburtstag. Am letzten Abend in Löbichau hatte er mit
dem Neffen der Herzogin noch einmal alle seine Lieb-
lingsplätze besucht und darüber ganz versäumt ein Gedicht für die Theeblätter zu verfassen. Als nun gleich
nach dem Thee jedes Mitglied der Theeblättergesellschaft
wie allabendlich ein Gedicht vorlas, ergriff er, während
die andern lasen, Papier und Bleistift und schrieb aus
dem Stegreif eiligst das Rätsel mit der Deutung Kurland:

Willst Du in Deiner Krankheitsnacht erwarmen,
So brauche, was die Erste spricht.
Die Zweite ruht in weichen Meeresarmen
Bis einst der Wellenbau zerbricht.
Das Ganze ist ein lieber Fleck der Erde,
Wo für das Edle noch die Herzen glühn:
Wo reich das Glück sein üppig Füllhorn leerte
Und schöne, seltne Blumen blühn.

Tante Dora war zu dieser Zeit auch in Löbichau.
Am zweiten Oktober aber war sie bereits nach Dresden
zurückgekehret und hatte Theodors neuste Gedichte mitgebracht. Der Vater schreibt ihm: „Es ist allerdings
ein Fortschritt, daß Du das Manirierte zu vermeiden
suchst, und dies finde ich besonders in der heiligen
Dorothea und den vier Schwestern. Ich bin ganz mit
Dir einverstanden, daß es eine höhere Stufe der Kunst
ist, wenn die Form der Behandlung rein aus der Liebe
zum Objekte hervorgeht und nichts Persönliches sich ein-
mischt. Dies ist, worin Goethe Schillern übertrifft, nur
war das Persönliche bei Schiller edel und liebenswürdig,
daher das Anziehende seiner Manier. Eine Klippe bleibt
indessen auch hier zu vermeiden. Geringschätzung gegen
poetische Pracht führt leicht zu einer gewissen Härte und
Nachlässigkeit in Sprache und Versifikation, die mehr
bequem als charakteristisch ist. Selbst bei Goethe ist
dies manchmal der Fall."

Theodor mußte noch etwas länger in Löbichau
bleiben, weil er sich den Fuß beschädigt hatte, aber noch
in der ersten Hälfte des Oktobers konnte er nach Leipzig
übersiedeln. Der Vater sah ihn jetzt nicht ohne Sorge
gerade diese Universität beziehen. Er hörte gar zu viele
Klagen über den Ton der Leipziger Studenten und die

dortigen Raufereien. Daß Theodor nicht aus eigenem
Antriebe ihm Kummer machen werde, das glaubte, ja
wußte der Vater; die Frage aber war, ob er nicht durch
seine Kameraden sich fortreißen lassen und aus treuer
Kameradschaft und Gutmütigkeit sich von ihnen beherr-
schen lassen würde. Er warnt daher den Sohn wieder-
holentlich: „Es graut mir nicht," schreibt er ihm, „wie
manchem andern vor jedem Ausbruch des Burschen-
lebens, und ich verkenne seine poetische Seite nicht.
Aber es giebt einen platten Saus und Braus, der nur
ein Behelf der Leerheit und Stumpfheit ist. Man
braucht eben kein Philister zu sein, um daran kein Gefallen zu finden. Du hast Dir die Burschenwelt ideali-
siert, und ich habe nichts darwider. Aber bleibe nur
Deinem Ideale getreu, sinke nicht zu Deinen Umgebungen
herab, sondern ziehe sie zu Dir herauf. Du wohnst,
wie ich höre, mit mehreren Studenten in einem Hause.
Dies hat nichts zu bedeuten, so lange Du Herr Deiner
Stube bleibst, und sie nicht zum Sammelplatz für jeden
müßigen Hausbewohner wird. Es wäre doch schade,
wenn Deine Zeit so manchem unbedeutenden Gesellen
zu Gebote stehen müßte, dem es einfiele, sich von Dir
die Langeweile vertreiben zu lassen. Also principiis
obsta."

Anfangs ging auch alles gut, und der Sohn folgte
den Mahnungen des Vaters. Er war lustig und aus-
gelassen, aber hörte auch fleißig die Vorlesungen und
war ein eifriges Mitglied einer litterarischen Verbindung
in Leipzig „Malaria." Bald aber erschienen ihm diese
„Schäfer an der Pleiße," wie er sie nannte, zu philister-
haft und er ließ sich in den Orden der Constantisten
aufnehmen, deren Händel mit den Amicisten er als

Vorfechter und guter Schläger zu mehreren Malen aus-
focht. Auch gewann er dabei mehrfach die höchsten
Dekorationen in der Studentenwelt, die Schrammen im
Gesicht. Sein Erscheinen auf der Straße war das eines
Burschen von echtem Schrot und Korn. Eine schwarze
Tuchmütze mit schwarz-rot-weißem Band und Trobbeln,
in der Hand die Tabakspfeife mit Quasten derselben
Farben, in der andern einen armstarken Ziegenhainer,
so schritt er am Arm eines Freundes auf dem breiten
Stein umher und machte mit scharfem Ellbogen sich eine
freie Gasse. Er war von schlanker Gestalt, maß 5' 8",
behend in jeder Bewegung, im Gang wie im Sprechen.
Der ihm befreundete Amadeus Wendt schildert sein da-
maliges Aussehn und Wesen so: „Körners Äußeres war
nicht gerade einnehmend. Ein schnell aufgewachsener,
schmächtiger Körper, aber frisch und beweglich, lang-
beiniger Statur, kleinliche Verhältnisse des sonst munteren
Gesichts empfahlen ihn auf den ersten Anblick nicht vorzüglich; aber ein dunkelglänzendes (Förster fügt hinzu
blaues) immer bewegtes Auge zog bei näherem Betrachten zu dem lebendigen Natursohne hin. In seinem
Umgange zeigte sich ein deutscher, gerader Sinn, unge-
messen, oft sarkastisch in Ausdrücken, aber herzlich gegen
jeden Hochgesinnten. Kleinliche Pedanterie und Verstellung haßte er löblich. Der Ton der Welt war ihm
Zwang; um so mehr mußte ihm der Umgang jugendlich
kräftiger Menschen gefallen, die ihn liebten, und welchen
er sich so fest anschloß, daß er selbst ihre Roheiten an-
nahm und sich in den bizarresten Äußerungen akademischer
Freiheit sehr wohl gefiel. Dessen ungeachtet unterschied er sich von den meisten seines Umgangs durch
eine früher erlangte Kultur und gleichsam angeerbte

Kunstliebe und Begeisterung, welche sich in der gebil-
deteren Gesellschaft durch glückliche und pikante, nur nach
Jugendart meist zu stark ausgedrückte Einfälle und durch
ein ungemeines Talent poetischer Improvisation und
Versifikation mitzuteilen liebte. Dabei widersprach die
durch Übung schon erworbene Politur und äußere Harmonie seiner poetischen Erzeugnisse seinem eignen Äußern
auf seltsame Art. So anmaßend und vernichtend oft
seine Aussprüche über Litteratur und Kunstprodukte
klangen, so empfänglich war er doch für jede gegründete
und wohlgemeinte Belehrung; ja wo er nur einem
Kunstfreund begegnete, der über flachen Dilettantismus
erhaben war, da schloß sich auch sein Herz in großer,
erwärmender Begeisterung auf."

Bald war er in so viele Studentenhändel verwickelt,
daß ein Duell das andere jagte. Als ein Muster eines
fidelen Burschen war er stets von den Pedellen verfolgt
und gesucht, so daß er kein festes Quartier mehr behalten konnte, öfters spät abends in mancherlei Ver-
hüllung zu Freund Kunze kam, nur um dort die Nacht
sicher zuzubringen. Seine Freunde hatten offne Kasse
bei ihm, und aus Güte des Herzens versetzte er für sie
alles. Dabei hatte er stets eine Geliebte, die er in
seinen Gedichten besang und unter deren Fenster er wohl
abends auf der Guitarre ein schmachtendes Lied begleitete.
Als er plötzlich Leipzig verlassen mußte, sandte er einer
seiner Angebeteten ein Abschiedssonett, das diese damals unwillig zerriß. Als alte Frau aber erzählte sie
einst ihren Enkeln davon, und auf deren drängende
Fragen, ob sie das Körnersche Lied nicht noch aus-
wendig wisse, verneinte sie dies erst lachend. Nach einer
schlaflosen Nacht aber sagte sie, sie glaube den Wortlaut

wiedergefunden zu haben, und billigte nun folgendes
Sonett:

An Henriette.

Liebe soll nur hoffen und soll schweigen,
Soll nicht laut nach ihren Ziele streben!
Ach, nur ein geheimes, tiefes Leben
Soll die Treue, soll die Sehnsucht zeigen.

Aber ich, dem Schicksal muß ich weichen,
Muß hinaus ins freie, wilde Leben,
Kann nicht bleiben, kann nicht widerstreben;
Und ich sollte gehn und sollte schweigen?

Nein, der Sieg kann mir unmöglich glücken!
Sollt' ich so mir deine Gunst verscherzen?
Wirst du nicht des Sängers Lied verzeihn?

Ach, dein Bild schwebt stets vor meinen Blicken,
Und dein Name lebt in meinem Herzen,
Soll im Leben meine Losung sein.

Anfang des Frühjahres 1811 kam es zwischen den
Constantisten, denen Körner angehörte, und einer Partei,
welche sie mit dem Ehrennamen „Schwefelbande" oder
„Sulphuria" belegten, und die ihnen Genugthuung ver-
sagte, auf offener Straße zu einer allgemeinen Prügelei,
bei der auch Theodor sich mannhaft betheiligte. Die
Sache kam zur Untersuchung vor den Senat, und Körner
wurde Stadtarrest zuerkannt. Ehe er sich hierzu stellte,
focht er noch ein Duell aus, das ihm nicht nur eine
klaffende Wunde auf der Stirn, sondern auch eine neue
Untersuchung zuzog, bei der er nun sicher die Relegation
und eine sechsmonatliche Einsperrung zu erwarten hatte.
Dieser glaubte er sich lieber durch die Flucht entziehen

zu sollen und reiste nach Berlin, wo er nach des Vaters
Bestimmung im Sommer seine Studien fortsetzen sollte.
Der Vater hörte von den Dingen durch Freunde aus
dem Oberkonsistorium, und er bereute lebhaft den Sohn
nach Leipzig geschickt zu haben. Auf die erste Nachricht hin ermahnte er den Sohn, sich dem Stabsarrest
zu unterwerfen. Der Mutter mochte er von den Nachrichten nichts mitteilen. Bald darauf erfuhr er die
weiteren Händel des Sohnes und die Flucht. Hatte er
am 10. März noch geschrieben: „Kein Wort über das
Vergangene, nur was jetzt zu thun ist, laß uns als
Freunde gemeinschaftlich überlegen," so mag er sich jetzt
des Scheltens doch nicht gänzlich enthalten. Er schreibt
ihm am 25. März: „Lieber Sohn! Du weißt, daß es
mir schwer wird, Dir nicht zu vergeben, selbst wenn
ich Ursache habe, mit Dir unzufrieden zu sein. In
dem gegenwärtigen Falle hätte ich freilich eine solche
Wendung der Sache nicht erwartet. Nach dem, was
vorgefallen war, kann ich Dir freilich nicht verdenken,
daß Du lieber von Leipzig heimlich weggingst, als Dich
der Gefahr aussetztest, ein halbes Jahr ins Karzer ge-
sperrt zu werden. Aber eine andere Frage ist, ob das
Vorgefallene nicht zu vermeiden gewesen wäre. So
ungern ich über vergangene Dinge predige, die nicht
zu ändern sind, so muß ich Dich doch diesmal auf
einige Punkte aufmerksam machen, weil es scheint, daß
Du im Taumel der Leidenschaft alle Deine Verhältnisse
zu vergessen gewohnt bist, und besonders nicht daran
denkst, was Deinen Eltern Kummer und Sorge ver-
ursachen muß. Du kannst mir nicht Schuld geben, daß
ich einen Pedanten oder Philister aus Dir machen will,
aber von einem Jünglinge von zwanzig Jahren, dem

es nicht an Verstand und Stärke der Seele fehlt, kann man in wichtigen Fällen einige Besonnenheit fordern: man kann erwarten, daß er nicht wie ein Trunkener sich von jeder Leidenschaft fortreißen lasse. Die Ruhe meines Lebens beruht auf dem Glauben an Deinen persönlichen Wert und an Deine Liebe zu mir. Diesen Glauben habe ich auch jetzt nicht verloren. Ich weiß, daß Du unfähig bist, unedel zu handeln, daß es Dich schmerzt, mich zu betrüben, und daß es Dein eifriger Wunsch ist, mir Freude zu machen. Dies kannst Du leicht in der Periode Deines Lebens, die Du jetzt in Berlin anfängst, und von allem Vergangenen wird alsdann unter uns nie mehr die Rede sein."

Zugleich empfahl der Vater seinen Sohn an seinen alten Freund Parthey, den Schwiegersohn Nikolais, an Schleiermacher und an Zelter. Bei dem letzteren verkehrte Theodor gern und fühlte sich von Anfang an zu ihm hingezogen. Auch soll er in der Singakademie eifrig mitgesungen haben. Ebenso war er bei Parthey sogleich eingelebt und gar bald ein besonderer Freund der Kinder. Die Aufnahme bei Schleiermacher aber fand er kühl. Es lag nicht in Schleiermachers Art, oder war vielleicht auch bei der großen Anzahl seiner Schüler praktisch für ihn nicht durchführbar, aus bloßer Höflichkeit, auf Empfehlungen hin, ohne eigene Prüfung ihnen ermunternd entgegenzukommen. Auch mag ihn der burschikose Ton des jungen Körner, der gewohnt war, überall zu gefallen, im ersten Augenblick nicht eingenommen haben. Obenein war er in jener Zeit leidend und oft verstimmt. Der Vater ermutigte daher Theodor, den Versuch zu wiederholen. Aber wohl noch ehe dies

geschah, war es auch schon wieder mit dem Berliner
Aufenthalte Theodors zu Ende.

Kaum hatten die Vorlesungen begonnen, so wurde
er Anfang Mai von einem Wechselfieber ergriffen, das
Wochen andauerte und ihn so matt machte, daß die
Ärzte ihm eine Luftveränderung und den Besuch des
Bades in Karlsbad anrieten. Er kehrte also nach
Dresden zurück und reiste von dort mit den Eltern
wieder nach Karlsbad, die vorher eine Reise zu ihm
für den Monat Juli nach Berlin geplant hatten. Von
Dresden und Karlsbad aus und auch später noch aus
Wien schrieb er öfters Briefe an den Hofrat Parthey,
welche zeigen, wie wohl es ihm in dessen Hause und
überhaupt in Berlin gefallen hatte. „So wäre ich
denn wieder in Dresden," beginnt der erste Brief vom
10. Juni 1811, „und komme mir außer meinem elterlichen Hause ganz fremd darin vor. Da ich vierzehn
Tage das Glück gehabt habe, das Stadtgespräch gewesen zu sein, so sieht mich alles recht visitatormäßig
an, und fromme Leute weichen wohl auch schon sechs
Schritt weit aus und sehen mir dann über die ganze
Straße nach. Dresden ist mir noch nie so kleinstädtisch
vorgekommen, und um so lieber denke ich an Berlin.
Nun lebe ich hier unter der Diätstyrannei des ganzen
Hauses, wie ich mir prophezeite".

Aus Karlsbad ertönen vom 4. Juli dieselben Klagen
über die Überwachung seiner Gesundheit: „Liebster Hofrat! Wenn Ihnen die Geschichte des armen Tantalus
je Thränen ausgepreßt hat, so weiß ich gar nicht, was
Ihnen bei meinen feindlichen Schicksalen zu thun übrig
bleibt: denn daß ich zehnmal schlimmer daran bin, als
jener arme Sünder, ist außer Zweifel. Zwar sitze ich

noch nicht in der Hölle, aber immer noch im vollen
Fieber, was bei Gott viel ärger ist. Statt nach Kirschen
und dem flüchtigen Wasser zu haschen, sitze ich hier in
der Stube. Draußen ist's gar lieblich; ich möchte mich
gern in der Frühzeit auf den Bergen ergehen, aber die
Morgenluft ist mir schädlich! Nun freue ich mich auf
den Mittag, aber da ist's zu warm, und ich würde mich
gar zu sehr erhitzen. Auf den Abend hoffe ich noch,
aber da ist's wieder zu kühl; und die Nacht ist da,
und ich bin nicht aus der Stube gekommen. Beklagen
Sie mich!"

Zugleich erzählt er, der Vater wolle ihn, sobald
er genesen, nach Wien reisen lassen. Ende Oktober
aber denke er nach Berlin zurückzukehren. Aber bald
hörte er von dorther, er würde wegen der geschlossenen
Verbindungen der neuen Universität Berlin mit der
Leipziger auch dort vor einer Relegation nicht mehr
sicher sein. und so wurde denn beschlossen, er sollte den
ganzen nächsten Winter in Wien zubringen, wohin ihm
der Vater gute Empfehlungen, namentlich an Friedrich
Schlegel und Wilhelm von Humboldt mitgeben konnte.

Die längere Trennung von den studentischen Freunden,
der Verkehr mit dem interessereichen Vater und die neuen
Freuden der Reise halten auf Theodors Wesen wesentlichen und wohlthätigen Einfluß geübt. Sturm und
Drang hat sich abgebraust, die gesuchte Derbheit ihren
Reiz für ihn verloren, und das künftige Leben und
Wirken und die notwendige Vorbereitung erscheint
ihm jetzt wichtiger als die vermeintliche Ehre eines
studentischen Ordens. Dem Vater schreibt er, er
denke jetzt anders, und sei eventuell auch bereit, die
Karzerstrafe in Leipzig abzusitzen und dem notwendigen

Ansehn der obrigkeitlichen Gewalt das Opfer zu
bringen. Dafür aber war jetzt der Vater nicht, er
meinte, das Beste sei, fürs erste ruhig Zeit über die
Sache vergehen zu lassen, und hernach um Zurücknahme
der Relegation zu bitten; könne Theobor dem Gesuche
dann eine ernste wissenschaftliche Arbeit beilegen, so
würde ihm dies gewiß zur Empfehlung gereichen. Aber
das Wichtigste für jetzt sei — und auf diesen Punkt
kommt der Vater fast in jedem Brief zurück — daß
Theobor sich ein bestimmtes Ziel stecke, ein Studium
mit Ernst betreibe und einen festen Beruf in Aussicht
nehme. Theobor war aus dem Studieren ganz heraus-
gekommen. Dem Namen nach hatte er in Leipzig
Kameralia studiert, meist aber die Kollegien geschwänzt,
und in Berlin hatte er Schleiermacher, Fichte, Niebuhr
hören sollen, wohl aber kaum noch den einleitenden
Vorlesungen beigewohnt, als er krank wurde. Nun
drängte der Vater, der Sohn sollte sich klar machen,
was er eigentlich wolle. Er lasse ihm ganz freie Hand,
aber er solle in eine bestimmte Bahn einlenken und
irgend ein Ziel mit Willenskraft zu erreichen suchen.
Er schreibt ihm ausführliche Briefe darüber. So am
13. September: „Aus Deinen Freiberger schriftlichen
Arbeiten habe ich mit Freuden gesehen, daß Du damals
nicht bloß Vorlesungen gehört, sondern Deine Wissenschaft mit Ernst betrieben hast, ohne doch dabei ein
Mönchsleben zu führen. Sollte es Dir denn gar nicht
möglich sein, Dich für irgend eine Wissenschaft oder Beschäftigung, es sei, welche es wolle, auf eine solche Art
zu interessieren? Gesetzt, die Naturwissenschaften hätten
ihren Reiz für Dich verloren, hat denn auch Geschichte
gar nichts Anziehendes mehr für Dich? Ist Dir nicht

einleuchtend, wie sehr sie auch dem Dichter dient, um
den Gestalten seiner Phantasie Bestimmtheit und Körper
zu geben? Aber Kompendien und Handbücher muß man
nicht lesen, sondern die Quellen studieren. Wäre nicht
auch möglich, im Griechischen oder in neueren Sprachen
in Wien guten Unterricht zu bekommen? Dies wirst
Du leicht erfahren können. Aber alles dies ist vergebens, wenn Du nicht Stärke der Seele genug hast,
den Entschluß zu einem ernsten Geschäfte streng auszuführen. Ich verlange gar nicht zu große Opfer von
Dir. Die Abende magst Du immer für Dein Vergnügen
bestimmen, aber den Vormittag und einen Teil des
Nachmittags Deinen Studien widmen. Du würdest
jeden Abend eine ganz andere Befriedigung fühlen und
für jeden Genuß weit empfänglicher sein, als wenn Du
vom frühen Morgen an blos Deinem Vergnügen nach-
gejagt hättest. Du hast Kräfte und Talente, die Dich
auffordern und verpflichten, auf einer niedrigen Stufe
nicht stehen zu bleiben. Werde ein Dichter, aber fühle
ganz die Würde Deines Berufs! Bist Du bestimmt,
auf mehrere Generationen zu wirken, das Reich des
Großen, Edlen, Schönen zu erweitern, als ein Schutzgeist der Menschheit, gegen die Verdorbenheit des Zeitalters zu kämpfen, so mußt Du gerüstet, vielseitig gebildet und selbst bis zur höchsten Vollendung veredelt
sein. Die höchsten Blüten und die reifsten Früchte
sollst Du Deinen Zeitgenossen darbieten. Du bedarfst
einer ruhigen, heiteren Weltansicht, und diese gewährt
nur echte Philosophie und Religion, als deren Geschäft
es ist, von beschränkenden Vorurteilen zu befreien und
vor der herrschenden Krankheit des Zeitalters, einer
zerstörenden Freigeisterei, zu verwahren. Dies alles

bedenke, und Du wirst einsehen, wie viel Du noch von
Dir zu fordern hast."

Diesen Brief fand Theodor in Wien erst vor als
er von einer kleinen fröhlichen Donaureise zurückgekehrt
war. Er hatte die Aufforderung eines Freundes Krämer
mit Freuden angenommen, ihn zu Lande nach Regensburg zu begleiten. Dienstag am 10. September waren
sie am Abend von Wien ausgefahren, Mittwoch, Donnerstag bis Freitag früh 8 Uhr bis Regensburg weiter-
gefahren. „Reizende Blicke auf die Salzburger Alpen.
Überall tausend alte Schlösser, stolze Klöster und Reichtum der Natur." In Regensburg trennte er sich von
Krämer, der gleich nach Frankfurt weiterreiste. Sie
wollten es sich nicht gestehen wie gerührt sie beim Abschied waren. Für die Rückreise auf der Donau fand
er einen angenehmen, fröhlichen Reisegefährten an einem
schlesischen Kriegs- und Regierungsrat Clausen. In
Regensburg besah er den herrlichen Dom und viele
Kirchen und bewunderte manch schönes Bild, eine Grab-
legung von Rubens u. s. w. Mit besonderer Teilnahme
sah er im Turn und Taxisschen Palais den H. Johannes,
von der Tante gemalt, und freute sich herzlich der alt-
bekannten Figur und der sich daran knüpfenden Erinnerung.

Am Sonntag den 15. fuhr das Schiff von Regensburg nach Wien zurück. Am 18. schrieb er an die
seinigen nach Dresden.

„Auf der Donau d. 18. Septbr."

„Ihr Lieben! So sitz' ich denn hier auf dem
Schiffe, der Sturm pfeift nicht schlecht, und die Wellen
schlagen gewaltig an den Kahn. In einer Stunde sind

wir in Linz. Die Ufer sind unbeschreiblich schön. Hört
meine Tagesgeschichte! Am Sonntag um 8 Uhr stießen
wir vom Lande, es wurde ein Vaterunser gebetet, dann
frisch fort durch die schönen grünen Wellen. Das linke
Ufer wurde sogleich malerisch durch steile Felsen, die sich
bis Donaustadt fortzogen. Donaustadt ist eine alte
Ruine mit einer Stadt darüber, äußerst keck auf die
Felsen gestellt. Der Rückblick nach Regensburg ist einzig.
Der Dom hebt sich herrlich über die Stadt empor.
Freundliche Berge ziehen sich links immer hin bis Wörth,
einem altdeutschen Schlosse. Rechts sind die Ufer immer
noch flach und wenig bedeutend. Ich kann wohl sagen,
es sei einer meiner schönsten Tage gewesen, den ich
gestern verlebt habe."

„Regierungsrat Clausen ist der fröhliche Mann,
der meine Freude teilt. Er empfiehlt sich Euch."

„Die Schiffer singen Lieder, die ich ihnen gemacht
habe, und wir sind herzlich vergnügt."

Aus dieser Zeit muß ein Brief des Vaters herrühren, den ich mit gütiger Erlaubnis des Herrn Stadtrats Streckfuß aus den hinterlassenen Körnerpapieren
seines Vaters habe abschreiben dürfen. Der Brief ist eine
kleine Abhandlung über die Wahl des Berufes, mit besonderer Bezugnahme freilich auf Theodor, doch aber auch
wieder so allgemein gehalten, daß er manchem Jüngling
noch heut bei der Wahl seines Berufes helfen kann,
ruhig alle einschlägigen Verhältnisse zu bedenken und
verständig zu wählen. Der Brief lautet:

„Während daß Du, lieber Sohn, unter einem heitern
Himmel Deine Reise fortsetzest, benutze ich eine ruhige
Stunde, um mit heiterer Seele mich über die künftige
Bahn Deines Lebens mit Dir zu unterhalten. Du bist

15

an Geist und Körper gesund, weder geschwächt noch zerknickt noch verwildert, hast Dir einige schätzbare Kenntnisse erworben und nicht gemeine Fähigkeiten entwickelt. Ich freue mich dessen, danke Gott dafür, und es giebt mir einen hohen Grad von Befriedigung, daß ich es nicht bereuen darf, jeden Keim des Lebens in Dir geschont zu haben. Es war mein Wunsch, daß Du die unschuldigen Freuden der Jugend genießen und die Gegenwart der Zukunft nicht aufopfern solltest. Auch jetzt verlange ich ein solches Opfer nicht; aber zu dem frohesten Leben gehört Zufriedenheit mit sich selbst, und diese fordert schlechterdings eine bestimmte Thätigkeit, ein Streben nach einem würdigen Ziele. Die Wahl dieses Ziels bleibt Dir ganz überlassen, aber mir erlaube etwas zur Vorbereitung Deines Entschlusses beizutragen. Ich habe Gelegenheit gehabt, vielerlei Stände und Beschäftigungen zu beobachten und selbst manche Erfahrung gemacht. Die Resultate davon möchte ich Dir zu erwägen geben, und hierzu scheint mir kein Zeitpunkt passender als der jetzige."

„Durch ein beschränktes Ziel nähert sich der Mensch dem Zustande des Tiers, durch ein unendliches behauptet er die gottähnliche Würde seiner höheren Natur. Es giebt aber ein Unendliches nicht bloß der Masse, sondern auch der Form. Der innere Gehalt unserer Thätigkeit ist nicht abhängig von dem Umfange unseres Wirkungskreises, so wie wir den Weltenschöpfer mit Recht ebenso sehr in der Bildung der kleinsten Pflanze bewundern als in der Anordnung der Sonnensysteme."

„Daher die Möglichkeit für den Menschen, auch bei beschränkten Kräften sich auf eine höhere Stufe zu erheben, wenn die Liebe zu seinem Geschäft ein unendliches

Streben nach Form in ihm erzeugt. Es kommt alsbann bloß darauf an, ob die Forderungen des gewählten Wirkungskreises das innere Vermögen nicht übersteigen."

„Auf diesen Gründen beruht meine Überzeugung von dem Werte eines jeden Geschäftes, das durch Liebe veredelt und mit Erfolg betrieben wird. Ich bedaure den kraftvollen Jüngling, dem ein weites Feld für die Wahl seines künftigen Berufes sich öffnete, der aber dem inneren Berufe nicht folgt, sondern durch die Vorurteile der Menge irre geleitet oder durch falschen Schimmer geblendet wird. Ein solches Opfer des Ehrgeizes gleicht einem gefallenen Engel. Umhergetrieben von unersättlicher Begierde sieht er oft mit Verdruß die Dürftigkeit seines Werkes, sucht sich durch neue Versuche zur Erweiterung seiner Sphäre zu betäuben und ist ausgeschlossen von der Seligkeit, die nur der glücklichen Liebe zu Teil wird."

„Ein vielumfassender Wirkungskreis in der sinnlichen Welt wird oft durch Verhältnisse angewiesen. In diesem Falle ist, wer durch Erbrecht zur Regierung eines größeren oder kleineren Staates, zum Besitz mehrerer Rittergüter oder einer ausgebreiteten Handlung gelangt, oder wem durch die Geburt der Weg zu den ersten Staatsämtern gebahnt wird. Erfreulich ist es alsdann, wenn persönliche Neigungen und Fähigkeiten mit solchen günstigen Umständen zusammentreffen. Aber Umstände dieser Art durch eigne Veranstaltung erzwingen zu wollen, ist bei den größten Talenten und der beharrlichsten Anstrengung ein gewagtes Spiel. Nicht das Maß der Kräfte bestimmt hier den Erfolg, sondern Glück und Gelegenheit. Schon durch die Notwendigkeit den Moment zu erlauern, fühlt eine edle Natur sich herabgewürdigt,

15*

und wenn endlich eine Gelegenheit, zum Ziele zu gelangen, sich darbietet, so fordert sie nicht selten das
Opfer des persönlichen Wertes, und die Erfüllung des
Wunsches wird nur auf Kosten der inneren Ruhe er-
lauft. Eine heimliche Selbstverachtung, die durch alle
Bemühungen nie ganz unterdrückt wird, vergiftet alsdann jeden Lebensgenuß."

„In einem einzigen Staube hat das Streben em-
porzukommen etwas Begeisterndes. Dies ist der Staub
des Kriegers. Hier wird um den Preis doch gekämpft,
und der Kämpfer ist durch den Sieg schon belohnt.
Aber wenn er außer diesem Lohne noch andre Aus-
zeichnungen hofft, so darf er nicht vergessen, wie selten
bei der neuen Art, Krieg zu führen, die That des einzelnen
Mannes etwas entscheidet, und wieviel selbst in diesem
Falle dazu gehört, daß eine solche That gerade von dem-
jenigen bemerkt wird, der fähig ist, sie zu schätzen, und
vermögend, sie geltend zu machen, auch kein Interesse
hat, sie zu verkleinern oder zu ignorieren. Auch giebt
es Zeiten, in denen der Krieger für eine Sache zu
kämpfen genötigt ist, gegen die seine edelsten Gefühle
sich sträuben. Eine solche Lage peinigt ihn alsdann in
den Augenblicken des ruhigen Nachdenkens, die selbst
mitten im Gewühl des Krieges nicht selten eintreten.
Und wieviel Gebuld wird erfordert, um zur Zeit des
Friedens das Leere und Drückende des Soldatenstandes,
die Fesseln der Militär-Subordination, die Pedanterie
und Laune eines beschränkten Vorgesetzten zu ertragen!"

„Wie anders im Reiche der Wissenschaft und Kunst!
Hier waltet die Freiheit des Geistes, hier öffnet sich ein
unermeßliches Feld für die rastloseste Thätigkeit, hier
kann auch unter den ungünstigsten Umständen der Preis

errungen werden, wenn sich beharrlicher Eifer mit
innerer Kraft vereinigt.

„Da tritt kein andrer für ihn ein,
Auf sich selber steht er da ganz allein"

kann man vielleicht mit größerem Rechte von dem
vollendeten Gelehrten und Künstler als in den jetzigen
Zeiten vom Krieger sagen."

„Die Wissenschaft läßt uns die Wahl, ob wir die
praktische oder theoretische Beschäftigung vorziehen. Es
giebt Bedürfnisse des Geistes und Herzens, die der
Religionslehrer zu befriedigen sucht, und Bedürfnisse der
Sinnlichkeit, für die der Arzt, der Ökonom, der Chemiker,
der Architekt, der Mechaniker, der Richter und Advokat
in Thätigkeit sind. Wohl dem, der unter diesen Geschäften nach entschiedener Neigung und nach sorgfältiger
Prüfung seiner geistigen und körperlichen Kräfte gewählt
hat, oder der sich aus gleichen Gründen für die Erweiterung und Verbreitung einer Wissenschaft bestimmt."

„Der Künstler bildet sich in der Regel durch eine
Art von Instinkt. Rege Empfänglichkeit und lebendige
Phantasie mußten vorhanden sein, aber um seine Ideen
und Gefühle zu versinnlichen, bedurfte der Künstler noch
der Herrschaft über ein gewisses Medium. Für ein
solches Medium bestimmt er sich gewöhnlich nach einem
inneren Triebe und nach glücklichen Versuchen, die ihm
durch zufällige Umstände gelangen."

„Die Seele der Poesie ist in Dir nicht zu verkennen
und in der Behandlung ihres sinnlichen Werkzeuges hast
Du Dir praktische Fertigkeit erworben. Deinen Beruf
zum Dichter halte ich daher für gegründet und bin weit
entfernt, ihn Dir zu verleiden. Macht zu haben über

die edelsten Geister seiner Nation ist ein herrliches
Los, und ich habe zu Dir das Vertrauen, daß Du
eine solche Macht nicht mißbrauchen würdest. Dein
wichtigstes Geschäft sei also immer, keine Art von
Ausbildung zu vernachlässigen, die zu einem vollendeten
Dichter erforbert wird. Aber die Sicherstellung Deiner
künftigen Existenz gegen bringende Bedürfnisse darf nicht
von der Einträglichkeit Deiner poetischen Probukte ab-
hängen. Daburch würdest Du zum Sklaven des Publikums, zu dessen Beherrschung Du vielleicht berufen bist."

„Um die Kosten Deiner Studien zu bestreiten, wird
es hoffentlich nicht an Mitteln fehlen, aber Du hast nicht
soviel Vermögen zu erwarten, um bereinst als Gatte
und Vater davon unabhängig leben zu können. Häus-
liches Glück darfst Du nicht entbehren, weil nach meiner
Erfahrung kein anderer Vorteil für diese Entbehrung
Ersatz giebt. Also ist neben der Poesie auf ein Geschäft
zu benken, woburch ein bestimmtes Auskommen gesichert
ist. Denn der Gebanle, Dir dies auf eine bequemere
Art durch eine reiche Heirat zu verschaffen, und Dich
dafür bem Joche brückender Familienverhältnisse zu
unterwerfen, ist Deiner und meiner unwert."

„Manche sonst achtungswerte Geschäfte sind jedoch
für einen dichlerischen Kopf so prosaisch, daß Du schwerlich auf die Länge dabei aushalten würdest. Dahin
gehören die Arbeiten der Staatsbiener in den meisten
untergeordneten Stellen. Was ich z. B. zu verrichten
habe, ist eigentlich Lesen und Schreiben. Gleichwohl
möchte ich Dir einen fortwährenden Kampf zwischen
Neigung und Pflicht gern ersparen."

„Dagegen nähert sich der theoretische Gelehrte der
Thätigleit des Künstlers. Die Wissenschaft kann „der

Schönheit zureißen und zum Kunstwerk geadelt werden." Vorzüglich gilt dies vom Studium der Natur, und Deine Neigung dazu war mir deswegen so willkommen. Was Du in diesem Fache in Freiberg erlernt hast, ist schon ein nicht unbedeutendes Kapital. Das auf mancherlei Art zu vermehren, wollte ich Dir alle Gelegenheiten schaffen. Und wenn Du nach Erledigung Deiner Studien in das Vaterhaus zurückkehrtest, würde ich sorgen, daß es Dir weder an Muße noch an dem nötigen Apparat fehlen sollte, um das Erlernte verarbeiten und durch ein bedeutendes Werk Deinen wissenschaftlichen Ruf gründen zu können."

„Das Studium der Geschichte hat allerdings auch einen großen Reiz, aber es ist nur der Nachteil dabei, daß man dabei so oft auf Lücken stößt, zu deren Ausfüllung keine Mittel vorhanden oder wenigstens nicht in unsrer Gewalt sind. Die Natur hingegen kann durch zweckmäßige Versuche oft genötigt werden, auf unsre Fragen zu antworten."

„Dies ist, was ich Dir vorjetzt zu erwägen gebe. Dein jetziger Schritt ist einer der wichtigsten Deines Lebens. Es ist gut sich dabei nach hellen Begriffen zu bestimmen und durch eine schriftliche Verhandlung werden die wichtigsten Punkte deutlicher, die dabei in Betrachtung kommen."

„Lebe recht wohl, bei uns ist alles gesund und grüßt Dich schönstens." „Dein Vater

Körner."

Theodor schrieb nach seiner Rückkehr von der Donaureise am Abend seines Geburtstages, den er auf Humboldts Einladung in dessen Hause verlebte, an den

Vater einen Brief, der denselben sehr erfreute. „Mit herzlicher Freude," antwortet er, „habe ich und die Mutter die Gefühle eines braven Sohnes darin gefunden, die unser Vertrauen zu Dir stärken und erhöhen. Wir werden uns ferner treu bleiben, und ich denke noch viel Freude an Dir zu erleben. Daß Humboldts Deinen Tag so liebevoll gefeiert habe, danke ich ihnen sehr. Du bleibst also nunmehr in Wien. Meinen Segen dazu! Daß Du Griechisch und andre Sprachen treibst, ist mir lieb. Auf der Bibliothek wird wohl Geschichte studiert?"

In Wien fühlte sich Theodor überaus wohl. Wie schon in Berlin zog ihn besonders das Theater hier an und die vielen Konzerte. Daneben war er durch des Vaters Empfehlungen in interessante Kreise eingeführt. Friedrich Schlegel und Wilhelm von Humboldt nahmen sich auf das freundlichste seiner an; bei Humboldts verkehrte er fast täglich und frei und ungezwungen, wie ein Kind im Elternhause. Dazu hatte er das Glück, gegen Ende des Jahres 1811 seinen Freiberger Lehrer Werner und Alexander von Humboldt im Humboldischen Hause öfters zu treffen. „Ich freue mich," schreibt er betreffs Alexanders von Humboldt, „unendlich dieser herrlichen Bekanntschaft. Er ist äußerst angenehm im Gespräch. Die Unterhaltungen bei Humboldts sind jetzt das Interessanteste, was ich je gehört habe." Er arbeitete eifrig an den Vorstudien für ein Drama Kontrabin, das ihm selbst als Probe seines Talents gelten sollte, und die Geschichte gewann wenigstens als Mittel zum Zweck Interesse für ihn. Überhaupt wurde sein Wesen ernster, wenn er auch die angenommene burschikose Manier nicht im Handumdrehen abtun konnte; die Kunst begann

ihre veredelnde Macht auf ihn auszuüben, und er wuchs
mit den höheren Zwecken, die er sich setzte.

Weihnachten nahte, und zum ersten Male sollte er
das Fest nicht im Elternhause feiern. „Wie mir das
weh thut, denkt Ihr Euch gern," schreibt er nach Hause,
„da Ihr wißt, wie sehr ich an allen diesen Familienfesten hänge. Hier kennt man es gar nicht, und wenn
man sich beschenkt, so geschieht es zum neuen Jahre.
Denkt hübsch an mich bei Eurer Freude, ich will mir
die blaue Stube, den Lichterbaum und die Stritzel zum
Thee recht lebhaft malen." Am Weihnachtsabend war
er dann doch in ausgelassener Gesellschaft recht lustig,
so daß ihm vom vielen Lachen der Kopf brummte.
Aber nach Hause denkt er, und noch nachts um drei
Uhr schreibt er „den Lieben" seinen Dank für ein Weihnachtsgeschenk. Am andern Morgen erhält er einen
Weihnachtsbrief vom Vater. Er antwortet sogleich in
einer Nachschrift zum gestrigen Briefe:

„Soeben erhalte ich Deinen lieben, guten Brief,
teurer Vater. Laß mich Dir recht aus vollem Herzen
danken für die herzlichen Worte der Liebe. Wir wissen
und bewahren es treu, wie es unter uns steht. Du
hast aus dem Sohne Dir den Freund gemacht, und
kindliche Liebe ist zu männlichem Vertrauen gereift.
Der Brief trifft wohl zu Neujahr ein, also herzliche
Wünsche Euch und allen Freunden. Ich glaube, es
wird ein bedeutendes Jahr, der Mensch wird fest stehen
müssen, und vielleicht gilt's — wollen sehen!" Jubelnd
beginnt die Antwort des Vaters auf diesen Brief:
„Lieber Sohn! Soeben kommt Dein Brief an, der in
der Nacht von Weihnachten geschrieben ist. Er enthält
für mich goldne Worte. Daß wir Freunde sein sollten,

war das Ziel, nach dem ich von Deiner frühsten Jugend
an strebe, und wohl mir, wenn es erreicht ist! Dann
kann ich das neue Jahr mit vollem Vertrauen auf Dich
und mit schönen Hoffnungen antreten." Dann empfiehlt
er dem Sohn auf Werners Rat, Botanik als Neben-
stubium zu betreiben, und fordert ihn auf, zu überlegen,
ob er des Geschichtsstubiums halber, nach Göttingen
ober nach Berlin im Sommer gehen wolle. In Göttingen
sei nur der Ton unter den Stubenten besorglich. Die
Leipziger Relegation werde hoffentlich aufgehoben werden
und kein Hindernis weiter sein. Die Antwort auf diesen
Brief ist bezeichnend für den Sohn nach verschiebenen
Gesichtspunkten.

"Wien, den 6. Januar 1812."

"Liebster Vater! Du äußerst in Deinem letzten
Briefe, ich möchte doch die Naturwissenschaften mit forttreiben. An Botanik ist hier im Winter nicht zu benken,
und von Mineralogie kann ich auch nichts thun, außer
bie Sammlungen zu sehen. Das möchte nun sein, wie
ihm wollte, ich kann aber nicht glauben, daß ich neben
Geschichte bieses forttreiben könnte. Hier freilich, da
meine historischen Stubien noch nicht der Art sind, daß
sie mich ganz verlangten. Übrigens habe ich eigentlich
bie Idee, biesen Winter das Wiener Theater und meine
Muße zu dem Beginnen meiner bramatischen Laufbahn
zu benutzen. Gerabezu, ich überzeuge mich alle Tage
mehr, daß eigentlich Poesie das sei, wozu mich Gott in
bie Welt geworfen. Ein Talent ist nicht das Eigentum
eines einzelnen Menschen, es wird das Eigentum der
Nation, und bie verlangt, daß man ihr Pfund wuchern
lasse. Mein ganzes Geschichtsstubium habe ich bloß

der Poesie wegen gewählt, weil sie mit ihm in der
höchsten Vereinigung steht, und ohne ihr gründliches
Studium die andere nicht zur Blüte gelangen kann. Du
wirst mir sagen, daß ich aber auf ein noch zweifelhaftes
Talent meine künftige Existenz nicht begründen könne;
wohl wahr, aber wenn man Schlittschuhlaufen kann,
soll man auf der Erde sich mühsam fortbewegen, weil
man dort einbrechen könnte. Der Kondabin soll entscheiden, denk' ich mir — wird er gut, und nimmt man
ihn willig auf, so will ich bleiben, wo das Herz mich
hinzieht; gelingt er mir nicht, dann will ich die erste
beste Brotwissenschaft vornehmen, und meinen geglaubten
Beruf zum Dichter bei müßigen Stunden in Sonetten
verschnitzeln. Der Geschichte wegen will ich nach Göttingen,
und ich bin überzeugt, daß man sie nur dort studieren
kann. Sollte mein Relegat nicht zurückgenommen werden
für dieses Jahr, so wird man es doch im künftigen
Jahre nicht verweigern. Im letzten Falle würde ich
Dich um einen Römerzug bitten. Tyrol wollte ich den
Sommer durchstreifen und Herbst und Winter in Italien
begrüßen. Willst Du mich gern in Berlin, so schreibe
Deine Gründe. Die Furcht vor Excessen ist teilweise
ungegründet. Zwar werde ich das, was ich glaube
und fühle, gern zu jeder Stunde auch mit dem Blute
besiegeln, dazu hast Du mich erzogen; und mein Wort,
Vater, lieber auf dem Schild als ohne ihn, aber
Stubentengeschichten habe ich satt, und wegen solcher
Spielerei will ich mein gutes Leben nicht wieder in die
Schanze schlagen. So mein Plan für die Zukunft. Er
könnte nur durch den Krieg mit Preußen geändert
werden, wo ich, wenn die Sache je ein insurrektions-
mäßiges Ansehn erhielte, meine deutsche Abkunft zeigen

und meine Pflicht erfüllen müßte. Man spricht so viel von Aufopferung für die Freiheit und bleibt hinter dem Ofen. Ich weiß wohl, daß ich der Sache den Ausschlag nicht geben würde, aber wenn jeder so denkt, so muß das Ganze untergehen. Man wird vielleicht sagen, ich sei zu etwas Besserem bestimmt, aber es giebt nichts Besseres, als dafür zu fechten oder zu sterben, was man als das Höchste im Leben erkennt. Ich würde Euch manche traurige Stunde kosten, aber die That wäre nicht gut, wenn sie nicht ein Opfer kostete. Euch unruhige Minuten zu verschaffen, ist das drückendste Gefühl für mich. Da mein ruhiges Bewußtsein zu opfern, wär' der härteste Kampf, den ich höher anschlüge, als das bißchen Leben, was ich dabei verlieren könnte. Antworte mir darüber behutsam; Dein letzter Brief war augenscheinlich aufgemacht. Diese meine Pläne verlieren aber jetzt schon allen Schein der Ausführbarkeit, da man allgemein sagt, das Berliner Kabinett hätte sich an Frankreich geschlossen, und ich so etwas selbst aus Humboldts Reden vermuten muß. Daher dürfen sie Dich nicht beunruhigen. Ich würde gern so lange als möglich in Wien bleiben, es ist gar zu herrlich hier; würde mein Relegat aufgehoben, so käme ich Ostern nach Dresden und würde dann entweder nach Göttingen oder Berlin gehen, wie Du es für mich am vorteilhaftesten fändest. Müßte ich eine Brotwissenschaft wählen, so würde ich lieber Jura als Medizin vornehmen, weil ich es doch ohne Liebe thun würde und bei dem Recht mehr Aussicht zur Muße hätte. Gott befohlen, treuer Freund, ich harre Deiner Antwort."

„Dein Theodor."

Der Brief zeigt wohl gegen die früheren eine größere
Reife. Theobor ist sich seines Zieles bewußter und
schreibt offen und klar, was er denkt und will, und
verfolgt ernstere Zwecke, als im Saus und Braus des
Leipziger Studentenlebens. Aber den Vater befriedigte
der Brief doch nicht recht. Gerade weil der Sohn für
Poesie und Vaterlandsliebe in diesem Briefe so
lebhaft begeistert ist, fürchtet er, daß diese an sich ehren-
werte Begeisterung, bei dem Wesen des Sohnes, der in
übergroßer Produktionslust und allzuregem Thatendurst es oft an gründlicher Vorarbeit und nüchterner
Überlegung fehlen ließ, leicht ausarten könnte. Er antwortet deshalb umgehend und ausführlich und warnt
den Sohn, durch seine bisherigen kleinen Erfolge sich
nicht blenden zu lassen. „Es ist eine gefährliche Klippe
für den Künstler, wenn er sich eine gewisse Fertigkeit
erworben hat und mit dem, was er in kurzer Zeit
fertig macht, eine günstige Aufnahme bei seinem Publikum
findet. Er bleibt dann leicht auf einer niedrigeren
Stufe stehen. Du bist, däucht mich, zu etwas Höherem
bestimmt als kurrente Ware für das Wiener Theater
zu liefern. Also wünschte ich, daß Du einmal auf-
hörtest, Deine Zeit auf kleine Stücke zu verwenden und
Dich ernstlich an den Konradin machtest, da wir schon
über die Mitte des Januars sind."

„Wie der Beifall, den Dein Konradin erhält, auf
Deine Pläne für die nächsten Jahre Einfluß haben
kann, sehe ich nicht recht ein. Macht er auf dem Theater
nicht Glück, so kann dies sogar in gewissen dichterischen Vorzügen liegen. Wird Dein Stück sehr gut aufgenommen,
so folgt daraus, daß Du Dein Auskommen haben würdest,
wenn Du jährlich ein oder zwei Stücke für das Theater

liefertest. Aber ist es denn Deine Meinung, Dir auf
diese Art Deine bürgerliche Existenz zu sichern? Ich
müßte dann wiederholen, was ich schon sonst gegen
einen solchen Plan eingewandt habe: Zu bedauern ist
jeder, der von der Gunst der Muse Unterhalt erwartet.
Nähren soll den Mann sein Geschäft, und hierzu soll
sich der Jüngling vorbereiten. Die Kunst sei die Würze
Deines Lebens. Widme ihr Deine schönsten Stunden,
aber nicht immer zur Produktion, sondern auch oft
zum Studium."

Die Bitte um einen Römerzug schlug der Vater
nicht unbedingt ab, aber er wünschte ihn auf künftige
Jahre verschoben, wenn der Sohn sich gründlicher darauf
vorbereitet hätte und sich erst in ein Studium wieder
vertieft hätte. Auf den letzten Punkt, den Theodor in
seinem Brief angeregt hatte, auf den Eintritt in preußische
Dienste für den Fall einer Volkserhebung, antwortet
der Vater, wie schon der Sohn ihn gemahnt hatte,
sehr vorsichtig, da die Briefe oft geöffnet wurden. Er
schreibt: „Der junge Mann, von dem Du in Deinem
Briefe an mich schriebst, sollte wohl jeden entscheidenden
Schritt vermeiden, bis er mit seinem Vater mündlich
darüber zu Rate gegangen wäre. Er nennt diesen
Vater seinen Freund, wie Du schreibst, und soviel ich
den Vater kenne, verdient er, bei der Sache gehört zu
werden. Er weiß die Triebfedern zu schätzen und ist
auch großer Aufopferungen fähig. Aber es könnte doch
nützlich sein, wenn durch ihn der Sohn auf Umstände
und Folgen aufmerksam gemacht würde, die er vielleicht in leidenschaftlichen Momenten übersehen hat. Es
wäre traurig, wenn er etwa künftig zu spät sich Vor-

würfe machen müßte, nur nach einer einseitigen Ansicht gehandelt zu haben."

An demselben Tage, an dem der Vater diesen Brief schrieb, am 17ten Januar, wurden zum ersten Male zwei kleine Stücke Theodors, die Braut und der grüne Domino, mit großem Beifall auf dem Burgtheater gegeben. „Die Adamberger brauchte nur den Mund zu öffnen, um zu bezaubern." Sie wurden mit gleichem Erfolge mehrmals wiederholt, und ein Rezensent bemerkte, es könnten schwerlich die Erstgeburten eines dramatischen Dichters glücklicher und teilnehmender aus der Taufe gehoben werden, als es diesmal geschehen. Natürlich nahm das Vaterhaus den regsten Anteil. Der Vater schreibt: „Eine so gute Aufnahme mußte Dich freuen, und auch uns war es kein kleines Fest, Deinen Namen auf dem Komödienzettel zu lesen und einen guten Erfolg zu wissen. Auf dem Parnaß ist nicht immer schön Wetter; genieße den Sonnenschein, solange er währt, und verliere den Mut nicht, wenn sich der Himmel umwölkt. In Wien hast Du mit einem Publikum zu thun, das noch lebensfroh und unbefangen ist, sich einem angenehmen Eindruck zu überlassen. Anderwärts trifft man so oft auf abgewelktes und allkluges Gesindel, das bei einem neuen Kunstwerke nichts weiter empfindet, als die Angst, sich durch ein voreiliges Urteil lächerlich zu machen und gegen eine anerkannte Autorität anzustoßen, oder ein heimliches Grauen, wie vor einem nächtigen Feinde, dem man die schwachen Seiten ablauern muß, um nicht von ihm überwältigt zu werden. Manchem ist dann erst recht wohl zu Mute, wenn er einen Grund aufgefunden hat, ein neues Geschenk der Kunst in den Winkel zu werfen."

Seit dieser Zeit verlebte Theodor in Wien herrliche
Tage. Sein Selbstgefühl wächst und zugleich seine
Schaffenslust und auch sein Eifer, in der Poesie nach
einem hohen Ziele zu streben. Immer weitere Verkehrs-
kreise öffnen sich dem jungen, nunmehr öffentlich aner-
kannten Dichter, und in der Großstadt sieht er manche
interessante Menschen. Im Januar war Rauch bei
Humboldts: „Ein lieber, deutscher Mann. Er hat das
Monument für die verstorbene Königin gemacht und
einen Abguß des Kopfes bei sich, der unendlich lieblich
ist und noch ähnlicher sein soll, als alles Vorhergehende."
Er fand ferner als Hausfreund Eingang in den Häusern
der Frau von Pereira, der Frau Karoline von Pichler,
der Frau von Weißenthurn und las in diesen Kreisen
seine neusten Dramen vor. Vor allen andern aber lockte
ihn der Verkehr mit der talentvollen Schauspielerin Toni
Adamberger, welche seine ersten Stücke durch ihr aus-
gezeichnetes Spiel zur Geltung gebracht hatte, und deren
Namen er in seinem Drama Toni zu verherrlichen gestrebt hatte. Seine begeisterte Liebe und Verehrung für
sie kannte keine Grenzen. Für den Sommer stand dem
Sohne die Freude bevor, die Eltern in Wien bei sich
zu Besuch zu haben, aber noch vorher drängt es ihn,
dem Vater sein glücklichstes Geheimnis zu verraten.
Als er in einem Brief vom 20. Mai 1812 den Vater
bittet, ihm Geld vorzuschießen, fährt er fort: „Das war
eigentlich die Ursache dieses Briefes; weil es mir aber
vergönnt ist, bei dieser Gelegenheit so recht offen, Freund
zu Freund, zu sprechen, so kann ich mir's nicht versagen, Dich, den ich nicht bloß als meinen guten Vater
verehre, sondern den ich als meinen herzlichsten Vertrauten von Jugend an zu betrachten gewohnt bin,

mit dem Glücke, mit der Seligkeit Deines Theodors bekannt zu machen. Vater, treuer, treuer Freund, ich
habe mein Ziel gefunden, wo ich meinen Anker werfen
soll, Vater, ich liebe! Sieh', es ist mein größter Stolz,
daß ich mit dieser Freiheit der Empfindung Dir in's
väterliche Auge blicken darf und sagen kann, ich liebe,
liebe einen Engel. Nun, Du wirst sie sehen, und wenn
Dich ihr Anblick nicht ebenso ergreift, wie mich, wenn
Dir aus ihren dunklen Augen nicht eben die friedliche
Seligkeit entgegenweht, wie mir, so ist es eine Lüge, was
mein kindliches Herz von Übereinstimmung und Harmonie
unsrer befreundeten Seelen geträumt hat. Vater, die
Gewißheit, die ich in mir trage, daß sie Dich ebenso begeistern wird, wie mich, sei Dir ein Bürge meiner
Liebe, meiner Wahl. Ich sehe es ein, Vater, ich
hätte Dir nichts schreiben sollen, auch glaube ich, daß
noch kein Sohn seinem Vater so geschrieben hat, ich
hätte Dir nichts sagen sollen, als bis Du sie gesehen
hättest, aber mein volles, warmes Herz, das die Sehnsucht nicht bekämpfen kann, seine Seligkeit in die Freundes-
brust zu tauchen, riß mich allnächtig fort. Vater, ich
liebe, und wenn Du mich recht kennst, so weißt Du es
ja, wie ich liebe! ewig, unendlich. Sie sieht der
Mutter recht ähnlich, welcher Zufall um Deinet- und
um meinetwillen mich vorzüglich gefreut hat. Deswegen
erwarte ich Euch diesmal mit um so größerer Sehnsucht, weil ich kein Maß mir träumen kann für die
Seligkeit der Minuten, wo Du mir es sagen sollst, daß
Toni Dir unendlich gefällt; ach, was ist das für ein
nüchternes Wort! Daß sie Deine Liebe, Deinen Segen
verlangen darf! Vater, ich bin zu weich, zu glücklich,
zu heiß, um Dir all das recht deutlich, recht klar zu

16

schreiben; wenn ich Dich ans Herz drücken dürfte, an
die treue Sohnesbrust, dann würdest Du mich balder,
leichter verstehen. Aber Du verstehst mich ja auch so.
Vater, ich bin ein recht, recht glücklicher Mensch! Nun
habe ich erst den Mut, auch die trockenste, schlimmste
Arbeit fröhlich zu beginnen; denn was ich thue, was
ich trage und dulde, ich thue es ja nur für den herrlichsten Lohn, ich kämpfe ja für sie. Und wenn ich
dann nach bald durchkämpften Jahren bei Euch, Ihr
Lieben, mit der Geliebten glücklich, selig sein darf, und
Vater und Mutter sich neu verjüngen an der Freude
ihrer Kinder, um eine gute, himmlische Tochter reicher,
Vater, diese heiligen Stunden sind meine schönsten
Träume. Du freust Dich mit an meiner Seligkeit, ich
weiß das, deswegen hab' ich es nicht länger in der
Brust verschließen können, was ich schon seit sechs
Monaten gern in glühenden Worten ausgejauchzt hätte.
Komm nur bald und gewiß! Es schlagen Euch jetzt
zwei Herzen entgegen, und das Euch noch unbekannte
soll Euch das ersetzen, was Ihr am Sohnesherz vermißt, so warm, so glühend es auch für Euch hier schlägt.
Vater, mir stehen die Thränen in den Augen, ich gäb'
eine Welt drum, wenn ich Dich jetzt in diesem heiligen
Augenblicke umarmen könnte. Wenn ich je das Glück
verdiene, was mich an Tonis Herzen erwartet, hab'
ich's nicht Dir, nicht Deiner Liebe zu danken, und der
guten, edlen Mutter? Ich werde zu weich. Leb' wohl,
leb' wohl! Vater, Du hast einen glücklichen Sohn, und,
bei Gott, er will es verdienen!"

In jedem Brief fast erneuert er dann die Beteurung
seines jetzigen Glückes. Im vorigen Frühling sei er
krank und schwach gewesen und ein roher wilder Bursche

obenbrein, der sich in seichter Gesellschaft von Studenten
herumschlug, und jetzt sei er so stark und frisch und
glücklich überdies und etwas abgeschliffen durch Zeit
und Menschen. Wären die seinen aus Dresden noch
bei ihm, so möchte er der Zeit zurufen, sie solle still
stehen; denn man könne nicht glücklicher und froher
leben, als er jetzt. Und in den herrlichen Sommer-
nächten trieb's den frischen Jüngling hinaus; er hängte
die Guitarre um und schweifte in den nahen Ortschaften
singend und spielend umher. Und als er dem Vater
zum Geburtstage am 2. Juli seinen Glückwunsch schickt,
da quillt wieder das volle Herz über und in einer besonderen Einlage mit der Aufschrift: „Meinem Vater!"
muß er wieder von dem seligen Geheimnis schreiben!

„Döbling am 27. Juni 1812."

„Guter, teurer Vater! Ich kann unmöglich Dein
Fest vorübergehen lassen, ohne Dir recht aus vollem
glücklichen Herzen zu schreiben, und was mich eben so
glücklich macht, darf ich ja vor den andern nicht nennen.
Vater, ich habe mit aller Sorge und Liebe Dir wohl
nie ein beßres Geschenk erdenken können, als diesmal
mit der Überzeugung, die ich in mir trage, daß ich des
Lebens höchste Freude kenne, daß ich ganz glücklich bin,
und nur Deine segnende Hand noch fehlt, um mich selig
zu machen. Wenn ich mich recht erinnere, so hab' ich
Dir eigentlich noch gar nicht gesagt, wer die Sonne ist,
die die Wandelsterne meines Strebens in ein ewiges
System gebannt hat. Antonie Adamberger heißt sie,
reich von der Natur mit Schönheit des Körpers, aber
unendlich reicher an Herz und Seele begabt. Nein, Du
hast den Begriff nicht von diesem heiligen Gemüt. Ich

16*

sah sie zuerst bei der Generalprobe vom Domino, und
ich fühlte es gleich so klar in mir, hier werfe mein
Streben seine Anker, daß ich abends in der Vorstellung,
wo eine gewisse Spannung und Furcht sehr natürlich
für das erste Mal gewesen wäre, von diesen Gefühlen
keine Ahnung hatte, nur sie dachte, nur von dieser Empfindung durchdrungen war. Ich könnte Dir ein klares
Bild von ihr geben, wenn ich Dir nur einen ihrer
lieben, lieben Briefe schicken wollte, aber ich kann mich
nicht von ihnen trennen. Was hat sie für unendliche
Gewalt über mich. Sie hat mich aus all den wilden
Gesellschaften herausgezogen, hat mich billig gegen die
Philister, natürlich gegen die Welt gemacht, meine
keimende Lust an Trinkgelagen ganz unterdrückt, mich
zur Arbeit angehalten, mich ausgescholten, wenn ich faul
war, und mich geliebt. Gott, das verdiene ich nicht so.
Du kannst Dir denken, welche Verhältnisse eine Waise,.
die nur eine Tante hat, aber das ist freilich eine unendlich würdige, wenn auch fast zu strenge Frau, zu
überwinden gezwungen ist, besonders in dieser üppigen,
großen Stadt, wenn sie als Schauspielerin sich als
Mädchen in der größten Achtung beim ganzen Publikum
erhalten soll. Sie ist die einzige, die in den ersten
Zirkeln willkommen ist. Ach, wie sie sich so kindlich
auf Dich freut! Wenn ich sie recht froh sehen will, so
muß ich ihr nur von Dir erzählen, sie sagt, ich erzählte
dann so gut: das mag wohl sein; denn mir wird immer
so voll, so warm dabei ums Herz. Ihre Tante weiß
noch nichts von unserer Liebe, wenigstens nicht, daß sie
mich liebt. Die Toui will es ihr noch nicht sagen, weil
jene es nicht begreifen würde, wie ein junges Mädchen,
das manches sogenannte Glück verscherzt hat, ihre

Zukunft mit einem jungen Menschen verknüpfen könne, der ihr für den Augenblick noch nichts anbieten kann. Wenn Du herkommst, so magst Du mit der Tante reden, damit die Tante ihr erlaubt, mir zu schreiben; denn sonst ohne diese Hoffnung bringt mich keine Gewalt von Wien hinweg. Ach, wie sie Dir gefallen wird! 'S ist aber auch ein ganz himmlisches Geschöpf. Wenn ich Dir es je vergelten kann, was Du unendlich Liebes und Gutes an mir gethan hast, so mag ich es damit können, daß ich Dir meine Toni als Tochter zuführe. Vater, wie glücklich, wie selig wollen wir sein! Leb' wohl, leb' wohl, meine Toni grüßt Dich unendlich, und küßt Dir die väterliche Hand. Leb' wohl, mein teurer Vater!"

„Dein glücklicher Theodor."

Anfang August trafen die Eltern, Tante Dora und Schwester Emma in Wien ein und verweilen dort bis Anfang September. Das waren herrliche Wochen für den Sohn; seine Hoffnung hatte ihn nicht betrogen, die Eltern gewannen Toni von Herzen lieb. Der Vater hat später nach des Sohnes Tod in den biographischen Notizen über ihn noch in anerkennenden Worten auch von ihr gesprochen. Dort schreibt er vom Sohne: „Daß die ungeschwächte Jugendkraft mitten unter den Gefahren einer verführerischen Hauptstadt nicht verwilderte, war vorzüglich das Werk der Liebe. Ein holdes Wesen, gleichsam vom Himmel zu seinem Schutzengel bestimmt, fesselte ihn durch die Reize der Gestalt und der Seele. Körners Eltern kamen nach Wien, prüften und segneten die Wahl ihres Sohnes, erfreuten sich an den Wirkungen

eines edlen begeisternden Gefühls und sahen einer schönen
Zukunft entgegen."

Die Hauptabsicht des Vaters bei dieser Reise war
die gewesen, sich über des Sohnes Verhältnisse in Wien
vollständige Kenntnis zu verschaffen. Er hatte auf Bitten
des Sohnes eingewilligt, ihn auch den Sommer über
noch in Wien zu lassen. Jetzt fand er zu seiner Freude,
daß Wien sehr vorteilhaft auf den Sohn eingewirkt
hatte, und er durch den Umgang mit Humboldts, Schlegels,
Pichlers und anderen, namentlich aber mit seiner Toni
an Ausbildung sehr gewonnen hatte. Auch war er jetzt
von Theodors Dichterberuf überzeugt, und gab fürs
erste das vergebliche Drängen, den Sohn zu einer Brotwissenschaft zu bestimmen, auf. Genug für jetzt, daß der
Vater die entschiedenen Fortschritte des Sohnes sah und
den Fleiß, den derselbe auf die Vorarbeiten zu seinen
Dramen verwendete. Es wurde ihm nicht leicht, von
dem Gedanken abzustehen, der Sohn müsse neben der
poetischen Arbeit einen Beruf erfüllen, der ihm sein
Auskommen sichere; er hielt dies im allgemeinen für
das Richtige und Sichere, und er hatte dem Sohn diese
Idee immer wieder geschrieben. Als er nun aber erkannte, wie ausschließlich die Poesie den Sohn erfüllte,
und wie sie zugleich das Medium sei, durch welches der
Sohn auch zu wissenschaftlicher Arbeit geführt wurde,
da wußte er seine allgemeinen pädagogischen Ideen und
Regeln bescheidentlich hintenanzusetzen, und der Individualität des Sohnes sorgsam nachzugehen und sie zu
fördern und zu heben. Zu seiner großen Freude stimmte
ihm Wilhelm von Humboldt hierin zu, der Theodor
Körner genau kannte und ihn von Herzen liebte. Er
schätzte an dem jungen Mann neben seinem ausge-

sprochenen Talent für Poesie, von dem er noch viel
erwartete, vor allen Dingen sein reines, unverborbenes
Gemüt und sein heitres, unbefangenes Wesen, das ihn
gefahrlos, und ohne daß er es selbst wisse, zwischen
Eigendünkel und Mangel an Zuversicht zu sich selbst
sehr glücklich hindurchführe.

Das Wetter war der Körnerschen Familie in Wien
nicht gerade hold, und manche Punkte der schönen Umgebungen Wiens mußten sie unbesucht lassen. Dafür
genossen sie um so mehr die Kunstsammlungen und das
Theater. Vorzüglich aber war ihnen im Humboldtschen
Hause wohl. Der altbewährte Freund hatte vorher
schon sich aufgeregt, daß nur nicht der Körnersche Besuch
in eine Zeit fallen möge, wo er von Wien abwesend
wäre. Nun widmete er ihnen in der ihm eigenen
Liebenswürdigkeit nicht nur seine Zeit, sondern wenn ich
so sagen darf, sein ganzes, volles Ich. Körner empfand
bei ihm von neuem, was er einst als Humboldts 1797
in Dresden gewesen waren, an Schiller über ihn geschrieben hatte: „Mit ihm lebt sich's sehr gut. Sein
immer gleicher Humor ist köstlich für den Umgang und
fast in allen Fächern geistiger Thätigkeit kann man bei
ihm auf Sinn und Teilnehmung rechnen.“ Auch bei
Frau Karoline von Pichler verkehrten Körners öfters.
Sie dachte noch am Abend ihres Lebens an diesen Besuch gern zurück und schrieb in ihren Denkwürdigkeiten:
„Mancher Abend an den Tagen, wo wir ohnedies Besuch erwarteten, der oft sehr zahlreich ausfiel, ging aufs
angenehmste hin, wenn die jungen Leute entweder tanzten
oder Körners verehrter Vater am Klavier den Gesang
seiner beiden vortrefflich unterrichteten Kinder und meiner
Tochter begleitete. Das waren sehr schöne Stunden!

„Wo sind die Menschen hin, welche sie mir so genußreich verfließen machten?"

Körners verschoben ihre Abreise so lange, wie es irgend des Vaters Urlaub gestattete, so daß sie auf dem kürzesten Wege nach Hause zurückkehrten. Es war beschlossen, der Sohn sollte, sobald seine begonnenen poetischen Arbeiten zum Abschluß gekommen, in einigen Monaten über Dresden nach Weimar zu Goethe reisen, der seine Arbeiten sehr freundlich aufgenommen und ihn nach Weimar zu sich eingeladen hatte. Der Vater hatte sich des Goethe'schen Beifalls besonders gefreut und hoffte viel von dem Aufenthalt des Sohnes in Weimar. Auch hierin war Wilhelm von Humboldt ganz einig mit ihm. Er schrieb am 28. November 1812 in einem sehr herzlich gehaltenen Briefe auch ausführlich über Theodor: „Ihr Sohn ist fortwährend in neuen Kompositionen sehr fleißig gewesen. Er hat, wie er Ihnen geschrieben haben wird, zwei Stücke, Rosamunde und Hedwig, gemacht. Ich habe nur das erstere gelesen. Da mir einiges nicht recht konsequent Angelegtes im Plan schien, so habe ich es ihm gesagt, und er hat sehr willig, ja ich möchte sagen, auf flüchtige Bemerkungen zu willig geändert. Ich bin ganz Ihrer Meinung, daß sein schnelles Arbeiten, solange das erste Feuer noch dauert, nicht aufgehalten werden muß; ich habe darum sogar sehr sorgfältig meine Bemerkungen über seine ersten Produktionen verschwiegen, und bin noch jetzt überzeugt, daß es besser war. Jetzt kann man mit mehr Freiheit mit ihm über alle reden, weil er fester und mit Recht seines Erfolges gewisser ist. Die einzige Sache, die ich jetzt bei ihm fürchte, ist, daß er zu sehr das Dramatische im Auge hat und darüber das Poetische vernachlässigt.

Dies wird Ihnen auf den ersten Anblick sonderbar vorkommen und ist doch eben sehr wahr. Es ist nämlich
ganz verschieden, ob die Handlung eines Stückes mit
großer Lebendigkeit dargestellt ist, oder ob diese Handlung
selbst, dargestellt, wie es nun sei, einen tiefen Eindruck
hervorbringen, große Empfindungen und Gedanken erregen kann. Wenn das erstere auch ohne das letztere
gelingt, so kommt allemal Effekt hervor: denn da jede
Tragödie doch immer mit heftigen Leidenschaften zu thun
hat, so fehlt es weder an Furcht noch Schrecken noch
Mitleid. Aber wie die einzelne Rührung vorbei ist,
bleibt nichts übrig, und haftet nichts nach der Vorstellung, und kein Teil des innern menschlichen Lebens,
was doch eigentlich das Wichtigste und Letzte in allem
poetischen Streben ist, ist auf eine neue und nur durch
Poesie erreichbare Weise ins Idealische übergegangen.
Das Publikum im ganzen und vorzüglich der Schauspieler begünstigen solche Stücke immer sehr, und da
Ihr Sohn sich in Rücksicht seiner Kunst fast nur an Schauspieler halten kann, so ist auch er mehr auf diese Seite
hingetrieben worden. Drum halte ich hierin für das
sicherste Besserungsmittel, daß er, wie er ohnehin bald
thut, Wien verläßt und zu Goethe kommt. Den Aufenthalt in Weimar halte ich darum so vorzüglich gut,
weil er ihren Sohn zu einem ernsten poetischen Streben
bringen wird, ohne ihn weniger lebendig für das so
unendlich notwendige theoretische Streben zu machen,
und wie Ihr Sohn einmal ist, wird immer nur das
Leben recht stark auf ihn wirken. Es ist zum Beispiel
unleugbar, daß es ihm gut und sogar nötig wäre,
mehr eigentlich zu studieren, vorzüglich alte und aus-
ländische Poesie. Er ist wirklich nicht müßig, er treibt

sogar viel Geschichte; allein immer zu sehr im Zweck
seiner nun angenommenen Arbeitsweise, vorzüglich, um
Stoffe zu neuen Kompositionen zu suchen. Es ist aber
natürlich, daß nur ein gleichsam uneigennütziges, frei
durch das Interesse am Gegenstande geleitetes Studium
den wahren inneren Gehalt geben kann, den niemand
so wenig entbehren kann, als der Dichter, da sonst sein
unmittelbares Gefühl ihn in die Gefahr bringt, für
Gehalt zu nehmen, was es nicht ist. Ich habe Ihren
Sohn wohl hie und da dazu angemahnt, allein so voll
guten Willens er ist, wird er nie viel durch eigentlichen
Vorsatz wirken. In Weimar wird von selbst durch den
bloßen unendlich gehaltreichen Umgang die Lust sich
mehr entwickeln, und dann wird ihm sein hiesiger Aufenthalt immer sehr nützlich gewesen sein und ihm gerade
dasjenige gegeben haben, was er an einem andern Orte
und auf einem andern Wege nicht leicht je hätte erreichen
können. Ich habe Ihnen so ausführlich und offenherzig
über Ihren Sohn geschrieben, liebster Freund, weil ich
mich ausnehmend für ihn interessire, und weil ich weiß,
daß Sie diese Offenheit lieben. Ich bin in mir überzeugt, daß, soviel Verdienst auch seine Produktionen
schon jetzt haben, er künftig noch etwas viel Ausge-
zeichneteres leisten wird, und ich freue mich dessen im
voraus mit Ihnen."

Dieser Brief enthält das beste, treffendste Urteil
über Theodor Körners Wesen und Dichten, und in ihm
ist, um Goethesche Worte zu übertragen, gewissermaßen
mit freundschaftlicher Hand die Summe seiner Existenz
gezogen. Der junge Dichter selbst fühlte sich in dieser
Zeit in Wien auf dem Gipfel seines Glücks. An seinem
Geburtstage, dem letzten, den er erleben sollte, schreibt

er nach Hause: „Noch nie hat mich ein 23. September
so glücklich gefunden. Der Kranz der Liebe ist um mich
geschlungen und alle Blüten, die Ihr in mir erzogen
habt, hat die Sonnenzeit meines heiligsten Gefühls, hat
meine Toni mir zum ewigen Frühling aufgelöst. Ich
sordre den auf, der glücklicher sich rühmen kann!"

Seine Produktivität in diesem Jahre ist wahrhaft
staunenerregend, und er selbst fühlt, daß die Fülle der
Stoffe, die sich ihm zudrängen, ihn oft am ruhigen
Arbeiten hindern. In der Weihnachtszeit des Jahres 1811
entstanden die zwei kleinen Lustspiele die Braut und der
grüne Domino, und in sieben Stunden ein Operntext,
das Fischermädchen für den Komponisten Steinacker.
Am 8. Januar ist schon wieder ein neues Lustspiel, der
Nachtwächter, fertig geworden. Im Laufe des Januars
ward ferner das erste Drama in Jamben, Toni, nach
der Kleistschen Novelle, die Verlobung auf St. Domingo,
vollendet. Am 22. Februar ist bereits die Sühne fertig.
Im März beginnt er die Vorarbeiten zum Zriny, im
Juni erfolgt die Ausarbeitung. In diese Zeit fallen
ferner noch das Lustspiel der Vetter aus Bremen und
die Opern die Bergknappen, die er an Weigl, und der
Kampf mit dem Drachen, die er an Gyrowetz zum
Komponieren gab. Im Laufe des nächsten Vierteljahres
entsteht die Hedwig und der erste Akt eines auf zwei
Aufzüge angelegten Lustspiels und der Plan zur Rosamunde, welche am 14. November auch bereits fertig
ausgearbeitet ist. Auch die Posse die Gouvernante fällt
wohl ihrer Entstehung nach in das Jahr 1812. Im
Februar des Jahres 1813 arbeitete er dann in wenigen
Tagen noch den Joseph Heyderich aus. Rechnet man
dazu die Zeit, welche Theodor auf die Pläne, die nicht

zur Ausführung gelangten, wie Konrabin, Ferdinand II.,
des Decius Todesweihe, die Verlegenheiten, ein fünf-
aktiges Lustspiel und auf mehrere geplante Operntexte,
wie die lombardische Rosamunde, Faust, Ulysses und
andere und endlich namentlich auf die Proben zu den
Aufführungen seiner Stücke verwendete, so staunt man
in der That über die Schnelligkeit und Leichtigkeit seines
dichterischen Schaffens. An lyrischen Produkten war
dieses Jahr ärmer gewesen. Nur ein Ausflug mit
Humboldts nach dem Schlachtfeld von Aspern hatte
wieder einer Ballade zum Leben verholfen: „Hoch lebe
das Haus Österreich." Diesem folgte bald ein zweites
patriotisches Lied: „Auf dem Schlachtfelde von Aspern."
Durch die Bemühungen der ihm befreundeten Damen
Frau v. Pereira, Frau v. Pichler und Frau v. Arnstein
und anderer war unter Streichers Leitung das Händelsche
Oratorium das Alexanderfest im November und Dezember
aufgeführt worden. Die Einnahmen betrugen fast dreißig-
tausend Gulden. Theodor schlug vor, die ganze Summe
zu einem würdigen Denkmale des Sieges bei Aspern
zu verwenden, und aus diesem Gedanken entstand das
Lied „Auf dem Schlachtfelde bei Aspern." Beide Gedichte übersandte er mit einigen Distichen dem Sieger
von Aspern, dem Erzherzoge Karl, dem damals ge-
feiertsten deutschen Helden. Bald darauf, in den ersten
Tagen des Jahres 1813, kurz nachdem der Zriny mit
lautem Beifall vom Publikum aufgenommen war, ließ
der Erzherzog durch seinen Adjutanten Theodor Körner
zu einer Audienz abholen und sprach wohl eine halbe
Stunde lang auf das gütigste und herzlichste mit ihm,
größtenteils über Litteratur, zuletzt aber über Meinungen
und Gesinnungen, wo dem Dichter, wie er nach Hause

schrieb, das Herz gewaltig aufging, und er frisch von
der Seele weg schwatzte, was den Erzherzog zu freuen
schien. Er entließ ihn mit den Worten, es sei ihm lieb,
solch wackern jungen Deutschen kennen gelernt zu haben.

Zugleich mit dieser frohen Nachricht, konnte Theodor
den Eltern ein neues Glück mitteilen. Ganz ohne daß
er für jetzt eine Anstellung suchte, wurde ihm die Stellung
eines Kaiserlich-Königlichen Hoftheaterdichters in Wien
mit einem festen Einkommen von fünfzehnhundert Gulden
angeboten. Dagegen sollte er jährlich zwei große Stücke
und zwei kleine Nachspiele liefern und die sogenannten
Bearbeitungen übernehmen. Am 9. Januar hatte er
den Kontrakt vorläufig auf drei Jahre abgeschlossen,
der vom 1. Januar 1813 zurückdatierte. Dem Vater
meldete er die Sache erst, als sie bereits abgemacht
war und schrieb ihm dann entschuldigend: „Und nun
ein Wort, warum ich Euch nichts von den Anträgen
schrieb. Ich kenne meinen Vater, und er hätte mir gewiß widerraten, weil er gedacht hätte, ich sei von dem
Wunsche bestimmt worden, Euch nicht länger viel Geld
zu kosten. Aber meine Freiheit ist gar nicht verkauft;
ich habe einen ehrenvollen Posten, dem bedeutende
Männer vor mir schon vorgestanden haben, habe mein
gewisses, sassames Einkommen und die schöne Aussicht,
nur meiner Kunst leben zu dürfen. Die drängende Zeit
verlangt gewiß große Opfer von Euch, laßt mir das
Gefühl, sie Euch nicht auch noch zu erschweren. Ich
werde schon wiederkommen und Eure Freigebigkeit in
Anspruch nehmen, wenn ich ins häusliche Leben trete.
Dann mögt Ihr mit für die Enkel sorgen, wie Ihr für
den Sohn gesorgt habt. Nun Gott wird seinen Segen
weiter geben.“ Die Weimarer Reise mußte freilich nun

vorläufig wieder aufgeschoben werden, und kam darüber
gar nicht mehr zur Ausführung. Es nahte die Zeit,
welche dem jungen, glücklichen Dichter zu seiner Leier
auch das Schwert in die Hand gab.

Im Elternhause war inzwischen das Leben im alten
Geleise weiter gegangen. Die Mutter war jetzt vielfach
kränklich, und der Vater suchte sie vor Aufregungen
möglichst zu bewahren. Die Tante und Emma walten
eifrig, und das gesellige Leben im Hause erlitt keine
Unterbrechungen. Noch wurde gemeinsam gesungen und
namentlich viel Komödie gespielt, und im letzten Jahre
gewährte das Vorlesen der Dramen und Lustspiele des
Sohnes der ganzen Familie die schönsten Feste.

Der Vater hatte eifrig gearbeitet. Im Juli des
Jahres 1812 konnte die erste Lieferung der Schillerschen
Werke erscheinen. Zu gleicher Zeit erschien bei Walther
in Dresden ein Sammelband politischer Schriften Körners
unter dem Titel: Versuche über Gegenstände der
inneren Staatsverwaltung und inneren Rechenkunst von
Dr. Christian Gottfried Körner, Königlich Sächsischem
Appellationsgerichtsrat. Auch zu Friedrich Schlegels
Deutschem Museum hatte er auf dessen Wunsch einen
Aufsatz beigesteuert in der Form eines offenen Briefes
an den Herausgeber, gegen einen in dessen Zeitschrift
erschienenen Aufsatz von Steigentesch über Litteratur und
litterarische Kritik. Daneben suchte er sich wieder emsig
in die eigentliche Jurisprudenz einzuarbeiten. Seine
Stellung im Geheimen Konsilium war ihm bei der
Politik des sächsischen Hofes je länger je mehr verleidet,
und er ergriff die Gelegenheit, sich wieder an das
Appellationsgericht zurückversetzen zu lassen. Nach der
Rückkehr aus Wien ward er wieder als Appellationsrat

eingeführt. Seine Lieblingsthätigkeit aber war der Verkehr mit dem Sohn und der Genuß und die kritische
Würdigung seiner Gedichte und Dramen. Mit väterlichem Stolze und väterlicher Liebe freut er sich der
Erfolge des Sohnes und sucht nur fortdauernd ihn zu
heben und an den Schillerschen Aufruf an die Künstler
zu gemahnen:

Der Menschheit Würde ist in eure Hand gegeben:
Bewahret sie!
Sie sinkt mit euch, mit euch wird die gesunkene sich heben!

„Was die Propheten des alten Testaments waren,
ist für das jetzige Zeitalter der Dichter," schreibt er dem
Sohne mit der Aufforderung keine Gelegenheit vorübergehen zu lassen für Wahrheit, Recht und menschliche
Würde mit Wärme zu sprechen. Bescheiden fügt er
hinzu: „So hätte auch ich gern gewirkt, aber wohl mir,
wenn Du ausführst, was ich gewollt hatte!"

VII.

Zum Neujahrstage des Jahres 1812 hatte Theodor
an den Vater mit den herzlichsten Wünschen das pro-
phetische Wort geschrieben: „Ich glaube, es wird ein
bedeutendes Jahr, der Mensch wird feststehen müssen
und vielleicht gilt's."

Es ist nicht notwendig, die Ereignisse des Jahres
ausführlich zu schildern. Der gewaltige Heereszug
Napoleons nach Rußland, die erzwungene Heeresfolge
der Deutschen, der jähe Sturz des dämonischen Mannes,
die Vernichtung seines Riesenheeres, der begeisterte Frei-
heitskampf Preußens und Deutschlands und endlich
Frankreichs Demütigung das sind Ereignisse, deren
Namen man nur zu nennen braucht, um die lebendige
Erinnerung an sie in jedem Deutschen wachzurufen.
Von den Großeltern auf Söhne und Enkel ist die Erinnerung an die Kriege und Siege jener Zeit, an das
Harren und Hoffen, das uns nicht zu Schanden werden
ließ, übergegangen, und sie werden mit nationalem

Stolze weiter von Enkel zu Enkel nachgesagt werden. Die gemeinsame Erinnerung an Teutschlands Befreiung hielt die Sehnsucht nach der Einigung Deutschlands wach, und sie ist das sichere Fundament für den Neubau des wiedererstandenen deutschen Reiches geworden.

Theodor Körner war wie der Vater und die Schwester von dem lebendigsten deutschen Patriotismus erfüllt, und wenn der Vater einstweilen ein unnötiges Hervorkehren desselben vorsichtig vermied, so war der jugendliche Sohn weniger zurückhaltend und seine Freunde wußten, daß auf ihn zu rechnen war, falls es gelten sollte, fürs Vaterland einzutreten.

Durch Wilhelm von Humboldt hörte er die ersten zuverlässigen Nachrichten über den Brand Moskaus und den furchtbaren, donnernden Fall der großen Nation. Gleichzeitig knüpften jetzt wieder alte Freunde aus der Freiberger und Leipziger Zeit her den unterbrochenen Briefwechsel an und schürten das Feuer, das ohnehin in Theodors Seele kaum zu dämpfen war.

Seit mehreren Jahren schon kannte er Friedrich Förster und hatte ihn liebgewonnen. Dieser wurde in den nächsten Monaten Theodors nächster Freund und später sein berufener Biograph und Herold. Sein Briefwechsel mit Theodor giebt gewichtige Dokumente für Theodors Pläne und Entschlüsse und für die Begeisterung und den Schwung der damaligen Jugend.

Einige der bezeichnendsten Briefstellen aus ihrem Kreise lasse ich hier wieder mit möglichst wenigen und kurzen erläuternden Bemerkungen als beredtes Zeugnis für ihre Begeisterung folgen:

17

Förster an Theodor:

„Dresden, 14. Dezember 1812."

„Obschon Mitternacht vorüber, nehm' ich bennoch
die Feder zur Hand, um in der Unterhaltung mit Dir,
geliebtester Freund, Besinnung und Seelenruhe wieder
zu gewinnen. An meiner zitternden Handschrift wirst
Du erkennen, in welcher Aufregung ich Dir schreibe,
und ich muß mich noch immer besinnen, ob es ein Trug-
bild der Nacht, oder ob es Wirklichkeit war, was ich
erlebte. Es war 1 Uhr vorbei, als ich gestern Nacht
das Haus Deiner Eltern, wo musikalische Abendunter-
haltung war, verließ und vom Schneegestöber getrieben,
in raschen Schritten der Brücke zueilte; benn, wie Du
weißt, wohne ich in Neustadt. Da höre ich vor des
Doktor Segerts Wohnung französisch und beutsch durcheinander fluchen, und ein Postillon stieß ins Horn, als
ob er Feuerlärm blasen wollte. Neugierig trat ich trotz
Wind und Wetter heran, und da guckt eben Freund
Segert in Schlafrock und Nachtmütze zum Fenster heraus und ruft: „Ce n'est pas chez moi, moi je suis le
docteur Segert, et vous cherchez Mr. Serra." Nun
fügte er noch auf beutsch eine derbe gute Nacht in seiner
Weise hinzu: „So laßt einen doch zum Teufel in der
Nacht zufrieden und verlangt nicht von mir, baß ich bei
25 Grad Kälte Boten laufen soll." Hierauf schlug er
das Fenster zu, und die Nachtmütze verschwand. Jetzt
wurde ich an den Wagen, der auf ein Paar Schlitten-
kufen gebunden war, herangerufen, und da ich von
dem Verlangen der Reisenden schon unterrichtet war,
sagte ich: „N'est-ce pas? Vous cherchez l'hôtel de
l'ambassadeur français. Mr. de Serra? suivez-moi!"

Das war es, was sie wünschten, und da Serra sogleich
um die Ecke in der Kreuzgasse, in dem Loos'schen Palais,
wohnt, war ich bald mit dem Schlitten an Ort und
Stelle. Jetzt sprang ein Kammerdiener oder sonst ein
dienstbarer Geist aus den Fußsäcken heraus und riß mit
Gewalt an der Hausglocke des Gesandten, als ob er
selbst hier zu Hause gehörte. Der Portier öffnete; oben
war noch Licht, und unterdessen hatten sich zwei andere
eingepelzte Knecht-Ruprechte in ihren Wolfsschuren aus
den Fußsäcken herausgewickelt. Der erstere war ein
starker, stattlicher Mann, allein er war an Händen und
Füßen so steif gefroren, daß er sich vergebens bemühte,
seinen noch ungeschickteren Kameraden beim Aussteigen
zu unterstützen. Halb gefällig, halb neugierig trat ich
heran, und sogleich legt der kalte Schneemann mir
seinen Fausthandschuh auf die Schulter, als ob ein Eis-
bär mit seiner Tatze mich anrührte. Der Handschuh
fiel ihm herab, ich unterstützte ihn nun mit meiner
Hand und führte ihn zur Thüre. Diese sprang auf;
zwei Kammerdiener mit Wachskerzen, der Gesandte selbst,
einen Armleuchter in der Hand, treten uns entgegen;
die volle Beleuchtung fiel wie ein Blitz auf das Gesicht
des Gastes, dessen Hand mich noch immer festhielt; nur
die Augen und die Nase waren sichtbar. Ich erkannte
sie sogleich wieder, diese feurigen Sterne, die ich im
Frühjahr hier so oft in der nächsten Nähe hatte leuchten
sehen — es war der Kaiser Napoleon, dessen Hand in
der meinen lag, und ich kann nun sagen, daß das
Schicksal Europas einmal auf meinen Schultern ruhte."

„Freund, welche Gedanken drängen sich nun durch
mein Gehirn; ich sitze wachend hier wie in einem bösen
Fiebertraum. Das Zeitungsblatt mit dem verhängnis-

17*

vollen neununbzwanzigſten Bûlletin liegt auf meinem
Tiſche — die große franzöſiſche Armee iſt vernichtet,
gänzlich vernichtet; erſt geſtern erhielten wir dieſe Zeitung!
War mir doch eben, als habe ich einen Dolch aus
meinem Mantel hervorgezogen und mit dem Ausruſe
„Europa, ich gebe dir Frieden" in das Herz des Tod-
feindes des Vaterlandes und der Freiheit geſtoßen.
Doch nein, Brutus, ich beneide dich nicht um beine
That. Cäſar, bu ſollſt fallen, aber nicht burch felge
Mörderhand; wir wollen unſere Sache mit dir ritterlich
ausfämpfen, nach gutem Fechtgebrauch dir richtige Menſur
geben und Wind und Sonnenlicht gleich verteilen; ſo
wird das wahrhaſte Gottesurteil an dir vollzogen werden."

Förſter an Theodor:

„Dresden im Januar 1813."

„Schreibe mir doch etwas Näheres von der Per-
ſönlichkeit des Erzherzogs Karl. Du Glücklicher! Du
haſt dem Helden von Amberg und Aspern gegenüberge-
ſtanden. Deutſchland war der Gegenſtand ſeines Ge-
ſprächs mit Dir, und Du wirſt nicht ſtumm vor ihm
geſtanden haben, Du wirſt ihm mit noch mehr Freimut
als in Deinen beiden herrlichen Gedichten geſagt haben,
daß beſonders in dem gegenwärtigen Augenblicke die
Augen von ganz Deutſchland auf ihn gerichtet ſind. Ich
kann mir denken, daß Dir ſo etwa wie dem Marquis
Poſa ums Herz war, und gewiß noch viel größer als
ihm, da Du vor keinem eiskalten Philipp, ſondern vor
einem deutſchen Helden ſtandeſt, der mit Dir gleiche
Liebe und gleiche Begeiſterung für das Vaterland teilt.
Bewahre Dir jedes Wort, was er ſprach, bis auf den

leisesten Ton seiner Rede, jede Miene seines Gesichts, jeden Blitz seines Auges. Es könnte bald eine Zeit kommen, wo Du nicht mehr die Helden der Vergangenheit, sondern die der Gegenwart besingen wirst. Ich sehe schon im Geiste die Felder mit Lanzensplittern, die Wiesen mit Schwertlilien bedeckt; Du und ich werden unsere Stelle wohl auch unter den Schnittern finden."

Theodor an die seinen nach Dresden:

"Wien am 20. Januar 1813."

"Ihr Lieben! Mein Leben geht hier den gewohnten fröhlichen Gang fort. Ich treibe wieder mit aller Gewalt Griechisch und denke diesmal durchzukommen. Große Arbeiten habe ich noch nicht angefangen. Studien zum Decius und einige Kleinigkeit für Haustheater haben mich bisher beschäftigt."

Theodor an die seinen nach Dresden:

"Wien am 21. (?) Januar 1813."

"Ihr Lieben! Wie sehr glücklich macht mich Eure Zufriedenheit mit meinem Lose. Die guten Engel mögen die Keime des Glücks in meiner Brust zur guten Stunde gepflanzt und aufgezogen haben. Der Großvater meiner Braut ist vorgestern gestorben. Er ist achtundachtzig Jahr geworden, da kann man die ihren Zoll fordernde Natur nicht grausam nennen. Ich stand an seinem Sterbebette. Toni mit ihrer heillosen Manie, sich nie zu schonen, sondern für alle andern zu opfern, hat mit einer unendlichen Charakterstärke alle Anstalten zum Begräbnisse, kurz alles eigentlich Fürchterliche solcher Lagen auf sich genommen und es mit grenzenloser Überwindung durchgeführt. Nur gegen mich ließ sie sich aus, nur in meine Brust goß sie ihren ganzen Schmerz aus. Sie ist ein Engel! Sein Tod war ruhig und sanft. Man sollte doch, so oft man könnte, an das Lager eines Sterbenden treten. Es giebt kaum größere Momente. Humboldts grüßen bestens. Es rückt ein großer Augenblick des Lebens heran. Seid überzeugt, Ihr findet mich Eurer nicht unwürdig, was auch die Prüfung gelte. Empfehlt mich den Freunden, Gott befohlen!"

Förster an Theodor:

"Dresden 25. Januar 1813."

"Meine Hoffnung ist hier einzig und allein auf Thielemann gestellt; er könnte mit einem Worte der Mann des Volks, er könnte ein sächsischer Schill oder Andreas Hofer werden. Wärst Du doch hier! Du würdest großen Einfluß auf ihn haben; er ist viel in dem Hause Deiner Eltern und nimmt den größten Anteil an den glücklichen Erfolgen Deiner dramatischen Arbeiten. Als er sich gestern Abend nach Dir erkundigte, war eben ein Brief von Dir angekommen. Thielemann frug, ob er Nachrichten von der Armee enthalte, ob es in Italien und Tyrol noch ruhig sei und dergleichen Politisches mehr. "Theodor," sagte der Vater, "denkt jetzt nur an das Heiraten, er ist glücklich in seiner Liebe und wird uns im Frühjahr sein junges Weibchen zuführen." "Er nimmt es," fügte die Mutter hinzu, "mit einem so gewagten Schritt sehr ernst; lies doch, was er am Schlusse des Briefes schreibt." Dein Vater las nun Deine Schlußworte: "Es naht ein großer

Augenblick des Lebens heran. Seid überzeugt, Ihr
findet mich Eurer nicht unwürdig, was auch die Zukunft
bringen mag." Die Deinen finden in diesen Worten
nichts anderes als eine Anspielung auf Deine Hochzeit.
Ich schwieg, um meine Gedanken nicht zu verraten:
denn, wie ich Dich kenne, weiß ich mir Deine Worte
anders auszulegen. Ja, mein Theodor, die Zeit, die
wir so oft herangesehnt haben, naht, und sie soll uns
bereit finden. Der gegenwärtige Krieg ist nicht eine
bloße lumpige Kabinettsfrage, er ist eine Nationalange-
legenheit, und das Volk wird ein Wort dabei mitzusprechen haben. Auch Dein Wort und Deine oft bewährte Klinge werden nicht fehlen. Nach Jena habe
ich das beifolgende Lied geschickt; schreib' doch einige
Burschenlieder, die der gegenwärtigen Stimmung ange-
messen sind."

Der Vater Körner an Theodor:

„Dresden am 1. Februar 1813."

„Lieber Sohn! Wie sehr Toni durch die Trauer-
scene, wovon Du schreibst, angegriffen sein wird, kann
ich mir denken. Ich lege ein paar Zeilen an sie bei.
Wenn ich den Schluß Deines Briefes recht verstehe, so
hast Du wegen des Unterschieds der Religion Kämpfe
zu erwarten. Ich begreife dies wohl, aber ich habe zu
Dir und Toni das Vertrauen, daß dieser Punkt Euch
beide nicht beunruhigen wird. Nur von Euren Umgebungen sind vielleicht peinliche Diskussionen zu besorgen.
Toni würde weniger liebenswürdig sein, wenn sie ihrem
Glauben nicht eifrig ergeben wäre. Die frühsten Eindrücke haben auf ihre Phantasie mächtig gewirkt, und

das Heiligste in ihrem Herzen ist mit gewissen kirchlichen
Gebräuchen innig verwebt. Auch hat der katholische
Lehrbegriff überhaupt für ein weibliches Gemüt viel
Anziehendes und Beruhigendes. Und es giebt achtungs-
werte Männer, die sich aus wahrem Gefühl für Religion
dafür bestimmten, wenn sie den Mut verloren, als
Selbstforscher auf dem beschwerlichern Wege des Pro-
testantismus zu einem innern Frieden zu gelangen. So
warf sich Stolberg in die Arme der Tradition, und bei
Schlegel scheint derselbe Fall zu sein. Stolberg war
durch die alles erschütternden kritischen und historischen
Untersuchungen der Neueren und Schlegel durch die
Verwirrungen der Philosophie zur Verzweiflung gebracht
worden. Beiden fehlte die nötige Energie, um eine solche
Krise durch noch tiefere Forschungen zu überstehen. Du
hast den Sinn für das Heilige bewahrt, aber kirchliche
Meinungen haben jetzt für Dich kein Interesse, jedoch
nicht aus Frivolität oder Geringschätzung, sondern weil
Liebe und Kunst in Deiner Seele ausschließend herrschen.
Du hast zu viel Tiefe, um nicht früher oder später auch
auf Untersuchungen über Gegenstände der Religion geführt zu werden. Für diesen Zeitpunkt ist es wichtig,
die Freiheit Deines Geistes zu behaupten und nicht in
die peinliche Lage eines Streites zwischen Deinem Be-
kenntnisse und Deiner Überzeugung zu geraten. Der
wesentliche Vorteil des Protestantismus ist, daß er zu
der ursprünglichen Reinheit des Christentums den Weg
öffnet und von der Knechtschaft unter kirchlichen Autoritäten befreit. Ohne den hohen Wert einer göttlichen
Offenbarung zu verkennen, darf man mit äußerster
Strenge prüfen, was unter diesem Namen uns darge-
boten wird. Das Edelste muß ausarten, wenn es durch

mehrere Zeitalter von Menschen bewahrt und fortge-
pflanzt wird. Daher die Notwendigkeit, den Gehalt von
den Schlacken zu sondern. Warum solltest Du und
Toni nicht über kirchliche Meinungen und Gebräuche
verschieden denken können? In allem Wesentlichen der
Religion seid Ihr gewiß einverstanden. Wo ein Teil
von dem andern abweicht, liegen schätzbare Triebfedern
zu Grunde. Nicht also Toleranz, sondern gegenseitige
Achtung wird Euch mit der Verschiedenheit der Ansichten
aussöhnen."

Theodor an Förster:

„Wien 10. Februar 1813."

„Eine Halsentzündung, welche mich beinahe vier
Wochen lang Zimmer und Bett zu halten zwang, war
Ursache, lieber Freund, daß ich mehrere Deiner Briefe
unbeantwortet ließ. Du kannst wohl glauben, daß mir
die Sohlen brennen, seitdem der Aufruf des Königs von
Preußen an die Freiwilligen vom 3. Februar in meinen
Händen ist. Durch den hiesigen preußischen Gesandten,
Herrn von Humboldt, einen Bruder des berühmten
Reisenden, erhalte ich genaue Nachricht von der Volks-
stimmung in Preußen und von allem, was in Breslau
vorbereitet wird. Wenn ich aber sage, daß mir hier die
Sohlen brennen, so liegt es wahrhaftig nicht an dem
zu heißen Wiener Pflaster, denn das ist verteufelt kalt,
und die hiesigen Pflastertreter werden sich schwerlich
regen. Der preußische Adler wird in dem bevorstehenden
Kampfe die Donnerkeile führen; laß uns unter seinen
Flügeln uns wiederfinden. Es gilt diesmal nicht für
Preußen, es gilt für Deutschland. Teile mir doch ja

ausführlich und umständlich mit, was sich in Dresden, überhaupt in Sachsen vorbereitet. Laß Dich nur ja nicht dort einsperren, wenn die Franzosen es befestigen sollten. Verweile aber an Ort und Stelle, so lange es immer thunlich, achte auf alles genau; Du könntest uns von großem Nutzen sein, wenn Du Dir eine genaue Kenntnis der Örtlichkeit verschafftest. Das ist eben das Herrliche einer großen Zeit, daß auch wir unbedeutende Subjekte mit in die Speichen des Schicksals eingreifen können. Einen festen Plan über die nächste Zukunft hab' ich noch nicht gefaßt; nur so viel steht fest bei mir, daß ich nicht warten will, bis die Begebenheiten zu mir kommen, sondern daß ich ihnen entgegengehen werde. Wie lange ich es hier noch aushalten werde, weiß ich nicht; benn obschon mich tausend Bande der Liebe hier festhalten, werde ich mich, wenn auch mit blutendem Herzen losreißen. Nirgends finde ich hier einen Anklang für meine vaterländische Begeisterung als bei den edeln Frauen, in deren Kreise ich jetzt lebe, Frau von Pereira, Frau von Pichler und Frau von Arnstein."

„Schon mehrmals haben mir wohlgesinnte Freunde den Rat erteilt, ich möchte in meinen Äußerungen über politische Angelegenheiten besonders über Napoleon vorsichtiger sein; denn ich würde von der geheimen Polizei beobachtet. Himmel Element! hier ist ihnen meine Zunge zu scharf, und ich sehne mich dahin, wo meine Klinge noch nicht scharf genug sein wird. Du sollst nächstens von mir hören, wo wir uns treffen wollen, versäume keine Gelegenheit, mir Nachricht von Dir zu geben."

„Dein Theodor."

N. S. „Du hattest meine geheimnisvollen Worte

in dem Briefe an den Vater ganz richtig verstanden. Ich habe nun auch ganz unumwunden geschrieben, daß ich jene Worte auf den großen Kampf der Zeit gemünzt hatte."

Theodor an die seinen in Dresden:

"Wien am 10. Februar 1813."

"Ihr Lieben! Baumann sagt mir, er sei so albern gewesen, Euch zu schreiben, ich sei krank gewesen. Ich eile daher, Euch die nötige Aufklärung darüber zu geben. Ein Halsweh, das ich vier Wochen lang nicht geachtet hatte, wurde durch eine Vorlesung meiner Rosamunde etwas heftig. Ich blieb ein paar Tage zu Hause und gewann durch dieses Opfer meine vorige Freiheit zu schlucken und zu reden wieder. Meine paar Worte zu Ende des vorletzten Briefes hat der Vater ganz falsch verstanden. Was Du meinst, hat mir noch keinen unruhigen Augenblick gemacht. Ich hatte es auf den großen Kampf der Zeit gemünzt."

Der Vater an Theodor:

"Dresden am 15. Febr. 1813."

"Lieber Sohn! Baumann hatte mir allerdings von Deiner Unpäßlichkeit geschrieben, aber auch, daß Du schon wieder ausgegangen wärst. Ich war also ruhig und sagte der Mutter gar nichts davon.

Die Stelle in Deinem Briefe, worauf Du eine so unpassende Antwort erhalten hast, habe ich nicht allein falsch verstanden. Desto besser, wenn über diesen Punkt keine Diskussionen vorfallen. Auf das, was Du meinst,

läßt sich nicht schriftlich antworten. Ich verstehe Dich
und ehre Deine Denkart, aber ich wiederhole meine
Bitte, keinen entscheidenden Schritt zu thun, ohne vorher nützlich mit mir Rücksprache genommen zu haben.
In einem solchen Falle bedarf es vollständiger Akten,
ehe eine Resolution gefaßt wird. Bei den edelsten Be-
weggründen sind wir vor Illusionen der Phantasie nicht
sicher, und wenn Opfer gebracht werden sollen, darf
man wenigstens den rechten Zeitpunkt nicht verfehlen."

Theodor an Förster:

„Wien den 20. Februar 1813."

„Während auf der Bühne der Weltgeschichte große
Rollen verteilt werden, sitz' ich noch hier und schmiere
Verse für die Kulissenreißer; draußen wirft das gigan-
tische Schicksal seine ehernen Würfel, und hier klappern
sie noch mit den Knöcheln in der Tasche und flüstern
sich nur leise ins Ohr: „Gut stehen's!" Nein, schlecht
stehen's hier, muß ich Dir nur sagen, nicht kalt, nicht
warm. Da ist nun wieder lange die Rede gewesen von
einem Manifest, das erscheinen sollte; man wollte „halt
nicht hinter den Herrn Preußen zurückbleiben." Und
nun ist's erschienen, aber vom Kriege steht nichts darin,
weder gehauen noch gestochen, und darauf kommt jetzt
alles an. Nicht der Kaiser, nicht einer der Erzherzoge
nimmt das Wort. Das muß erst durch das vierte und
fünfte Maul gehen, damit es recht schal wird. Auf
dieser empörten See, unter diesen Ungewittern und
Stürmen, von diesen Felsenklippen umgeben, wollen
unsre Steuermänner die Hände in den Schoß legen und
mit der gesamten Mannschaft der Ruhe pflegen. Nur

durch Kampf, durch einen ehrenvollen Kampf können wir zur Ruhe gelangen. Es könnte uns keine größere Schmach angethan werden, als wenn Napoleon durch ein friedliches Abkommen uns alle zur Ruhe setzte."

"Neulich wurde mir von meinen lieben, patriotischen Freundinnen wiederum sehr zugeredet, den Ausbruch des Krieges hier abzuwarten, wo es mir bei der Gunst, welche der Erzherzog Karl mir erwiesen, nicht fehlen könne, sogleich in seine Suite aufgenommen zu werden. Einige Tage trug ich mich mit diesem Gedanken und ging gestern nach der Kaserne in der Leopoldstadt, um ein paar befreundete Offiziere aufzusuchen. Himmel, welch Schauspiel bot sich hier meinen Augen dar! Ein unglücklicher Soldat mußte Spießruten laufen. Solche Abscheulichkeit in unserm Vaterlande in unsern Zeiten erleben zu müssen! Mich überläuft's noch eis- kalt, mir war zu Mute wie dem Marquis Posa, als er mit dem Fuße "an verbrannte menschliche Gebeine" stieß. Ich machte auf der Stelle Kehrt, und Kehrt für immer dem Regiment des Stockes, aus dem uns kein grüner Lorbeer erblühen wird."

"Auf Wiedersehen unter den preußischen Fahnen!"

"Dein Theodor."

Theodor an die seinen in Dresden:

"Am 27. Februar 1813."

"Der Fasching neigt sich zu Ende, die Festlichkeiten drängen sich. Hier ist alles noch ruhig. Doch erwartet man auf den 8. März eine sehr starke Konskription. Ich habe vor ein paar Tagen durch die interessante

Bekanntschaft mit Riebler einen patriotischen Stoff bekommen, den ich als Drama in einem Aufzug behandelt habe. Das Stück heißt Joseph Heyderich und handelt von der heldenmütigen Aufopferung eines östreichischen Korporals, durch welche er seinen geliebten Oberlieutenant einem sichern Tode entriß. Ihr werdet wahrscheinlich schon fremde Gäste haben. Des Herrn Wille geschehe!"

„Ich habe heut Abend zwei Bälle und weiß nicht, wie ich mich einteilen soll."

„Ich bin begierig auf Eure Briefe, die ich eben zu holen gehe. Bleibt hübsch gesund in diesem Zeitensirocco und gedenkt Eures Theodor."

Der Vater an Theodor:

„Dresden am 5. März 1813."

„Lieber Sohn! Das kleine Drama aus der östreichischen Kriegsgeschichte wird gewiß Glück machen. Wohl dem Dichter, der solchen edlen Zügen ein Denkmal stiften kann. Während daß Du von Festen zu Festen schwärmtest, hatten wir hier keine sehr heiteren Aussichten. Es entstand das Gerücht, Reynier wolle mit seinem Corps, wobei der Rest von Sachsen ist, die Dresdner Brücke verteidigen. Die Stadt wäre alsdann der Schauplatz eines Gefechts geworden. Dies hatte ich nicht Lust, hier abzuwarten, da ich Amts halber hier nicht nötig bin, vielmehr für die Gesundheit der Mutter zu sorgen habe, die einen solchen Schreck nicht ertragen würde. Ich traf also Anstalten, um auf diesen Fall

nach Teplitz abgehen zu können und versah mich mit
einem Passe. Es wird aber schwerlich dazu kommen."

Theodor an die Mutter:

"Wien am 6. März 1813."

"Liebste Mutter! Das ist nun schon das dritte
Mal, daß ich nicht bei Dir bin, wenn Dich ein neues
Jahr in ein neues Leben ruft. Ehe ich von Euch getrennt wurde, hätte ich nicht begreifen können, wie mir
das möglich werden sollte, wie ich nicht wenigstens in
der traurigen Abgeschiedenheit den Tag versenzen müßte,
und jetzt sitz' ich sechszig Meilen von Dir entfernt, und
fühle doch nur eine freudige Empfindung in mir vor-
herrschen. Du hast es in Deinem letzten Briefe sehr
schön gesagt, wenn man ein treues fernes Herz nur
glücklich weiß, so ist man nicht von ihm getrennt. Wir
sind es nicht, und die kommende Zeit mag zwischen uns
schieben, was sie will, und chinesische Mauern auf-
thürmen, meine Gedanken fliegen darüber weg zu der
geliebten Mutter und begegnen ihren Gedanken gewiß
auf dem halben Wege. Ich lebe hier ein sehr glückliches Leben, wie Du weißt. Bis um 11 Uhr arbeite
ich, dann geht's zur Toni, von da gehe ich essen, wohin
ich gerade eingeladen bin, zu Humboldts, Arnsteins,
Pereira, Geymüllers, Zichy, Baumanns u. s. w. Dann
mach' ich ein paar Visiten, geh' entweder nach Hause
und arbeite, oder bringe meinen Abend teils im Theater,
teils in Gesellschaften zu. Küsse den Vater und Emma
in meinem Namen, denke an dem 11. an Deinen Sohn,
der im Geist unter Euch ist, und bleib' ihm nah' mit
Deinem Segen."

Die Mutter an Theodor:

„Dresden den 11. März 1813."

„Dein Brief, mein teurer Sohn, hat mich beglückt und mir die reinste Freude gegeben. Du bist wohl, Du bist froh, der teure Vater und Emma gesund, meine Schwester munter, was brauch' ich mehr, um glücklich zu sein. Und dies Bewußtsein giebt mir Mut bei den Stürmen, die auf uns einbrechen, und keine Klage soll mir entwischen, wenn Ihr Teuren mir gesund bleibt. Seit zwei Tagen haben wir Volksaufruhr, der gute Vater wird Dir alles erzählen. Ich habe gefunden, daß ich eine Egoistin bin, denn da ich Dich entfernt von diesen Übeln weiß und glücklich und froh und der gute Vater, meine Emma und die Tante um mich sind, so habe ich auch keinen Augenblick Angst gehabt und die zwei unruhigen Nächte recht gut geschlafen. Ich habe nur Liebe für Euch, sonst mache ich mir aus den Menschen nichts, ob ich gleich gewissenhaft nicht gern etwas versäume, um meinen Mitmenschen beizustehen. Lebe wohl, gesegnet von Deinen Eltern. Der Allmächtige sei mit Dir und Deiner Geliebten! Er sei mit uns!"

„Deine treue Mutter."

„Daß Deine Emma Dir ihre Liebe sagt, versteht sich."

Der Vater an Theodor:

„Dresden am 12. März 1813."

„Lieber Sohn! Die Zeit der Krise ist nunmehr bei uns eingetreten. Am Sonnabend, als den sechsten, kam

hier gewisse Nachricht an, daß Berlin von den Russen
besetzt wäre; den Tag darauf traf General Regnier ein
und Montag sein Corps. Er hatte noch Bayern an sich
gezogen, die die Gegend bei Meißen besetzten. Dienstag
erhielten wir Einquartierung. Über die hiesigen Ereignisse schreibe ich Dir nächstens mehr. Vorjetzt bleibe
ich noch hier. Wohl uns, daß Du jetzt in Wien so
gut aufgehoben bist! Genieße ungestört Deine glückliche Lage und benutze sie zu immer weiteren Fortschritten."

Noch ehe diese Briefe der Eltern Theodor erreichten,
war sein Entschluß gefaßt und „Durch!" war seine
Parole. Am 10. März sandte er an Förster sein be-
kanntes Gedicht mit der Überschrift „Durch" und schrieb
ihm dazu folgende Worte:

„Durch!"

„Du kennst, lieber Freund, das Petschaft, welches
ich als ein teures Andenken bewahre. Ein Pfeil fliegt
der Wolke zu, die ihm das Sonnenlicht verbergen will,
allein ein Gott hat ihn vom Bogen entsendet, und selbst
ein Gott würde ihn nicht wieder zurückrufen können.
„Durch!" so heißt der Wahlspruch, der nun auch der
meine geworden ist. Ich fühle mich als Pfeil, und
mein Weg liegt vor mir. Das beifolgende, hingeworfene
Gedicht sagt Dir, wie es gemeint ist. Morgen verlasse
ich Wien, und in wenigen Tagen schwöre ich in Breslau
zu den preußischen Fahnen, die ja, so Gott will, die
Fahnen von ganz Deutschland werden sollen. In dem
Briefe an die meinen halte ich nun nicht länger hinter
dem Berge. Ich weiß, daß ich einen Vater habe, der
mich auch jetzt nicht verkennen wird: Mutter und
Schwester hoffe ich zu beruhigen, wenn ich selbst nach

18

Dresden komme, wohin uns die Kriegsfortuna bald führen möge. Die Zeit ist mir heut gemessen; es gilt noch Abschied von der Braut zu nehmen. Bitte den Vater, Dir meinen Brief mitzuteilen. Auf baldiges Wiedersehen!"

Noch an demselben Tage schrieb er jenen Brief an den Vater, der das beredteste Zeugnis seiner Hochherzigkeit ist und zugleich, wie Förster treffend bemerkt, als Ausdruck der allgemeinen Begeisterung gelten darf, von welcher alle edleren, vaterländisch gesinnten Herzen damals bewegt wurden.

Theodor an den Vater:

"Wien 10. März 1813."

"Liebster Vater! Ich schreibe Dir diesmal in einer Angelegenheit, die wie ich das feste Vertrauen zu Dir habe, Dich weder befremden noch erschrecken wird. Neulich schon gab ich Dir einen Wink über mein Vorhaben, das jetzt zur Reife gediehen ist."

"Deutschland steht auf, der preußische Adler erweckt in allen treuen Herzen durch seine kühnen Flügelschläge die große Hoffnung einer deutschen, wenigstens norddeutschen Freiheit. Meine Kunst seufzt nach ihrem Vaterlande — laß mich ihr würdiger Jünger sein. Ja, liebster Vater, ich will Soldat werden, will das hier gewonnene glückliche und sorgenfreie Leben mit Freuden hinwerfen, um, sei's auch mit meinem Blute, mir ein Vaterland zu erkämpfen. Nenn's nicht Übermut, Leichtsinn, Wildheit. Vor zwei Jahren hätt' ich es so nennen lassen, jetzt da ich weiß, welche Seligkeit in diesem Leben reifen kann, jetzt, da alle Sterne meines Glücks

in schöner Milde auf mich niederleuchten, jetzt ist es bei
Gott ein würdiges Gefühl, das mich treibt, jetzt ist es
die mächtige Überzeugung, daß kein Opfer zu groß sei
für das höchste menschliche Gut, für seines Volkes Freiheit. Vielleicht sagt Dein bestochenes väterliches Herz,
Theodor ist zu größeren Zwecken da, er hätte auf einem
andern Felbe Wichtigeres und Bedeutendes leisten können,
er ist der Menschheit noch ein großes Pfund zu berechnen
schuldig. Aber, Vater, meine Meinung ist die: Zum
Opferlode für die Freiheit und für die Ehre seiner
Nation ist keiner zu gut, wohl aber sind viele zu schlecht
dazu. Hat mir Gott wirklich etwas mehr als gewöhnlichen Geist eingehaucht, der unter Deiner Pflege denken
lernte, wo ist der Augenblick, wo ich ihn mehr geltend
machen kann? Eine große Zeit will große Herzen, und
fühl' ich die Kraft in mir, eine Klippe sein zu können
in dieser Völkerbrandung, ich muß hinaus und dem
Wogensturm die mutige Brust entgegendrücken. Soll
ich in feiger Begeisterung meinen siegenden Brüdern
meinen Jubel nachleiern? Soll ich Komödien schreiben
auf dem Spottheater, wenn ich den Mut und die Kraft
mir zutraue, auf dem Theater des Ernstes mitzusprechen?
Ich weiß, Du wirst manche Unruhe erleiden müssen,
die Mutter wird weinen. Gott tröste sie! Ich kann's
Euch nicht ersparen. Des Glückes Schoßkind rühmt'
ich mich bis jetzt, es wird mich jetzo nicht verlassen.
Daß ich mein Leben wage, das gilt nicht viel; daß aber
dies Leben mit allen Blütenkränzen der Liebe, der
Freundschaft, der Freude geschmückt ist, und daß ich es
doch wage, daß ich die süße Empfindung hinwerfe, die
mir in der Überzeugung lebt, Euch keine Unruhe, keine
Angst zu bereiten, das ist ein Opfer, dem nur ein solcher

Preis entgegengestellt werden kann. Sonnabends oder
Montags reise ich von hier ab wahrscheinlich in freundlicher Gesellschaft, vielleicht schickt mich auch Humboldt
als Courier. In Breslau, als dem Sammelplatz, treffe
ich zu den freien Söhnen Preußens, die in schöner Begeisterung sich zu den Fahnen ihres Königs gesammelt
haben. Ob zu Fuß oder zu Pferde, darüber bin ich
noch nicht entschieden, und kommt einzig auf die Summe
Geldes an, die ich zusammenbringe. Wegen meiner
hiesigen Anstellung weiß ich noch nichts gewiß, vermut-
lich giebt mir der Fürst Urlaub, wo nicht, es giebt in
der Kunst keine Ancienneté, und komm' ich wieder nach
Wien, so hab' ich doch das sichere Versprechen des
Grafen Palffy, das in ökonomischer Hinsicht noch mehr
Vorteile gewährt. Toni hat mir auch bei dieser Gelegenheit ihre große, edle Seele bewiesen. Sie weint
wohl, aber der geendigte Feldzug wird ihre Thränen
schon trocknen. Die Mutter soll mir ihren Schmerz
vergeben, wer mich liebt, soll mich nicht verkennen, und
Du wirst mich Deiner würdig finden.“

„Dein Theodor.“

„Humboldts, Schlegels und die meisten meiner
Freunde haben bei meinem Entschlusse zu Rate gesessen.
Humboldt giebt mir Briefe. Ich schreibe Euch auf den
Montag noch einmal.“

Theodor an den Vater:

„Wien den 13. März 1813.“

„Liebster Vater! Übermorgen reise ich ab mit einer
sehr angenehmen Reisegesellschaft. Ich habe vom Fürsten

Lobkowitz das schriftliche Versprechen, sobald ich zurück-
komme, und es mir gefällig ist, in die alten Bedingungen
als K. K. Hoftheaterdichter eintreten zu dürfen. So
habe ich den Rücken frei. Geld, glaub' ich auf ein Jahr
genug zusammen zu haben. Der gute Streicher gab sich
alle Mühe, mich durch seine Gemeinsprüche in das Gleis
der Vernunft, wie er sagte, zurückzuführen. Schreibt
doch an Toni etwas Beruhigendes, besonders soll ihr
die Mutter etwas wegen der Gesundheit raten, das
arme Kind ist wirklich mager geworden. Adressiert die
Briefe an Joseph, Edler von Heral, Sohn in der Stall-
burg. Fritz Weber in Breslau ist mein firer Punkt für
jetzt, da erwart' ich Euer Schreiben."

„Der Abschied von Wien liegt noch gewitterdumpfig
auf meinem Herzen! Wäre das doch überstanden!
Warum muß die gerade Straße der Pflicht unbarm-
herzig manch stilles Blümchen niedertreten, das gern
am Wege aufgeblüht wäre. Es heißt, wir marschieren
nach Sachsen. Ich weiß nicht, ob es Euch angenehm
ist, mich so wiederzusehen; wenigstens hoffe ich, Euch in
den mir liebsten Verhältnissen dort zu finden. Freitag
früh denke ich in Breslau zu sein. Behüte Euch Gott,
und segnet mich, wenn auch ein paar Thränen mit
dreinfallen sollten."

„Euer Theodor."

Ein ausführlicher, begeisterter Brief, in dem der Vater
den patriotischen Entschluß Theodors lobte und ihn zur
That aufforderte, ist leider verloren gegangen. Diesen
Brief hatte Theodor später bei seiner Durchreise durch
Berlin dem Hofrat Parthey gegeben. Er war oft vor-
gelesen und gelobt worden, ein oder der andre Hausfreund

hatte ihn auch wohl geliehen, um ihn in weitern Kreisen mitzuteilen. Er ging von Hand zu Hand und war nach einiger Zeit spurlos verschwunden. In einem zweiten Briefe versichert der Vater, für den Fall, daß der erste den Sohn nicht erreicht hätte, noch einmal, daß er mit dem Sohne ganz eines Sinnes sei. Auch ist seine patriotische Gesinnung durch eine in dieser Zeit ausgearbeitete kleine Flugschrift bezeugt „Deutschlands Hoffnungen".

Er eifert gegen diejenigen, welche diesen großen Zeitpunkt durch ängstliche Sorgen entehren oder gar durch selbstsüchtige Gedanken an eine etwaige Vergrößerung oder Verkleinerung ihres Einzelstaates nach dem Kriege sich jetzt bestimmen ließen, Mißtrauen zu säen, und sucht vielmehr die Leser zu der seelenerhebenden Betrachtung zu führen, was für herrliche Blüten und Früchte aus dem innern Reichtum des Vaterlandes von selbst hervorgehen würden, sobald es die eiserne Hand nicht mehr fühlte, die jetzt die edelsten Keime zerknickte. Auch die Vorfahren hätten sich gern in der Schlacht an dem Anblick der Heiligtümer gestärkt, für deren Schutz sie sich opferten.

Am 15. März riß sich Theodor von Wien los; mit schwerem Herzen nahm er Abschied von der Braut, den Freunden und Freundinnen, und mit dem frohen Mut wechselten bange Todesahnungen. Wie seinem Vorbilde, der hohen Idealgestalt des Max Piccolomini, galt auch ihm die Pflicht für das Allgemeine höher als die Rücksicht auf Liebe und Freundschaft. Ihn hätte die Welt nicht tadeln dürfen, wenn er als geborener Sachse und österreichischer Beamte vorläufig vom Kriege fern geblieben wäre, ja er konnte voraussehen, daß er von der

sächsischen Regierung und vielen Sachsen vielleicht gar
als Deserteur würde angesehen werden, wie denn wirklich sein Name unter den Namen der 171 „jungen
Burschen" stand, welche der Rat zu Dresden in den
Dresdener Anzeigen vom 18. August 1813 öffentlich zur
Erfüllung ihrer Militärpflicht b. h. zum Kriegsdienst
unter Napoleons Führung gegen die alliierten Mächte
bei Androhung der gesetzlichen Strafen aufrief. Aber
die Pflicht gegen das gesammte Deutschland schien ihm
die höhere, und ihr allein mußte er folgen, wenn er
seinen Frieden sich bewahren wollte. Standhaft rüstete
er sich zum schweren Abschied von der Stadt, in der er
bis dahin das höchste Glück gefunden hatte. Über den
Abschied selbst sind mir keine näheren Nachrichten bekannt, aber das tiefe Weh, das er mutig zu überwinden
suchte, zittert in dem Liede nach, mit dem er das be-
klommene Herz zu befreien versuchte:

Abschied von Wien.

Leb' wohl, leb' wohl! Mit dumpfen Herzensschlägen
Begrüß' ich dich und folge meiner Pflicht;
Im Auge will sich eine Thräne regen —
Was sträub' ich mich? die Thräne schmäht mich nicht!
Ach, wo ich wandle, sei's auf Friedenswegen
Sei's wo der Tod die blut'gen Kränze bricht,
Da werden deine teuern Huldgestalten
In Lieb' und Sehnsucht meine Seele spalten.

Verkennt mich nicht, ihr Genien meines Lebens,
Verkennt nicht meiner Seele ernsten Drang.
Begreift die treue Richtung meines Strebens
So in dem Liede, wie im Schwerterklang.

Es schwärmten meine Träume nicht vergebens;
Was ich so oft gefeiert mit Gesang:
Für Volk und Freiheit ein begeistert Sterben,
Laßt mich nun selbst um diese Krone werben!

Wohl leichter mögen sich die Kränze flechten,
Errungen mit des Liedes heiterm Mut;
Ein rechtes Herz schlägt freudig nach dem Rechten.
Die ich gepflegt mit jugendlicher Glut,
Laßt mich der Kunst ein Vaterland erfechten,
Und gält es auch das eigne wärmste Blut.
Noch vielen Kuß! und wenn's der letzte bliebe,
Es giebt ja keinen Tod für unsre Liebe.

Theodor an Förster:

„Breslau 18. März.“

„Zur Begrüßung des preußischen Grenzadlers.“

Sei mir gegrüßt im Rauschen deiner Flügel!
Das Herz verheißt mir Sieg in deinem Zeichen.
Durch! edler Aar, die Wolke muß dir weichen,
Fleug' rächend auf von deiner Toten Hügel.

Das freie Roß gehorcht dem Sklavenzügel,
Den Glanz der Raute seh' ich well verbleichen,
Der Löwe krümmt sich unter fremden Streichen,
Du nur erhebst mit neuem Mut die Flügel.

Bald werd' ich unter deinen Söhnen stehen
Bald werd' ich dich im Kampfe wiedersehen,
Du wirst voran zum Sieg, zur Freiheit wehen!

Was dann auch immer aus dem Sänger werde,
Heil ihm! erkämpft er sich mit seinem Schwerte
Nichts als ein Grab in einer freien Erde.“

„Mit diesem Zurufe, lieber Bruder, hab ich den
Adler, deſſen Fahne ich nun folge, begrüßt. Vor allem
nur dieſes: Engagiere Dich bei keinem andern Regimente,
ich habe Dich ſchon in die Stammrollen des Lützowſchen
Jägercorps eintragen laſſen. Unſere Uniform iſt eine
ſchwarze Kutta oder Litewka, wie ſie es gewöhnlich
nennen, ein polniſcher, kurzer Rock, jedoch ohne Troddeln
und Schnüre, mit rotem Vorſtoß, und ein Tſchako mit
Überzug von Wachstuch. Nirgend auf der Welt fändeſt
Du ſolche Geſellen beiſammen, als bei unſrer ſchwarzen
Schar. Das Corps zählt ſchon an 1000 Mann, ein
Wallenſteinſches Lager in einer erhöhten Potenz. Zu-
ſammengeſchnell aus aller Herren Ländern ſind wir,
das iſt wahr; auch fehlt es nicht an luſtigen Brüdern,
da alle Univerſitäten uns ihre flotteſten Burſchen ge-
liefert haben; allein Roheit und Gemeinheil ſind ge-
bändigt durch die heilige Weihe unſeres Berufs. Kopf-
hänger und Betbrüder, worauf es wohl hier und da
abgeſehen iſt, wollen wir nicht werben; doch wird Begeiſterung für das edelſte Ziel uns auch in den frohen
Stunden das rechte Maß halten lehren. So ſingen wir
beim Champagner aus vollem Herzen:“

> „Friſch auf! eh’ der Geiſt noch verdüſtet!
> Denn ſetzet ihr nicht das Leben ein,
> Nie kann euch das Leben gewonnen ſein.“

„Der zweite Mann muß verloren ſein, darauf ſind
wir alle gefaßt; ich bin es auch, und deshalb hier ſchon
mein Bekenntnis. Von meinen Freunden biſt Du es
und Fallenſtein, von denen ich weiß, daß ſie in meinem
Geiſte wirken; wir drei wollen alſo einen Bruderbund
ſchließen. Einer von uns wird ja wohl übrig bleiben,

und der sorge dann für Erhaltung dessen, was die
andern gesungen haben, und singe fröhlich weiter. An
die Wiener Freundinnen habe ich den Aufruf unseres
Königs geschickt und ich lege Dir einige Abdrücke zur
Verbreitung in Sachsen bei. Müssen nicht alle deutschen
Fürsten, die solch Evangelium lesen und nicht daran
glauben, schamrot werden? In einer solchen Sprache
hat noch kein König, kein Fürst zu seinem Volke geredet,
so lange deutsch gesprochen wird. Dieser Donner wird
nicht leer in den Lüften verhallen, und daß der Blitz
einschlägt, dafür laß uns sorgen."

„Wie müssen wir Gott danken, daß er uns eine so
große herrliche Zeit mit erleben ließ. Alles geht mit
so freiem, stolzem Mute dem großen Kampf fürs Vaterland entgegen, alles drängt sich, zuerst für die heilige
Sache bluten zu können. Es ist nur ein Wille, nur
ein Wunsch in der ganzen Nation, und das abgenutzte
„Sieg oder Tod" bekommt eine neue, heilige Bedeutung."

„König und Volk, Staat und Vaterland sind hier
in innigster Gemeinschaft verbunden. Das, was man
Hof und Hofstaat nennen könnte, giebt es nicht mehr;
das ganze Land ist ein Feldlager der Freiheit geworden.
Bietet die Nation alles auf, um Hingebung und Treue
zu bewahren, so bietet der König alles auf, um dies
anzuerkennen. Einen neuen Beweis hiervon giebt die
Stiftungsurkunde des Eisernen Kreuzes, eines Ordens,
der einzig und allein für Auszeichnung in diesem Kriege
gestiftet worden ist, während alle andern Orden aufgehoben sind. Der alte Unterschied, wo man dem tapfern
Grenadier eine bleierne Medaille und dem feigen Hof-
junker einen goldenen Stern gab, hat aufgehört. Bei
dem Eisernen Kreuze wird nicht gefragt: Wie viel

Ahnen zählst Du? sondern: Hast Du dich brav gehalten?
Das ist ein Prinzip, aus dem eine neue Gestaltung der
ganzen bürgerlichen Ordnung hervorgehen kann. Doch
jetzt sei unser Blick nur auf den Feind gerichtet; das
andre wird sich hernach schon finden."

„Da unser Corps nicht eher marschieren soll, als
bis mindestens zwei Bataillone und zwei Schwadronen
vollständig organisiert sind, so würde mich ein Brief von
Dir noch in Zobten, wohin ich beordert bin, treffen."

„Dein Theodor."

Theodor an die seinen:

„Zobten am 26. März 1813."

„Ihr Lieben! Ich bin frisch und gesund und freue
mich des neuen Wirkungskreises. Hoffentlich seh' ich
Euch bald; ich bleibe nicht müßig; und unser Major
scheint mich tüchtig brauchen zu wollen. In Gottes
Namen! Um die Hände in den Schoß zu legen, ward
ich nicht Soldat. Geßler hab' ich gesehen und gesprochen.
Er war sehr heiter und zufrieden mit mir. Ich habe
ihn fast nie vorher so liebenswürdig gesehen. Das
Corps singt schon viele Lieder von mir, und ich kann
Euch gar nicht beschreiben, wie angenehm das Verhältnis ist, in dem ich lebe, da die gebildetsten und ausge-
suchtesten Köpfe aus ganz Deutschland neben mir in
Reih und Glied stehen. Man könnte einen großen
Plan mit lauter Schriftstellern ausführen, so viel stehen
bei den Schwarzen. Es gilt ein großes Werk. Wer
sein Sandkorn nicht mit dazu legt, soll sich nicht in
seinem Schatten freuen dürfen. Gott schütz' Euch! Glück

auf! Übermorgen marſchieren wir, morgen werden wir
in der Kirche eingeſegnet."

Theodor an (?):

        „Zobten am 26. März 1813."

     „Liebenswürbigſte Freundin!"

    „Was das Glück ſpielt! Erſt Bergmann, darauf
relegierter Student, verbannt, verſtoßen aus dem Vaterlande, baun auf dem Gipfel der Freude, Theaterbichter,
im wärmſten Sonnenſchein mich bewegend, und nun —
Flügelmann von der Büchſen-Compagnie des Freicorps!
Hätten Sie mich geſtern exerzieren ſehen, rechts um,
links um, „Guer" bei Fuß, Marſch, Halt! Sie haben
nie etwas Komiſcheres geſehn, als einen Hoftheater-
bichter, der auf dem Kirchhof zu Zobten exerzieren muß.
Übrigens müſſen Sie nicht glauben, man braucht nur
meine Fäuſte. Ich bin als wirklicher Corpspoet ange-
ſtellt, und die Mannſchaft ſingt ſchon eine Menge Lieder,
bie aus meiner Feder gefloſſen ſind."

    „Wenn Sie mir ſchreiben, ach! und was ſehne ich
mich nach einem Briefe! ſo abreſſieren Sie ihn doch an
meinen Vater. Ich denke bald nach Dresben zu kommen.
Übermorgen marſchieren wir nach Sachſen. Zwar iſt
meines Bleibens beim Corps nicht lange Zeit mehr, ich
werde anderweits gebraucht werden, und ſo Gott will,
ſollen Sie bald von mir hören. Das Glück verfolgt
mich manchmal recht unverſchämt."

    „Erſchrecken Sie nicht über die ſchreckliche Form
des Briefes; hier in Zobten iſt kein andres Papier zu
haben. Das Neſt ſollen Sie kennen! Aber man ver-

gibt alles, wenn man den allgemeinen Geift des Corps
betrachtet, wie gewaltig er aller Herzen gefaßt hat. Es
ift nun bei allen Schwarzen zur Überzeugung gekommen,
daß der zweite Mann verloren ift, aber es rührt fie
gar nicht. Ich habe in einem Liede ihnen vorgehalten,
wie wir keinen pardon kriegen könnten, des freut fich
die entmenfchte Schar und meinten, fie wollten's den
Franfch fchon erfparen."

„Grüßen Sie jeden, der meiner denkt, und laffen
Sie mein Andenken in Ihrer Seele nicht verlöfchen.
Ich habe zur ftillen, inneren Freude jetzt ja nichts, als
den fchönen Glauben, daß folche Herzen zuweilen fich
meiner freundlich erinnern."

Theodor an Frau von Pereira:

„Zobten den 26. März 1813."

„Denken Sie Sich einen Haufen von funfzehnhundert
jungen Leuten, alle aus einem Trieb, aus Haß, aus
Rache gegen den Tyrannen, und voll der glühendften
Begeifterung für die gute Sache des Volks zu den
Waffen geeilt, die letzten forglofen Minuten des ruhigen
Lebens keck und frei genießend. Der zweite Mann muß
verloren fein, ift der allgemeine Glaube, und das
Schillerfche:

„Und kommt es morgen, fo laßt uns heut
Noch fchllürfen die Reige der köftlichen Zeit!"

wird geehrt und befolgt. Oft wird mir's doch zu wild,
dann gehe ich in den Wald und denke an das liebe,
geliebte Wien, an fo manchen Silberblick, der mir da
vorüberleuchtete, und der nun in der Nebelgeftalt der
Erinnerung an mir vorüberzieht. Was fage ich, Nebel-

gestalten? O, es ist ein lebendiges, klares Wiederempfinden, Wiedergrüßen. Die schönen Stunden kehren mir zurück und alle Stille und Freude meines Herzens. Gewöhnlich kann ich mich dann nicht enthalten, die Wälder mit dem Liede: „Im Walde schleich' ich still und mild" zu plagen. Es ist ein gar liebes, liebes Lied."

Theodor an Frau von Pereira:

„Jauer, den 30. März 1813."

„Eben erhalten wir die Nachricht, daß wir binnen acht Tagen vor dem Feinde stehen. Die Franzosen haben Dresden stark besetzt, machen Miene, es zu halten, und sollen ihre Vorposten bis Bautzen vorgerückt haben. Wir werden mit aller Eile vorgeworfen, und ich halte es für keine kleine Gunst des Schicksals, daß ich entweder die heilige Erde meiner Heimat befreien helfen darf, oder doch vor den Mauern meiner väterlichen Stadt, wie ein ehrliches deutsches Herz, verbluten kann. Das walte Gott! Ich bin bereit!"

„Eine große, herrliche Stunde habe ich am Sonnabend erlebt. Wir zogen in Parade aus Zoblen nach Rogau, einem lutherischen Dorfe, wo die Kirche zur feierlichen Einsegnung der Freischar einfach aber geziemend ausgeschmückt war. Nach Absingung eines Liedes, das Ihr Freund zu der Gelegenheit verfertigt hatte, hielt der Prediger des Orts, Peters mit Namen, eine kräftige, allgemein ergreifende Rede. Kein Auge blieb trocken. Zuletzt ließ er uns den Eid schwören, für die Sache der Menschheit, des Vaterlandes und der Religion weder Gut noch Blut zu schonen, und zu siegen oder zu sterben für die gerechte Sache. Wir schwuren. Darauf warf er sich auf die Kniee und flehte Gott um Segen für seine Kämpfer an. Bei dem Allmächtigen, es war ein Augenblick, wo in jeder Brust die Todesweihe flammend zuckte, wo alle Herzen heldenmütig schlugen. Der feierlich vorgesagte und von allen nachgesprochene Kriegseid auf die Schwerter der Offiziere geschworen und „Ein' feste Burg ist unser Gott" machte das Ende dieser herrlichen Feier, die zuletzt noch mit einem donnernden Vivat, das die Krieger der deutschen Freiheit ausbrachten, gekrönt wurde, wobei alle Klingen aus der Scheide flogen, und helle Funken das Gotteshaus durchsprühten. Diese Stunde hatte um so mehr Ergreifendes für uns, da die meisten mit dem Gefühl hinausgehen, es sei ihr letzter Gang. Ich weiß auch einige Gesichter in meinem Zug, von denen ich's ganz deutlich vorausweiß, sie sind unter den ersten, die der Würgeengel fordert. Es gleicht wohl nichts dem klaren, bestimmten Gefühle der Freiheit, das dem Besonnenen im Augenblick der Gefahr lächelnd entgegentritt. Kein Tod ist so mild wie der unter den Kugeln der Feinde; denn was den Tod sonst verbittern mag, der Gedanke des Abschieds von dem, was einem das Liebste, das Teuerste auf dieser Erde war, das verliert seinen Wermut in der schönen Überzeugung, daß die Heiligkeit des Untergangs jedes verwundete, befreundete Herz bald heilen werde. Seit der Todesweihe im Gotteshause zuckt mir immer eine Ahnung durchs Herz. Denken Sie meiner immer freundlich, ohne Groll, und vergessen Sie über der ganzen Wildheit und Unbändigkeit des glühenden Herzens so mancher stillen, guten Blume nicht, die ich doch gewiß im Heiligtum meiner Brust verwahre."

Lied zur feierlichen Einsegnung des preußischen Freicorps.

Gesungen in der Kirche zu Rochau in Schlesien am 27. März 1813.

Nach der Weise: „Ich will von meiner Misselhat" u. s. w.

Wir treten hier im Gotteshaus
Mit frommem Mut zusammen.
Uns ruft die Pflicht zum Kampf hinaus,
Und alle Herzen flammten.
Doch was uns mahnt zu Sieg und Schlacht,
Hat Gott ja selber angefacht.
Dem Herrn allein die Ehre!

Der Herr ist unsre Zuversicht,
Wie schwer der Kampf auch werde!
Wir streiten ja für Recht und Pflicht
Und für die heil'ge Erde.
Drum, retten wir das Vaterland,
So that's der Herr durch unsre Hand.
Dem Herrn allein die Ehre!

Es bricht der freche Übermut
Der Tyrannei zusammen;
Es soll der Freiheit heil'ge Glut
In allen Herzen flammen.
Drum frisch in Kampfes Ungestüm!
Gott ist mit uns, und wir mit ihm.
Dem Herrn allein die Ehre!

Er weckt uns jetzt mit Siegeslust
Für die gerechte Sache,
Er rief es selbst in unsre Brust:
Auf, deutsches Volk, erwache!
Und führt uns, wär's auch durch den Tod
Zu seiner Freiheit Morgenrot.
Dem Herrn allein die Ehre!

Theodor an Förster:

„Jauer, 30. März."

„Beifolgenden Aufruf: „An das Volk der Sachsen" besorge sogleich in die Druckerei und lasse mit Blücherscher Preßfreiheit 20,000 Abdrücke davon machen. Bei Castel findest Du eine Anweisung, um die Rechnung sogleich zu bezahlen. Die ersten 10,000 Abdrücke versendest Du nach den beigefügten Abressen, die andern Exemplare verwahre bis zu meiner Ankunft."

„In der heiligsten Stimmung meines Herzens schrieb ich diesen Zuruf an meine lieben Landsleute nieder; es war an demselben Tage, als wir in der hiesigen Kirche feierlich eingesegnet waren. War es mir versagt, mit meiner Braut am Altare zu knieen, so ist mir nun dafür eine Eisenbraut angetraut worden, der ich ewige Treue geschworen habe. Seit den Zeiten der Kreuzzüge hatte solch ein frommer Schauer die Herzen nicht wieder durchzittert. Große geschichtliche Erinnerungen traten mir vor die Seele; ich fasse wieder Vertrauen zu den Deutschen. Waren sie es nicht, denen im gefahrvollen Kampfe die Rettung der Freiheit gelang? Die Weltherrschaft der Römer fand in den Teutoburger Wäldern ihr Ende, die Weltherrschaft der Päbste hat Luthers Wort bezwungen, und die Weltherrschaft Napoleons wird unsern Adlern erliegen. Die See geht hoch und das Schiff unserer Hoffnung fährt mit vollen Segeln. Auf baldiges Wiedersehen! Dein Theodor."

Am sechsten April früh vier Uhr traf Theodor im Elternhause ein und konnte dort bis zum dreizehnten verweilen. Er war als Marschkommissar mit dem

Major von Petersborn vorausgeschickt worden. Erst
hatte er Dienstgeschäfte. Dann eilte er zu den Eltern:
„Und große Freude," schreibt er, „sah ich und viele
Thränen. Mein Vater war durchaus zufrieden mit
mir, die andern weinten."
        Er traf im Elternhause mit Arndt und Goethe zu-
sammen. Arndt schrieb am 24. April aus Dresden an
seinen Bruder, er liege im Quartier bei dem bravsten
Manne der Stadt, bei dem Ober-Appellationsrat Körner,
der einen tüchtigen Sänger und Krieger in seinem einzigen Sohne Theodor gestellt habe. Und fünfundvierzig
Jahre später gedachte der „Alte Arndt" in seinem Buche
„Wanderungen und Wandelungen mit dem Freiherrn
von Stein" wieder dieser Tage und schrieb:
        „Körner war ein ausgezeichneter, sehr gebildeter
und wissenschaftlicher Mann, an Kenntnissen den besten
Deutschen ebenbürtig, an Gesinnung und Treue fürs
Vaterland den meisten überlegen. Hier war Speise
und Weide für Kopf und Herz. Der brave Körner
hatte mit dem Jüngling Schiller bei dessen Morgen-
röthenaufgang frühe Freundschaft geschlossen, hatte dessen
erste thüringer und leipziger Jahre mit treuester Hülfe
und Rat gestützt und geschützt, sein Sohn war jetzt im
Lützower Waffenrock, war Schillers und meines Freundes,
des Grafen Geßler, Pate. Er selbst war Schriftsteller.
Nun ging in den vielen, dies Haus Besuchenden mit
den einen Mut und Freude, mit den andern Furcht und
Sorge in und durch dieses gastfreundliche Haus. Hier
sah ich Goethe nach vielen langen Jahren auch einmal
wieder. Sein Anblick und seine Rede waren gleich unerfreulich; der erste sprach aufgestörte Unruhe, die zweite
ungläubige Hoffnungslosigkeit. Da rief er einmal aus,

indem Körner über seinen Sohn sprach und auf dessen
an der Wand hängenden Säbel wies: „O, ihr Guten,
schüttelt immer an euern Ketten, ihr werdet sie nicht
zerbrechen; der Mann ist euch zu groß!"

Dieses Goethesche Wort wurde damals weitergetragen und erregte in vielen Kreisen Ärgernis und
Anstoß. Goethes vornehme Kühle bei der allgemeinen
Begeisterung und sein Mißtrauen in die Volkskraft, ja
eigentlich mehr, sein Widerwille gegen solche Volksbewegungen, die ihrer Natur nach Unruhe mit sich bringen
und hier und da über die rechten geordneten Grenzen
hinausgehen, waren den meisten der Zeitgenossen unerfreulich und unverständlich. Körners namentlich waren
jetzt ganz und gar von einem Gedanken erfüllt, vom
Stolz auf den Sohn, und damit auch von der Begeisterung für seine, d. h. für des deutschen Volkes
Sache. Als sie im Mai nach Teplitz flüchteten und dort
wieder mit Goethe zusammentrafen, schrieb der Vater
in einem Brief an Friedrich Schlegel: „Wir wollen hier
eine bessere Zeit abwarten. Mein Glaube daran ist
vielen ein Ärgernis und eine Thorheit, aber das ficht
mich nicht an. Einen schweren Kampf habe ich erwartet,
und Hoffnungen, die mir so viel wert sind, gebe ich so
leicht nicht auf. Goethe sehe ich oft, aber über das,
was mich jetzt interessiert, läßt sich mit ihm nicht sprechen.
Er ist zu kalt für den Zweck, um zu hoffen. Jede Entbehrung und Unruhe ist ihm daher ein zu kostbares
Opfer. Um seiner und vieler andern klugen Leute höhere
Weisheit beneide ich niemanden."

Andere urteilten wohl noch heftiger über Goethe
und wurden überhaupt an seiner Deutschheit irre, und
die böse Fama suchte ihm irgend etwas dafür anzu-

19*

hängen. So steht in einem Briefe aus Nachod von der
Frau Dr. Kohlrausch, geb. Eichmann, an ihre Schwester,
die Hofrätin Parthey, folgendes wunderliche Gerücht:

„Nachod 19. Nov. 1813."

„Weiß man in Berlin von der Affaire, die Goethe
mit Colloredo gehabt hat? Man verspricht uns nähere
Auskunft darüber. Einige behaupten, daß sie sehr lebhaft gewesen und Goethe — Ohrfeigen bekommen habe.
Soviel ist gewiß, daß er seinen russischen Orden nicht
trägt und mit dem Schandzeichen (wohl dem Orden der
Ehrenlegion) recht offenbar prangt. Fr. v. Wolzogen
erzählt, von Goethe gehört zu haben: „Was wollen die
Deutschen, was fällt ihnen ein, mit ihren Ketten zu
klirren?" Es ist recht traurig, daß ein großer Dichter
ein so kleiner Deutscher sein kann."

Ohne den Kleinmut Goethes in dieser großen Zeit
verteidigen oder beschönigen zu wollen, meine ich, daß
das obige Urteil über Goethe viel zu weit geht. Eine
richtige Antwort gab der junge Förster seinen Kameraden,
die in ähnlicher Weise wie Frau Dr. Kohlrausch an
Goethes deutscher Gesinnung überhaupt irre geworden
waren. Er schrieb darüber im Biwacht bei Merseburg
am 20. April 1813 an seine Schwester in einem Briefe,
der auch über Theodor Körner manches Interessante
enthält:

„Welche Freude war es mir, Theodor wiederzusehen! Sobald ich von ihm erfuhr, daß er in die
schwarze Freischar eingetreten war, schwankte ich keinen
Augenblick länger in meiner Wahl; er allein gilt mir
mehr, als ein ganzes Hauptquartier. Obschon der
Wiener Hoftheaterpoet die zottige Löwenmähne und den

knotigen Ziegenhainer des Leipziger Burschen abgelegt
hat, so ist ihm doch der unverwüstliche Humor treu geblieben, und er selbst gesteht ein, daß, wenn seine Kriegslieder einigen Anklang finden, er dem Studentenleben
den besten Teil davon zuzuschreiben hat. Der Abschied
von seinen Eltern, von seiner Schwester war schwer;
schwerer vielleicht noch der von der geliebten Braut.
Wahrhaftig, wenn man solche Opfer gebracht sieht,
dann muß man sein eignes blutendes Herz gar nicht in
die Wagschale legen wollen.“

„Am Tage vor dem Ausmarsch saß ich ein Stünd-
chen bei ihm; seine Schwester, eine treue, liebevolle
Seele, malte sein Porträt. Sie ist eine Schülerin des
berühmten Graff und malt vorzüglich in Öl. Mit
einem lauten Schrei läßt Emma mit einem Mal den
Pinsel fallen und gerät in ein krampfhaftes Weinen.
„Um Gottes Willen, was ist dir?“ rief Theodor und
sprang auf sie zu. Sie nahm ihr Taschentuch, und
immer noch zitternd und weinend drückte sie es ihm an
die Stirne. „Hier quillt es hervor,“ schrie sie schluchzend,
„ich seh’ es genau, verwundet! du blutest!“ und nach
und nach sich erholend und besinnend sagte sie: „Ach,
meine krankhafte Phantasie, meine unbeschreibliche Liebe
für dich! Wie ich malte und so ganz in Gedanken versunken dich ansah, schwand mir alle Gegenwart; da
war’s wohl nicht anders möglich, als dich verwundet
in der Schlacht zu sehen; ich träumte mit wachen Augen.“

„Unser erstes Nachtquartier hatten wir in Meißen.
Wir hatten eben unsern Morgengesang vor dem Gast-
hofe, in welchem unser Feldwebel im Quartier lag, be-
endigt, als ich einen Mann in eine Extrapost einsteigen
sah, dessen Züge mir bekannt zu sein schienen. Kaum

traute ich meinen Augen, als ich sah, daß es Goethe
war. Ich war als Freund seines Sohnes und als be-
günstigter Ballbegleiter seiner tanzlustigen Frau Gemahlin
oft in seinem Hause gewesen; allein ihn, den Fried-
liebenden, mitten unter den Kriegsunruhen zu finden,
wußt' ich mir nicht zu erklären. Noch glaubte ich mich
zu täuschen, zumal er die Militärmütze tief in das Gesicht
gedrückt hatte und sich in den russischen Generalsmantel
mit rotem Kragen versteckte. Als ich nun aber seinen
kleinen Sekretär, Freund John, an den Wagen treten
sah, war ich meiner Sache gewiß und teilte die herrliche
Entdeckung sogleich meinen Kameraden mit. Mit mili-
tärischem Anstande einer Ordonnanz trat ich nun an
den Wagen heran und sagte: „Ew. Excellenz melde,
daß eine Abteilung der Königl. preußischen Freischar
der schwarzen Jäger auf dem Durchmarsch nach Leipzig
vor Ihrem Quartier aufmarschiert ist und Ew. Excellenz
die Honneurs zu machen wünscht." Der Feldwebel
kommandierte: „Präsentiert das Gewehr!" und ich rief:
„Der Dichter aller Dichter, Goethe lebe hoch!" Mit
Hurra und Hörnerklang stimmte die ganze Compagnie
ein. Er faßte mit der Haltung eines Generals an
seine Mütze und nickte freundlich. Nun trat ich noch
einmal heran und sagte ihm: „Es hilft Ew. Excellenz
das Incognito nicht, die schwarzen Jäger haben scharfe
Augen, und bei unserm ersten Ausmarsche Goethe zu
begegnen, war ein zu günstiges Zeichen, als daß wir
es sollten unbeachtet vorüberlassen. Wir bitten um
Ihren Waffensegen!" „Von Herzen gern," sagte er.
Ich reichte ihm Büchse und Hirschfänger, er legte seine
Hand darauf und sprach: „Zieht mit Gott, und alles
Gute sei eurem frischen, deutschen Mute gegönnt."

Während wir ihm ein nochmaliges Lebehoch riefen,
fuhr er grüßend an uns vorüber. Wo mag er jetzt
hinwollen?"

„Mit verschiedenen Kameraden hatte ich während
des Marsches noch einen lebhaften Streit über Goethe.
Sie hatten ihr Vivat nicht aus vollem Herzen mitge-
rufen und meinten, er sei ja doch kein Volksdichter, kein
Dichter der Freiheit und des Vaterlandes. Ich wußte
ihnen nichts weiter zu antworten als: Ich kenne keine
höhere Begeisterung für Freiheit als im Egmont; ich
kenne keine derbere deutsche Natur als Göß von Ber-
lichingen; und wenn Ihr wissen wollt, was Deutschland not thut, so erinnert Euch nur der schönen Verse
aus Hermann und Dorothea:

„Aber ach, wie nah ist der Feind! Die Fluten des Rheines
Schützen uns; doch ach, was sind nun Fluten und Berge
Jenem schrecklichen Volke, das wie ein Gewitter daherzieht!
Wie? und ein Deutscher wagt heut noch zu Hause zu bleiben?
Hofft vielleicht zu entgehn dem alles bedrohenden Unfall?
Ja, mir hat es der Geist gesagt, und im innersten Busen
Regt sich Mut und Begier, dem Vaterlande zu leben
Und zu sterben und andern ein würdiges Beispiel zu geben.
Wahrlich, wäre die Kraft der deutschen Jugend beisammen
An der Grenze, verbündet, nicht nachzugeben den Fremden,
O, sie sollten uns nie den herrlichen Boden betreten!"'

„Du siehst, liebe Schwester, daß wir auch mit der
Flinte auf dem Rücken unser altes Handwerk, das
Studieren und Disputieren, noch fortsetzen; nur schade,
daß Du diesmal nicht Zeuge davon sein konntest, wie
ich zur Beruhigung der Freunde, die keinen andern
Dichter als Schiller gelten lassen wollen, „Frisch auf,

Kameraden!" aus Wallenstein anstimmte, worauf dann
Schiller ein dreifaches Lebehoch ausgebracht wurde."

Am 13. April hatte Theodor Dresden verlassen
und von den seinen Abschied genommen. Der Mutter
kostete sein Entschluß freilich viel Thränen; der Vater
aber stimmte ihm zu, freute sich eines solchen Sohnes
und hoffte guten Ausgang. „Für Sachsen," schrieb er
an den Vetter Weber am 14. April, „gehen jetzt schöne
Hoffnungen auf, und der bessere Teil der Nation erkennt es. Daß jetzt nur noch in Wittenberg Franzosen
sind, ist schon ein bedeutender Gewinn, und lange werden
sie wohl nicht mehr dort bleiben. Opfer kostet es dem
Lande freilich, aber das kommt gar nicht in Betrachtung
gegen das, was die preußischen Lande für die gute
Sache gethan haben. Und mit den Weichlingen, die
ohne Arznei gesund werden wollen, muß man über
Dinge dieser Art gar nicht sprechen."

Theodor zog über Steinbach, Reichenstein nach
Leipzig, wo er am 17. April morgens eintraf und sich
bei Wilhelm Kunze einquartierte. Bei allem Mut und
aller Kampfesfreudigkeit verließ ihn die Todesahnung
nicht. Nach Hause mag er nicht davon schreiben, aber
in den Briefen an Frau von Pereira finden sich mehrfach solche Ahnungen ausgesprochen. So schreibt er ihr
am 13. April mit Anspielung auf ihre Wohnung in
Wien: „Nun wenn ich nicht mehr auf der Grünanger-
gasse sein darf, vielleicht bin ich bald auf dem grünen
Anger, und recht ruhig" Wenige Tage darauf meldet
er der Freundin, er sei an eines Freundes Tafel mit
zwölf andern zusammen gewesen, und die Hausfrau
habe sich über die ominöse Zahl dreizehn sehr erschreckt.
Dann träumt ihm wieder, er habe die Wiener Freun-

binnen in altdeutſchen bürgerlichen Trauerkleidern mit langen ſchwarzen Locken geſehen, und kurz vor ſeiner Verwundung im Juni verſtimmte ihn wieder eine Ahnung, von der ſpäter noch die Rede ſein wird.

In Leipzig blieb Körner eine volle Woche bei Kunze, dem er die möglichſt ſchnelle Herausgabe von zwölf freien deutſchen Liedern übertrug

Es fehlten noch das erſte Gedicht „die Zueignung“ und das zwölfte „Lützows wilde Jagd“. Beide dichtete Theodor noch ſchnell am vorletzten Tage in Leipzig, dem 21. April, das erſtere in Kunzes Zimmer, das letztere auf dem Schneckenberge. Am folgenden Tage, kurz vor dem Ausmarſch wurde er vom Oberjäger zum Offizier befördert. Er dachte, nun wirklich bald zum Kampfe zu kommen und ſelbſt mit dem Schwerte dreinſchlagen zu können. Wie in einem Teſtament ſendet er mit der „Zueignung“, vordem er in die Schlacht geht, den Freunden ſeine Freiheitslieder als ein letztes Geſchenk:

Zueignung:

Euch allen, die ihr noch mit Freundestreue
An den verwegnen Zitherſpieler denkt
Und deren Bild, ſo oft ich es erneue,
Mir ſtillen Frieden in die Seele ſenkt,
Euch gilt dies Lied! O daß es euch erfreue!
Zwar hat euch oft mein wildes Herz gekränkt,
Hat ſtürmiſch manche Stunde euch verbittert,
Doch eure Treu' und Liebe nicht erſchüttert.

So bleibt mir hold! Des Vaterlandes Fahnen,
Hoch flattern ſie am deutſchen Freiheitsport.
Es ruft die heil'ge Sprache unſrer Ahnen:
Ihr Sänger vor! und ſchützt das deutſche Wort!“

Das kühne Herz läßt sich nicht länger mahnen,
Der Sturm der Schlachten trägt es brausend fort,
Die Leier schweigt, die blanken Schwerter klingen,
Heraus, mein Schwert! Magst auch dein Liebchen singen!

Laut lobt der Kampf! Lebt wohl, ihr treuen Seelen,
Euch bringt dies Blatt des Freundes Gruß zurück;
Es mag euch oft, recht oft von ihm erzählen,
Es trage sanft sein Bild vor euch zurück.
Und sollt' ich einst im Siegesheimzug fehlen,
Weint nicht um mich, beneidet mir mein Glück;
Denn was braucht die Leier vorgesungen,
Das hat des Schwertes freie That errungen.

Aber es sollte nicht so schnell alles vorwärts gehen,
wie der jugendliche Stürmer hoffte. Nicht nur die Kriegs-
operationen brauchten Zeit und Vorsicht, sondern auch
die Begeisterung erfaßte nicht alle mit solchem Sturm
wie den jungen Körner. Seine Ungeduld stieg. Er
schrieb an Förster:

„Leipzig 18. April."

„Zum Tollwerden hab' ich mich über die Schlaf-
mützen geärgert. Da verkriechen sie sich nun alle hinter
den Allergnädigsten und sind recht froh, daß dieser über
alle Berge gegangen ist. Worüber ich mich von ganzem
Herzen gefreut habe, ist, daß Nostiz aus Heidelberg sich
aufgemacht hat und bei uns eingetreten ist. Als Studenten
standen wir uns feindlich gegenüber; ich hoffe, der Feldzug soll alles ausgleichen."

„Da meine Prosa, wie Du mir schreibst, und wie
ich es leider selbst genugsam erfahren habe, den Leuten
nur den Kopf ein wenig anfeuchtet, ohne bis auf die

Haut zu bringen, so hab' ich ihnen nun ein Hagelwetter in Versen hinterdrein geschickt, das allen Faulen durch Mark und Bein gehen soll. Es wären hier Knüttelverse recht am Ort."

„Hier hast Du mein nagelneustes Lied. Ich sage Dir, mit diesem Liede haben wir bei Claßigs, in der Blauen Mütze, in Gohlis, und wo wir sonst nur das träge Studenten- und Ladenschwengelvolk beisammen fanden, gut aufgeräumt. Entweder singen sie mit und schwören zur Fahne, oder drücken sich in aller Stille davon. Bringe Deine Angelegenheiten in Ordnung und fliege bald in die Arme

Deines Theodor."

Körner spielt hier an auf das Lied „Männer und Buben" dessen erste Strophe lautet:

Das Volk steht auf, der Sturm bricht los!
Wer legt noch die Hände feig in den Schoß?
Pfui über dich Buben hinter dem Ofen,
Unter den Schranzen und unter den Zofen!
Bist doch ein ehrlos erbärmlicher Wicht,
Ein deutsches Mädchen küßt dich nicht,
Ein deutscher Wein erfreut dich nicht
Und deutsche Becher klingen dir nicht.
Stoßt mit an, Mann für Mann,
Wer den Flamberg schwingen kann!

Er zog von Leipzig über Dessau, Genthin, Perleberg einen Monat in der Elbgegend hin und her, ohne zu einem erheblichen Kampf zu kommen. An Frau von Pereira schrieb er am 15. Mai:

„Was soll ich Ihnen schreiben? Meinen Mißmut? Was soll ich Ihnen vertrauen? Meinen Grimm? Es

wühlt gräßlich in mir. Vor ein paar Tagen war eine
elende Affaire, das ist alles, was ich bis jetzt erlebt
habe. Die Franzosen hielten trotz der Übermacht nicht
Stich, an hundert Tote und Gefangene waren die Beute
des Tages.

Ich hätte recht hübsch wirken können, wenn die
Hunde Mut gehabt hätten. Wir waren nämlich zu
einer großen Rekognoscierung über die Elbe bei Dömitz
gegangen. Nach vielen beschwerlichen Märschen und
Heulägern trafen wir endlich die Franzosen. Ihre
Wachtfeuer leuchteten zu uns herüber. Als früh das
Treffen kaum anfing, ward ich mit hundert Mann an
eine Brücke kommandiert, mit dem Befehl, hier den
möglichen Rückzug der unsrigen zu decken und mich bis
auf den letzten Mann zu halten. Meine Leute brannten
vor Begierde; aber die Franzosen wurden geworfen, die
unsrigen gingen vor, und ich zog leer ab."

Das ging so ein Weilchen noch fort, bis er Ende
Mai erwünschte Abwechselung fand. Er schrieb darüber
an die seinen, die am 8. Mai sich vor den Franzosen
von Dresden nach Teplitz geflüchtet hatten:

„Im Biwak vor Aubigt zwischen Plauen und
Hof am 8. Juni."

„Ich bin gesund und frisch, habe als Adjutant des
Majors den verwegensten Zug mitgemacht, den man
ausdenken kann. Wir sind, ein kleiner Haufe, mitten
durch die Feinde von Stenbal an der Niederelbe hierher
an die Grenze von Baireuth gejagt. Seit dem 29. Mai
bin ich nicht vom Pferd gekommen, habe nur reitend
geschlafen und mit eignen Händen einige Gefangene
gemacht. Trotz dieser ungeheuern Anstrengung bin ich

ſtarf und munter und freue mich der Verwegenheit
dieſes Lebens."

Schon am 4. Juni war ein Waffenſtillſtand abge-
ſchloſſen, den Körner, wie viele Patrioten mit ihm, mit
Ingrimm ertrug. Aus dieſen Tagen muß ein Zettel,
mit Bleiſtift beſchrieben, herrühren an Einſiedels, bei
denen er ſich offenbar nach dem Befinden der Eltern
erkundigt hatte:

„Meinen herzlichen Gruß, lieber Alexander, liebe
Julie. Ich bin friſch und wohl und war nur um die
Eltern beſorgt. Einſiedel giebt mir aber gute Hoffnung.
Der Waffenſtillſtand macht mich wütend. Gott erhalte
Euch geſund; ich will ſchon durchkommen."

„Theodor Körner."

Trotz des Waffenſtillſtands wurden bekanntlich die
Lützower von den Franzoſen überfallen und Theodor am
17. Juni bei Kitzen nicht unbedeutend verwundet. Nachdem er aus einer tiefen Ohnmacht erwachte, ſchleppte er
ſich todesmatt, mit Hilfe der Freunde nach einem nahen
Gehölz. Dort ſchrieb er in der Nacht die Skizze zu
ſeinem Gedicht „Abſchied vom Leben" in ſein Taſchenbuch:

Die Wunde brennt, die bleichen Lippen beben!
Ich fühl's an meines Herzens mattem Schlage,
Hier ſteh' ich an den Marken meiner Tage.
Gott, wie du willſt, dir hab' ich mich ergeben.

Viel goldne Bilder ſah ich um mich ſchweben,
Das ſchöne Traumlied wird zur Totenklage.
Mut! Mut! Was ich ſo treu im Herzen trage,
Das muß ja doch dort ewig mit mir leben!

Und was ich hier als Heiligtum erkannte,
Wofür ich rasch und jugendlich entbrannte,
Ob ich's nun Freiheit oder Liebe nannte,

Als lichten Seraph seh' ich's vor mir stehen,
Und wie die Sinne langsam mir vergehen,
Trägt mich ein Hauch zu morgenroten Höhen.

Er erzählte wohl später noch, wenn er dieses Gedicht im Freundeskreise vorlas, die ersten 10 oder 11
Zeilen habe er so ziemlich im Kopfe fertig gehabt, aber
gegen den Schluß hin seien ihm wirklich die Sinne vergangen. So lag er ohnmächtig die Nacht hindurch im
Holze, bis er am andern Morgen auf Verwendung der
Freunde durch Holzhauer im Walde aufgesucht und verkleidet nach dem Dorfe Groß-Zschocher gebracht wurde,
das von Franzosen besetzt war. Von hier schrieb Förster
an Dr. Wendler in Leipzig, und Theodor selbst schickte
folgende Zeilen durch die Gärtnersfrau an Freund
Kunze:

„Groß-Zschocher am 18. Juni 1813."

„Liebster Wilhelm! Du wirst mir einen sehr großen
Freundschaftsdienst erweisen, wenn Du zu mir heraus
zum Gärtner des Gutsherrn kommst. Ich liege stark
verwundet, doch keineswegs gefährlich. Deiner Bette
tausend herzliche Grüße. Verschwiegenheit brauch' ich
Dir wohl nicht erst anzuraten."

„Dein Theodor."

Kunze begab sich sofort zum Gutsherrn von Groß-
Zschocher, dem Oberhofgerichtsrat Blümner, einem
Freund des Körnerschen Hauses, um seinen Rat zu er-

bitten. Dieser aber war ungehalten, daß der Gärtner
Theodor aufgenommen hatte, und verlangte, daß Körner
fortgeschafft würde. Freilich war es gefährlich genug
mit einem von der feindlichen Partei zu verkehren,
während der Herzog von Padua in Leipzig war. Und
die schwarzen Jäger waren den Franzosen besonders
verhaßt. Aber Kunze wollte auch Theodor nicht im
Stich lassen und erbat des Dr. Wendlers Hilfe. Mit
diesem fuhr er nach Scheußig, dort frühstückten sie gleich
gewöhnlichen Spaziergängern, gingen dann ins Holz, wo
sie an einem verabredeten Punkt mit Körner zusammentrafen, der bereits notdürftig verbunden war. Eine
Perücke und Kleider, die Kunze vorausgesandt hatte,
machten Körner unkenntlich. Sie suchten nun den Kahn
wieder auf. Ein zuverlässiger Mann fuhr sie auf den
kleinen Gewässern zwischen Pleiße und Elster, welche
das Holz durchkreuzten bis an die Wiese, sonst hinter
Rudolfs Garten nahe der Wasserkunst. Dort grenzte
Wendlers Garten, und bei Wendler wurde Körner in
einer Dachkammer versteckt und vor allem in chirurgische
Behandlung gegeben. Bei Kunze lagen württembergische
Offiziere im Quartier. Damit diese ihm seine Unruhe
nicht anmerkten, that er, als ziehe er sie ins Vertrauen,
und bat sie doch seinen Freund Körner, der verwundet
sei, im Walde aufzusuchen. Sobald Körner transportiert
werden durfte, fuhr Wendler mit ihm in Begleitung
zweier Damen, als gelte es eine Spazierfahrt, zum
Thore hinaus auf sein Gut Kahnsdorf. Dort pflegte
sich Körner noch einige Tage, fuhr von da nach Froh-
burg zu dem Freiherrn von Blümner, dann nach Chemnitz und so ward er durch den Beistand der treuen
Freunde glücklich über die böhmische Grenze nach Karls-

bab geschafft. Der gute Kunze fügte einem Bericht, den er im Jahre 1847 über diese Tage aufschrieb, die Worte hinzu: „Wir schöpften jetzt freier Odem."

An die Eltern schrieb Theodor gleich am 18. Juni noch eine kurze Nachricht, unter dem aus seinem Zrini erborgten Namen Juranitsch. Auch sonst zeigt der Brief das Bestreben, unbefugte Leser über den Absender im Unklaren zu lassen. Er lautet:

„Ohnfern Leipzig am 18. Juni 1813."

Euer Wohlgeboren nehme ich mir die Freiheit zu melden, daß da Sie durch mancherlei Nachrichten über meinen Zustand in Besorgnis sein dürften, ich Ihnen beteuern kann, ich sei gesund und noch mein eigner Herr. Ich denke von hier, aus dieser Versicherungskasse meines Ichs, nach meinem zweiten Vaterlande, doch bis jetzt nur nach Karlsbad zu wandern. Ich bitte Euer Wohlgeboren, dieses meiner lieben Frau nach Wien zu melden, da mir vielleicht die Gelegenheit dazu fehlen sollte. Lassen Sie Sich also durch kein Gerücht schrecken, ich lebe jetzt bei vortrefflichen Leuten, die mir jeden Schmerz vergessen machen. Genehmigen Sie mit Ihrer ganzen Familie die Versicherung meiner ausgezeichneten Hochachtung."

„Lorenz Juranitsch."

Am folgenden Tage dem 19. Juni schrieb Förster an den Vater Körner.

„Seien Sie unbesorgt, Theodor ist gerettet. Ich selbst danke meine Rettung einem sächsischen Offizier, welcher es übernommen hat, diese Zeilen an Sie schnell und sicher gelangen zu lassen."

„Einen fchänblichern Verrat, als Napoleon an uns ausgeübt, hat er noch niemals begangen. Den Sandwirt Hofer, ben Herzog von Enghien, ben Buchhänbler Palm, bie gefangenen Schill'fchen Offiziere hat er boch wenigftens vor ein Kriegsgericht ftellen laffen, eh' er fie feinen Henkern überlieferte; auf uns hat er, nachbem feine Generale bem Major Lützow bas Ehrenwort gegeben, nichts Feinbliches gegen uns zu unternehmen, bie Höllenrotte, feine Bluthunbe, losgelaffen unb uns, ba wir wehrlos waren, niebermetzeln laffen; gegen fünf-hunbert hatte er fünftaufenb abgefchidt."

„Nie ift bas Völkerrecht fchänblicher verletzt worben. Theobor wurbe als Parlamentär an ben General Fournier abgefchidt. Diefer ruft ihm unb Lützow ent-gegen: „L'armistice pour tout le monde excepté pour vous!" Unb eh' noch Theobor ben Säbel ziehen konnte, hatte er fchon einen fürchterlichen Hieb in ben Kopf empfangen. Wir hieben ihn unb ben Major aus bem bichteften Haufen ber Feinbe heraus. Der Major lag fchon, vom Pferbe herabgeriffen, am Boben; ein treuer Ulan brang ihm fein eigenes Pferb auf, unb wir eilten nun, ben ohnmächtigen Theobor zu retten. Schon war es bunkel, unfer Häuflein zerftreut, ein naher Walb verbarg uns. Notbürftig verbanben wir Theobor unb fuchten nun ein paar Holzhauer auf, bie uns aus bem nächften Dorfe Bauernkleiber anfchafften. So brachten wir Theobor in bas von ben Franzofen befetzte Dorf Groß-Zfchocher. Von hier gab ich bem Dr. Wenbler in Leipzig Nachricht, unb wie gefahrvoll auch für biefen beutfchen Ehrenmann bas Unternehmen war, er hat ihn nach Leipzig in fein Gartenhaus aufgenomnen, unb nun ift mir nicht mehr für ihn bange. Es finb alle An-

20

ftalten getroffen, daß er ficher und ungefährdet nach
Karlsbad kommen kann. Mich nimmt, als Bauern-
burfchen verkleidet der fächfifche Lieutenant von C . . . ß
mit einer Strohlieferung morgen mit in das franzöfifche
Lager, und wenn ich nur erft das Elbufer erreicht habe,
fchwimme ich hinüber zu den Freunden."

„Waffenftillftand alfo, aber keinen Frieden! Erft
Rache für folche Schandthat!"

„Ihr Förfter."

Theodor felbft fchrieb über diefen Tag einen Monat
fpäter an Frau von Pereira näheres:

„Gitfchin am 18. Juli."

„Über die Ahnungen hab' ich jetzt recht tüchtige
Erfahrungen gemacht. Vor der unglücklichen Affaire
bei Kitzen wies mir der Major Lützow von weitem ein
Grab, deren es dort feit der Lützener Schlacht zahllofe
giebt. Ich fprengte darauf zu, und als ich näher
hinanritt, fank mein Pferd mit den Vorderfüßen hinein.
Es war mir eine unangenehme Empfindung, und etwas
verftimmt kam ich zum Major zurück. Ich fagte ihm,
mir wäre zu Mute, als ging's uns heute noch fchlecht
— die franzöfifchen Vorpoften hatten wir fchon von
weitem gefehen. — Er lachte mich aus und bat mich, die
Poefie aus dem Leben zu verjagen. Kurz darauf, als
ich mit zum Parlamentieren vorritt, ftürzte fein Pferd,
der befte Springer im ganzen Corps, als er über einen
Graben fetzte. Mühfam arbeitete fich Lützow unter ihm
hervor, und ich hatte das unangenehme, peinliche Gefühl eines nahen Unglücks zum zweiten Male. Fünf
Minuten darauf fank ich, von drei Hieben zerfleifcht,

auf den Hals meines Pferdes, nud nur feinem Sprunge
verdank' ich mein Leben, fonft hätte mich der vierte
Hieb, der mir den Mantel zerhaute, vollends abge-
fertigt."

Unterwegs wäre er an der böhmischen Grenze faft
noch von einem Gendarmen festgenommen worden.
Gnftav Parthey erzählt darüber:

„Er fuhr bis zu dem letzten fächfifchen Städtchen
und wollte dann als Spaziergänger zu dem nächften
böhmischen Orte weiter gehen. Die Gegend kannte er
von feinen früheren Fußreifen her auf das genaufte.
Den gefchoreneu Kopf deckte eine braune Perücke, in
der Hand trug er eine leichte Gerte, ein graner Über-
rock und ein Strohhut vollendeten die Verkleidung. Auf
wenig betretenen Feldwegen fchritt er rüftig einher und
war fchon nahe an der Grenze, als ein fächfifcher Gendarm ihn anhielt und nach feinem Paffe fragte. „Was
fällt Ihnen ein?" fuhr Körner ihn an. „Kennen Sie
mich nicht? Ich bin der Herr von Vitzthum, und dort
drüben fehen Sie mein Schloß liegen. Sie werden
doch keinen Paß von mir verlangen, wenn ich meinen
Nachbar, den Herrn von Radenitz, zu befuchen gehe,
deffen Schloß nur 500 Schritte von hier entfernt ift?
Das würde Ihnen bei dem Kommandanten, Herrn von
Wietersheim, meinem fpeziellen Freunde, fehr fchlecht
bekommen." Mit vielen höflichen Entfchuldigungen ent-
fernte fich der Gendarm, und Körner kam glücklich
über die Grenze."

Die Eltern lebten auf die erften Nachrichten von
Theodors Verwundung in großer Aufregung und Angft.
Am 22. Juni fchrieb die Mutter aus Teplitz an Kunze
nach Leipzig und befchwur ihn, falls er etwas von

„einer geliebten Person" gehört habe, sogleich mit der
nächsten Post ihr Auskunft zu sagen. Am nächsten
Tage schreibt der Vater dann herzlichen Dank für einen
Brief, den Kunze bereits am 21. aus eigenem Antrieb
geschrieben hatte, und am ersten Tage nach der Rück-
kehr nach Dresben meldet der Vater dem jungen Leipziger
Freunde wieder kurz, daß sein „so gut angefangenes
Geschäft den besten Fortgang" gehabt habe.

Theodor hatte Kahnsdorf am 27. Juni verlassen.
Am 26. schrieb er noch von dort an Kunzes: „Ich
gehe morgen um 6 Uhr früh hier aus, schnell wird es
freilich nicht gehen. Kann ich Euch sehen und wo? Ich
wollte Euch keine Verlegenheit machen und schrieb an
B., unwissend, daß er auf der Stufe zu höchstem
Glücke steht: sonst hätte sich meine Bescheidenheit den
schmerzlichen Korb erspart. Wenn Ihr mir behilflich
seib, so komme ich vielleicht morgen noch bis C. Der
Bote trifft mich unterwegs. Glück auf!"

Er scheint den 27. noch bis Chemnitz, am nächsten
Tage bis Karlsbad gekommen zu sein. Am 29. schrieb
er aus Karlsbad an die Eltern: „Ihr Lieben! Ich
bin frei und in Sicherheit, zwar verwundet, aber nicht
bedeutend. Sulzer kuriert mich, und edler Freunde
nehmen sich viele meiner an. Könnt' ich das Fahren
vertragen, ich käme zu Euch, ich bin aber zu angegriffen
von der Reise hierher, um mir nicht, ob auch unwillig,
einige Tage Ruhe zugestehen zu müssen. Habt keine
weitere Sorge um mich, ich nehme mich in Acht. Jetzt
wohn' ich im Goldenen Stab; doch will mich die Rede
in ihr Quartier nehmen, um mich besser pflegen zu
können. Gott sei mit Euch. Ich vermute Euch schon
in Dresben nach Juliens Nachrichten. Glück auf!"

Schon am ersten Juli meldet er an Parthey nach
Berlin, daß Frau v. d. Recke die zarteste Mutterliebe
gegen ihn äußere und wie ein Engel des Himmels in
seine Schmerzen hineinstrahle. Am nächsten Tage denkt
er des Geburtstages des Vaters, und wünscht ihm, daß
er sein nächstes Fest im freien Vaterlande feiere. Er
schließt: „Der Mutter, Tante und Emma meinen herzlichsten Kuß. Allen Freunden einen Gruß, Dir einen
tüchtigen deutschen Händedruck und die heilige Versicherung, daß ich auch in den furchtbarsten Augenblicken
der vergangenen Tage der guten Sache auch mit keinem
Gedanken untreu geworden bin.“

Am 15 konnte er Karlsbad verlassen und mit dem
Major Sarnowsky ins Hauptquartier nach Reichenbach
in Schlesien reisen. Sein Wunsch, die Eltern besuchen
zu können, erfüllte sich nicht. Er sandte ihnen herzliche
Worte: „Ängstigt Euch nur nie, wenn die Nachrichten
ausbleiben. Gott hat mich so weit gebracht, er wird
mich weiter bringen; und denkt nur, daß ich eine heilige
Pflicht erfülle, und daß ein rechtlich deutsches Herz auf
alles gefaßt sein muß. Durch! Nun der Himmel sei
mit Euch! Gott wird uns alle froh zusammenführen.
An diesem Glauben haltet!“

Durch die Erhitzung auf der Reise hatte sich die
Wunde doch wieder verschlimmert, und er mußte in
Reichenbach länger verweilen, als er beabsichtigt hatte.
Aber er fand dort freundliche Aufnahme bei seinem
Paten Geßler, und viele interessante Menschen, unter
andern wieder Ernst Moritz Arndt. Körner wohnte bei
Geßler und sogar in einer Stube mit ihm, da die
russische Einquartierung den Platz verengte. In Er-
innerung an diese Tage hat Arndt später eine kurze

Charakteristik des Grafen Geßler geschrieben, die wohl verdient, hier eingeschaltet zu werden, da sie einen der nächsten Freunde der Römerschen Familie betrifft.

„Mein einziger rechter Freudenbringer," schreibt Arndt, „war der Graf Geßler, ein alter Jugendfreund Steins, welcher über ihn eine große Gewalt hatte, und ihn, selbst wenn sie sich anfangs labbelten, doch zuletzt meistens in heitere Laune setzte; denn dieser edle Mann hatte über ein sehr stürmisches Herz und einen kränklichen Leib, der ihn schrecklich mit Gicht plagte, eine großartige Herrschaft gewonnen. Er verstand die schwerste aller Künste, nach außen hin heiter zu spielen, wenn auch in ihm Gewitterwolken spielten. Das war aber das Anmutigste, daß seine Art Witz dem Steinschen auf eigentümliche Weise zum Wetzstein diente und Funken aus ihm hervorlockte. Er war in der Nähe begütert, und die sächsischen Generale und andere wohnten auf seinem Gute Neuendorf, eine Stunde von Reichenbach, wohin wir oft spazieren fuhren. Weil wir alle, und die meisten nur zu viele Muße hatten, woraus bei dem schwebenden, zweifelhaften Stande der Dinge eben doppelter Überdruß und Verstimmung entstand, so zog er mich heran, und wir lasen griechisch und italienisch miteinander. Denn er war ein sehr gebildeter, kenntnisreicher Mann, der in der Jugend England und Italien mehrmals gesehen und eine schöne Bibliothek gesammelt hatte. Ein kleiner Mann mit den lebhaftesten Bewegungen, mit einem breiten, von Blatternarben zerrissenen Gesicht und feuerblitzenden Augen, leider mit durch Gicht oft zuckenden Zügen; Schalkheit und Witz funkelten aus ihm, obgleich er beim ersten Anblick mehr den Eindruck eines häßlichen Mannes machte. Von Natur ungestüm

und geschwind, hatte er durch beharrliche Übung die
größte Herrschaft über sich gewonnen. Im Gespräch
schoß er Pfeil auf Pfeil ab und wenn er ja einmal
scharf getroffen hatte, machte seine große Gutmütigkeit
es bald wieder gut. Denn eben diese Gutmütigkeit und
eine große Weichheit und Zärtlichkeit des Gemüts zu
bedecken oder vielmehr zu verhüllen, geberdete er sich
oft wie ein Eisenfresser, besonders wenn er Gutes thun
und Wohlthaten erteilen wollte, worin er im stillen un-
ermüdlich war. Er war der Enkel eines großen preußischen Reitergenerals, der im zweiten schlesischen Kriege
in der Schlacht bei Jauer, oder dem schlesischen Hohen-
friedberg, durch eine glänzende Waffenthat die große
Entscheidung brachte, indem er mit vier Reiterregimentern
das östreichische Centrum durchbrach und die ungarischen
und böhmischen Grenadierregimenter wie Haberstroh zu-
sammentritt. Der große König machte ihm in dem er-
oberten Lande eine der bedeutendsten Schenkungen und
erhob ihn in den Grafenstand. Als Zeichen jener glor-
reichen Waffenthat führten seine Enkel sechsundzwanzig
Fahnen und sechsundsechzig Standarten im Wappen."

„Unser Graf Karl war ein Feldhauptmann des
Landsturms und hat als solcher gottlob nicht Gelegenheit bekommen, Thaten zu thun. Er war aber in ganz
Schlesien nebst dem würdigen Oberpräsidenten Merkel
und vielen andern Patrioten eifrigst thätig, durch Rat
und That, auch durch Silber und Gold, die Landwehr
errichten und bewaffnen zu helfen. Diese war eine
geschwinde und schöne Arbeit Gneisenaus. 60,000 Mann
Landwehr waren in einigen Monaten leidlich fertig,
wie Soldaten in zwei Monaten fertig werden können.
Aber von seinem Landsturm mochte Geßler nichts hören.

Er legte auch seine Oberfeldherrnstelle sobald als möglich nieder. Noch während meiner Anwesenheit in
Reichenbach hatte er sein sechzigstes Jahr vollendet, und
er ließ sich nun sogleich davon entbinden. „Eine schöne
Geschichte," sagte er eines Tages zu mir, „wenn ich mit
meinen Baumwollenwebergesellen auf den Plan müßte!
Das würde ein Laufen geben, und ich müßte dann ja
mitlaufen! Nein, so weit sind wir noch nicht herunter;
eine solche Maulschelle soll mein Wappen nicht bekommen."

Am 31. Juli verließ Theodor Reichenbach und
reiste nach Berlin, wo er am 4. August eintraf und
fünf Tage bei der Familie Parthey wohnte. Er fand
hier wieder die freundlichste Aufnahme. Da las er des
Abends mit seiner tiefen wohlklingenden Baßstimme, die
in das innerste Herz drang, seine Lieder aus einem
kleinen Quartheft vor, das er Leyer und Schwert betitelt
hatte. Sobald der Zustand der Wunden es gestattete,
reiste er dann zu seinem Corps zurück, wo er sicherlich
noch vor dem Wiederbeginn des Kampfes, das heißt
noch vor dem 17. August eintraf. Von diesem Tage ab
kämpften die Lützower fast täglich. Am 26. August
morgens etwa 7 Uhr versuchte ein Teil unter Lützows
Führung eine französische Transportkolonne von Munition
und Wagen in der Gegend von Gadebusch zu überfallen
und aufzuheben. Körner befand sich als Adjutant an
Lützows Seite. Als er auf seinem Schimmel vorsprengte,
wurde er von einer feindlichen Kugel in den Unterleib
tödlich getroffen. Seine Kameraden hoben den Leichnam sogleich auf, trugen ihn mit sich und betteten
ihn unter einer Eiche bei Wöbbelin. Unter ge-
dämpftem Trommelschlag geleiteten die tiefergriffenen

Freunde und Waffengefährten den Sarg zur Ruhestätte,
senkten ihn unter Anstimmung seines Gebetliedes „Vater,
ich rufe dich" in die Gruft und schieden mit dem Ab-
schiedsgruße „Das war Lützows wilde, verwegene Jagd."
Sein letzter Brief scheint an Hofrat Parthey gerichtet
zu sein. Diesem schrieb er:

„Kirch Jesar am 23. August."

„Liebster Hofrat! Ich lebe noch, seit dem 17. schlagen
wir alle Tage. Die Truppen haben sich concentriert:
ich erwarte in diesen Tagen einen Hauptschlag. Das
Biwak hindert mich am längeren Schreiben. Tausend
Grüße an alle. Meinen Eltern Nachricht, so es möglich; den Brief bitte ich zu besorgen. Gott mit Euch
und uns!"

„Theodor Körner."

Als das letzte seiner Gedichte fand man in seinem
Taschenbuche sein „Schwertlied," das er kurz vor seinem
Tode einigen Kameraden noch vorgelesen hatte. Die
Trauer um ihn war allgemein, das Beileid mit den
armen Eltern aufrichtig, und wie auch die Meinungen
über die Kraft seines Talentes verschieden waren, die
Poesie seines Lebens und seines Todes ergriff das
ganze Volk, und seine Bekannten und Freunde fühlten
nach seinem Tode, was Schillers Wallenstein ausspricht,
als er an den seligen Tod des Max Piccolomini sinnend
zurückdenkt:

Sein Leben
Liegt faltenlos und leuchtend ausgebreitet;
Kein dunkler Flecken blieb darin zurück.

Und die weiteren Wallensteinschen Worte treffen

zugleich genau die Gefühle des wackeren Vaters, als
er den Tod des einzigen Sohnes erfahren hatte:

Verschmerzen werd ich diesen Schlag, das weiß ich;
Denn was verschmerzte nicht der Mensch. Vom Höchsten
Wie vom Gemeinsten lernt er sich entwöhnen;
Denn ihn besiegen die gewalt'gen Stunden.
Doch fühl' ich's wohl, was ich in ihm verlor:
Die Blume ist hinweg aus meinem Leben
Und kalt und farblos seh' ich's vor mir liegen.
Denn er stand neben mir wie meine Jugend,
Er machte mir das Wirkliche zum Traum,
Um die gemeine Wirklichkeit der Dinge
Den goldnen Duft der Morgenröte webend.
Im Feuer seines liebenden Gefühls
Erhoben sich, mir selber zum Erstaunen,
Des Lebens flach alltägliche Gestalten.
Was ich mir ferner auch erstreben mag,
Das Schöne ist doch weg, das kommt nicht wieder.
Denn über alles Glück geht doch der Freund
Der's fühlend erst erschafft, der's teilend mehrt.

Die armen Eltern mußten lange in banger Spannung
und Ungewißheit leben. Am 15. September hatte ihnen
Wilhelm Kunze mitgeteilt, daß in einer Zeitung vom
13. September der Widerruf einer früheren Nachricht
enthalten sei, nach welcher Theodor gefallen sein sollte. Der
Widerruf sprach nur von einer Verwundung des allbe-
liebten Sängers. Inzwischen hatte Körner von andrer
Seite die Abschrift eines Artikels vom 10. September
einer Berliner Zeitung erhalten, welcher umständlich
den Tod seines Sohnes erzählte. Nun fragte sich ob
der Widerruf sich auf diese Nachricht bezöge, und die
Eltern verlangten sehnlichst die betreffenden Zeitungs-

blätter zu bekommen oder sonst eine bestimmtere Nachricht. Auch bat der Vater, daß Kunze die Einrückung
der nachfolgenden Aufforderung in die Berliner Zeitung
durch einen dortigen Freund veranlasse, da die
Briefe aus Dresden nach Berlin unter den damaligen
kriegerischen Verhältnissen auf sichere Beförderung nicht
rechnen konnten:

„Der verwundete Lieutenant Theodor Körner bei
dem von Lützowschen Corps wird dringend gebeten, über
sein Befinden entweder selbst oder durch einen seiner
Freunde einige Nachricht in diese Blätter einrücken zu
lassen, da hierüber auf dem Wege der Post vorjetzt keine
Auskunft zu erlangen ist.“

Dieser Brief war durch des Ministers Grafen Ein-
siedels gütige Vermittlung von einem Baron von Werther
an Kunze überbracht. Er wurde gebeten auf demselben
Wege sicher seine Antwort zurückzusenden; aber auch
seine Antwort blieb aus, und noch Monate lang erhielten
die armen Körners keine Gewißheit über des Sohnes
Schicksal. Schlacht auf Schlacht war geschlagen, Sieg
auf Sieg von den Deutschen erfochten, in Sachsen durch
die Leipziger Schlacht die Entscheidung gefallen; die
Aufregung und Not stieg hoch, und für den patriotischen
Körner kam noch die Trauer hinzu, daß Sachsen fest zu
Napoleon hielt. Auch persönlich war der Vater in
Gefahr, alle Welt glaubte in Dresden, er würde von
Napoleon geächtet werden, und man rechnete es dem
Kabinettsminister Grafen von Einsiedel als Zeichen hoch-
herzigen Mutes an, als er nach Körners Rückkehr aus
Teplitz diesen, als seinen Freund, besuchte und den
Wagen ganz offen einige Stunden vorm Hause warten
ließ. Und nun bei aller äußeren Unruhe und Not die

innere Furcht und Sorge um den Sohn und die
quälende Ungewißheit, ob die traurigen Gerüchte sich
bewahrheiten würden. Ein Bild dieser Not im Körnerschen Hause giebt ein eiliger Brief der Mutter an Kunze,
den ich hier einschalte:

"Großenhayn d. 3. November 1813."

"Zum zweiten Mal sind wir Flüchtlinge, mein teurer
Wilhelm, und nachdem wir durch unendliche Schwierig-
keiten sind hier in sichern Port angekommen, ergreife
ich die Feder an Sie treuen Freund unseres geliebten
Theodors, um Nachricht von dem teuren Sohn von
Ihnen zu hören. Umsonst sind alle Versuche gewesen,
die wir in Dresden nahmen, uns Nachricht von Karl
zu verschaffen, selbst von Ihnen, treuer Wilhelm, erhielten
wir keine Antwort auf den Brief, den der Graf durch
Herrn v. W. die Güte hatte, an Sie zu schicken. Unsere
Unruhe, unsere Sorge, unser trauriges Leben können
Sie Sich denken. O mein teurer Wilhelm, wissen Sie
was, so sagen Sie schnell den armen Eltern, was Sie
wissen.

Was wir seit dem Monat Mai erlitten haben ist
unbeschreiblich. Die Krankheiten nehmen so überhand,
daß alle Woche 150 und 160 Bürger sterben und in
den Lazarethen alle Nächte 200 bis 300 Franzosen.
Dresden ist ein weites Grab! Der Mangel nahm stündlich zu. Am 29. Oktober mußten wir unsere Vorräte
angeben, am 30. erhielten wir den Befehl, uns auf zwei
Monate zu verproviantieren, oder aus der Stadt zu
gehen. Den sächsischen Offizieren wurde, nachdem man
sie entwaffnet hatte, die Wahl gelassen, dem Kaiser
Napoleon zu schwören, oder aus der Stadt zu gehen.

Sie entschlossen sich sogleich den 1. November aus der Stadt zu gehen. Dies erfuhr mein Mann, wie er aus der Session kam, und sagte uns, wir müßten den andern Tag fort, er wollte uns und sich retten. Wer so viel von seinem Vermögen schon verloren hat wie wir, der wird gleichgiltig gegen den Rest. Gott wird helfen! Wir haben also unser Eigentum verlassen und sind am Sonntag früh ausgezogen. Wie wir an den Versammlungsort kamen, waren wir 21 Wagen stark und 18 Offiziere mit ihren Leuten und Gepäck. Ich verwundere mich noch, daß die Franzosen so viel Pferde, an der Zahl 160 aus der Stadt gelassen haben. Mitnehmen haben wir nicht viel können, weil beide Häuser voll Einquartierung sein; nur meines Mannes Sehnsucht aus der Sklaverei, und Nachricht von unserm Sohn zu haben, trieb uns fort."

„Welche Zeiten werden die armen Dresdner erleiden! Unser vortrefflicher Schönberg gab uns Pferde, die fürs Land gerettet werden sollten, und so kamen wir fort. Das Elend, der Hunger, die pestartige Luft nahm stündlich zu. Gott schütze meine armen Leute, ob ich noch etwas von dem unsern retten werde, steht in Gottes Hand. Gott mit Ihnen, teurer Wilhelm, an die geliebte Betty tausend Grüße. Wohl Euch, Ihr seid gerettet. Schreiben Sie bald, unsere Adresse ist bei der Majorin Eichelberg abz."

Kurz darauf erhielten Körners die Gewißheit des Todes ihres Theodor. Zuerst kam von Parthey die Nachricht, dann von Kunze, zugleich überbrachte auch Arndt einen Brief vom treuen Geßler, der inzwischen aufrichtig mit Körners gelitten. Aus treuem Herzen schrieb er nun mit genaueren Nachrichten an Körner die Worte: „Verzeiht mir, meine Freunde, wenn ich Euer Herz zerreiße. Blutet meins etwa weniger?"

Rührend ist, wie der gebeugte Vater sich in das gewisse Unglück zu finden suchte. Am 9. November schrieb er an Kunze:

„Ehe noch Ihr letzter Brief ankam, teurer Freund, hatte ich schon von Parthey die traurige Gewißheit erhalten, aber Ihr Brief enthielt noch einige Umstände mehr. Meine Hoffnung gründete sich auf eine Nachricht von einem Widerrufe der Todesanzeige, wovon Sie mir auch geschrieben hatten. Vergebens suchte ich dieses Blatt zu bekommen, worin dieser Widerruf stehen sollte. Inmittelst war die Kommunikation mit Berlin und zuletzt auch mit Leipzig abgeschnitten, und erst nachdem ich mich hierher geflüchtet hatte, konnte ich bestimmte Nachricht erhalten. Aber daß ich bis jetzt noch hoffte, hat vielleicht auch wohlthätige Folgen gehabt. Meine Frau ist allmählich zu solchem Verluste vorbereitet worden, und wir können ihn hier würdiger, ungestörter und mit weniger Gefahr für die Gesundheit der meinigen betrauern als in Dresden. Es ist mir gelungen, das Schlimmste der Mutter und Schwester nach und nach beizubringen. Es ergriff sie heftig, aber ihr Schmerz fand doch bald die Linderung der Thränen, und ihr Körper soll hoffentlich nicht leiden. Eine treffliche Frau von Geist und Herz, die Gemahlin des Grafen Hohenthal, die sie aufgesucht hat, steht mir treulich bei. Ich selbst fühle mich durch die göttliche Gnade wunderbar gestärkt. Mein Schmerz ist sanft und sein Tod hat für mich eine seelenerhebende Wirkung. Als einen Schutzgeist werde ich ihn ehren und den Rest meines Lebens alles anwenden, um seiner wert zu sein, um für die große Sache, der er sich geopfert hat, auch in meinem Wirkungskreise nach meinen Kräften etwas zu leisten. Uns allen ist es eine große Beruhigung, daß sein Ende so schmerzlos gewesen ist. Parthey schreibt mir, daß seine einzigen und letzten Worte waren, als man ihn fand: „Ich bin nur leicht verwundet."

Schreiben Sie mir doch, ob vielleicht noch wegen des Aufenthalts meines Sohnes in Leipzig etwas zu berichtigen ist. Für den Bauer zu Groß-Ischochoer, der ihn aufgenommen hat, wollte ich auch gern etwas thun. Dies war meine Absicht, wenn ich in künftigem Sommer, wie ich zu thun wünsche, zu dem Grabe meines Sohnes nach Mecklenburg reise. Aber vielleicht hat dieser Bauer jetzt durch den Krieg verloren, und nur baldige Hilfe könnte ihm lieb sein."

„Daß Sie den Druck seiner Gedichte jetzt besorgt haben ist recht schön, und Sie kommen mir dadurch zuvor, da ich im Begriff war, eine Sammlung zu veranstalten. Es ist aber besser, daß sie je eher, je lieber erscheint. Was sich etwa noch auffindet, kann nebst einigen früheren Gedichten in der Folge herausgegeben werden. Zuerst werde ich den Zrini drucken lassen."

„Da meine Familie den Prinz Gustav von Mecklenburg kennt, so hoffe ich den Platz, wo das Grab meines Sohnes ist, erkaufen zu können, um es auf eine anständige Art durch ein steinernes Denkmal zu bezeichnen. Vielleicht finde ich dort auch in der Nähe ein Plätzchen, wo ich meine Tage beschließen kann."

Die Leipziger Zeitung Nr. 223 vom Sonnabend den 20. November 1819 brachte folgende Anzeige:

„Am 26. August dieses Jahres fiel unter den Kämpfern für Deutschlands Rettung mein Sohn Karl Theodor Körner, Lieutenant bei dem von Lützowschen Freicorps, in einem Gefechte zwischen Schwerin und Gadebusch, nachdem er in seiner kurzen Laufbahn — er hatte das 22. Jahr noch nicht vollendet — die Freude und der Stolz der seinigen gewesen war. Ungeachtet einer Todesanzeige in den Berliner Zeitungen blieb mir nach späteren Nachrichten noch immer einige Hoffnung übrig, bis ich gestern die traurige Gewißheit erhielt.“

„Diese Bekanntmachung darf daher nicht länger anstehen, und ich rechne dabei auf das Mitgefühl aller, die den Verstorbenen gekannt haben.“

„Einen solchen Verlust zu überleben, findet der Vater Kraft in der Religion und in dem herzerhebenden Gedanken an den nunmehrigen Sieg der guten Sache, für die so mancher Tapfere Blut und Leben geopfert hat. Gott wird auch die Mutter und Schwester stärken.“

„Großenhayn den 9. November 1813.“

„Dr. Christian Gottfried Körner,
Kgl. Sächsischer Apellationsrat.“

Im November erschienen auf Kunzes Betrieb „Zwölf freie deutsche Gedichte von Theodor Körner. Nebst einem Anhang. 1813.“ Das seltne Büchelchen umfaßt 64 Seiten in Oktav, und der Anhang bringt noch fünf neue Lieder hinzu. Früher hatte sich Kunze der kriegerischen Verhältnisse wegen des ihm von Theodor geworbenen Auftrages der Herausgabe nicht zu entledigen vermocht. Der Vater war mit der anständigen Ausstattung des

kleinen Buches und mit dem ruhigen Ton des kurzen
Vorwortes sehr zufrieden.

Die Teilnahme, welche die Familie Körner von
allen Seiten her erfuhr, war für sie tröstend und er-
hebend. Besonders fühlte sich Körner jetzt zu Frau von
der Recke und ihrem Freunde Tiedge hingezogen, die
den jungen Körner aufrichtig geliebt und noch in Karlsbad treu gepflegt hatten. Frau Dr. Kohlrausch, welche
in dieser Zeit auf Schloß Nachob bei Frau v. b. Recke
wohnte, schrieb an Partheys am 22. November 1813:
„Frau v. R. hat einen herrlichen, erhellenden Brief
von dem würdigen Vater unseres Theodor Körner. Mit
heißen Thränen habe ich ihn gelesen. Wahrlich, diese
Zeit der Trübsal entwickelt Tugenden, die dem ver-
rufenen Zeitalter niemand zugetraut hätte. Ein solcher
Vater verdiente einen solchen Sohn zu haben. Er zeigt
eine große, hohe Seele. Wie natürlich finde ich seinen
Wunsch, in der Nähe der Hülle seines vorangegangenen
Sohnes zu leben. Frau v. R. sagt mir, daß sie
Parthey auch von den übrigen Wünschen des wackeren
Vaters geschrieben habe. Wäre es doch möglich, diesen
herrlichen Menschen für den preußischen Staat zu ge-
winnen.“

Frau von der Recke schrieb in dieser Beziehung an
Wilhelm von Humboldt und in Betreff der Ruhestätte
Theodors an den Erbprinzen von Mecklenburg, der ihr
„in einem ganz herrlichen Briefe“ antwortete und das
Anerbieten stellte, für Körners Leiche in Ludwigslust
einen für ein Denkmal geeigneteren Platz zu stellen.

Der briefliche Verkehr zwischen Körner und Frau
v. Recke und Tiedge wurde in der nächsten Zeit sehr
lebhaft, weil Körner an Tiedge die Herausgabe der

21

Werke des Sohnes übertrug. Tiedge arbeitete mit Liebe an dieser Aufgabe, gab sie aber doch schließlich an Körner zurück, weil seine Gesundheit zu schwächlich war und die Erinnerung an den frischen Heldenjüngling ihn bei seiner weichen Natur zu lebhaft aufregte. Nur einen Aufsatz über Theodor und mehrere Sonette auf ihn steuerte er bei

Eine große Freude gewährte es Körner, als anfangs Dezember Freund Geßler zu ihnen nach Dresden kam. Er wußte noch manches vom Sohne zu erzählen und durch seine treue Teilnahme und seine anregende Begeisterung für die allgemeinen Angelegenheiten am besten zu trösten und in neuen Lebensmut hineinzuhelfen. Er schrieb über Körners in dieser Zeit mehrfach an Frau von Wolzogen:

„Körner, der mit edler Fassung das Ärgste, was ihm widerfahren konnte, erträgt, hat um zwanzig Jahre gealtert. Er empfängt von allen Seiten Beweise von Teilnehmung an seinem Sohne, die seine Wunden wieder aufreißen. Aber keine Klage kommt über seine Lippen. Er sagte mir nur, als wir allein waren, mit einem freundlichen Ton und Gesicht: „Es war eine schöne Erscheinung, die nun dahin ist." Die ganze Familie fängt jetzt ein neues Leben an, in das sie sich schwer finden wird."

Und am 20. Dezember schreibt er:

„Gewiß nicht ohne Grund war ich für das Schicksal meiner Freunde, an denen auch Sie innigen Anteil nehmen, besorgt. Ich fand Körner besonders so bedeutend gealtert, daß mir besonders für ihn bange war; und schwerlich würde er den Folgen eines in sich geschlossenen Grams entgangen sein, schwerlich würde

er sich durch eigene Kraft von dem Feinde losgerungen
haben, der sein Leben, ihm selbst unbemerkt, verzehrte,
wenn ihm nicht ein Impuls von außen zu Hilfe gekommen wäre. Körner hatte sich, ohne den Reuterer
gegen die anders denkende Regierung zu machen, sehr
edel für die gute Sache ausgesprochen, erhielt bei der
ersten Audienz, die die Behörden beim Fürsten Repnin
halten, und wo auch er unter den andern Appellations-
räten en masse vorgestellt wurde, aus den Händen desselben den Annen-Orden von der zweiten Klasse mit
einem sehr artigen Kompliment, wurde gleich darauf
bei der Sektion des Herrn von Miltitz angestellt und
gefällt sich in seiner neuen Bestimmung. Er hat an
Merian und einem gewissen Krüger, meinem Landsmann, Männer von Talent, Jovialität, gutem Willen
gefunden, und da er selbst von der bittern Leidenschaft
gegen das vorige Gouvernement und dem kränklichen
Bedauern, daß die Glorie Sachsens so schnell geendet
hat, frei ist, mutig den Dornenpfad fortgeht und das
einzige thut, was ein vernünftiger, rechtlicher Mensch
soll, so viel Gutes wirkt als er kann, zeichnet er
sich vor vielen seiner Landsleute vorteilhaft aus. Nun
ist Körner über das alles froh, ist den ganzen Tag beschäftigt, muß seinen Kummer vergessen, die Wunde
heilt unbemerkt, und nur die Narbe verrät noch, daß
sie da war. Die Weiber, denen Körner nunmehr alles
ist, können jetzt über das alles reden, leben mit ihm in
seinen glücklicheren Verhältnissen und trösten sich zusehends. Sie sehen also, daß meine Gegenwart auch
hier, wie überhaupt auf der ganzen Welt unnütz ist."

Körners Freude in dem neuen Beruf bestätigt ein
Brief an Arndt. Er hatte ohnehin schon auf Arbeit ge-

21*

dacht, um sich innerlich zu beschäftigen, und die Redaktion einer Zeitschrift übernehmen wollen, die er nun Arndt zu übernehmen bat. Auch hatte er die Idee mit Arndt besprochen, einen politischen Bund zu stiften. Nun hatte ihm gerade jetzt aus besondrem Vertrauen die älteste Dresdner Loge die erledigte Stelle eines Meisters vom Stuhl angetragen, obwohl er nicht Mitglied dieser Loge gewesen war, und er nahm die Stelle an, weil sie ihm vielleicht Gelegenheit bieten könnte, die Bundesidee zu fördern. Über seine Thätigkeit in der Loge mag ich als Außenstehender nicht berichten. Es haben sich Aufzeichnungen und ausgearbeitete Reden erhalten. Sie haben mir zur Ansicht vorgelegen und mögen für Logenbrüder Interesse haben, für die Öffentlichkeit waren sie nicht bestimmt, umsoweniger als auf einem der mir vorliegenden Packen von Körners Hand ausdrücklich vermerkt stand, die inliegenden Schriftstücke seien nach seinem Tode zu verbrennen.

Der neue Beruf und die Fürsorge für die würdige Herausgabe der Werke des Sohnes füllten seine ganze freie Zeit in den folgenden Monaten aus. Tiedge und Frau von der Recke wollten strenge Censur vom Standpunkt der Kunstkritik üben und viele Gedichte Theodors nicht abdrucken lassen. Körner wollte ihnen gern freie Hand lassen, erklärte aber, daß er für seine Person in dieser Beziehung nicht ängstlich sei. Er sei auf manche hämische Recension gefaßt und glaube schon, daß vielleicht manche fänden, über einen gebliebenen Lieutenant sei bereits viel zu viel Aufhebens gemacht. Auch wisse er, daß Theodor nie viel Zeit auf die Feile verwendet und der Kritik manche Blöße gegeben habe. „Aber," so fährt er fort, „wenn ich bedenke, daß es gewiß unter

der jetzigen deutschen Jugend mehrere empfängliche Seelen
giebt, die durch die frische Lebenskraft, den hohen Sinn
und das rege Gefühl für alles Edle, Schöne und Heilige
in den Werken meines Sohnes entzückt und begeistert
werden, so bin ich bereit, für eine solche Wirkung auch
etwas zu wagen." Als Tiedge zuletzt aus Gesundheits-
rücksichten von der Herausgabe abstand, nahm daher
Körner einige von Tiedge verworfene Gedichte getrosten
Mutes wieder auf, in der Hoffnung etwa allzu große
Kühnheit werde dem Vater auch leichter verziehen werden
als dem Kenner. Daß er nicht zu geringe Vorsicht in
der Auswahl gebraucht hat, hat der Erfolg gezeigt.
Körners Schriften sind in unzähligen Ausgaben verbreitet, und die späteren Herausgeber haben noch manche
Findlinge eingeschaltet. Das schönste Denkmal aber
stiftete der Vater seinem Sohne durch die herrliche
kleine Sammlung der Kriegslieder „Leyer und Schwert."
Auch seine biographischen Notizen über das Leben des
Sohnes sind wiederum ein schönes Zeugnis für den
Sohn wie für den Vater.

Natürlich nahm die Körnersche Familie den regsten
Anteil an den Erfolgen der deutschen Heere. „Zu-
förderst," schrieb der Vater an Tiedge am 12. April 1814,
„aus vollem Herzen meinen Glückwunsch zu den großen
Begebenheiten des Tages. Jetzt sind die Opfer nicht
vergebens, die für Deutschland gefallen sind. Wer nur
in Berlin ein solches Siegesfest feiern könnte. Hier
ekelt mich manches Gesicht, das mir im Moment der
begeisterndsten Stimmung begegnet." Und am 21. Juni
schreibt er an Frau von der Recke:

„Lassen Sie Sich die schönen Tage der siegreichen
Rückkunft des preußischen Heeres durch niederschlagende

Betrachtungen nicht verbittern. Es bleibt immer viel,
was errungen ist, und die Ernte wird groß sein. Ein
zwar natürlicher aber nicht edler Trieb der Rache bleibt
unbefriedigt; für den Verlust an Geld und Geldeswert
ist Deutschland nicht entschädigt, manche Vorteile, die
vielleicht größere Sicherheit für die Zukunft gewährten,
sind nicht erkämpft worden; aber in dem Gefühl der
Kraft und der gelungenen Anstrengung liegt ein unendlicher Lohn. Aus diesem Keime werden sich die
herrlichsten Früchte entwickeln, und es ist besser, auf
weniger Sicherheit rechnen zu können, damit wir einen
Grund mehr haben, nicht in sorgloser Ruhe zu er-
schlaffen, sondern immer gerüstet zu bleiben. Jeder wirke
nur auf dem Posten, wohin ihn eine höhere Macht gestellt hat, so viel Gutes, als er kann. Von Bonaparte
und den Franzosen nehme ich keine Notiz, als nur insofern wir ihren Anfällen und Ränken in Deutschland
uns entgegenzustellen haben. Unter sich mögen sie treiben,
was sie wollen; sie leben in einer andern Welt als der
meinigen."

„Unter den neuen Beförderungen im preußischen
Staate freut mich besonders die Ernennung des Präsi-
benten von Schuckmann zum Minister des Innern.
Dies wäre gerade ein Mann, unter dem ich arbeiten
möchte. Im Praktischen glaube ich dazu brauchbar zu
sein, einem Minister die vorhandenen Materialien vorzubereiten, die Übersicht zu erleichtern, aus einem ge-
mischten, großenteils unbedeutenden Stoffe das Wichtigste
herauszuheben und dergleichen. Es fehlt mir an manchen
Realkenntnissen, aber Lesen und Schreiben glaube ich
gelernt zu haben, und dies wird jetzt manchmal gebraucht werden."

„Mich und mehrere meiner bejferen Landsleute
verlangt fehr nach der fchwarz und weißen Kolarbe.
Es fcheint aber, daß unfere Gebuld noch einige Monate
geprüft werden foll."

In Sachfen wurbe es ihm je länger, je unbehag-
licher. Den partikulariftifchen Sonberintereffen hatte er
flets feinen deutfchen Patriotismus gegenübergeftellt und
baburch in Sachfen natürlich nicht Dank geerntet, „und,"
fo fchreibt Emma ganz in bes Vaters Sinn an den
Vetter Weber, „ber Umgang von Menfchen, deren Au-
fichten nicht über die Grenzen ihres Landes hinausgehen,
kann benen nicht genügen, beren einziger Troft bas
Bewußtfein ift, bas Liebfte bem Heiligften geopfert zu
haben."

Am 28. Oktober 1814 fchrieb Körner an Frau
von ber Rede: „Bei bem Erfcheinen ber vielen Flug-
fchriften über Sachfens Schidfal ift wohl auch bei mir
manchmal bie Ibee entftanden, bie Feder barüber zu
ergreifen. Aber zu einer bloßen Widerlegung unbe-
rufener Schriftfteller und folcher, bie als Abvokaten bes
Königs von Sachfen bie ftreitige Frage ganz falfch ge-
ftellt hatten, konnte ich mich nicht entfchließen. Jetzt
wird bie Meinung vieler burch egoiftifche Rüdfichten
beftimmt, gegen bie keine Schrift etwas vermag. Es
fcheint mir beffer ben Zeitpunkt abzuwarten, ba burch
eine humane und eble Erklärung bes Königs von Preußen
bie felbftfüchtigen Schreier beruhigt fein werben. Ift
es bann noch nötig auf bie Meinung bes übrigen Volkes
zu wirken, fo bebarf es weniger Worte, um zu bem
neuen Regenten Vertrauen einzuflößen. Einem bejahrten
Mann, ber trotz aller feiner Vergehungen jetzt im Un-
glüd Schonung verbient, Vorwürfe zu machen, ift wiber

mein Gefühl. Es ist ja gar nicht die Frage, ob er
solche Verbrechen begangen hat, daß ihm zur Strafe
sein Land genommen werden mag. Er hat es ja schon
seit zwölf Monaten nicht mehr, und es ist blos zu entscheiden, ob er es wiederbekommen soll. Bewegungs-
gründe der Großmut und des Mitleidens können hier
nicht den Ausschlag geben. Auf einem höhern Stand-
punkte kann nur beurteilt werden, was in diesem Fall
die Sicherheit und das Wohl Deutschlands erfordert.
Die Regierung Sachsens ist ein Amt, dessen Verwaltung
nur dem gebührt, der sich das Vertrauen der verbündeten
Mächte in hohem Grade erworben hat."

Inzwischen hatte Körner ein Denkmal für das
Grab seines Sohnes nach Thormeyers Entwurfe in
Berlin in Eisen gießen lassen und hegte den Plan mit
allen seinigen zur Aufstellung dieses Grabmales nach
Wöbbelin zum Grabe des Sohnes zu reisen. Am
liebsten hätte er damit den Todestag des Sohnes ge-
feiert; aber das Denkmal war noch nicht fertig und die
Reise verzögerte sich bis zum September. Freund
Geßler war gar nicht für diese Reise eingenommen.
Er schrieb nach seiner derben Art an Frau von Wol-
zogen: „Körners reisen in acht oder zehn Tagen nach
Gabebusch, getrieben von einer wehmütigen Empfindung,
die ihnen fixe Idee geworden ist. Sie kommt schwerlich
wieder zurück. Emma kann ihre Jugend retten. Körner
will es mit einer Störrigkeit, die ihm eigen ist, wenn er
Unrecht hat. Wie er, wenn die Reise schlecht abläuft,
es ertragen wird, sie gewollt zu haben, weiß ich nicht.
Abzuhalten ist er nicht. Sie kränkelt wieder, vielleicht
hindert ihre Gesundheit diese Reise, vor der mir graut.
Ich müßte mich sehr irren, wenn sie nicht den geheimen

Wunsch hätte in Gabebusch zu sterben und an Theodors
Seite begraben zu werden."

Diese Furcht war unbegründet. Freilich waren die
Scenen auf der Reise namentlich am Grabe wehmütig
und aufregend, aber sie hatten keine nachteiligen Folgen
für Minnas Gesundheit, und alle fühlten sich erhoben
von dem frieblichen Eindruck der Grabesstätte Theodors
und von der allgemeinen Teilnahme in Berlin und
Mecklenburg.

Auf der Hinreise wurde die Körnersche Familie in
Berlin im Partheyschen Haus auf das freundlichste aufgenommen und blieb dort länger, als sie beabsichtigt
hatte. Denn der Schiffer, der das Denkmal nach Mecklenburg befördern sollte, wartete noch auf andere Fracht.
Der Sohn des Hofrats Parthey, der nun auch schon
verstorbene verdiente Gelehrte Dr. Gustav Parthey hat
in seinen Jugenderinnerungen dieser Tage gedacht. Er
rühmt am Vater nach dem ersten Eindruck die würde-
volle Erscheinung, an der Mutter, deren Gesicht die
Spuren früherer großer Schönheit trug, die Gabe einer
ungezwungenen leichtfließenden Unterhaltung, die sich
freilich meist um Persönlichkeiten gedreht habe, und ihr
getreues Gedächtnis. Das heitere, seelenvolle Auge der
Tante Doris und ihre süßklingende Stimme übten auf
den Jüngling einen unbeschreiblichen Reiz aus. Da er
ein glühender Kunstverehrer war, wurden sie bald gute
Freunde, und er rühmte als Greis ihr nach, daß sie auf
seine Ausbildung wesentlich fördernd eingewirkt habe.
Den tiefsten Eindruck aber machte Emma Körner auf
ihn. „Sie mochte," so schrieb der Greis, etwa sechs
Jahre mehr haben als ich; dies gab ihr von meinen
16 Jahren einen gewaltigen Vorsprung, so daß an eine

ſympathiſche Hinneigung von gleich zu gleich gar nicht
zu denken war. Von ſchlanker, zierlicher Geſtalt, bewegte ſie ſich mit Anmut und Sicherheit in den ihr
fremden Berliner Kreiſen. Ihr Kopf zeigte die größte
Ähnlichkeit mit dem ihres Bruders, aber ſeine ſtarken,
faſt ſchroffen Züge waren bei ihr zu einer wahrhaft
plaſtiſchen Vollendung gemildert. Stirn und Naſe von
antiker Schönheit, Augen und Haare dunkel, der volle
Mund edel geformt und ſchön geſchwungen, die Wangen
blaß, kaum von einem leiſen Rot angehaucht. Sie
ſprach wenig, und wenn ſie ſprach, ſo fiel uns anfangs
der ſtarke Dresdner Accent unangenehm auf; aber dieſe
kleine Störung war bald überwunden durch die unbe-
wußte Hoheit ihres Weſens, durch den wohlthuenden
Eindruck ihrer reinen Seele. Von innerer Liebe zur
Kunſt getrieben, fand ſie ſchon früh in ihrer Tante
Doris eine gefällige Lehrerin; allein das unvollkommene
und vergängliche Paſtell genügte der ſtrebſamen Schülerin
nicht, ſie wandte ſich zur Ölmalerei und machte darin
bald ſolche Fortſchritte, daß ſie mit ihren Arbeiten alle
Bilder der Tante verdunkelte."

Über die Reiſe ſelbſt giebt ein Brief Emmas an
den Profeſſor Weber genaue Auskunft:

„Dresden den 30. Oktober 1814."

„Als wir vor kurzem von Berlin zurückkehrten,
fand ich Ihren lieben Brief, welcher mir doppelt erfreulich war, da wir ſo lange keine Nachricht von Ihnen
hatten, und ich nicht wußte, wohin ich Ihnen ſchreiben
ſollte. Die Reiſe, welche wir gemacht, war in jeder
Hinſicht für unſer Gefühl ſehr wohlthätig und wird uns
ewig eine dankbare Erinnerung zurücklaſſen. Wir

wünschten den Todestag des Geliebten an seinem Grabe
zu feiern, aber das Monument konnte bis dahin nicht
fertig werden, und so gingen wir Anfang September
nach Berlin, um dort seine Vollendung zu erwarten.
Hofrat Parthey nahm uns in seinem Hause auf, und
wir fühlten uns bald einheimisch in Berlin. Die allgemeine große Teilnahme an unserm Schicksal und die
Achtung und Liebe, mit der man überall sich über
Theodor äußerte, gab uns das Gefühl, als wenn wir
in einem großen Kreis lieber Verwandten lebten.
Mehrere genaue Freunde fanden wir dort wieder, und
noch eine Menge interessanter Menschen lernten wir
kennen. Unter meine angenehmsten Stunden rechne ich
besonders einen Morgen, den wir bei Prinzessin Wilhelm
zubrachten und dann einen Mittag bei Prinzessin Rad-
ziwill, wo wir die Generale Gneisenau und Grolmann
kennen lernten, zwei Männer, die so bedeutend in dem
letzten Kampf gewirkt haben. Gneisenaus Verdienste
sind allgemein bekannt, aber Grolmann hat als Chef
der Landwehren besonders bei Culm entscheidende Dienste
geleistet. Die Singakademie hat mich natürlich sehr entzückt, wie Sie leicht denken können. Das Theater ist
das einzige, was ich in Berlin unter meiner Erwartung
gefunden habe. Die Bethmann war krank, und zufällig
habe ich auch weder die Maaß noch die Bed sehen
können; indessen ließ Jffland während unserer Anwesenheit den Jrinn aufführen, wo ich doch die vorzüglichsten
Schauspieler sah."

„Nach einem Aufenthalt von drei Wochen in Berlin
gingen wir nach Mecklenburg, wo wir in Ludwigslust
an einem Tag mit dem Monument ankamen. Die
Grabstätte ist eine starke Meile von Ludwigslust bei dem

Dorfe Wöbbelin. Eine Pappelallee führt von der
Straße zu ihr hin, und wir fanden die Pflanzung,
welche sie umgiebt, in der schönsten Blüte. Der Platz,
den uns der Herzog vererbt, ist von bedeutendem Umfange. In der Mitte erhebt sich die Eiche, vor ihr
liegt das Grab auf einem Rasenplatze und vor diesem
steht das Monument. Gebüsch und Blumen schließen
sich zu beiden Seiten an die Eiche und bilden einen
Halbzirkel um das Grab; das Ganze umgiebt eine
Mauer, die jetzt durch einen eisernen Thorweg verschlossen wird. Mit welchen Empfindungen wir zum
ersten Mal diese heilige Stätte betraten, darf ich Ihnen
nicht sagen. Sie haben es gewiß mit uns gefühlt.
Aber vermochte irgend etwas den ungeheuren Schmerz
zu lindern, den wir bei Erblickung des Grabes empfanden,
so war es allein die gewisse Überzeugung, daß alles,
was uns auf Erden teuer war, in den treusten Händen
ruht. Im Norden Deutschlands spricht sich der wahre
deutsche Geist erst recht lebendig aus, und der Gemeinste
im Volk würde sich schämen, ihn nicht in seiner ganzen
Kraft zu fühlen. Mit der größten Sorgsamkeit waren
die Anpflanzungen gemacht worden, man sah deutlich,
daß Liebe und Achtung das Ganze geleitet und es auch
bis in die spätesten Zeiten vor jedem Unfall bewahren
werden. Wir ließen in unserm Beisein das Monument
aufrichten, und nachdem alles geendigt, war den Tag
vor unsrer Abreise noch eine feierliche Einweihung desselben, zu der die ganze Gegend herbeiströmte und uns
die rührendsten Beweise von Teilnahme gab. Von
Ludwigslust gingen wir wieder nach Berlin zurück, und
nachdem wir dort noch einige Zeit verweilt, über Potsdam hierher, wo ich mich anfänglich ganz fremd fühlte."

„Man hat mir in Berlin so vielfach den Wunsch
geäußert, Theodors Bild zu sehen, daß ich es jetzt auf
die Ausstellung dahin geschickt habe. Sie wissen, daß
Tiedge sich anbot, den Nachlaß herauszugeben, und
nachdem er den ganzen Sommer mit zugebracht, unter
den vermischten Gedichten eine Auswahl für den Druck
zu treffen, kündigt er uns jetzt an, daß seine schwächliche
Gesundheit ihm diese Herausgabe unmöglich macht, und
er bloß den Aufsatz über Theodor selbst schreiben wird.
Der Vater wird nun das übrige besorgen, und so denke
ich doch wenigstens, daß es zur Neujahrsmesse wird
erscheinen können. Hier sind mit dem Theater große
Veränderungen vorgegangen, welche vorteilhaft darauf
wirken. Das italienische und das deutsche stehen jetzt
beide unter einem Intendanten, welcher wieder unter
der Theaterkommission steht, welche aus Rackeniß, Vieth
und meinem Vater zusammengesetzt ist: dem Vater ist
die besondre Aufsicht über das deutsche Theater anvertraut worden.‟

Der Erbprinz hatte dem Vater angeboten, statt der
Stelle bei Wöbbelin ihm einen für ein Denkmal geeigneteren Platz auf dem Kirchhof zu Ludwigslust einzu-
räumen, nicht wie Parthey irrtümlich und zu Körners
Ärger vor der zweiten Auflage von Leyer und Schwert
veröffentlicht hatte, ein Grab in der Herzoglichen Gruft.
Der Vater lehnte das freundliche Anerbieten des Prinzen
dankend ab und erbat nur, die Grabstätte zu Wöbbelin
käuflich erwerben zu dürfen. Sein Wunsch wurde ihm
vom Herzoge Friedrich Franz in der Weise gewährt,
daß dem Vater die Stelle, die durch den Ankauf einer
angrenzenden Wiese noch vergrößert wurde, gegen einen
geringen Erbzins überlassen wurde. Körner setzte später

testamentarisch ein kleines Kapital zur dauernden Erhaltung der Grabstätte aus und vom Jahre 1843 nach
dem Tode der Mutter hat der Großherzog sich selbst die
oberste Beaufsichtigung dieses geweihten Platzes vorbe-
halten.

Nachdem der Vater die Grabstätte selbst gesehen
und das Monument hatte aufrichten lassen, schrieb er
einen Dankbrief an den Herzog, der ihn bald durch
folgendes Handschreiben erfreute und ehrte:

„Ludwigslust 19. Okt. 1814."

„Mein lieber Herr Ober-Appellationsrat!

Mit innigster Rührung habe ich Ihr Schreiben
vom 29. v. M. erhalten. Ich schätze mich äußerst glücklich, etwas zu der Linderung des Schmerzes eines be-
trübten Vaters über den Verlust seines einzigen und
würdigsten Sohnes beigetragen zu haben."

„Stolz bin ich Ihres Beifalls über mein Benehmen
in der heiligen Sache der Wiedererlangung unserer
deutschen Freiheit. Habe ich zwar nicht die Macht gehabt, daran mehr Anteil zu nehmen, desto belohnender
ist mein inneres Gefühl, daß ich meine existence auf
das Spiel für Freiheit und Vaterland gesetzt habe."

„Wie sehr hätte ich gewünscht, Ihre Bekanntschaft
zu machen; indessen steht mir dies Glück vielleicht noch
bevor. Bei meiner Zuhausekunft von Doberan führte
mich mein Weg bei dem schönen Monumente Ihres verewigten Sohnes vorbei, und ich verfehlte nicht, auszu-
steigen, um dasselbe zu besehen. Es hat mir außer-
ordentlich gefallen, und die Bekränzungen, welche bei

der Einweihung angebracht waren, waren mir rührend
anzusehen."

„Empfangen Sie die Versicherung meiner aufrichtigsten Wertschätzung, mit der ich Zeit Lebens sein werde

Ihr ganz ergebener

Friedrich Franz."

Die neue Stellung Körners als Mitglied der
Theaterkommiffion war für ihn von hohem Intereffe,
wie aus mehreren seiner Briefe an den Dichter Müllner
hervorgeht. Müllner hatte schon Ende des Jahres 1813
an den Vater Körner geschrieben und ihm sein Beileid
ausgedrückt und zugleich ihn ermuntert, doch ja des
Sohnes Werke in einer vollständigen Sammlung herauszugeben. Er hatte Theodor nicht persönlich kennen
gelernt, aber gehört, daß dieser an seinen Dichtungen
Gefallen gefunden habe, und selbst umgekehrt gern
Theodors kleine Dramen, so wie sie ihm in Abschriften
zukamen, gelesen. Nun schrieb er dem Vater: „Kann
ich Ihnen nützlich sein, kann ich irgend etwas thun,
was dem Namen des Verewigten frommt, so nehmen
Sie mich unbedenklich in Anspruch." Im nächsten Jahr
übersandte er an Körner ein kleines Gedicht: „An
Theodor Körner." Dieser dankte, bat um Müllners
kritisches Urteil über des Sohnes Werke und um Mit-
teilung seiner eigenen neuentstehenden Dichtungen im
Manustript. So wurde in den Jahren 1814 und 1815
ein ziemlich reger Briefwechsel zwischen Müllner und
Körner geführt. An der „Schuld" wie an „König
Yngurd" fand Körner viel Gefallen, und auch von der
Aufführung der Schuld, über die er genau berichtet,

war er sehr befriedigt, und glaubte, daß sich das
Dresdner Theater jetzt nicht dem Wiener und Berliner
gegenüber zu schämen brauche. Aus dem sonstigen
Inhalt der Briefe hebe ich hier nur eine Stelle aus
dem Schreiben Körners vom 24. Oktober 1814 hervor,
welche zeigt, nach welcher Richtung hin Körner als
Oberintendant zu wirken suchte: „Solange ich noch auf
das hiesige Theater Einfluß habe, wünsche ich besonders
das eigentliche Lustspiel wieder emporzubringen und den
nassen Jammer auszutreiben. Jetzt gehe ich die alten
Lustspiele in der Absicht durch, um etwa manche be-
grabene, vielleicht mit einigen Abänderungen, wieder vom
Tode zu erwecken."

Unter der provisorischen Regierung Preußens fühlte
sich Körner den Winter 1814 auf 1815 sehr wohl,
während er immer wieder fühlen mußte, daß der wahre
deutsche Sinn unter seinen Landsleuten, wie seine Tochter
sich in einem Briefe ausdrückt, leider noch sehr dünn
gesät sei. Er sehnte sich von Dresden fort und wünschte,
in preußische Dienste treten zu dürfen. Inzwischen hatten
sich denn auch seine Freunde, namentlich Wilhelm von
Humboldt, für ihn verwendet, und im März 1815 erhielt er von Preußen her folgenden Antrag:

„An des Königl. Sächsischen Appellationsrats
Herrn Dr. Körner, Wohlgeboren, in Dresden."

„Die Verdienste, welche Sich Ew. Wohlgeboren
durch Ihre ebenso einsichtsvolle als thätige Teilnahme
an der Sache Ihres Vaterlandes, besonders auch durch
Ihre Arbeiten an dem Königl. General-Gouvernement
erworben haben und die Verhältnisse, in welche Sie

durch die Ereignisse versetzt worden sind, legen mir
die Pflicht auf, Ihnen mit dem Anerbieten, Sie in
den preußischen Staatsdienst aufzunehmen entgegenzukommen."

„In der Voraussetzung, daß Ew. Wohlgeboren
auch noch fernerhin Ihre Kräfte der Wohlfahrt des
Vaterlandes widmen werden, habe ich Ihnen die Stelle
eines Staatsrates im Königl. Ministerium des Innern
bestimmt und ersuche Sie um Ihre gefällige Erklärung,
ob dieses mit Ihren Wünschen übereinstimmt, oder in
welcher anderweiten Art Sie in den preußischen Staatsdienst zu treten geneigt sind."

„Wien den 3. März 1815."

„C. F. v. Hardenberg."

Körner scheint sofort den Antrag angenommen zu
haben. Nach wenigen Wochen erhielt er ein zweites
Schreiben:

„Auf den Wunsch Ew. Wohlgeboren habe ich die
Einleitung getroffen, daß Sie, sobald Sie in Rücksicht
auf Ihre Privatverhältnisse Dresden verlassen können,
in die Ihnen bestimmte Stelle im Königl. Ministerium
des Innern als Rat für den öffentlichen Unterricht mit
dem Charakter als Staatsrat und einem jährlichen Ge-
halte von 2400 Thlrn. eintreten. Der Herr Staats-
minister von Schuckmann als Minister des Innern ist
von mir heute deshalb benachrichtigt und wird wegen
Ausfertigung Ihrer Bestallung, Ihrer Verpflichtung und
Einführung das Erforderliche veranlassen, sobald Ew.
Wohlgeboren Ihre Ankunft in Berlin ihm melden."

„Das Gehalt von 2400 Thlrn. habe ich vorläufig

und solange bis es auf den Etat des Königl. Ministerii des Innern gebracht werden kann, auf das Königl. Gouvernement in Dresden angewiesen."

„Ich wünsche dem Preuß. Staate Glück, Ew. Wohlgeboren unter die Zahl seiner würdigen Geschäftsmänner aufnehmen zu können, und ich werde den aufrichtigsten Anteil nehmen, wenn diese Veränderung Ihrer persönlichen Verhältnisse zu Ihrer Zufriedenheit gereicht."

„Wien den 24. März 1815."

„C. F. v. Hardenberg."

„An
des Sächsischen Appellationsrat
Herrn Dr. Körner Wohlgeboren
zu Dresden."

Da, noch ehe dieser Brief geschrieben wurde, traf Körners ein neues schweres Unglück. Anfangs März erkrankte Emma an den Masern. Anfänglich verlief die Krankheit normal, und auch die Masernepidemie in Dresden war nicht gerade bösartig, so daß Körner am 9. März noch ohne Besorgnis über die Krankheit an Frau von Humboldt schreiben konnte. Aber plötzlich trat ein bösartiges Fieber hinzu und raffte das Leben des blühenden jungen Mädchens am 15. März 1815 dahin. Sie gerade hatte sich besonders auf die Übersiedelung nach Berlin gefreut. Aus ihren Papieren glaubte der Vater später deutlich herauszuerkennen, daß der Verlust ihres über alles geliebten Bruders der Keim ihres Todes geworden sei.

Das Beileid aller Freunde für die armen vielgeprüften Eltern, ja auch aller Fernstehenden, welche die

Trauerkunde vernahmen, war gewiß rege, vermochte
aber zuerst den Schmerz derselben kaum zu lindern.
Körner suchte sich, um die Frau zu schonen, zu überwinden und zu fassen; aber dann mußte er es vermeiden, vom Tode der Tochter zu sprechen, sonst über-
wältigte ihn sein Gefühl. Seine Briefe aus der Zeit
sagen meist nur kurz Dank für die Teilnahme und
gehen möglichst eilig über das traurige Ereignis hinweg.
Der treue Geßler kam auf die erste Nachricht von dem
bitteren Verlust der Freunde sogleich nach Dresden, um
zu trösten. Körner erwähnt auch in mehreren Briefen
aus dieser Zeit der Freude, welche die Treue und die
Gegenwart des Freundes ihm gewähre. Geßler be-
richtete über seinen Eindruck wiederum in einem Briefe
an Frau von Wolzogen:

„Dresden 9. April 1815.“

„Körners Unglück hat mich hierher gezogen; denn
ich hoffte, meine ruhige Stimmung würde auch auf sie
wirken, und wirklich habe ich sie viel gefaßter seit acht
Tagen gefunden. Körner sehen Sie nicht an, daß er
mehr verloren hat als die Bourbons. Er steht auf
dem Grabe seines irdischen Glücks mit einem ganz ungetrübten Blicke. Minna glaubte ich nicht mehr lebend
zu finden, und ich traute mir nicht, gleich vor mein
Quartier vorzufahren, sondern erkundigte mich erst bei
Schönbergs. Dora hat sich ausgeweint und wird sich
am ersten von beiden erholen, aber vor Minna ist mir
bange. Sie weint weniger, klagt aber oft über eine
schreckliche Angst, die sie befällt, ohne daß sie weiß,
warum.“

22*

Körner kämpfte sich wacker durch. Das für ihn aufregende Treiben des Abwickelns aller seiner Beziehungen in Dresden und der Vorbereitungen zum Umzug half ihm vielleicht auch, wie schwer es ihm auch ward. Er schrieb am 3. April an Frau von Humboldt: „Mich hat Gott wunderbar gestärkt, und meine Gesundheit ist weit weniger angegriffen als nach dem Tode des Sohnes. Damals war ich aber mehr durch die vorangegangenen Ereignisse mürbe gemacht worden und mußte die Todesnachricht verbergen, um meine Frau allmählich vorzubereiten. Die neuesten Ereignisse in Frankreich hat meine Emma nicht erfahren, sondern ihre letzten Aussichten in die Zukunft waren heiter. Auch ich bin weit entfernt zu verzagen, aber schwere Kämpfe, große Anstrengungen und feste Ausdauer werden erfordert. Gott wird nicht zerstören lassen, was so rühmlich angefangen ist."

Kläglicher und rührender klingen die Briefe der Frauen seit dieser Zeit, die über diesen Schmerz überhaupt den frohen Lebensmut einbüßten und seitdem ein stilles, eingezogenes Leben führten. Ich lasse einige Briefe von ihnen hier folgen.

Minna an Julie Gräfin von Einsiedel:

„Dresden den 4. April 1815."

„Man stirbt nicht für Schmerz, selbst nicht mit einer schwachen Gesundheit. Ich lebe, teure Julie, und mein Engel ist dahin, fortgegangen ohne Wiederkehr. Wir sind grenzenlos unglücklich, ich möchte mit Hiob sagen: Herr, warum hast du mir das gethan."

„In unſern alten Tagen ſtehen wir nun allein.
Könnt' ich nur einen Blick hinter den Schleier vom
Jenſeits thun, ſäh' meine beiden Engel, ſäh' ihre Be-
ſtimmuug — o, ſo würde ich nicht klagen, nein, ſo
egoiſtiſch wäre ich nicht! Ach Gott, meine Emma!"

„Du und Luiſe von Blümner habt ſie geliebt.
Dir ſchicke ich den Ring von Luiſens Haaren, den ſie
immer trug, bis zu dem Tag, wo ſie ſich legte, die Ohr-
ringe, die ſie von Theodor von Wien erhielt, und Luiſe
den Moſaikring, den ſie ſehr liebte, Haare von ihr und
Blumen, die ſie ſelbſt von ihrem Grabe pflückte — ein
eigenes Geſchick! Morgen oder übermorgen wird ſie
neben ihrem Bruder in Mecklenburg begraben."

„Leb' recht wohl! In wenig Tagen gehen wir aus
Sachſen, werden die Tage, die wir noch leben müſſen,
unter einer Nation leben, die ſie ſo hoch ehrte, was
ihr einziger Wunſch war — und ſie lebt nicht mehr
mit uns da!"

„Keine Minute bring' ich ſie aus den Gedanken,
und immer quält es mich, vielleicht hätte ſie gerettet
werden können. O, hätte ich nur die Gewißheit, daß es
unwiderruflich war. Geßler kam gleich und iſt mit
uns. Gott ſegne Dich und Deinen Mann."

„M. Körner."

Dora an den Ober-Konſiſtorialrat Weber in Dresden:

„Berlin den 20. April 1815."

„Wie ich von Dresden abreiſte, wie ich hierher gekommen bin, weiß ich nicht; nur iſt mir klar geworden,
daß keine Veränderung der Gegenſtände meinem unaus-

fprechlichen Gram Linderung geben wird. Ich verließ
einen Ort, wo ich 25 Jahr fehr glücklich war, geprüfte
Freunde, das Wohlwollen fo vieler guter Menfchen
ohne Rührung, ohne eine Thräne zu vergießen. Meine
himmlifche Emma machte denfelben Weg als Leiche, im
Sarg, und nahm uns nicht mit. Stumpf, gefühllos
kam ich hier an; kurz vor Berlin kam das Gefühl meiner
unglücklichen Exiftenz mit aller Gewalt über mich, und ich
war mir wieder meines Jammers deutlich bewußt. Seitdem folgt eine Trauerfcene nach der andern, denn meine
Emma war hier fehr geliebt. Was foll ich Ihnen,
mein treuer Freund, von meinen armen, unglücklichen
Körners fagen? Wer vermag ihr grauenvolles Schickfal
zu fchildern? Schmerzlich ift es uns, daß der gute Körner
vermeidet, von unfrer Verklärten zu fprechen; die arme
Mutter muß diefes düftre Stillfchweigen auch beobachten; denn er bricht ab, wenn fie anfängt von ihr zu
fprechen: und doch fehe ich ihn oft in Thränen. Wenn
wir allein find, dann bricht der Schmerz der armen ge-
beugten Mutter unaufhaltfam aus, und ich habe kein
Wort des Troftes. Geftern war der Geburtstag unfers
Engels. Sie haben gewiß an uns gedacht, ihn mit
Thränen gefeiert. Ach, und wir? Gott, Gott, gieb
Mut, zu tragen!"

Minna an Frau von Schiller:

„Berlin den 30. Auguft 1815."

„Du haft mir freundliche Momente durch Deinen
Brief, teure Freundin, gegeben, und die fchöne Vergangenheit hat in meiner Seele gelebt. Die Blumen,
die mir blühten, haft Du in ihren erften Keimen ge-

kannt, nie aber ihr schönes, ganzes Erblühen. Was waren es für himmlische Kinder! Ihr Tagewerk war so früh vollbracht, und sie eilten der Heimat zu, ließen aber die arme Mutter trostlos zurück. Ich suche das Leben zu ertragen, weil ich muß, nicht, weil ich es liebe, das erbärmliche, elende Leben. Daß man nicht vor Schmerz, Angst und Sorge stirbt, bin ich ein Beweis. Was ist das Jahr dreizehn für mich gewesen! Stets um des Sohnes Leben, um Körners Sicherheit in Sorge, habe ich mein Leben furchtbar dahin gebracht, und nun wurde mir mein tröstender Engel auch genommen."

„Unsere teuere Humboldt ist uns hier ein tröstender Engel erschienen. Ihr ganzes Sein hat durch die Jahre gewonnen, und es hat sich ein liebender Sinn mit ihrem Geist verbunden, der für ihre Freunde sehr wohlthuend ist. In meinem Alter war wohl das Scheiden mancher Gewohnheit, die ich sonst genoß, schwer; ich vermisse außer dem unendlichen Verlust noch eine Menge Gefühle, die daran gekettet waren; doch Dresden zu verlassen, wo ich so unglücklich war, wurde mir leicht. Kein sehnender Blick blieb dahinten. Nur einige treue Seelen vermisse ich, die meine Kinder kannten und sie liebten, und deren Nähe daher wohlthuend für mich war. Unsern guten Schönberg nicht mehr zu sehen, ward uns schwer. Sein Los traf ihn, wie er es wünschte, in das Herzogtum Sachsen zu kommen, um da für sein Vaterland noch zu wirken, für das er so treu sich in den alten Verhältnissen geopfert hatte. Was Körner und Schönberg so treu gethan haben, ist nicht erkannt, sondern verkannt worden. Kein Flecken ist auf diesen beiden Edlen! Du siehst, die Trennung von Schönberg ist schon bei uns geſchehen; doch war der treue Freund noch acht Tage hier bei uns, ehe er nach Merſeburg ging."

Dora an den Profeſſor Weber:

"Berlin den 11. Oktober 1815."

"Wenn ein tiefer, enbloſer Schmerz jede Kraft der Seele lähmt, wenn ſelbſt die Worte fehlen, um das grauenvolle Schickſal zu ſchildern, was uns betroffen, dann iſt es begreiflich, daß man auch ſeinen liebſten Freunden nicht ſchreibt. Klagen können nur Erleichterung geben, wenn ein Schimmer von Hoffnung bleibt. Wer könnte uns tröſten? Wer uns tröſten wollen? Unſer irbiſches Glück umſchließen zwei Gräber, und nur wenn wir mit unſern himmliſchen Kindern wieder vereinigt ſind, enbet unſer Schmerz. Körner iſt ein Held; keine Klage kommt über ſeine Lippen, und doch überraſche ich ihn oft auf ſeinem Zimmer in Thränen. Immer zeigt er uns ein freundliches Geſicht, ergreift mit einem krampfhaften Eifer jede Zerſtreuung, und ſein Herz blutet. Wie konnten Sie, beſter Vetter, glauben, daß meine arme Schweſter oder ich, Opern und Komödien ſehen, oder irgend eine Freude aufſuchen werden? Wir leben, weil Gott es will; aber wir leben um unſern Schmerz. Hier hält man uns für getröſtet, weil uns unſer Kummer zu heilig iſt, um in Geſellſchaft davon ſprechen zu können. Sie intereſſieren ſich für unſer trauriges Schickſal, aber nicht für uns. Sie ſind begierig uns zu ſehen, wie ſie nach einem Trauerſpiel gehen würden, und da ſie das Schauſpiel unſeres Schmerzes nicht ſehen, werden ſie gleichgültig gegen uns."

"Die letzten Tage unſers Aufenthalts in Dresden

waren fürchterlich. Noch begreife ich nicht, wie wir sie
haben überstehen können. Wund von Kummer sollten
wir an Einpacken, an eine Menge von Geschäften
denken, die eine Auswanderung nötig macht, und doch
mußten wir alles allein machen, da wir keinen Beistand
hatten, der uns etwas erleichtert hätte. In völliger
Betäubung kamen wir an. Partheys haben sich als
bewährte, treue Freunde gezeigt; denn immer neue
Trübsale stürmten auf uns ein. Meine arme Schwester
hatte sich wahrscheinlich in der Krankheit unsers Engels
gestoßen und hatte eine Verhärtung in der Brust, ohne
es bemerkt zu haben. Kohlrausch hat sie glücklich
wiederhergestellt. Der gute Körner war in einer anderen
Gefahr. Wie wir unser Quartier einräumten, stürzte
Schillers Büste herunter und traf Körner unter das
Auge. Einen Zoll höher, und es war um sein Leben
geschehen. Der Backen war sehr zerschlagen, und das
Auge blieb lange entzündet; auch hat der Backenknochen
noch immer eine kleine Erhöhung. Dazu noch die
Sorgen, welche eine ganz neue Einrichtung erfordert,
wo man bis auf die geringste Kleinigkeit alles anschaffen
muß. Fremde Domestiken, die wir auch schon wieder
wechseln mußten, erschwerten alles. Unsere Häuser
stehen leer in Dresden, und was wir noch daraus ziehen,
reicht nicht hin, die fortdauernde Einquartierung zu bezahlen."

„Wir leben hier jetzt einsam, und da Partheys
noch auf dem Garten sind, vergehen oft acht Tage, ohne
daß ein fremder Fuß ins Zimmer tritt. Wir haben die
Gabe verloren, Menschen zu unterhalten. Noch habe
ich mich wenig mit der Kunst beschäftigen können. Ver-
weinte Augen und eine Phantasie, die mit ganz andern

Bildern beschäftigt ist, sind ein großes Hindernis. Wir
sehen mit Sehnsucht der Zeit entgegen, die Sie einmal
hierher führen wird. Wollte Gott, Sie lebten ganz
hier! In unserm Alter werden wir keine neuen
Freundschaften schließen, höchstens Bekanntschaften machen.
Darum bleiben die alten Freunde auf einer hohen Stufe,
und Sie sind ja einer der treusten!"

Die Beisetzung der Leiche Emmas geschah erst spät.
Am zweiten Abend nach ihrem Tode versammelten sich
die Mitglieder eines litterarisch-künstlerischen Vereins in
Dresden, um eine eigentümliche Trauerfeier zu begehen.
Die bei derselben vorgetragenen Gedichte der einzelnen
Mitglieder wurden später in eine Sammlung „Das
Geschwistergrab zu Wöbbelin," vereinigt und wie früher
die Schrift „Für Theodor Körners Freunde" nur als
Geschenk im Freundeskreise vergeben. Die Beisetzung
scheint erst am 27. April in Wöbbelin erfolgt zu sein.
Ein Bericht darüber von dem Hofgerichtsrat Wendt,
dem treuen Hüter des Grabes zu Wöbbelin, an den
Vater möge diesen Abschnitt beschließen:

Wendt in Ludwigslust an Körner:

„Ludwigslust b. 16. Mai 1815."

„Mein verehrungswürdiger Gönner."

Ich säume nicht Ihnen Nachrichten über die Aus-
richtung des mir so schmerzlichen Auftrages zu geben:
— ich glaube voraussetzen zu dürfen, daß mein Brief
richtig in Ihre Hände gekommen sein wird, welchen ich
dem Fuhrmann mitgab, der die irdische Hülle Ihrer

teuren Emma bis hierher brachte. Die Beisetzung
geschah, wie Sie es gewünscht hatten, nach kirchlichen
Gebräuchen, so weit dies an einem Orte, wo keine Kirche
ist, möglich war. Einer der Prediger aus Neustadt,
der Pastor Kleffel hielt nämlich in dem Begräbnisplatz
eine kurze Leichenrede. Der Sarg war im Schulzen-
hause am Abend zuvor abgesetzet. Von dort ward er
durch acht Hauswirte der Dorfschaft Wöbbelin bis un-
gefähr in die Mitte der Pappelallee, die nach dem Begräbnisplatz führt, in den Händen getragen. Dort
hatten sich mehrere Mitglieder der herzoglichen Kapelle,
der hiesige Kupferstecher Hoffmann und einige hiesige
Kaufleute gestellet, welche der letzten Verstorbenen den
Beweis ihrer aufrichtigen, ungeheuchelten Achtung zu
geben wünschten. Sie nahmen den Sarg infolge
einer zwischen dem Drost von Bülow und mir getroffenen
Abrede dort von den guten Wöbbeliner Landleuten in
Empfang und trugen ihn vollends bis zur Gruft. So
gelang es uns, das teilnehmende Betragen der Ludwigsluster annehmen zu können, ohne die guten Land-
leute zurückzusetzen, in deren Nähe die Frühvollendete
ruhet. Der Leiche folgten außer dem Herrn Drost von
Bülow und mir der hiesige Pastor Berg, der Garten-
inspektor Schmidt, der Hofbaumeister Barca, der Doktor
Brückner, der Baumeister Hagemann, der Hofapotheker
Volger, der Konzertmeister Massoneau, der Lieutenant
Grohmann und beinahe die ganze Dorfschaft Wöbbelin
mit mehreren Ludwigsluster und Neustädter Einwohnern.
In dem Begräbnisplatz trafen wir S. Durchlaucht den
Prinzen Gustav und die Frau Ministerin von Plessen.
Nach dort von dem Pastor Kleffel gesprochener Rede

und Gebet geschah die Beisetzung an der von Ihnen
vorgeschriebenen Stelle. -- So ist Ihre gute Emma
zwar ohne Gepränge, jedoch unter unverkennbaren
Zeichen inniger Teilnahme unweit ihres so herzlich und
mit Recht geliebten Bruders beigesetzet worden."

„Fr. Wendt."

VIII.

Über den Einzug Körners in Berlin berichtet wiederum Gustav Parthey in seinen Jugenderinnerungen näheres:

„Es gab ein trauriges Wiedersehen, als von der Körnerschen Familie nur noch drei Mitglieder nach Berlin zurückkehrten. Das männlich schöne Gesicht des alten Staatsrats war tief gefurcht und glich einer im Schmerze erstarrten tragischen Maske, die Staatsrätin schien um zwanzig Jahre gealtert, wir sahen sie seitdem nie anders als in schwarzen Kleidern. Der Verlust der beiden einzigen, hochbegabten Kinder in der Blüte der Jahre war ein so tragisches Geschick, daß jeder Trostgrund davor verstummte."

„Durch den Auszug von Frau von der Recke nach dem kurländischen Hause war die Wohnung in unserm zweiten Stocke leer geworden (Brüderstraße 13). Die neuen Ankömmlinge aus Dresden zeigten sich sehr zufrieden, dieselbe einzunehmen. Bei der Auflösung ihres Hauswesens in Dresden hatten Körners, um die enormen

Kosten des Landtransportes zu sparen, fast ihre sämtliche
Habe auf einen Elbkahn laden lassen, der durch niedrigen
Wasserstand an den Schleusen verspätet, durch die
Packereien der Zollvisitation an der Grenze aufgehalten,
mehr als einen Monat brauchte, um nach Berlin zu
gelangen. Dies machte anfangs große Not in der häus-
lichen Einrichtung. Wir halfen nach Kräften aus und
freuten uns, als endlich alles in Ordnung kam, und die
schönen Öl- und Pastellbilder an den Wänden prangten."

„In der Körnerschen Wohnung befand sich ein ab-
gelegenes Zimmer, zu dem nur die Familie Zutritt
hatte. Hier lag der Nachlaß von Theodor und Emma,
Andenken und Reliquien, von denen die Angehörigen
sich nicht trennen konnten. Alljährlich an den Geburtstagen der verlorenen Lieben sättigten sie durch die Erinnerung ihren Schmerz. Hier verwahrte der Vater
Körner seine Korrespondenz mit Schiller. Aus edler
Bescheidenheit ergriff er eine halbe Maßregel, indem er
seine Frau verpflichtete, die Briefe nach seinem Tode
nicht drucken zu lassen. Er hatte nämlich seinen Freund
Schiller in einer sehr bedrängten Lage unterstützt; voller
Dankbarkeit schrieb ihm dieser: „Du ganz allein hast
mir das Leben gerettet", und „ohne Dich läge ich schon
längst auf dem Grunde der Elbe!" Warum diese
Stellen, die ich der späteren mündlichen Mitteilung der
Staatsrätin verdanke, beim Drucke weggeblieben sind,
ist nicht wohl einzusehen, da die Herausgabe erst nach
dem Tode der Staatsrätin erfolgte. Möglicherweise hat
sie die Briefe, worin diese Äußerungen vorkommen, vernichtet."

„Unser freundschaftliches Verhältnis zu Körners
wurde durch das häusliche Zusammenleben, an dem

sonst so manche Freundschaften scheitern, nur noch mehr
befestigt. Der Staatsrat, ein eifriger Musikfreund,
wirkte gern als Baß bei unsern musikalischen Aufführungen: die Staatsrätin bot wegen ihrer unerschöpf-
lichen Personalkenntnis ben älteren und jüngeren Leuten
immer eine angenehme Aussprache. Fräulein Stock liebte
abends nichts so sehr als eine Partie Boston, zu der
mein Vater sich gern willig finden ließ, an spiellustigen
Hausfreunden war kein Mangel, und wenn einmal die
vierte Person fehlte, so durfte ich wohl als solche eintreten."

„Körners lebten in Berlin sehr eingezogen, und
sahen nur einen kleinen Kreis von höheren Staats-
beamten und Künstlern bei sich. Mit Vergnügen erinnere ich mich, dort die Zeichnungen des eben aus
Italien zurückgekehrten Malers Zimmermann gesehen
zu haben. Kunstvereine gab es damals noch gar nicht:
die aufstrebenden Talente zeigten also gern, um bekannt
zu werden, ihre Entwürfe und Studien in solchen Kreisen,
in denen kunsterfahrene oder kunstliebende Personen sie
zu Gesichte bekamen. Zimmermann legte voller Bescheidenheit uns seine sauberen Blätter vor und gab
gern die gewünschten Erläuterungen. Nachdem er sich
in Berlin ganz nach seiner Neigung verheiratet, ertrank
er im Jahre 1820 auf einer Studienreise im bairischen
Hochlande beim Baden." Die junge Witwe bildete sich,
wie hier zu ihrem Andenken hinzugefügt sei, zu
einer vorzüglichen Gesanglehrerin aus und hat vierzig
Jahre hindurch durch die Pflege guter Musik in schlichtem,
natürlichem Vortrage nicht unbedeutend auf das Berliner
Musikleben eingewirkt.

Namentlich die Musik beschäftigte den alten Körner
in seinen Mußestunden. Schon am 6. Juni 1815 trat

er in die Zeltersche Singakademie ein und wurde ein
eifriges Mitglied derselben. In den Jahren 1817—1825
übernahm er öfters als Bassist Solopartien bei den
Übungen und Privataufführungen (Auditorien) und in
seinem letzten Lebensjahr wurde er zum Ehrenmitglied
ernannt. Auch in die Zeltersche Liedertafel wurde er
am 14. Mai 1816 aufgenommen und gehörte dem
zweiten Baß an.

Mit einigen Berliner Musikern stand er in einem
näheren Verhältnis. So schrieb er für Bernhard Klein
den Text zu dem Oratorium David, und den jungen
Reißiger empfahl er auf das wärmste an seinen Freund
Winkler (Theodor Hell). Kurz es gilt voll und ganz
von Körner, was Streckfuß in seinem Nekrologe auf
ihn schrieb: „Er liebte, kannte und übte bis an seine
letzten Tage Musik und philosophische Forschung und
folgte der Wissenschaft und Kunst in allen ihren bedeutenden Erscheinungen. Und alle diese verschieden-
artigen Bestrebungen waren zum Ganzen verbunden
und zur Harmonie verschmolzen durch ein Gemüt, in
welchem nur Wahrheit, Treue und Liebe wohnte, welches
alles Gemeine und Schlechte, das uns im Leben nur zu
oft entgegentritt und sich uns aufdrängen will, ohne
Kampf und Anstrengung durch die ruhige Kraft der
innern Würde zurückwies. So trug sein Thun nirgends
die Spur leidenschaftlicher Glut; aber wohlthätige Wärme
verbreitete sich über alles, was von ihm ausging. So
war er mild und heiter beim Ernsten, mild und ernst
beim Heitern, in diesem und jenem gleich anspruchslos."

Den Freunden blieb er in treuer Liebe verbunden,
obgleich der äußere Verkehr nicht immer lebendig und
rege war, und namentlich mit den auswärtigen Freunden

laum fein tonnte. Aber boch befuchten fie noch mehrere
Male ben treuen Schönberg in Merfeburg unb einmal
im Jahre 1820 auch noch bie Herzogin v. Kurlaub in
Löbichau.

Auch zum Grabe feiner Kinber war ber Bater noch
einmal gereift. Dort hatte er am 2. Juni 1818 einige
rührenbe Diftichen gebichtet:

Den Manen ber Kinber!

Heil euch, feliges Paar! Hoch fchwebt ihr über ber Erbe;
    Wir verweilen noch hier, wanbelnb auf bornichter Bahn.
Aber in Blumen unb Sternen, in jeber Zierbe bes Weltalls
    Sieht ber fehnenbe Blick feine Geliebten verklärt.
Auch in ber Eiche, bie hier bie bethränten Gräber befchattet,
    Zeigt, was ihr waret unb feib, uns fich als liebliches Bilb.
Nah' an ber Wurzel entftehn aus bem Herzen bes Stammes
                    zwei Äfte,
    Kräftig ftrebt einer empor, ihm fchließt ber zweite fich an.
Balb, wie burch frembe Gewalt, fehn wir fie gehemmt unb
                    vereinigt,
    Aber ber höhere Trieb fiegt über irbifche Macht.

Unter ben jüngeren Freunben ftanb ihm befonbers
Friebrich Förfter nahe unb beffen Frau Laura, geborene
Gebike, „bie fchönfte Ausgabe von Gebikes Lefebuch,"
wie Goethe fie einft nannte. Als im Jahre 1819 Körner
in Merfeburg bei Schönberg war, hatte ihm Förfter ge-
fchrieben unb wohl feinen Unmut ausgelaffen über bie
enttäufchten Hoffnungen in politifcher Beziehung. Körner
antwortete ihm in Berfen:

„Sehr hat mich, teurer Freund, Dein herzlich Wort
Erfreut. Wir bachten Deiner oft
Unb Deiner Laura, fehnten uns, zu wiffen,
                          23

Wie's Euch ergehen möchte, hätten gern
Was wir genossen, treu mit Euch geteilt.
Ja, freundlich war die Welt, die uns umgab.
Aus lichten Höhen sah ich manche Wolke,
Die Deinen Himmel trübt, lief unter mir.
Doch solche Höhen giebt es überall,
Erklimmen wir sie nicht, ist's unsre Schuld.
Du wirst mich nicht verkennen. Was dich drückt,
Begreif' ich wohl und ehre Deinen Kummer.
Nur laß uns nicht vergessen, wie das Edle
In roher Form oft in das Leben tritt,
Das schwache Rohr nicht schont, in wilder Hast
Sein Ziel erstürmt, bei jedem Hinderniß
Ergrimmt, nur bösen Willen sieht und dann
Zum Widerstand auch seine Freunde reizt.
Die gute Sache siegt zuletzt, allein
Ob früher oder später, steht in höh'rer Hand.
Ihr dürfen wir vertraun. Es stellt vergebens
Der Menschen List und Macht sich ihr entgegen.

Nur wen'ge Tage noch verweilen wir
In stiller Heiterkeit bei unsern Freunden,
Dann fängt das alte Leben wieder an,
Ich finde Dich, wo es uns wohl gewesen,
Und meinen Händedruck wirst Du verstehn."

„Merseburg 7. August 1819."

„Körner."

Daß ein brieflicher Verkehr der Körnerschen Familie
mit Toni Adamberger, Theodors Braut, nach seinem
Tode noch sich fortgesponnen, ist mir nicht möglich zu
erweisen, ob ich es auch vermute. Sie verließ vier
Jahr nach Theodors Tod die Bühne und heiratete den
Direktor des K. K. Münz- und Antikenkabinetts zu

Wien, Joseph von Arneth. Sie hat ein langes und
glückliches Leben geführt und, wie mir ein Sohn erzählte, von Theodor Körner gern und mit Innigkeit
gesprochen. In ihrem Nachlaß aber haben sich keinerlei
Briefe mit der Körnerschen Familie vorgefunden, und
ich kenne nur einen kleinen Brief von ihr an Theodor
aus Weibling am 14. August 1813, der gedruckt vor-
liegt. Friedrich Förster brachte ihr noch 1816 einige
Andenken von Theodor Körner, und als im Jahre 1863
der fünfzigjährige Todestag Körners an seinem Grabe
gefeiert wurde, sandte sie einen Lorbeerkranz, als Zeichen
ihrer treuen Teilnahme und Liebe.

Körners amtliche Thätigkeit in Berlin befriedigte ihn,
und er war zufrieden, in aller Stille noch manches wirken
zu können. Im Jahre 1817 trat er in das neugebildete
Kultusministerium unter Altenstein über mit dem Titel
eines Geheimen Ober-Regierungsrates. Als Hauptbe-
dürfnis erschien ihm, die Lage der meisten Schullehrer,
die in Dürftigkeit schmachteten, zu verbessern. Groß
war sein Wirkungskreis nicht, das fühlte er und sprach
es auch offen aus; er giebt der preußischen Regierung
das Zeugnis, daß es ihr an Kenntnissen und Eifer nicht
fehle, Gutes zu wirken. Aber die Zeitumstände beschränkten nur zu oft die Kräfte des Staats und es fehlte
überall an dem nötigen Gelde. Da war er zufrieden
und froh, wenn er nur manchmal zu etwas Nützlichem
beitragen konnte, und namentlich, wenn er für die
Schullehrer und ihre Witwen und Waisen eintreten
durfte. Auch freute er sich, als ihm noch im ersten
Jahre seiner neuen Thätigkeit die Kuratel des Berlinisch-
Köllnischen Gymnasiums im Grauen Kloster übertragen
wurde. Zugleich arbeitete er im Ober-Censur-Kollegium.

Gleich bei feinem Eintritt in die preußifchen Dienfte
fand er zu feinem Bedauern in Berlin ein lebhaftes
Parteitreiben, das fich, wie er an den Profeffor Weber
fchrieb, außer der Politik auch auf Religion, Wiffen-
fchaft und Kunft verbreitete. „Man hört faft bloß von
Engeln und Teufeln. Mich fetzt dies zuweilen in Verlegenheit, weil ich zufälligerweife mit Perfonen von ent-
gegengefetzten Parteien Bekanntfchaft habe. In den
letzten Kriegsjahren war dies vielleicht weniger merklich,
weil ein großes Intereffe alle Aufmerkfamkeit auf fich
zog. In der Zeit der Ruhe fängt der innere Krieg
wieder an." Es war die Zeit der widerlichen Verdäch-
tigungen, die mit der Denunziation des Tugendbundes
durch den Profeffor Schmalz ihren Anfang nahmen.
Seine Schrift „Über politifche Vereine," die ihm einen
Orden eintrug, erregte in weiten Kreifen, die ihren
Patriotismus auf das glänzendfte bewährt hatten, lebhafte Empörung und rief eine Flut von Gegenfchriften
hervor. Eine der erften ift Körners Schrift: „Stimme
der Warnung bei dem Gerücht von geheimen politifchen
Verbindungen im preußifchen Staate." Als Beamter
hielt er es für richtig, mit feinem Namen zurückzuhalten,
fprach fich aber mit Wärme gegen die Schmalzfche
Schrift aus und wies auf die innere Unwahrfcheinlich-
keit aufrührerifcher Bewegungen gerade in Preußen hin,
wo foeben erft der Fürft feinen ernften Willen, fein
Volk von drückenden Übeln auch mit eigenen Aufopferungen zu befreien, gezeigt habe, und wo das Volk
durch feine Treue gegen feinen Beherrfcher fich aus-
zeichne. Körner widerrät die raktionären Beftrebungen
das deutfche Reich wieder fo herftellen zu wollen, wie
es vor den letzten Jahren des Unglücks und der Knecht-

schaft gewesen war. Der innere Gehalt des preußischen Volks habe sich durch vielfache Prüfungen bewährt und begründe seinen Beruf zu einer höheren Stufe.

„Sieggekrönt," so schließt er seine kurze, maßvolle Schrift, „stand Preußen auf dem Schlachtfelde, und neue Kränze sind ihm unter den Palmen des Friedens bestimmt. Heil ihm, wenn es erhaben über äußere und innere Störungen mit festem Heldenschritte die Bahn vollendet, die sein hoher Beruf ihm vorzeichnet. Wohl allen, die ihm angehören, wenn, soweit seine Grenzen reichen, jede Leidenschaft der Persönlichkeit den großen Pflichten, die der jetzige Zeitpunkt auflegt, freudig auf dem Altare des Vaterlandes geopfert wird!"

In Berlin rechnete er nicht auf vielen Beifall mit seiner Schrift. Dort gab es nur leidenschaftliche Anhänger oder Gegner des Professors Schmalz. Den ersten konnte seine Gegenschrift nur unlieb sein, den andern schien sie „zu zahm." Als die Erwiderungen von Koppe, Rühs und Schleiermacher auf Schmalz' Schrift erschienen, erkannte Körner unbefangen an, daß sie recht bedeutend seien.

Seine letzte Schrift war wohl das Büchelchen: „Für deutsche Frauen." (Berlin und Stettin 1824) in dem er ausführt, wie die Frauen am meisten durch reine schlichte Weiblichkeit für das Haus und auch für das Allgemeine zu wirken vermögen.

* * *

„Lange leben, heißt viele überleben." Das erfuhren auch Körners während ihres Lebensabends. Im Jahre 1821 starb die Herzogin von Kurland, 1826 Frau Schiller, 1828 Frau von Humboldt, 1829 der alte, in

ben Zeiten der Not erprobte Freund Geßler. Kurz zuvor war der Schiller-Goethesche Briefwechsel erschienen
und darin eine unzarte Stelle über Geßler mit abgedruckt. Körner schrieb am 5. Juni an Frau von Wolzogen: „Ew. Excellenz werden schon aus den Zeitungen
erfahren haben, daß unser Freund Geßler vollendet hat.
Sein Ende war schmerzlos, wie mir sein Arzt schreibt,
und bei seinem Zustande war ihm ein längeres Leben
kaum zu wünschen. Seine Freunde wissen, was sie an
ihm verloren haben. Von der unglücklichen Stelle im
Briefwechsel hat er ohne Zweifel nichts erfahren, da er
seit mehreren Wochen nur einzelne helle Augenblicke
hatte. Indessen bleibt es immer ärgerlich für Geßlers
Freunde, daß man nicht die Zartheit gehabt hat, eine
solche Anekdote über einen achtbaren Mann, die gar
nicht für das Publikum gehört, wegzulassen.“

Der treue Freund hatte auch noch im Tode seiner
Freunde gedacht und Körners eine Leibrente ausgesetzt.

Das Jahr 1830 brachte für Körner noch besondere
Anregung. Wilhelm von Humboldt beschloß, seinen
Briefwechsel mit Schiller herauszugeben, und erbat
Körners Beihilfe. Ein anregender Briefwechsel darüber
mit Humboldt und die schönen Erinnerungsblätter an
Schiller erfreuten Körner sehr. Zugleich gab Frau
von Wolzogen ihre Biographie Schillers heraus. Körner
antwortete in zwei Briefen auf die freundliche Über-
sendung der beiden Teile:

„Berlin 4. Dezember 1830.“

„Ew. Excellenz bin ich höchst dankbar für das mir
gütigst übersendete sehr werte Geschenk. Es war mir
nicht möglich, mich davon loszureißen. So viele Um-

ftände, die mir unbekannt geblieben waren, fand ich
darin, der Ton der Erzählung war fo würdig gehalten,
meine Verhältniffe waren fo zart und ganz nach meinem
Wunfche behandelt, die Schiller eigentümliche Gemüt-
lichkeit ging fo deutlich daraus hervor · — doch ich darf
wohl nicht mehr darüber fagen, da ich felbft fo ehren-
voll dabei erwähnt bin. Merkwürdig und zum Teil
unerwartet war mir das Verhältnis zu der Frau von
Wolzogen, die Schiller in Bauerbach aufgenommen hatte.
Die Tage in Volkftädt mit Schiller müffen Ihnen un-
vergeßlich fein. An mich fchrieb er damals mit vieler
Wärme darüber. Auf den zweiten Band bin ich äußerft
begierig, da er gewiß noch viel Neues und Intereffantes
für mich enthalten wird."

„Die Humboldtfche Einleitung zu feinem Brief-
wechfel hat mich auch fehr gefreut. Die Bemerkungen
find geiftvoll, der Stil ift klarer als in manchen andern
Humboldtfchen Schriften, das Charakteriftifche von
Schiller ift mit großer Tiefe aufgefaßt, und eine Freund-
fchaft höherer Art weht durch das Ganze."

„Es wäre recht fchön, wenn wir, die zu dem
Schillerfchen Zirkel hier gehören, uns mit Ihnen einmal recht über ihn ausfprechen könnten. Schade, daß
ich und die meinen fchon fo wenig mobil geworden
find. Die politifchen Stürme der Zeit follten uns, denk'
ich, nicht anfechten. Hier wird, hoff' ich, die Ruhe nicht
geftört werden."

„Die Schillerfchen Briefe an mich überlaffe ich ganz
Ihrer Difpofition."

„Viel Herzliches von den meinigen."

„Körner."

„Berlin 24. Januar 1831."

„Der zweite Teil der Biographie, den ich nunmehr Ew. Excellenz Güte verdanke, hat ein eigentümliches Interesse. In den Briefen an seine Gattin ist Schiller äußerst liebenswürdig, und die Nachrichten von seinen letzten Jahren erregen eine sanfte Wehmut, der man sich gern überläßt. An Ihrer Behandlung erfreut die Wärme und Zartheit, wodurch sich auch der erste Teil auszeichnete. Für mich waren einige Briefe neu, besonders der von dem Prinzen von Holstein und dem Minister Schimmelmann. Wohl unserm Schiller, daß er das Unglück des Jahres 1806 nicht erlebte. Wie tief würde es ihn ergriffen haben!"

„Minister Humboldt läßt Ihnen auch volle Gerechtigkeit widerfahren. Sein Geist ist frei und lebendig, und sein Gemüt lernt man immer mehr schätzen. Er lebt jetzt immer in Tegel, und täglich wallfahrtet er zum Grabe seiner Gattin. Traurig ist die Schwäche seiner Augen, die ihn am Lesen und Schreiben hindert."

„Es wäre recht schön, wenn wir hoffen dürften, Sie einmal hier zu sehen. Was Sie nur wünschten, um hier ganz zwanglos zu leben, würde genau besorgt werden."

„Die meinigen sagen Ihnen viel Herzliches und sind Ihnen dankbar für Ihr Werk."

„Körner."

Auf Humboldts Zureden hatte Körner auch aus den Briefen Schillers an ihn eine Auswahl zum Druck zusammengestellt und ein kleines Vorwort dazu geschrieben. Seine eigenen Briefe, mochte er aus Be-

scheibenheit nicht einschalten. Als eigenes Werk hatte
er diese Briefe nicht herausgeben wollen und sie mehr
als Anhang zu seinen Nachrichten über Schillers Leben
in der Gesamtausgabe gedacht. Frau von Wolzogen
scheint sich später noch bemüht zu haben, für die Witwe
Körner ein Honorar von Cotta für diese Briefe zu erlangen. So lebte Körner gerade in den letzten Lebens-
jahren wieder recht in den Erinnerungen seiner schönen
und großen Jugendzeit, und ein stiller Friede kam über
ihn, gedachte er seines reichen Lebens, und wie er den
Besten seiner Zeit nahe gestanden und genuggethan habe.
Am 21. Februar 1828 feierten die Freunde und
Kollegen Körners in Berlin sein fünfzigjähriges Doktor-
jubiläum durch ein Festessen. Auch Humboldt und der
Minister von Kamptz nahmen persönlich Anteil an dem
Fest. Friedrich Förster hatte ein Festgedicht verfaßt,
und die Minister hielten Festreden auf den Jubilar.
Ein Brief eines befreundeten Kollegen Körners, Dieterici
giebt ein Bild der schönen Feier:

„Selten, selten, vielleicht noch nie, teuerster Herr
Kollege und Freund, habe ich ein Fest erlebt, das mich
so im Innersten ergriffen hätte als gestern das Ihrige.
Die Tiefe und Fülle der Gedanken, die Innigkeit und
Herzlichkeit des Gefühls und der Teilnahme in der An-
rede des Herrn Ministers von Humboldt Excellenz haben
mich ungemein erhoben und gerührt. Sollte es vielleicht
sein, daß sie vorher oder nachher aufgeschrieben würde,
so gönnen Sie mir noch einmal sie zu lesen. Ist dies
aber nicht, so verzeihen Sie diese Bitte dem tiefen Eindruck, welchen jene Worte auf mich gemacht haben."

„Höchst ergreifend, innig verehrter Herr Jubeldoktor,
war auch Ihre Antwort. Sie dankten in edler Haltung

für bewiesene Teilnahme. Sie dankten als Theodor
Körners Vater. Es war schön und rührend, mir kamen
die Thränen in die Augen; aber es war recht und trefflich von Herrn von Kampz Excellenz, und ich werde es
ihm dankbar nie vergessen, daß er Ihre Anspruchslosigkeit, mit welcher Sie gar keinen Wert auf Ihre eigene
Thätigkeit legten, Ihnen tüchtig bezahlte, Ihnen sagte,
wieviel Gutes Sie im Amte für Witwen, Arme und
Hilfsbedürftige thun, und Ihnen wünschte, daß Sie zum
Heile dieser Bedrängten, was Gott erfüllen wird, das
späteste Ziel, das irgend menschlichem Leben gegönnt
ist, frisch und gesund erreichen mögen."

Noch über drei Jahre war es Körner vergönnt in
alter Frische und Rüstigkeit seinem Berufe zu leben.
Dann beschloß er sein reiches Leben mit einem schönen
Tode. Nach kurzer, schmerzloser Krankheit, während
welcher er noch am Tage vor seinem Tode in den An-
gelegenheiten seines Berufes sich beschäftigte, ja am
Todestage selbst ihnen seine letzten Gedanken weihte,
hörte er am 13. Mai 1831, nachdem er wie zum
Schlummer die Augen geschlossen, auf zu atmen. Kein
Kampf ging seinem Hinscheiden voraus.

Sein Tod fand in Berlin viel Teilnahme. Zelter
schrieb an Goethe am 17. Mai: „Vorigen Freitag ist
der alte Körner gestorben, und gestern Abend ist seine
Leiche nach Wöbbelin abgegangen, um neben seinen
Kindern beigesetzt zu werden. Im Trauerhause ist große
Versammlung gewesen, Reden gehalten und gesungen
worden; er war ein fleißiges Mitglied der Singakademie.
Ich war nicht dabei und muß in meinen Jahren mich
solchen Emotionen versagen. Wir wollen schon nach-
kommen, wenn auch nicht über Wöbbelin."

Auch Wilhelm von Humbolbt konnte der Feier
nicht mehr perſönlich beiwohnen. Er ſchrieb an die
Witwe und Dora:

„Tegel ben 14. Mai 1831.“

„Ich vermag Ihnen nicht zu ſagen, verehrteſte
Freundinnen, wie tief und ſchmerzlich mich die Nachricht
der Trauer erſchüttert hat, in die Sie ſo plötzlich und
unvorbereitet verſetzt worden ſind. Ich weiß aus eigner
zweijähriger Erfahrung und habe immer aus meinem
innerſten Gefühle gewußt, daß ſolche Verluſte keine
Troſtgründe zulaſſen. Ununterbrochenes Fortleben in
dem teuren Angebenken iſt das einzige, was, indem es
die Wehmut vermehrt, dem Herzen Ruhe und Frieden
gewährt. Möge Ihnen bald die Stimmung werden,
dies recht lebhaft zu empfinden. Der Dahingegangene
hat ein in jeder Art ſchönes und edles Leben beſchloſſen;
es war auch ein ſehr glückliches, am meiſten durch das
Zuſammenleben mit Ihnen, das Sie beide ungeſtört
und ununterbrochen genoſſen, durch den Ruhm Ihres
Sohnes, der der Bitterkeit des Schmerzes um ihn etwas
Höheres beimiſchte, dann aber auch durch ſeine Freundſchaft mit Schiller, durch ſeinen thätigen und lebendigen
Anteil an dem Geiſtes-Großen und Schönen, das ſeine
Zeit hervorbrachte. So wird ſein Andenken fortleben,
und ſo muß es auch Ihnen heiterer und lichtvoller vor
der Seele ſtehen, wenn Sie Sich ihn mit den vor ihm
dahingegangenen ſeinigen vereint denken. In mir wird
es wie erlöſchen, ich fühle mit unbeſchreiblicher Wehmut, daß wieder einer der wenigen dahin iſt, die noch
aus der unvergeßlichſten Zeit meines Lebens übrig
waren, mit denen mich die regſte Übereinſtimmung in

Meinungen und Gesinnungen verband, und die mir
immer die freundschaftlichste und liebevollste Teilnahme
schenkten. Es ist mir sehr leid, selbst durch eine Unpäßlichkeit verhindert zu sein, in die Stadt zu Ihnen zu
kommen, und Sie bitten zu müssen, diese wenigen herzlichen Zeilen anzunehmen. Meine Töchter teilen meinen
Schmerz und umarmen Sie in Gedanken. Mit der
innigsten Hochachtung und Freundschaft der Ihrige

Humboldt."

Auch die Leser dieses Buches, denke ich, werden den
alten Körner lieb gewonnen haben, im Geiste teilnehmend
um seinen Sarg treten und gern und andächtig die
Worte vernehmen, welche der würdige Bischof Neander
bei der Trauerfeierlichkeit in Berlin sprach, ehe der
Sarg nach Wöbbelin übergeführt wurde.

Abschiedsworte,
am Sarge Körners gesprochen von dem Bischof Dr. Neander.

„In einen Trauerkreis eintretend, der sich um
einen geliebten Toten versammelt hat, welcher im Leben
einer der Besten war, möchte ich mich fragen, wozu es
meiner Worte bedürfe, um unserer dankbaren Erinnerung sein ehrwürdiges Bild zu vergegenwärtigen; wozu
meiner Worte in den Augenblicken tiefer Bewegung und
heiligen Ernstes, wo jedes Herz von seiner Wehmut
und Trauer zu reden weiß. Doch eben darum, weil
hier an diesem Sarge uns alle nur eine und dieselbe
Empfindung erfüllt, ein Schmerz, der durch das Gefühl
der Dankbarkeit und Verehrung gegen den Entschlafenen
gereinigt und veredelt wird, und das bewundernde An-

denken an seinen Wert, das uns die Größe unseres
Verlustes fühlbar macht, darum will ich aus Ihrem
teilnehmenden Herzen den Abschiedsgruß der Liebe dem
Verklärten nachsenden. Dem Verklärten — ich ent-
lehne einen Namen aus der künftigen Welt, um zu bezeichnen nicht bloß, was unserm Freund dort geworden,
sondern was er hier schon gewesen ist, ein Sterblicher,
der in der Verehrung des Ewigen und Unvergänglichen
auf der Bahn der Vollendung rastlos aufwärts schritt
und den Frieden des Himmels in seiner Seele trug.
Der Geist eines Weisen wohnte in ihm, und das Herz
eines Kindes schlug in seiner Brust. Er faßte die
ernste Bedeutung des Lebens in ihrer ganzen, vollen
Tiefe auf, aber darüber ging ihm nie die sanfte Heiterkeit des Gemütes verloren, wodurch jede Beschwerde
desselben gemildert und jede Freude verschönert wird.
Er wich keiner schmerzhaften Erfahrung aus und sträubte
sich gegen kein Mißgeschick; den Mut aber und die Kraft,
die ihn aufrecht erhielten, hatte er dadurch gewonnen,
daß die Freude an Gott und das Vertrauen und die
Liebe zu den Menschen in seiner Seele festgewurzelt
war. An ihm sahen wir das Beste der alten und
neuen Zeit in seltener Verschmelzung vereinigt, be-
wunderten an ihm die schmucklose Lauterkeit der Gesinnung, die nur im Umgange mit Gott und der Natur
bewahrt werden kann, und den Reiz der edlen Sitte,
der sich allein unter den Händen der geselligen Bildung
entfaltet. Das Heiligtum der Wissenschaft war seine
liebe Heimat, in die er täglich nach vollbrachter Berufsarbeit zurückkehrte, und in den Hallen der Kunst wandelte
er wie ein geweihter Priester, der aus dem Menschlichen
das Göttliche erschaut. Einem jeden von uns ist er bis-

weilen erschienen als ein ehrwürdiger Mann des Alter-
tums, vom christlichen Geiste beseelt, gehoben und getragen. Ich gedenke eines Vorzuges, welcher unter
allem, was den Menschen auszeichnet, das Höchste ist,
der unserem Dasein seine Weihe giebt und uns die
Seligkeit des Himmels verbürgt, des Vorzugs, in der
That und Wahrheit ein Christ zu sein. Erlösete Jesu
nennen wir uns: wer unter uns, wer in dem Kreise
unserer Bekanntschaft hätte sich dieses heiligen Namens
würdiger gezeigt als dieser Freund und Verehrer des
Herrn? Die Wahrheit, die von oben stammt, hatte
ihn frei gemacht, frei von Furcht und Zweifel, frei von
Eitelkeit und Sinnenlust, frei von allem engherzigen
Wesen und aller sündlichen Liebe zur Welt; und niemals
hörte er auf, an dem reinen und ungetrübten Quell
des Evangeliums zu suchen und zu finden, was unsere
Erkenntnis und Überzeugung von göttlichen Dingen an
Umfang, Gewißheit und Kraft bedarf. Der christliche
Schmerz über menschliche Unvollkommenheit und das
Bewußtsein, daß wir, ob wir gleich das Wollen haben,
doch das Vollbringen des Guten nicht immer finden,
war seinem demütigen Herzen stets gegenwärtig, und so
folgte er dem Zuge eines tief empfundenen Bedürfnisses
in die Arme dessen, der sich um unsertwillen in den
Tod gegeben hat und unser Fürsprecher bei dem Vater
ist. Im Aufsehen zu dem erhabenen Vorbilde, das uns
der Anfänger und Vollender unseres Glaubens zurückgelassen hat und durch beständige Übung stärkte er und
bildete zur Fertigkeit aus die Kraft, welche die Sünde
nicht herrschen läßt im sterblichen Leibe und uns tüchtig
macht zu jedem guten Werk. Sein Glauben war zum
Leben, zum Leben der Liebe geworden und hatte in ihm

den frommen und unermüdlichen Eifer entzündet, wodurch er sich als den wärmsten Teilnehmer an jeder gemeinnützigen Anstalt, an jedem Fortschritte der Bildung, als den willigsten Fürsprecher der Armen und Bedrängten, als den sorgsamsten Pfleger edler Anlagen und Kräfte bewährte. Wo wird das offne Herz sich wiederfinden, das jeder Bitte der Witwen und Waisen so gern Eingang verstattet, wo der beredte Mund, der das Bedürfnis der Notleidenden so überzeugend gelteub zu machen und so dringend zu empfehlen weiß: wo der geübte Blick, der jedes in der entfremdetsten Möglichkeit noch vorhandene Mittel der Hilfe so glücklich erspäht, wie wir, die wir seine Amtsgenossen waren, dies immer mit Bewunderung an ihm wahrgenommen haben? Die meisten in diesem Kreise sind seine nahvertrauten Freunde gewesen; einige haben im engen Bündnisse mit ihm und festgehalten von seiner treuen Hand einen großen Teil ihrer Laufbahn durchmessen, und wir gedenken vor allem der tiefgebeugten Freundinnen, die sein Heimgang am härtesten trifft, die mit ihm ein Leben und eine Seele ausmachten und in ihm den Schutzgeist ihrer Freude und Zufriedenheit erkannten. Wollen wir nun, wenn es mit Worten geschehen kann, Zeugnis ablegen von dem, was er uns gewesen ist? Wer von uns hat diesem Freunde nicht seine Geheimnisse am liebsten anvertraut? Wer hat nicht mit Zuversicht den Rat aus seinem Munde vernommen? Wer hat den geringsten Zweifel in die Versicherungen seiner Liebe und Treue gesetzt? Wer hat nicht rührende Beweise der aufrichtigsten Teilnahme und uneigennütziger Hingebung von ihm erhalten? Wer hat an seinen belehrenden und erheiternden Gesprächen sich nicht erquickt? Wer ist in seiner Nähe gewesen, ohne an Achtung und Liebe für ihn zu gewinnen und durch sein Thun und Wesen sich gestärkt und erhoben zu fühlen. Ach! warum bist Du nicht länger unser Beispiel und unsere Freude geblieben? Warum hast Du zum ersten Male und so tief uns betrübt, teurer Entschlafener, an dem unser Herz gehangen hat? — Doch nein! weil uns der Freude und des Segens durch Dich so viel geworden ist, weil Dein geliebtes Bild immer mit unauslöschlichen Zügen in unserer Seele stehen wird, und weil Gott Dein schönes Leben durch einen so sanften Tod gekrönt hat, darum soll unsere Klage schweigen. Mit dem glaubensvollen Aufblick zu dem, der alles lenkt, der Trübsal und Freude schafft, und den bösen Tag wie den guten zu unserem Heile aufgehen läßt, wollen wir, wie Du es gethan, uns trösten. Die christliche Fassung, die Du unter allen Widerwärtigkeiten behauptetest, mit der Tu Deine herbsten Verluste, den Tod Deiner Lieben, ertrugst, der edlen Tochter, die Dein Ebenbild war, und des hochherzigen Sohnes, von dessen Begeisterung die Geschichte reden wird, so lange sie der Kämpfe um das Heilige gedenkt, diese christliche Fassung soll uns ein Vorbild sein zum gelassenen Erdulden des Schmerzes, den uns Deine Trennung gebracht hat. Du hast einen guten Kampf gekämpft und Dir ist beigelegt die Krone der Gerechtigkeit. Auch wir wollen aushalten und treu bleiben bis an das Ende, damit wir empfangen das unvergängliche, unbefleckte und unverwelkliche Erbteil, das uns behalten wird im Himmel. Hinauf zu Gott, wo wir Dich wiederfinden wollen, soll unsre Sehnsucht und Hoffnung Dir folgen,

hinüber zu der geweihten Ruhestätte, die sich Dein
Vaterherz erkoren, soll unser Segensgebet Dich geleiten.
So ziehet hin, teure Überreste des Teuersten, ziehet hin,
fahret wohl, ruhet sanft! Der Erbe gehört, was von
ihr genommen ist, dem Himmel, was ihm sich geweiht
hat. Amen."

Friedrich Förster erfüllte dem verstorbenen Freunde
den Wunsch, den der lebende von ihm erbeten hatte.
Er geleitete die Leiche zu den Gräbern der Kinder, wo
sie zur Seite des Sohnes am 18. Mai in die Gruft
gesenkt wurde. Schon im folgenden Jahre wurde dort
ein viertes Grab aufgeworfen, und der Hügel bedte die
entseelte Hülle der treuen Dora, welche am 30. Mai
zu Berlin gestorben war und am 3. Juni zu Wöbbelin
bestattet wurde.

Sie hinterließ 13 wertvolle Pastellgemälde und
wünschte, daß S. Majestät der König dieselben annehmen
und ihnen einen sichern Platz anweisen möchte. Verkauft sollten sie auf keinen Fall werden, und auch ihren
Erben keine Bezahlung, Belohnung oder Geschenk dafür
gegeben werden. Streckfuß als Testamentvollzieher
führte nach ihrem Tode die Verhandlungen und erhielt
aus dem Ministerium folgende Antwort und Abschrift
einer Allerhöchsten Kabinettsorder:

„Auf Allerhöchsten Befehl S. Majestät des Königs
benachrichtigt das Ministerium Ew. Hochwohlgeboren,
daß auf Ihre Immediat-Eingabe vom 13. August c.
Allerhöchstdieselben nicht allein die 13 Pastellgemälde der
verstorbenen Schwester der Geheimen Ober-Regierungsrätin Körner huldreichst anzunehmen, sondern auch in
Bezug auf dieselben die Summe von eintausend Thalern

24

allergnädigft zu bestimmen geruht haben, um damit zu
feiner Zeit, der von der Verstorbenen und deren Schwester
beabsichtigten Stiftung eines Freitisches für hilfsbedürftige
Studierende bei der hiesigen Universität zum Andenken
des würdigen Geheimen Ober-Regierungsrats Körner
eine noch größere wohltätige Ausdehnung zu gewähren.

„Das Ministerium kommuniziert Ihnen die deshalb
erlassene Allerhöchste Kabinettsordre vom 2. d. M. in
vidimierter Abschrift und überläßt Ihnen der verwitweten
Frau Geh. Ober-Regierungsrätin Körner zu ihrer Beruhigung die huldreichste Aufnahme und Genehmigung
der Disposition ihrer verewigten Schwester bekannt zu
machen."

„Berlin 15. Nov. 1832."

„Ministerium der geistl. Angeleg.
An den Königl. Ober-Regierungsrat
Herrn Streckfuß.

Copia vindimata.

„Auf den von Ihnen über die zurückgehende Vorstellung des Geh. Ober-Regierungsrats Streckfuß am
27. v. M. erstatteten Bericht will ich die zum Nachlasse
der Johanna Dorothea Stock gehörigen Pastellgemälde
derselben nach dem Ableben der jetzigen Besitzerin, Geheimen Ober-Regierungsrätin Körner für den nach ihrem
Vorschlage bestimmten Preis von eintausend Thalern,
aus deren Zinsen ein Freitisch für einen hilfsbedürftigen
Studierenden hier gestiftet werden soll, annehmen und
auf den von dem Direktor Schadow dieserhalb geäußerten
Wunsch die sub Nr. 7 und 8 des Verzeichnisses aufge-
führten Gemälde der Akademie der Künste als vorzügliche Werke der Pastellmalerei verehren. Ich überlasse

Ihnen dies beim Geh. Ober-Regierungsrat Streckfuß
bekannt zu machen."

„Berlin 2. Nov. 1832."

„Friedrich Wilhelm."

„An den Minister Freiherrn
von Altenstein."

Einsam und allein stand nun die greise Mutter,
die, einst so kränklich, nicht geglaubt hatte, daß sie ihre
ganze Familie überleben sollte und fast auch den ganzen
Kreis ihrer alten Freunde und Freundinnen. Nur mit
Frau von Wolzogen konnte sie noch die alten Beziehungen
brieflich fortsetzen; in Berlin standen ihr besonders Wilhelm von Humboldt und seine Töchter, Alexander von
Humboldt, Karl Streckfuß, Friedrich Förster und Gustav
Parthey nah. Im Todesjahr ihres Mannes schrieb sie
an Wilhelm von Humboldt noch: „Schmerzvoll vergehen
meine Tage, weil ich mich nicht an das Unabänderliche
gewöhnen kann, meine Nächte sind schlaflos." Aber
auch sie lernte den Schmerz; immer friedlicher wurde
ihre Stimmung, und mit heiterer Seele konnte sie,
was sie bei Wilhelm von Humboldt bewunderte, durch
den dunklen Flor der Gegenwart die Vergangenheit
mit allen ihren Reizen ergötzend auf sich zurückwirken
lassen. Es genügt zum Schlusse wiederum einige Briefstellen anzuführen, aus denen ihr Leben und Treiben,
ihr Fühlen und Meinen deutlich erkannt wird.

Frau Körner an Frau von Wolzogen;

„Berlin den 10. Januar 1833."

„Zu meiner Freude, verehrte Frau, habe ich von
unsrer Freundin Karoline gehört, daß Sie wohl sind,

24*

und wie Sie die vergangene Zeit zugebracht haben: daß
die geliebte Emilie wohler ist, und Ihr schönes Gemüt
dadurch ruhiger. Sie haben noch Schäße, die Sie die
Ihren nennen können, und können reich in Liebe sein.
Mein Geschick hat sich so gestaltet, nachdem ich mir
Resignation erworben habe, daß ich still und in Frieden
mit der Welt und mir lebe; nach der Vergangenheit
bleibt mein Blick gewendet — und so seh' ich rückwärts
ein langes beglücktes Leben. Viel hatte mir Gott gegeben von seiner Liebe. Ob's auch nun dunkel um
mich ist, und es umfangen mich Schatten — vergeß' ich
nicht, wie mir sein Sonnenlicht an tausend Morgen
erschienen, heiter und unendlich glücklich, und mein
weinendes Auge hängt an der Vergangenheit in stiller
Zuversicht — wie lange kann es noch dauern?"

- „Weimar kann Ihnen den Genuß nicht mehr geben,
denk' ich mir, seit der letzte der Heroen heimgegangen
ist. Aber wir können es uns sagen: „Auch ich war in
Arkadien geboren," der Schauplaß, wo alles Große und
Herrliche uns in seinem Glanze erschienen ist. Wir
haben, meine teure Freundin, ein reiches Leben gelebt."

„Meine Freunde, um mich zu zerstreuen, haben mir
zugeredet, eine Gesammtausgabe von Theodors Werken
zu veranstalten; mein Freund Streckfuß will mir dabei
beistehn. Wie fleißig ist der geliebte Sohn gewesen!
Jetzt, da ich seine Papiere durchsehe, seine Briefe wieder
lese, wie erhebt sich mein Herz in Dank gegen den Allmächtigen, daß er mir ihn gegeben hat."

„Sollten Sie keinen Gebrauch von den Fragmenten
aus Schillers Briefen machen oder machen können, die
wir Ihnen vor einigen Jahren sendeten, so haben Sie
die Güte, sie mir zurückzuschicken, wie Sie es mir schon

ein paar Mal angeboten haben. Herrn von Humboldt
habe ich am ersten Tage im Jahr gesehen. Ich wohne
jetzt 2 Treppen hoch, also kann ich es nicht von ihm
verlangen, daß er öfters kommt. Körperlich ist er
schwach, aber sein Geist ist kräftig wie ehemals. Wir
haben viel von Ihnen gesprochen, die er so hoch wegen
Ihres Geistes verehrt; er spricht noch immer mit vielem
Enthusiasmus von Schillers Leben und der Zartheit
des Behandelns Ihres Stoffes."

„Warum steht Ihnen Berlin so fern? Wenn ich
mich so weit von meinem Grabe trennen könnte, würde
ich noch reisen, um Sie zu sehen. Ein großer Teil
meiner Bekannten wollte mir durchaus eine Gesell-
schafterin aufschwatzen; jedes hatte eine, die sie gern
versorgen wollten, aber an mich wurde dabei nicht gedacht. Meine Treuen pflegen und warten mich in
meinem Alter, und weiter brauche ich nichts."

„Gott sei mit Ihnen, verehrte Frau! Er schütze
und bewahre Sie. Haben Sie und ich doch in unsern
Geliebten unsre Schutzengel im Leben. Werden Sie
Sich auch der alten Freundin erinnern und mir bald
einmal schreiben?"

Frau Körner an Frau von Wolzogen:

„Berlin 1. Februar 1833."

„Ihre vorsorgende Liebe, meine verehrte Freundin,
verlangt eine schnelle Antwort von mir. Wie Sie es
gestalten wollten mit den Fragmenten von Schillers
Briefen, ist es aufs beste. So ist es auch nach Körners
Willen mehr, als wenn man sie in Journale einrücken
ließe. Schillers Leben hat ein so großes Publikum ge-

habt, daß gewiß eine zweite Auflage sich so schnell vergreifen wird, wie die erste. Ich danke Ihnen innig für das freundliche Walten mit Cotta für mich."

„Herr von Humboldt ist nie bei mir, ohne daß wir uns besprechen, was nach meinem Tode mit dem 19jährigen Briefwechsel zwischen Schiller und Körner geschehen soll, da Körner nicht gesagt hat, daß ich sie vernichten soll; es bleibt mir ein Problem, das ich nicht zu lösen weiß. O führen Sie noch den Plan aus, nach Tegel im Frühjahr zu kommen! In Tegel ist schöne Natur; es ist eine Oase in der Wüste; doch so arg ist es auch nicht bei uns. Der Reichtum der Kunst, den Sie hier finden in jeder Art, ist groß."

„Humboldt ist körperlich schwach, aber sein Geist hat noch alle die Fülle und Kraft wie ehemals. Man sagt mir, Alexander Humboldt gewänne immer mehr Einfluß, worüber man sich allgemein freut."

„Hat Ihnen Herr von Stein erzählt, daß er einen Briefwechsel von beinahe 1000 Briefen zwischen seiner Mutter und Goethe besitzt?"

Frau Körner an Streckfuß:

„Berlin 28. Juni 1834."

„Boisserée, wenn es Sulpiz ist, hab' ich vor etlichen zwanzig Jahren in unserm Haus gesehen, wie wir noch in Dresden waren. — Das Porzellanmalen verkürzt mir sehr die Zeit. Es wird mir recht schwer, die ich eine lange Zeit nur mit spitzem Pinsel gemalt, nun mit einem breiten Pinsel malen muß. Das erhält mich bei meiner Arbeit in beständiger Spannung, und die Stunden und Tage eilen dahin, ich weiß nicht wie. Ich beklage jeden, der sich nicht, wenn der Schmerz ihn getroffen hat, mit etwas Erheiterndem zu beschäftigen weiß! Denn Thätigkeit ist die Lethe, in welcher wir allein unsre Schmerzen und Launen vergessen, und der Geist, welcher zuerst, um nicht mit seinen Gefühlen zu kämpfen, seinen Schmerz besiegen will, muß sich keine Muße erlauben; sonst ist es mit dem Frieden der Seele dahin."

Frau Körner an Frau v. Wolzogen:

„Berlin 16. November 1835."

„Vor vier Tagen erhielt ich Ihren Brief, und vor zwei Tagen besuchte mich Karoline von Humboldt und hat mir recht viel von Ihnen erzählt, was meine Seele erfreut hat, wie gesund, wie geistig kräftig Sie sind, wie die Grazie in dem Gespräch mit Ihnen und der Wohllaut Ihrer Worte so wohlthäte. So waren ihre Worte. Ich finde, daß Karoline gut aussieht gegen vergangenen Winter. Ich bin beinahe drei Jahr älter als Sie, auf den März werde ich 74 Jahr, und meine Kräfte nehmen sehr ab, ich würde keine Reise mehr ertragen. Früher hätte ich es gekonnt; wenn mir nicht mein Grab angewiesen wäre, was schon so weit von hier ist, und weiter konnte ich mich nicht entfernen, so würde ich Sie noch einmal gesehen haben. So sieht Sie nur das Auge meines Geistes in der Erinnerung vergangner schöner Zeiten."

„Ich habe Trübsal gehabt, meine edle Freundin, und hätte Ihnen so gern geschrieben, wenn ich Sie zu finden gewußt hätte. Ich sehnte mich nach Mitgefühl, was Ihr edles Gemüt mir gegeben hätte."

„Ich habe die beiden Söhne meiner treuen Leute

mit erzogen; der älteste, ein vorzüglicher Jüngling,
wurde noch von meinem verklärten Körner in seinem
15. Jahre als Lehrling in eine der bedeutendsten
Apotheken gethan. Der Jüngling hat viel gelernt, sich
in seiner Wissenschaft sehr ausgebildet. Seit Neujahr 33,
wo er ein schönes Examen gemacht hatte, wurde er
Gehilfe und selbstständig. Welche Freude für mich und
die Eltern! Er war brav und gut, liebenswürdig; er
hatte das Glück, daß wer ihn kannte, ihm wohlwollte.
Ich liebte in ihm mein Werk, daß mir Gott die Gnade
gegeben hatte, noch was Gutes gethan zu haben. Nach
einer heftigen Erkältung im vergangenen Sommer verloren wir ihn am 13. September im 19. Jahr, der
uns nie im Leben betrübt hatte. Er starb bei mir.
Was die Zeit mit einem leichten, wohlthätigen Schleier
verhüllt hatte, lebt wieder aufs neue in meinem Leben.
So hat Ihre arme Freundin gelebt."

„Sollte Herr v. Cotta noch die Fragmente behalten
und bezahlen, und Sie wünschten, daß ich nicht mehr
unter den Lebendigen wäre, so haben Sie noch die
große Güte für mich, dies Geld an meine Leute zu
schicken, an Herrn Rudolf Ulrich oder an Madame
Ulrich, geb. Schuster, ehemals bei der Staatsrätin Körner
Unter den Linden im Sahleschen Hause zu erfragen
Nr. 32. Ich bestimme es noch dem zweiten Sohne, der
ein Forstmann wird, was ein teures und schweres
Studium ist, ehe ein so gebildeter junger Mann eine
kleine Stelle bekommt. Werden Sie meiner Fürsorge
verzeihn? O ja, Sie sind gütig und freundlich gegen
Ihre alte Freundin, die Sie verehrt und achtet. Bis
in den Tod die Ihre!"

„M. Körner."

Frau Körner an Frau v. Wolzogen:

„Berlin den 19. Nov. 1837."

„Sie haben Sich ein frisches Herz erhalten wie ich!
Das ist das, was uns im Leben erhält und unser
Alter uns vergessen läßt: doch bin ich gewiß, daß ich
älter als Sie bin, und ich gestehe gern, daß ich im
76. Jahre stehe. Wir haben viel gelitten, aber Sie
und ich können auch mit innigem Gefühl sagen: „Auch
ich war in Arkadien geboren." Die Lieben, die wir
verloren, haben uns die Hoffnung gelassen, sie wiederzufinden; die Hoffnung auf die Seligkeit des Himmels
erhebt unsre Herzen, wo das Getrennte sich vereint und
das Verlorene sich wiederfindet, und auf die dunkeln
Wolken unsers Daseins fallen die strahlenden Blicke
des himmlischen Lichts. Wiedersehen — ja Wiedersehen!"

„Die Töchter unsrer heimgegangenen Freundin sind
uns doch auch ergeben und benken gern an Sie und
mich. Ich sehe sie manchmal; besonders die Generalin
ist eine vortreffliche Frau, sie hat aber einen so großen
Haushalt, den sie mit so ernstem Willen vollführt nächst
den Pflichten der Gesellschaft, daß ihr wenig Zeit bleibt.
Tegel ist jeden Tag so besucht, und besonders jetzt, da
die Bülowsche Familie den Hausstand vermehrt, daß
Frau von Hedemann keine Stunde übrig hat, etwas zu
lesen, um ihren Geist zu erfrischen, daß sie die Stunden
dem Schlaf abstiehlt. Im vergangenen Sommer, als
ich mich etwas kräftiger fühlte, beredete mich Ebba von
Kalb, die treffliche Freundin, noch einmal mit ihr nach
Tegel zu fahren, was ich nicht glaubte wiederzusehen,
und wir wurden mit großer Liebe empfangen. So saß

ich die Gräber der Edlen wieder, die in treuer Freundschaft uns im Leben zugethan waren und bis ans Ende
verharrten."

„Bettina hat doch den Briefwechsel Goethes mit
dem Kinde ins Englische übersetzen lassen, um in England viel Glück mit ihrer Unternehmung zu machen.
Die Rezension der Engländer über die Briefe ist interessant, Goethe ist aber dadurch von seiner Höhe herab-
gekommen. Bettina läßt sich aber dadurch nicht stören
und giebt im 3. Teile das Stärkere noch, was sie uns
Deutschen nicht gegeben hat. Warum hat Bettina vergessen, was ihr Heros sagt: Der Mann strebt nach Freiheit, die Frau nach Sitte!"

Frau Körner an Frau v. Wolzogen:

„Berlin 25. April 1841."

„Was schöne Seelen schön empfunden, muß trefflich
und vollkommen sein!" „Das ruf' ich Ihnen im wahren
Sinne des Worts, verehrte Freundin, beim Lesen Ihres
Buches zu. Sie haben mich beglückt, indem Sie mir
das Werk Ihres Geistes sendeten, das Sie mit Jugend-
geist empfunden, noch Agnes von Lilien eine Gefährtin
schenkten."

„Seit sechzehn Wochen hat mich Krankheit gefangen
gehalten, und ich bin leider noch nicht genesen. Wie
hätte ich ahnen können, daß ich das 80. Jahr antreten
würde, und doch ist es so! Meine Kräfte sind schwach,
meine Sinne sind sehr schwach geworden, sind ziemlich
dahin. Ich habe das Glück gehabt, von den meinen
trefflich gepflegt zu werden, mit Sorge und Liebe, und

die Welt hat mir viel Achtung bezeugt. Doch genug von mir."

„Arndts Anerkenntniß Geßlers hat mich wie Sie erfreut. Mit welcher Wahrheit und Treue hat er ihn gezeichnet. Bis an sein Ende blieb er uns zugethan. Er lebte in Schmiedeberg mit der Familie seines Arztes und für die Familie seines Universalerben. Er hinterließ Körner eine Leibrente, welche an mich fiel, wie mein Körner starb. Körner hätte beinahe einen Prozeß mit den Erben gehabt, doch es ekelte ihn an, und so ließ er sich jährlich 200 Thaler davon nehmen, so auch ich."

„Der Großherzog ist bei mir gewesen, hat mein Krankenkostüm übersehen und war der gütige Fürst, der er immer war, und hat mir viel Schönes und Freundliches von Ihnen erzählt."

„Sagte ich Ihnen nicht vorher, daß Hofmeisters Buch kein Glück machen würde? Ihre Memoiren Schillers sind das einzige, auf das man blicken muß, will man Wahrheit erhalten. Der arme Ernst Schiller. Sollte er schon so früh vollenden! Von Karoline Schiller, Junot, studiert der älteste Stiefsohn hier; die liebe Frau hat an mich, ohne daß ich mit ihr in Verkehr war, einen Brief geschrieben, der mich erfreut hat. Ich habe nichts für ihn thun können, weil ich von Krankheit gefesselt war, und Hoffnung einer völligen Besserung schwindet."

„Leben Sie wohl, Gott nehme Sie in seinen heiligen Schutz bis zum Tod!"

„Die Ihre

Marie Körner."

Über achtundzwanzig Jahre waren vergangen, nachdem Marie Körner lebensmüde nach dem Verluste ihrer Kinder nach Berlin übergesiedelt war, als endlich am 20. August 1843 der Tod sie wieder mit den ihrigen vereinte. Ihr Leichnam wurde am 23. August ebenfalls in Wöbbelin zur Erde bestattet. Dort schlafen zusammen die fünf Glieder des Körnerschen Hauses den ewigen Schlaf. In der Mitte des Platzes vor der Eiche ist Theodors Grab, davor das Denkmal. Rechts von Theodors Hügel ruht die Mutter, links der Vater, zu den Füßen der Mutter, rechts vom Denkmal des Bruders, Emma, links, zu Füßen des Vaters, die Tante Dora. Die Gräber der Eltern und der Tante tragen auf eisernen Tafeln die einfachen Inschriften der Namen, der Geburts- und Todesdaten. Das Grab der Schwester deckt ein Stein mit folgender Inschrift:

Unter den Nachgelassenen

Theodor Körners

folgte ihm zuerst

seine gleichgesinnte Schwester

Emma Sophia Luise.

Sie war geboren zu Dresden
am 19. April 1788.

Durch Charakter, Geist und Talente
verschönerte sie die Tage der Ihrigen
und erfreute Alle, die sich ihr näherten.
Den geliebten Bruder betrauerte sie
wie es der deutschen Jungfrau ziemte.

Aber indem sich die Seele zu ihm erhob,
wurde der Körper allmählig entkräftet.
Ein Nervenfieber endete ihr irdisches Leben
zu Dresden am 15. März 1815.

———

Zu ihrer Grabstätte gebührte ihr dieser Platz.

———

Das Denkmal Theodors ist nach einer Zeichnung
des Dresdener Hofbaumeisters Thormeyer in der
Königlichen Eisengießerei zu Berlin gegossen.
Leier und Schwert, von einem Eichenkranz um-
wunden, sind auf einen vierseitigen Altar gestellt.
Die Inschrift der Vorderseite des Altars ist:

Hier wurde

Karl Theodor Körner

von seinen Waffenbrüdern

mit Achtung und Liebe

zur Erde bestattet.

Auf der Rückseite stehen folgende Worte:

Karl Theodor Körner

geboren zu Dresden am 23. September 1791

widmete sich zuerst dem Bergbau,

dann der Dichtkunst,

zuletzt dem Kampfe für Teutschlands Rettung.

Diesem Beruf
weihte er Schwert und Leier
und opferte ihm
die schönsten Freuden und Hoffnungen
einer glücklichen Jugend.
Als Lieutenant und Adjutant
in der Lützowschen Freischaar
wurde er bei einem Gefecht
zwischen Schwerin und Gadebusch
am 26. August 1813
schnell durch eine feindliche Kugel
getödtet.

Die Inschriften der beiden andern Seiten des Altars geben Stellen aus Theodors Gedichten wieder. Die eine lautet:

Dem Sänger Heil, erkämpft er mit dem Schwerte
Sich nur ein Grab in einer freien Erde!

Die andere:

Vaterland! dir woll'n wir sterben,
Wie dein großes Wort gebeut,
Unsre Lieben mögen's erben,
Was wir mit dem Blut befreit.
Wachse, du Freiheit der deutschen Eichen,
Wachse empor über unsere Leichen!

Anmerkungen.

Die Hauptquellen dieses Buches sind:

1) Theodor Körners Leben und Briefwechsel. Nebst Mitteilungen über die Familie Körner. Herausgegeben von Adolf Wolff. Berlin 1858.
2) Schillers Briefwechsel mit Körner. 2. Auflage. Herausgegeben von Karl Goedeke, 2 Teile. Leipzig 1874. (Diele Briefe Körners an Schiller habe ich in den Originalen auf der Königl. Bibliothek zu Berlin einsehen dürfen).
3) Theodor Körners Werke. Nebst einer Biographie des Dichters von Friedrich Förster, Berlin. Gustav Hempel.
4) Kunst und Leben. Aus Friedrich Försters Nachlaß. Herausgegeben von Hermann Kletke. Berlin 1873.
5) Jugenderinnerungen von Gustav Parthey. Handschrift für Freunde. 2 Teile (1871).
6) Litterarischer Nachlaß der Frau Karoline von Wolzogen. 2 Bände. Leipzig 1848.
7) Charlotte von Schiller und ihre Freunde. 3 Bände. Stuttgart 1860.
8) Briefe der Familie Körner. Herausgegeben von Prof. Alb. Weber. Deutsche Rundschau IV 9 u. 10.
9) Deutsche Pandora. 1. Bd. Stuttgart 1840.
10) Vermischte Blätter von Karl Elze. Köthen 1875.

Außerdem haben mir viele Briefe von den Mitgliedern der Körnerschen Familie oder an dieselben im Manuskript vorgelegen. So verdanke ich:

1) Dem Herrn Ulrich, dem Pflegesohn der Frau Körner,

die Kenntnis vieler Briefschaften des Vaters Körner.
(Jetzt sind dieselben im Körnermuseum).

2) Dem Herrn Professor Schillbach in Potsdam die
Kenntnis einiger Briefschaften des Vaters Körner aus
Friedrich Förjters Nachlaß. (Jetzt im Körnermuseum).

3) Der nun bereits verstorbenen Frau v. Paschwitz, geb.
Kunze die Kenntnis von Briefen der Familie Körner
an ihren Vater Wilhelm Kunze. (Jetzt im Körnermuseum).

4) Der Frau Staatsministerin von Bülow, geb. von Humboldt die Kenntnis der Briefe Wilhelm von Humboldts an den Vater Körner. Ich habe dieselben als
selbständiges Buch herausgeben dürfen: Ansichten über
Ästhetik und Litteratur von Wilhelm von Humboldt.
Seine Briefe an Christian Gottfried Körner. Herausgegeben von F. Jonas, Berlin 1880.

5) Dem Herrn Stadtrat Streckfuß in Berlin die Kenntnis einiger die Körnersche Familie betreffenden Papiere
aus dem Nachlaß seines Vaters, des verstorbenen
Herrn Oberregierungsrats Streckfuß.

6) Dem Herrn Sanitätsrat Rinkel in Berlin den Besitz
der Briefe des Vaters Körner an Zeller.

7) Dem Herrn Dr. Peschel, dem Direktor des Körner-
museums zu Dresden die Kenntnis vieler Briefschaften
aus seinem Museum und viele wertvolle Auskunft
auf einzelne Fragen.

8) Der Dresdner Königl. Bibliothek die Kenntnis der
Briefe Körners an Göschen.

9) Der Gothaschen Herzogl. Bibliothek die Kenntnis des
Briefwechsels zwischen Körner und Müllner.

10) Der Frau E. Parthey in Berlin die Kenntnis der
Briefe Theodor Körners an den Hofrat Parthey.

11) Den Erben Dr. Gustav Partheys einige Familien-
briefe.

Den vorgenannten Damen und Herren und Bibliothekvor-
ständen, welche so gütig mich unterstützt haben, sowie allen, die
mir bei meiner Arbeit durch mündliche und briefliche Auskunft
behilflich gewesen sind, sage ich hiermit meinen innigen und

ergebenen Dank. Ich habe versucht, so viel wie möglich die Quellen selbst sprechen zu lassen, deren Nachweis im einzeln hier folgt.

S. 1. Z. 1 ff. Abgedruckt aus „Schillers Leben und Werke" von Palleske. 3. Aufl. 1. Bd. S. 614.

S. 2. Z. 20 ff. Die Daten sind meist entlehnt aus den Schriften: Memoria viri magnifici ... D. Joannis Gotfridi Koerneri . . . . commendata ab rectore universitatis litterarum Lipsiensis. 1780. und: Sächsische evangelische lutherische Kirchen- und Predigergeschichte von Erdmann Hannibal Albrecht. Leipzig 1799. Bd. 3. S. 103.

S. 3. Z. 8. Die Nachricht beruht auf einer brieflichen Auskunft des Herrn Stiftssyndikus in Meißen an Herrn Dr. Peschel.

S. 3. Z. 25. Nathan der Weise III. 1.

S. 4. Z. 4. Vergl. Sammlung etlicher Predigten, welche gehalten und herausgegeben sind von M. Joh. Gottfr. Körner. Leipzig 1750.

S. 5. Z. 30 ff. Nach dem Taufschein im Körnermuseum. Daß Schmidts die Elteltern der Frau Körner gewesen, entnehme ich der Widmung der in der vorigen Anmerkung genannten Predigtsammlung.

S. 6. Z. 8 ff. Original im Körnermuseum in Dresden.

S. 6. Z. 22. Vorher soll er das Leipziger Thomasgymnasium besucht haben. Vergl. Stern Körners Ges. Schriften. S. 3.

S. 6. Z. 24 ff. Nach gütiger Mitteilung seitens des Herrn Rektors C. Müller und des Herrn Schulrentamtmanns Schmidt in Grimma.

S. 7. Z. 10. Vermischte Blätter von Karl Elze. Köthen 1875.

S. 7. Z. 30 ff. Briefwechsel. Schiller-Körner. I. 27.

S. 8. Z. 24 ff. Briefwechsel. Schiller Körner. I. 19.

S. 10. Z. 1. Vergl. Neuestes gelehrtes Dresden. Herausgeg. v. Klübe. Leipzig 1780. S. 80.

S. 10. Z. 4. Nach einer Stelle eines Briefes an den Sohn vom 14. Oktober 1808 aus den Ulrichschen Papieren.

S. 10. Z. 31. Vergl. Weidlichs biographische Nachrichten.

S. 11. Z. 19 ff. Briefwechsel. Schiller-Körner. I. 28.

S. 13. Z. 7 ff. Kunst und Leben. Aus Förster Nachlaß. S. 102 ff.

S. 18. Z. 20. Vergl. Parthey Jugenderinnerungen. II. 49.

S. 18. Z. 28. Goethe Dichtung und Wahrheit. Hempelsche Ausgabe. Teil 21. S. 104 und 110.

S. 19. Z. 21. Vergl. Deutsche Rundschau IV. S. 461.

S. 19. Z. 25. Schelling im Briefe an die Eltern vom 3. April 1790. Vergl. Aus Schellings Leben. I. 85.

S. 21. Z. 9. Näheres bei Eltern Körners Ges. Schriften S. 6 und Grenzboten III. 1881. S. 244—253.

S. 22. S. 20. Nach Mitteilungen des Herrn Stadtbibliothekars Naumann in Leipzig, der vor Jahren gütigst auf meine Bitte, die Leipziger Indices lectionum durchgesehen hat. Abweichend davon meldet Eltern Körners Ges. Schriften S. 5 und 8., Körner habe schon 1779 und auch noch im Sommer 1782 gelesen und auch Technologie und Katholische Kirchengeschichte (?) behandelt.

S. 22. S. 27. Brief an Schiller 5. Juni 1789.

S. 23. Z. 7. Brief an Schiller 3. März 1785.

S. 23. Z. 16. Vergl. über Körners Gehalt, Schillers Brief an ihn vom 20. Oktober 1788.

S. 23. Z. 19. Vergl. Deutsche Rundschau IV. 9. S. 462.

S. 24. Z. 7. Kunst und Leben. S. 89.

Das Bild ist nach Körners Tod wieder aufgefunden, vom Professor Keller in Försters Auftrag restauriert und jetzt aus Försters Nachlaß dem Körnermuseum übergeben.

S. 25. Z. 20 ff. Kunst und Leben. S. 109.

S. 27. Z. 7 ff. Goethe Hermann und Dorothea. II. 44 und 45.

S. 29. Z. 1. Brfwchsl. Schiller-Körner. I. 12.

S. 29. Z. 12. Brfwchsl. Schiller-Körner. I. 5.

S. 29. Z. 21. Schillers Beziehungen zu Eltern, Geschwistern und der Familie von Wolzogen. Stuttgart 1859. S. 448.

S. 30. Z. 5. Schiller an Huber 7. Dez. 1784 im Brfw. Schiller Körner. I. 3.

S. 30. Z. 31. Kunst und Leben. S. 110.

S. 31. Z. 21. Brfw. Schiller-Körner. I. 8.

S. 32. Z. 1. Brfw. Schiller-Körner. I. 12.

S. 33. Z. 6. Brfw. Schiller-Körner. 2. Aufl. S. 10 und Seite 12 Anm.

S. 33. Z. 22. Brfw. Schiller-Körner. 1. Aufl. S. 15.

S. 34. Z. 3. Vergl. Journal für deutsche Frauen. Besorgt von Wieland, Rochlitz und Seume 1806; ferner: Geschäftsbriefe Schillers. Herausgeg. v. Göbele. S. 346. Dergl. dazu Archiv für Litteraturgesch. Leipzig VIII. 170.

S. 34. Z. 10. Kunst und Leben. S. 117.

S. 34. Z. 24. Brfw. Schiller-Körner. I. 30.

S. 35. Z. 2. Brfw. Schiller-Körner. I. 34.

S. 35. Z. 20. Brfw. Schiller-Körner. I. 41.

S. 36. Z. 13. Brfw. Schiller-Körner. I. 44.

S. 36. Z. 30. Brfw. Schiller-Körner. IV. 100.

S. 80. Z. 1. Memoria D. Joan. Gotfr. Koerneri.

S. 80. Z. 8. Vergl. einen Aufsatz des Dr. Stern in den Grenzboten 1881 über Göschen und Körner, und die Originalbriefe in der Dresdner Königl. Bibliothek.

S. 40. Z. 6. Original im Körnermuseum.

S. 40. Z. 14. Brfw. Schiller-Körner. I. 40.

S. 40. Z. 21. Brfw. Schiller-Körner. I. 40.

S. 41. Z. 8. Brfw. Schiller-Körner I. 50.

S. 41. Z. 24 Schiller an Huber. Brfw. Schiller-Körner. 2. Aufl. Bd. I. S. 37.

S. 42. Z. 8. Schiller an Huber. Brfw. Schiller-Körner. 2. Aufl. Bd. I. S. 40.

S. 42. Z. 12. Kunst und Leben, S. 68 und Huber an Körner 4. April 1788. L. F. Hubers sämtliche Werke seit dem Jahre 1802. Tübingen 1800. I. S. 262.

S. 42. Z. 8. Ephemeriden der Litteratur und des Theaters 1785 p. 44: „Der Herausgeber der Ephemeriden der Menschheit, Herr Prof. Becker zu Dresden, hat wegen schwächlicher Gesundheit, die Erlaubnis erhalten, auf ein halbes Jahr nach Italien zu reisen, und ist als Begleiter einer polnischen Gräfin Ende Oktober (1784) von Dresden abgereist. Die Herausgabe der Ephemeriden besorgt indes Herr Doktor und Oberkonsistorialrat Körner zu Dresden."

S. 42. Z. 5. Schiller an Huber. Brfw. Schiller Körner. 2. Aufl. I. S. 40.

S. 43. Z. 27. Brfw. Schiller-Körner. I. 22 und I. 30.

S. 44. Z. 22. Brfw. Schiller-Körner. I. 20.

S. 44. Z. 20. Goethe Sprüche in Prosa Nr. 349.

S. 44. Z. 32. Brfw. Schiller-Körner. I. 24.

S. 45. Z. 12. Brief vom 4. Dez. 1788. Schiller und Lotte.
Ausgabe von Fiellß. L 154.

S. 45. Z. 31. An Lotte und Karoline 20. November. Fiellß.
I. 129.

S. 40. Z. 24. Vergl. Ich habe mich rafieren lassen. Ein dramatischer Scherz von Schiller. Herausgeg. von Künzel.
Leipzig 1862. S. 20.

S. 40. Z. 20. Der Brief ist 1789 in der Thalia abgedruckt, aber
bereits 1788 im Frühjahr geschrieben. Danach ist meine
Angabe im Text zu verbessern.

S. 40. Z. 30. Vergl. Theodor Körners Leben und Briefwechsel.
Herausgeg. von Wolff. S. 87—95.

S. 48. Z. 10. Kunst und Leben. S. 77 und Schillers sämtliche
Schriften. Hist.-krit. Ausgabe, herausgeg. v. Göbeke. IV.
S. 10. Palleske, Schillers Leben. 2. Aufl. II. S. 85.

S. 50. Z. 8. Nach den Originalzeichnungen Schillers und der
Originalhandschrift Hubers, herausgeg. von Karl Künzel,
Leipzig. 4.

S. 50. Z. 13. Nach freundlicher Mitteilung seitens des Herrn
Ulrich an den Herausgeber.

S. 51. Z. 4. Ich habe mich rafieren lassen. Ein dramatischer
Scherz von Friedrich von Schiller. Aus der Originalhandschrift herausgeg. von Karl Künzel. Leipzig (1862) 8.

S. 54. Z. 10. Huber an Körner den 25. August 1788. Hubers
sämtliche Werke seit dem Jahre 1802. I. S. 204.

S. 54. Z. 20. Huber an Körner den 8. März 1790 ebenda.
I. 878.

S. 55. Z. 1. Brfw. Schiller-Körner, I. 71.

S. 55. Z. 6. Schillers sämtliche Werke. Hist.-krit. Ausgabe IV.
160. Palleske, Schillers Leben. 2. Aufl. II. S. 53.

S. 58. Z. 14. Körners des älteren Schriften. Herausgeg. von
Dr. Karl Barth. Nürnberg, Friedr. Korn (1859).

S. 59. Z. 18. Brfw. Schiller-Körner. II. 256.

S. 60. Z. 11. Brfw. Schiller-Körner. IV. 52.

S. 61 Z. 25. Vergl. W. v. Humboldts Urteil über Körners
Talent zur Kritik. Brief an Körner 10. Dezember 1791.

S. 62 Z. 10. Abgedruckt in Aesthetische Ansichten, Leipzig 18xx
und bei Parth: Körners des Älteren Schriften.

S. 65 Z. 2. Brfw. Schiller-Körner. I. 312.

S 65 Z. 9. Brfw. Schiller · Körner. I. 248. Er dachte nach
und nebeneinander an eine Verbindung mit Charlotte von
Kalb (Brfw. Schiller Körner, I. 122, 100), mit Wielands
weller Tochter (I. 212), mit Charlotte von Lengefeld
(I. 221). Corona Schröter, die einst der Jüngling Körner
angeschwärmt hatte, und Demoiselle Schmidt sah er auch
als mögliche „Partien" für sich an. (I. 192, 194).

S. 65 Z. 10. Brfw. Schiller-Körner. I. 220.
S. 66 Z. 9. Brfw. Schiller-Körner. I. 221. II. 17.
S. 67 Z. 1. Parthey Jugenderinnerungen. II. 51.
S. 67 Z. 9. Das Bild war zuletzt im Besitz des verstorbenen
Kapellmeisters Eckert.
S. 68 Z. 27. Brfw. Schiller-Körner. II. 121.
S. 71 Z. 31. Gemeint ist Karoline von Dacheröden.
S. 72 Z. 21. Jamben von Fr. L. Grafen von Stolberg. Leip-
zig 1784.
S. 72 Z. 24. Vergl. Archiv für Litteraturgesch. von Schnorr
v. Carolsfeld. Bd. V. S. 105.
S. 71 Z. 20. Brfw. Schiller-Körner. II. 203.
S. 73 Z. 24. Zeitschrift für Deutsches Altertum. Neue Folge
XIII. S. 97.
S. 78 Z. 11. Vergl. Biedermann Goethe-Forschungen. S 434.
S. 70 Z. 10. Brfw. Schiller-Körner. II. 216.
S. 80 Z. 6. Brfw. Schiller-Körner. 2. Aufl. Bd. I. S. 434.
S. 80 Z. 10. Brfw. Schiller-Körner. II. 251.
S. 81 Z. 13. Brfw. Schiller-Körner. II. 207.
S. 81 Z. 21. Brfw. Schiller-Körner. II. 283.
S. 82 Z. 16. Brfw. Schiller-Körner. II. 313. Archiv f. Litte-
ratur-Geschichte. X. 583.
S. 82 Z. 30. Brfw. Schiller-Körner. II. 326. III. 74.
S. 83 Z. 7. Brfw. Schiller-Körner. IV. 341, IV. 311.
S. 84 Z. 21. Humboldt an Körner 12. Nov. 1783.
S. 85 Z. 5. Humboldt an Körner 10. Nov. 1703.

S. 85. Z. 24. Brfw. Schiller-Körner. III. 171.
S. 86. Z. 7. Brfw. Schiller-Körner III. 180.
S. 86. Z. 20. Brfw. Schiller-Humboldt Vorerinnerung. S. 12.
   1. Aufl.
S. 86. Z. 32. Humboldt an Körner 20. Januar 1811.
S. 87. Z. 4. Brfw. Schiller-Humboldt Vorerinnerung. S. 8.
S. 87. Z. 27. Wilhem von Humboldt. Lebensbild und Charak-
   teristik von R. Haym. S. 131.
S. 88. Z. 20. Brfw. Schiller-Körner. I. 140, I. 375, II. 312,
   III. 258, III. 127, IV. 324.
S. 89. Z. 7. Brfw. Schiller-Körner. II. 210, III. 344.
S. 89. Z. 20. Ungedruckt. Aus den Papieren des Herrn Ulrich.
S. 90. Z. 17. Brfw. Schiller-Körner. IV. 259.
S. 91. Z. 11. Ästhetische Ansichten. Leipzig 1808. S. 153 u. 155.
S. 92. Z. 0. Brfw. Schiller-Körner. III. 111.
S. 92. Z. 18. Brfw. Schiller-Körner. III. 401.
S. 92. Z. 25. Brfw. Schiller-Körner. IV. 1.
S. 93. Z. 21. Goethe an Schiller 18. Okt. 1796.
S. 93. Z. 32. Goethe an Schiller 10. Nov. 1796. Der Körner-
   sche Aufsatz über Wilhelm Meister ist abgedruckt in den
   Ästhetischen Ansichten. Goethe schrieb auch an Körner
   seinen Dank für den Aufsatz am 8. Dez. 1796. Vergl.
   Biedermanns Goethe-Forschungen. S. 441.
S. 94. Z. 11. Brfw. Schiller - Körner. IV. 52. Schiller an
   Goethe 2. Okt. 1797. Goethe-Zeller Nr. 739.
S. 96. Z. 25. Körner war zu der Zeit, als dieser Brief ge-
   schrieben wurde, Geh. Ober-Regierungsrat im preußischen
   Kultusministerium.
S. 97. Z. 10. Brfw. Schiller-Körner. IV. 7, IV. 34, IV. 140,
   IV. 313.
S. 97. Z. 21. Brfw. Schiller-Körner. IV. 86.
S. 97. Z. 24. Brfw. Schiller-Körner. III. 374, IV. 71.
S. 98. Z. 1. Brfw. Schiller-Körner. III. 418.
S. 98. Z. 11. Goethe an Schiller d. 21. Nov. 1796.
S. 98. Z. 21. Brfw. Schiller-Körner. IV. 271.
S. 99. Z. 21. Dieser Aufsatz ist gedruckt in den Ästhetischen An-
   sichten 1808, wo auch der Aufsatz aus der Thalia und der
   aus den Horen wieder abgedruckt sind.

S. 169. Z. 21. Die Oper ist später vom Sohne ausgearbeitet.

S. 170. Z. 1. Versuche über Gegenstände der inneren Staatsverwaltung u. der politischen Rechenkunst von Dr. Christian
Gottfried Körner, Dresden 1812. Der Aufsatz stammt,
wie der Brfw. mit Schiller ausweist, aus dem Jahr 1792,
nicht, wie Körner im Druck angiebt, aus dem Jahr 1791.

S. 171. Z. 10. Brfw. Schiller-Körner. II. 322.

S. 172. Z. 21. Im Körnermuseum befindet sich ein geschriebenes
Heft voll Körnerscher Kompositionen.

S. 173. Z. 8. Brfw. Schiller-Körner. IV. 212.

S. 173. Z. 31. Die Originalbriefe Körners an Zelter sind in
meinem Besitz.

S. 170. Z. 20. Brfw. Schiller-Körner. IV. 46—49.

S. 171. Z. 6. Brfw. Schiller-Körner. III. 280.

S. 171. Z. 14. Brfw. Schiller-Körner. IV. 365.

S. 171. Z. 22. Brfw. Schiller-Körner. III. 315.

S. 171. Z. 20. Brfw. Schiller-Körner. III 272. III. 361.
IV. 31.

S. 172. Z. 5. Brfw. Schiller-Körner. IV. 31. Charlotte von
Schiller und ihre Freunde. III. S. 21.

S. 172. Z. 11. Brfw. Schiller-Körner. IV. 211. IV. 210.
Vergl. IV. 153.

S. 171. Z. 10. Charlotte von Schiller. III. 64.

S. 172. Z. 21. Brfw. Schiller-Körner. IV. 350.

S. 173. Z. 6. Brfw. Schiller-Körner. IV. 315. Über Herder
vergl. I. 310, III. 217, 315—320. IV. 100.

S. 173. Z. 21. Brfw. Schiller-Körner. IV. 85.

S. 176. Z. 24. W. Parthey Jugenderinnerungen. II. 50, 51.
Vergl. Biedermanns Goethe-Forschungen. S. 440.

S. 170. Z. 5. Palleske Schillers Leben. II. 520. 1. Aufl.

S. 170. Z. 21. Karoline von Wolzogen Schillers Leben 1850.
12. S. 317.

S. 121. Z. 27. Charlotte von Schiller und ihre Freunde. III. 11.

S. 121. Z. 15. Der Brief ist aus der Minerva wieder abgedruckt
in „Auserwählte Briefe deutscher Männer und Frauen.
Herausgeg. von H. Klette, Berlin.

S. 121. Z. 12. Brfw. Schiller-Körner. II. 315.

S. 127. Z. 5. Brfw. Schiller-Körner. II. 195.

S. 127. Z. 24. Brfw. Schiller-Körner. III. 120, 104.

S. 128. Z. 10. Brfw. Schiller-Körner. III. 305, 322. IV. 54.

S. 128. Z. 31. Charlotte von Schiller und ihre Freunde. III. S. 10.

S. 120. Z. 14. Brfw. Schiller-Körner. IV. 162, 171.

S. 130. Z. 10. Schillers Künstler.

S. 130. Z. 17. Siehe oben S. 71.

S. 131. Z. 12. Brfw. Schiller-Körner. IV. 207.

S. 134. Z. 10. Förster, Theodor Körners Werke. Hempel. I. S. 31.

S. 137. Z. 14. Ungedruckt aus Försters Nachlaß.

S. 137. Z. 25. Förster Theodor Körners Werke. I. S. 20. Nach Förster ging Kühner schon 1802 nach Vierlen. Die Übersetzungen aus Anakreon (Förster I. 45) sind aber nicht, wie Förster meint, aus dem Jahre 1804, sondern wie ein Vermerk auf dem Manuskript zeigt aus dem Jahr 1807.

S. 141. Z. 1. Deutsche Rundschau. IV. Q. 100.

S. 141. Z. 24. H. von Kleists Werke. Hempel. I., XLIX. und nach brieflichen Mitteilungen der inzwischen verstorbenen Frau von Paschwitz geb. Kunze an den Herausgeber.

S. 142. Z. 24. Original in der Königl. Bibliothek zu Dresden.

S. 143. Z. 27. Deutsche Rundschau. IV. 400, 472. Vergl. Charlotte von Schiller. III. 25.

S. 144. Z. 25. Deutsche Rundschau. IV. Q. 464, 469, 470.

S. 144. Z. 24. Stern (Körners Ges. Schriften. S. 25) meldet, daß aus diesem Zirkel einige Jahre später die Drechsigsche Singakademie hervorgegangen sei.

S. 145. Z. 4. Deutsche Rundschau. IV. Q. 463—464.

S. 146. Z. 1. Die Stellen aus Briefen an die Tante Apxer sind Karl Elzes Vermischten Blättern S. 71—82 entnommen.

S. 146. Z. 24. Die nachfolgenden Stellen aus Briefen an Frau Schiller sind entnommen aus: Charlotte von Schiller und ihre Freunde. Bd. III. S. 3—92.

S. 151. Z. 10. Schillers Bild von Graff aus dem Jahre 1787. Brustbild in Öl. Das Original jetzt aus Försters Nachlaß im Körnermuseum zu Dresden. Eine Kopie davon im Schillerhaus zu Weimar. Über Doras Kopie spricht Schiller seine Freude in einem Brief an Körner vom 5. April 1795 aus.

S. 151. Z. 27. Körners wohnten bei ihrer Verheiratung am Kohlenmarkt 14 (jetzt Körnerstr. 4). In diesem Hause befindet sich jetzt das Körnermuseum. 1783 zogen sie nach dem Palais-Platz 4 (jetzt Kaiser Wilhelm-Platz). Im Jahr 1790 kauften sie ein Haus in der Schloßstraße (jetzt 14 b), das sie aber nicht selbst bezogen. 1801 kauften sie ein Haus in der Moritzstraße (jetzt 10), in dem sie bis zu ihrer Übersiedelung 1815 wohnen blieben. (Vergl. Das Körnermuseum zu Dresden. Zur Erläuterung bei dem Besuch desselben. 2. Auflage. Dresden 1874. S. 3.)

S. 161. Z. 4. Die Stellen aus Briefen an den Professor Weber sind alle abgedruckt aus der Deutschen Rundschau. IV. Heft 9 und 10.

S. 175. Z. 2. Vergl. S. 171. Z. 22.

S. 176. Z. 6. Am 23. Dezember. Elze Verm. Blätter. S. 72.

S. 176. Z. 17. Über die Erbschaft vergl. Archiv für Litteraturgesch. Herausgeg. von Dr. Schnorr von Carolsfeld. X. S. 582.

S. 176. Z. 21. Vergl. Brief an die Tante Agrer vom 21. Oktober 1808.

S. 177. Z. 25. Über die Geselligkeit in Körners und Rackenitz' Haus vergl. Wolff Theodor Körners Leben und Briefw. Berlin 1858. S. 87 bis 95 nach Friedrich Launs Bericht.

S. 178. Z. 11. Nach dem Manuskript in Försters Nachlaß. Vergl. Förster Theodor Körners Werke. I. 52.

S. 178. Z. 31. Vergl. Goethe Hermann und Dorothea, Thalia 17.

S. 181. Z. 2. Lessing Nathan der Weise. IV. 7.

S. 181. Z. 3. Die Briefe lagen mir im Manuskript vor. Die Originale waren teils von Herrn Ulrich aufbewahrt, teils, soweit sie von Wolff abgedruckt sind, warru sie im Besitz der Nikolaischen Verlagshandlung. Jetzt sind sie meines Wissens alle im Körnermuseum.

S. 181. Z. 27. Vergl. Brief der Frau Körner an die Tante Agrer vom 25. Juli 1808.

S. 161. Z. 10. Die Mutter an die Tante Agrer d. 25. Juli 1808.

S. 182. Z. 25. Die Mutter an die Tante Agrer 21. Oktober 1808.

S. 181. Z. 24. Theodors Gedicht Bergmannsleben.

S. 181. Z. 3. Bergmannsleben.

S. 144. Z. 19. Ungedruckt aus Herrn Ulrichs Körnerbriefen.

S. 145. Z. 11. Nach einem ungedruckten Brief aus Herrn Ulrichs Körnerbriefen vom 24. Nov. 1808.

S. 145. Z. 19. Ungedruckter Brief vom 19. Dezember 1808. Aus Herrn Ulrichs Körnerbriefen.

S. 148. Z. 5. Die Originale der nachfolgenden Briefe und Gedichte an Wilhelm und Betty Kunze sind aus Kunzes Nachlaß an das Körnermuseum übergegangen.

S. 101. Z. 1. Brief vom 30. Januar 1809 gedruckt bei Wolff.

S. 101. Z. 18. Brief vom 11. Febr. 1809 gedruckt bei Wolff.

S. 102. Z. 18. Gedruckt bei Wolff.

S. 103. Z. 12. Briefe an die seinen vom 27. Febr. 1809 und von Ende April, gedruckt bei Wolff.

S. 103. Z. 21. Über die Reise vergl. Theodor Körners Werke von Förster. I. S. 54 und Theodors Originalbriefe in Förster's Nachlaß im Körnermuseum.

S. 104. Z. 8. „Auf der Riesenkoppe." Theodor Körners Werke von Förster. II. S. 98.

S. 195. Z. 25. Brief vom 28. März 1810, gedruckt bei Wolff.

S. 105. Z. 30. Gedruckt bei Wolff.

S. 108. Z. 27. Deutsche Rundschau. IV. Heft 2. S. 479.

S. 108. Z. 31. Nach einem ungedruckten Brief an den Sohn vom 28. Mai 1810 in Herrn Ulrichs Papieren.

S. 107. Z. 7. Schillers sämtliche Schriften. Historisch-kritische Ausgabe XI. Vorwort S. VI.

S. 108. Z. 9. Vergl. Brief an Frau von Schiller vom 24. Juni und 5. August 1810. Charlotte von Schiller. III. S. 57.

S. 108. Z. 11. Vergl. Ansichten über Ästhetik und Litteratur von W. von Humboldt. Seine Briefe an Körner Nr. 21.

S. 199. Z. 11. Original in der Königl. Bibliothek zu Dresden.

S. 200. Z. 30. Ungedruckter Brief an den Sohn vom 24. Januar 1810 aus Herrn Ulrichs Papieren.

S. 201. Z. 17. Aus ungedruckten Briefen an den Sohn vom 8. Febr. und 17. Februar 1810 aus Herrn Ulrichs Papieren.

S. 202. Z. 10. Ungedruckter Brief vom 19. Febr. 1810 aus Herrn Ulrichs Papieren.

S. 202. Z. 20. Vergl. Wolff. S. 110.

S. 203. Z. 1. Original im Körnermuseum.

S. 206. Z. 19. Vergl. Archiv für Litteraturgeschichte. IV. 372 bis 386.

S. 209. Z. 27. Deutsche Rundschau. IV. Heft 10. S. 118.

S. 210. Z. 28. Biographische Nachrichten über Theodor Körner von Christ. Gottfr. Körner.

S. 211. S. 21. Aus einem ungedruckten Brief an den Sohn vom 18. August 1810 aus Herrn Ulrichs Papieren.

S. 212. Z. 1. Vergl. Archiv f. Litteraturgesch. V. 108.

S. 213. Z. 12. Aus einem ungedruckten Brief an den Sohn vom 2. Okt. 1810 aus Herrn Ulrichs Papieren.

S. 214. Z. 7. Vergl. Wolf S. 184.

S. 214. Z. 23. Vergl. Wolff S. 109 und Theodor Körners Werke von Förster. I. S. 60.

S. 216. Z. 28. Nach Mitteilung der Enkel an den Herausgeber.

S. 218. Z. 10. Vergl. Wolff. S. 187 und 189.

S. 219. Z. 18. Vergl. Partheys Jugenderinnerungen. I. S. 201. Nach brieflicher Mitteilung des Herrn Professors Plumner ist über eine Mitgliedschaft oder auch nur eine Mitwirkung Theodor Körners an den Übungen der Singakademie aus den sehr genauen Akten derselben freilich nichts zu ersehen.

S. 219. Z. 21. Vergl. Wolff. S. 191, 193.

S. 220. Theodors Briefe an den Hofrat Parthey sind erhalten und im Besitz der Schwiegertochter des Hofrats, der Frau E. Parthey in Berlin.

S. 222. Z. 2. Vergl. Wolff S. 203.

S. 222. Z. 21. Der Brief vom 23. zum Teil bei Wolff gedruckt, der Schluß hat mir unter Herrn Ulrichs Körnerpapieren vorgelegen.

S. 224. Z. 10. Das Folgende aus ungedruckten Briefen an die seinen in Dresden. Die Originale sind im Besitz des Herrn Streckfuß in Berlin.

S. 225. Z. 10. Das Datum des Briefes lautet nach meiner Abschrift freilich d. 23. Jan. 1811; aber das kann nicht richtig sein.

S. 222. Z. 1. Vergl. Wolf S. 202.

S. 222. Z. 22. Vergl. Wolff S. 204.

S. 223. Z. 3. Vergl. Wolff S. 209—219.

S. 237. Z. 15. Der Brief lag mir im Original unter Herrn Ulrichs Papieren vor. Bei Wolff S. 219 ist ein Stück abgedruckt.

S. 239. Z. 9. Aus Briefen bei Wolff S. 220 und 221.

S. 240. Z. 25. Vergl. Wolff. S. 215.

S. 242. Z. 31. Vergl. Wolff. S. 210—240.

S. 243. Z. 15. Vergl. Wolff. S. 242.

S. 246. Z. 20. W. von Humboldts Briefe an Christin. Gottfr. Körner Nr. 24.

S. 248. Z. 11. Vergl. Goethes Briefe an den Vater bei Wolff und in Biedermanns Goetheforschungen.

S. 248. Z. 14. W. von Humboldts Briefe an Chrstn. Gottfr. Körner Nr. 25.

S. 250. Z. 28. Goethe an Schiller b. 27. Aug. 1794.

S. 251. Z. 1. Vergl. Wolff. S. 240.

S. 253. Z. 1. Vergl. Wolff. S. 263.

S. 254. Z. 15. Deutsche Rundschau IV. Heft 10. S. 121 u. 121.

S. 255. Z. 10. Vergl. Wolff. S. 201.

S. 258. Z. 1. Dieser und die nachfolgenden Briefe von Förster und an Förster sind bereits früher gedruckt in der Deutschen Pandora. Stuttgart 1840. I. S. 3—86.

S. 261. Z. 8. Die Briefe Theodors an die seinen und der Eltern an ihn aus dem Jahre 1813 vergl. bei Wolff.

S. 261. Z. 17. Der Brief ist bei Wolff vom 27. Januar datiert. Da aber der folgende Brief Försters vom 23. Januar erst nach der Ankunft dieses Briefes in Dresden geschrieben ist, vermute ich, daß Theodors Brief vom 21. Januar zu datieren ist.

S. 260. Z. 25. Der Brief fehlt bei Wolff. Original im Besitz des Herrn Stadtrats Streckfuß.

S. 274. Das Original dieses und des folgenden Briefes ist im Besitz des Herrn Stadtrats Streckfuß in Berlin.

S. 277. Z. 20. Vergl. Parthey Jugenderinnerungen. II. S. 54.

S. 278. Z. 8. Deutschlands Hoffnungen. Leipzig 1813 bei J. F. Hartknoch.

S. 284. Z. 4. Ungedruckt. Original im Besitz der Königl. Bibliothek zu Berlin aus der Sammlung v. Radowitz.

S. 284. Z. 21. Ein Freund des Vaters, der Major Wilhelm

von Röder, war damals beim Hauptquartier des Generals von Winßingerode angestellt und wünschte Theodor um sich zu haben. Dieser aber mochte sich vom Lützow'schen Corps nicht wieder trennen.

S. 285. Z. 15. Die Briefe an Frau von Pereira siehe bei Wolff.

S. 288. Z. 2. Die Ausgaben schreiben 28. März. Da aber die Feier, wie Theodor schreibt, am Sonnabend stattfand (vergl. S. 286. Z. 20), so ist der 27. März zu lesen; denn der traf 1813 auf einen Sonnabend.

S. 289. Z. 38. Vergl. Theodor an Frau von Pereira vom 10. April 1813 bei Wolff S. 280 und der Vater Körner an Prof. Weber am 14. April. Deutsche Rundschau IV. 10, S. 100.

S. 290. Z. 7. Vergl. Pandora I. S. 57.

S. 290. Z. 24. Arndt irrt; nicht Schiller, sondern seine Frau war Theodors Pate.

S. 291. Z. 18. Original in der Königl. Bibliothek zu Berlin, datiert Töpliß am 28. May 1813. Aus der v. Radowitz-schen Sammlung.

S. 292. Z. 4. Original im Besitz der Familie Parthey in Berlin.

S. 293. Z. 12. Etwas Originalzeichnung im Besitz des Körner-museums.

S. 295. Z. 15. Hermann und Dorothea Euterpe. Förster citiert nicht genau nach dem jetzt verbreiteten Text.

S. 290. Z. 14. Der Vater setzt die Entstehung dieses Gedichts in den biographischen Nachrichten über den Sohn erst in den August. Ich folge hier der Ansicht Försters. Pandora. I. S. 70 u. 85. Vergl. Partheys Jugenderinnerungen. I. S. 378.

S. 301. Z. 9. Original im Körnermuseum aus Kunzes Nachlaß.

S. 301. Z. 27. Die verbreitetste Lesart „Traumbild" ist ein alter Druckfehler. Kunzes Sammlung. Zwölf freie deutsche Gedichte von Theodor Körner. Nebst einem Anhang 1813 und die beiden ersten Ausgaben von Leyer und Schwert lesen „Traumlied." So auch im Manuskript Theodors. Vergl. Hermann Dunger, Archiv für Litteraturgeschichte. IV. S. 276.

S. 302. Z. 7. Parthey Jugenderinnerungen. I. 378.

S. 302. Z. 19. Original jetzt im Körnermuseum aus Kunzes Nachlaß.

S. 304. Z. 1. Kunzes Bericht im Original jetzt im Körnermuseum.

S. 307. Z. 7. Parthey Jugenderinnerungen. I. 376.

S. 307. Z. 31. Original im Körnermuseum aus Kunzes Nachlaß, wie die übrigen erwähnten Briefe an Kunze.

S. 309. Z. 1. Vergl. bei Wolff. S. 295.

S. 310. Z. 4. Arndt Erinnerungen aus dem äußeren Leben. 3. Aufl. 211.

S. 312. Z. 13. Parthey, Jugenderinnerungen. I. 378.

S. 312. Z. 22. Über Körners Tod vergl. Wolff und Förster vor seiner Ausgabe und Prosch: Das Grab bei Wöbbelin. Schwerin 1861.

S. 313. Z. 7. Vergl. bei Wolff.

S. 314. Z. 22. Das folgende nach den Papieren aus Kunzes Nachlaß im Körnermuseum.

S. 318. Z. 2. Brief vom 10. Nov. 1813, Original im Körnermuseum.

S. 319. Z. 30. Ein Exemplar dieser Nummer der Zeitung im Körnermuseum.

S. 321. Z. 8 Die Briefe der Frau Dr. Kohlrausch im Besitz der Kinder Gustav Partheys. Die Originale der Briefe an Tiedge und Frau von der Recke befinden sich im Körnermuseum.

S. 322. Z. 15. Vergl. litterarischer Nachlaß der Frau Karoline von Wolzogen. II. 336—339.

S. 323. Z. 31. Vergl. Arndt Notgedrungener Bericht aus seinem Leben. II. S. 176.

S. 324. Z. 12. Wir lagen solche Papiere vor unter den mir anvertrauten Körnerpapieren des Herrn Ulrich. Jetzt sind sie, wenigstens sicherlich einige derselben, im Körnermuseum.

S. 324. Z. 21. Die folgenden Nachrichten über Körners Verkehr mit Tiedge und Frau v. d. Recke nach Briefen Körners an dieselben, die im Original im Körnermuseum aufbewahrt werden.

S. 327. Z. 8. Deutsche Rundschau. IV. Heft 10. S. 132.

S. 328. 3. 23. Litterarischer Nachlaß der Frau Karoline von
Wolzogen. II. S. 344.

S. 329. 3. 17. Parthey Jugenderinnerungen. II. S. 46—59.

S. 329. 3. 30. Parthey irrt hier. Er war geboren am 27. Oktober 1798 also über zehn Jahr länger als Emma Körner.

S. 330. 3. 24. Deutsche Rundschau IV. Heft 10. S. 130.

S. 331. 3. 23. Nach einem Briefe Körners an Frau v. b. Recke
vom 16. Juni 1814.

S. 333. 3. 32. Brasch, Das Grab bei Wöbbelin. S. 4 und 8.

S. 334. 3. 10. Original im Besitz des Herrn Stadtrat Streckfuß in Berlin.

S. 335. 3. 18. Brief Müllners vom 7. Dez. 1813. Original
im Besitz des Herrn Stadtrath Streckfuß in Berlin.
Müllners Briefschaften sind jetzt im Besitz der Herzoglichen
Bibliothek zu Gotha (Chartaceus 1311 Kunstsachen), darunter Briefe Körners an ihn und das Konzept von Briefen
an Körner. Vergl. Programm des Städtischen Gymnasiums zu Wohlau 1875, Dr. Höhne, Zur Biographie und
Charakteristik Adolf Müllners.

S. 335. 3. 17. Deutsche Rundschau. IV. Heft 10. S. 132.

S. 336. 3. 24. Hardenbergs Briefe an Körner, gedruckt in:
Geschäftsbriefe Schillers. Herausgeg. von Karl Göbeke 1875.

S. 338. 3. 9. Körners Bestallung datiert vom 3. Mai. Ver-
eibigt wurde er d. 22. Mai.

S. 338. 3. 20. Ansichten über Ästhetik und Litteratur von W.
v. Humboldt. Seine Briefe an Christn. Gottfr. Körner
S. 164.

S. 338. 3. 25. Vergl. Charlotte v. Schiller und ihre Freunde.
III. 62.

S. 339. 3. 16. Litterarischer Nachlaß der Frau Karoline von
Wolzogen. II. 340.

S. 340. 3. 5. Ansichten über Ästhetik und Litteratur von W. v.
Humboldt. S. 165.

S. 340. 3. 24. Original im Körnermuseum aus dem Kunzeschen
Nachlaß.

S. 341. 3. 36. Abgedruckt aus: Geschäftsbriefe Schillers. Herausgeg. von Karl Göbeke. S. 350.

26

S. 342. Z. 26. Charlotte von Schiller und ihre Freunde. III. S. 47.

S. 344. Z. 4. Deutsche Rundschau IV. Heft 10. S. 135.

S. 346. Z. 17. Das Datum der Beerdigung entnehme ich einem Bericht über die Familiengräber, den der Prediger C. Voß zu Neustadt in Mecklenburg d. 21. Febr. 1876 für das Körnermuseum gegeben hat. Auch die Begräbnisdaten des Vaters, der Tante und der Mutter sind nach seinem Bericht angegeben. Als Theodors Begräbnistag vermutet Prediger Voß den 28. August 1813. Nach sonstigen Berichten scheint er schon am 27. belasetzt zu sein.

S. 346. Z. 21. Wendt beaufsichtigte das Körnergrab bis zu seiner Übersiedlung nach Parchim 1818. Auf Streckfuß' Rat übertrug Körner die Fürsorge für die Gräber nun dem Gerichtsverwalter Wiechell in Ludwigslust, einem Kämpfer in den Freiheitskriegen. Obwohl Wiechell Körners persönlich nicht kannte, hat er mit rührender Liebe die geweihte Stätte gehütet, gepflegt und geschmückt. In seiner Familie werden noch Briefe der Eltern Körner an ihn aufbewahrt, die ihren innigen Dank ihm aussprechen. Sie sollen für den Druck geeignete Nachrichten über Körners nicht enthalten, und Wiechell hat außerdem gewünscht, daß sie nicht aus der Hand gegeben würden, weil er bescheidentlich meinte, sein Verdienst sei von Körners überschätzt. Brasch, Das Grab zu Wöbbelin S. 7 und Privatmitteilung der Töchter Wiechells aus dem Jahre 1876 an eine Freundin für den Herausgeber.

S. 346. Z. 21. Original im Körnermuseum.

S. 319. Z. 4. Partheys Jugenderinnerungen. II. S. 55.

S. 350. Z. 22. Vergl. Friedrich Förster Kunst u. Leben. S. 118. Übrigens hatte Körner seine Frau nicht verpflichtet die Briefe nicht drucken zu lassen. Vergl. den Brief Minnas an Frau von Wolzogen vom 1. Febr. 1832. Litterarischer Nachlaß der Frau von Wolzogen. II. S. 357. Herr Ulrich erzählte mir, daß Frau Körner namentlich gefürchtet habe, es könnten durch die Veröffentlichung der Briefe Schillers und Körners damals noch lebende Zeitgenossen, wie besonders Alexander von Humboldt sich verletzt fühlen. Humboldt, der von ihren Stempeln gehört, habe sie darauf gebeten, ihm die Briefe zur Ansicht zu geben, in denen Schiller oder Körner geringschätzig von ihm gesprochen hätten, und habe dann erklärt, er fühle sich dadurch gar nicht gekränkt und könne nur raten, die Briefe zu veröffentlichen. Auch Gustav Parthey redete der Frau Körner zu, ihren Schatz zu eröffnen, wie ich in einem seiner Briefe an Frau Körner gelesen habe. Die Briefe sind trotzdem erst nach dem Tode der Frau Körner 1847 zuerst veröffentlicht.

S. 351. Z. 32. Die folgenden Daten hat Herr Professor Blumner gütigst aus dem Archiv der Singakademie für den Herausgeber ausgezogen. In Sterns Ges. Schriften Körners S. 401 steht ein Psalm, den Körner nach dem Italienischen für die Singakademie deutsch bearbeitet hat.

S. 352. Z. 10. Nach einem gedruckten Textbuch in meinem Besitz.

S. 352. Z. 12. Brief vom 20. Juni 1824. Original im Körnermuseum.

S. 352. Z. 14. Der Nekrolog ist abgedruckt in den Streckfußschen Ausgaben der Werke Theodors.

S. 353. Z. 21. Förster Kunst und Leben. S. 202.

S. 353. Z. 29. Archiv für Litteraturgesch. V. S. 104 ff.

S. 355. Z. 7. Gedruckt bei Wolff.

S. 355. Z. 8. Förster Theodor Körners Werke. Teil I. S. 16.

S. 355. Z. 12. Briefe an Zacharias Becker in Gotha vom 1. April 1817 und 5. Juli 1820. (Originale im Körnermuseum). Ferner an Professor Weber vom 26. Nov. 1815 Deutsche Rundschau IV. Heft 10. S. 134.

S. 356. Z. 19. Die Schrift ist wieder abgedruckt in Körners Gesammelte Werke. Herausgegeben von Stern. Leipzig. Grunow 1881.

S. 357. Z. 14. Briefe an Weber vom 26. Nov. und 21. Dezember 1815.

S. 357. Z. 21. Wieder abgedruckt bei Stern.

S. 357. Z. 27. Goethe an Zelter 19. März 1827.

S. 358. Z. 2. Litterarischer Nachlaß der Frau Karoline von Wolzogen. II. S. 349—353.

S. 358. 3. 14. Ansichten über Äfthetif und Litteratur von
W. v. Humboldt. Seine Briefe an Chrftn. Gottfr. Körner.
S. 141 159.

S. 360. 3. 29. Ansichten über Äfthetif und Litteratur. S. 181.

S. 361. 3. 16. Förfters Gedicht gedruckt Zeitschrift f. deutsches
Altertum. Neue Folge XIII. S. 90.

S. 361. 3. 19. Original im Körnermuseum.

S. 362. 3. 21. Am 31. Mai 1831 veranstaltete die Sing-
akademie eine Gedächtnisfeier an Körner. Es wurden
unter Beteiligung von 125 Mitgliedern gesungen:
  Requiem von Fasch,
  Agnus dei von Naumenhagen,
  Motette: Der Mensch lebt und bestehl, von Zelter,
    Heilig, dreichörig von Ph. Em. Bach.
Dem Bericht im Journal der Singakademie ist von
Zelters Hand hinzugefügt: „Der 75jährige Greis ist bis
an sein Ende ein fleißiges und wohlthätiges Mitglied der
Singakademie gewesen; er war zum letzten Male am
19. April mitsingend thätig". (Nach gütiger Mitteilung des
Herrn Professors Plumer).

S. 363. 3. 4. Ansichten über Äfthetif rc. S. 166.

S. 364. 3. 16. Handschriftlich im Körnermuseum aus den
Papieren des Herrn Ulrich.

S. 369. 3. 7. Friedrich Förfter Theodor Körners Werke. I.
S. 12.

S. 369. 3. 16. Die folgenden Nachrichten über den Nachlaß
von Dora Stock gebe ich nach den Originalpapieren, im
Besitze des Herrn Stadtrats Streckfuß in Berlin.

S. 371. 3. 16. Ansichten über Äfthetif und Litteratur. S. 108.

S. 371. 3. 21. Vergl. ebenda.

S. 371. 3. 27. Die folgenden Stellen aus Briefen an Frau
von Wolzogen entnehme ich aus dem litterarischen Nachlaß
derselben. II. S. 351—363.

S. 371. 3. 10. „Meine Treuen" sind ihre Leute, namens Ulrich
die auch ihre Haupterben wurden.

S. 374. 3. 21. Original im Besitz des Herrn Stadtrats Streckfuß.

S. 377. 3. 17. Die Töchter Wilhelms von Humboldt.

S. 376. Z. 21. Das neue Buch der Frau von Woltogen war der Roman Cordelia 1840 in zwei Bänden. Sie selbst schreibt darüber: „Viel aus den Tiefen meiner Seele liegt darin. Das volle Interesse an der großen deutschen Zeit ist mir wieder erwacht; ich kann es festhalten, der Kleinheit, die darauf folgte, nicht gedenkend; auch hoffend, daß das, was einst war, nie untergehen, sondern seine Spuren in der Weltgeschichte zurücklassen werde. Auch eine edle Liebe darzustellen, liegt mir am Herzen, jetzt da in unserer Poesie so grasse Zwittergestalten herrschen. Ehre und Delikatesse werden nicht mehr genannt. Man mag mich eine ideale Träumerin schelten, genug mit den häßlichen Seiten der Menschheit kann ich mich nicht abgeben". Vergl. Litterarischer Nachlaß. I. 63.

S. 380. Z. 9. Über den Begräbnisplatz vergl. Brasch Das Grab bei Wöbbelin, Schwerin 1801. Neuerdings ist auf dem Platz eine Büste, vom Großherzog zu Mecklenburg-Schwerin gestiftet, aufgestellt. Sie ist modelliert von Hermann Hultzsch. In Dresden ist dem jugendlichen Sänger und Helden eine Bronzestatue nach Hähnels Entwurf errichtet worden; zugleich wird dort in seiner Vaterstadt durch Dr. Peschels eifriges Bemühen in dem Körnermuseum das Andenken der Körnerschen Familie lebendig zu erhalten gesucht.

Möge denn in der engeren Heimat, Sachsen, wie im weiten deutschen Vaterland auch fernerhin dieser „treuen Toten" niemals vergessen werden!

Schlußbemerkung: Erst als der Druck dieses Buches fast vollendet war, erschienen Christian Gottfried Körners Gesammelte Schriften. Herausgegeben von Adolf Stern, Leipzig, Grunow 1881. Ich habe also diese Sammlung nur noch für die Anmerkungen an einigen Stellen benutzen können, freue mich aber umsomehr die Leser meiner Biographie auf eine würdige Sammlung der Hörnerschen Schriften verweilen zu können, als der Plan meines Buches eine ausführliche Inhaltsangabe der Schriften des Vaters wie des Sohnes ausschloß. So ergänzt also das Eternsche Sammelwerk meine Biographie auf das erwünschteste.

Berichtigungen:

S. 21. Z. 16 lies: v. Schönburg. S. 46. Z. 96 lies: 1784.
S. 55. Z. 7 lies: Begegnung gelegentlich eines Maskenballes auf
einem u. s. w. S. 80. Z. 11 lies: mag lieber selbst etwas
schaffen. Über alle andern Arten von u. s. w. S. 96. Z. 31
lies: Des bin ich gewiß. S. 99. Z. 2 streiche die Worte „in
seinem Hause." S. 130. Z. 10 lies: armem. S. 197. Z. 12 lies:
gewinnen zu wollen. S. 370. Z. 18 lies: vidimata.

CPSIA information can be obtained
at www.ICGtesting.com
Printed in the USA
LVHW071118170623
750064LV00023B/318